Daniel Juhr

Der Kommissar und sein Kind

Bibliografische Information der Deutschen Nationalbibliothek
Die Deutsche Nationalbibliothek verzeichnet diese Publikation in der Deutschen Nationalbibliografie; detaillierte bibliografische Daten sind im Internet abrufbar über http://dnb.ddb.de

www.niemeyer-buch.de

Der Umschlag verwendet ein Motiv von shutterstock.com
Sad child … Zurijeta 2013
Druck und Bindung: AALEXX Buchproduktion GmbH, Großburgwedel
Printed in Germany
ISBN 978-3-8271-9551-7

Daniel Juhr

Der Kommissar und sein Kind

CW Niemeyer

Der Roman spielt hauptsächlich in allseits bekannten Stätten des Bergischen Landes sowie in Hameln, doch bleiben die Geschehnisse reine Fiktion. Sämtliche Handlungen und Charaktere sind frei erfunden.

Über den Autor:

Daniel Juhr, Jahrgang 1978, lebt und arbeitet mit seiner Text- und Verlagsagentur im oberbergischen Wipperfürth und produziert unter anderem Standort- und Kundenmagazine sowie Imageauftritte für Unternehmen. Als Schriftsteller hat er bereits zahlreiche Kurzkrimis in verschiedenen Anthologien veröffentlicht. Im Herbst 2011 erschien sein Romandebüt „Exit“ über eine alte Rockdisco im Bergischen Land. „Der Kommissar und sein Kind“ ist sein erster Kriminalroman.

Für Bastian

„We know who you are
We know where you live
And we know there's no need to forgive"

Nick Cave, WE NO WHO U R

„Hier ist die Geschichte von Willo und mir zu Ende. Ich muss los. Brandolf und ich wollen Drachen steigen lassen. Der Wind weht genau richtig, und der Himmel ist monsterblau."

Henning klappt das Buch zu und lächelt. „So, und jetzt wird geschlafen, okay?"

Sam macht ein langes Gesicht, so wie jeden Abend, wenn sein Vater das dritte Buch zugeschlagen hat. „Papa, darf ich mir noch ein paar Bücher anschauen? Bitteee ..."

„Nein, Sam, es ist nach acht. Morgen ist Kindergarten, und ..."

„Nur zwei Stück."

„Ich weiß. Und dann noch zwei und dann noch zwei."

„Bitte, bitte! Dafür musst du heute auch nicht mehr singen."

Henning überlegt kurz. „Okay, das ist eine Abmachung."

„Ich liebe dich, Papa!"

Er lässt sich in Hennings Arme fallen, purzelt dabei wie jeden Abend fast aus seinem Hochbett heraus, und Henning drückt ihn ganz fest an sich und streicht dem Jungen durchs Haar. Er schließt für einen Moment die Augen und denkt an nichts. Nicht einmal an sie.

Sam lässt ihn los und schaut ihn aus großen Augen an: „So, und jetzt her mit den Büchern."

„Werd nicht frech."

Henning dreht sich um und geht zum Regal.

„Na schön. Einmal Drache Kokosnuss und dazu das Waldbuch, ja?"

„Das Waldbuch hatten wir doch gestern schon. Lieber zwei Kokosnussbücher."

Henning zieht die Bücher hervor. „Piraten und Indianer. Gut?"

„Okay."

Er tritt zurück ans Bett, über dem ein Kokosnussposter hängt, so riesig, dass es Lebensgröße sein muss, da ist Henning sicher.

„Schlaf schön, Sam."

Doch Sam hat bereits das erste Buch aufgeschlagen und blättert gedankenversunken darin herum.

„Flurlicht bitte anlassen, ja?", ruft er wie automatisiert, als Henning schon im Treppenhaus steht.

„Mach ich."

„Papa?"

„Ja?"

„Wo ist Mama jetzt gerade?"

„Sie wird sicher noch am Flughafen sein. Dann nimmt sie den Abendzug, steigt am Bahnhof in ihr Auto und dann ..."

„Dann kommt sie nach Hause. Juhuuu!"

„Ja, Sam." Er schließt die Augen. „Ja, dann kommt sie nach Hause."

„‚Sie ist hier'", sagt Wilhamina. „‚Dort, an den Nachthimmel gemalt, ist etwas, das aussieht wie ein Eichhörnchen mit buschigem Schwanz, pulvrig und weiß. Wie Zucker.'" Er hebt den Blick vom Buch.

„Was steht da rechts noch, Papa?"

„Da steht: Ende vom Anfang."

„Was heißt das?"

„Was glaubst du denn, was es heißen könnte?"

Nils zögert und zieht die Stirn in Falten wie ein nachdenklicher Professor. „Weiß nicht. Vielleicht geht danach eine neue Geschichte los? Zeig doch mal." Er blättert um. Leere Seiten. „Ach, schade, das Buch ist zu Ende. Aber vielleicht gibt es ja einen zweiten Teil? Wie bei Shrek oder Ice Age. Da gibt es vier Filme von!"

Moritz setzt einen ernsten Blick auf. „Hat Oma dich heute auch wieder Filme schauen lassen?"

Nils senkt den Blick. „Nur einen. Und einen halben."

Sein Vater atmet tief aus. „Wir hatten eigentlich vereinbart, dass du heute keinen Film schauen darfst. Oma weiß das auch."

„Ja, aber, es hat den ganzen Tag geregnet, und ich konnte nicht mal draußen mit dem Bagger buddeln und ..."

„Ach, egal, Nils. Es ist schon spät."

Moritz macht das große Licht aus, steckt das Nachtlicht in die Steckdose, spürt dabei ein Stechen in seinen Knien. Für einen kurzen Moment wird ihm schwindelig. „Alles klar, Papa?"

„Ja, alles klar." Er hievt sich mühsam hoch. „War ein langer Tag heute."

„Aber du hast es geschafft, mich noch ins Bett zu bringen. Das ist doch gut!"

Nils lächelt ihn auf eine Weise an, die ihn für einen Augenblick alles vergessen lässt. Vor allem den Job.

Er hält den Jungen fest und singt ihm „Kein schöner Land in unserer Zeit" vor. Wie jedes Mal, wenn er es schafft, noch vor halb acht zu Hause zu sein.

Es war ihr Lied.

„Gute Nacht, mein kleiner Schatz."

„Gute Nacht, mein großer Schatz."

Er deckt den Jungen zu und tritt durch die Tür in den Flur. Er wartet. Jetzt wird Nils die Frage stellen.

„Papa?"

„Ja?"

„Was macht Mama jetzt gerade?"

„Hm. Mal überlegen. Ich glaube, heute schiebt sie die Wolken weg. Damit morgen wieder die Sonne scheint."

„Au ja! Dann kann ich morgen Bagger buddeln spielen. Juhuuu!"

Über dem Treppenhaus, eingebaut in der Schräge des Daches, öffnet ein großes Fenster den Blick nach draußen. Aber dort ist kein Licht zu sehen.

Nur Tropfen.

Erster Teil
Ein neuer Anfang

1

Er schwitzt schon wieder. Diese verdammte Schwitzerei, dabei ist es doch erst Januar. Aber der Weg hier hoch war lang. Und die Höhensonne fühlt sich nach Sommer an. Die Jacke hat er sich schon um den Bauch gebunden, jetzt krempelt er die Ärmel des Fleecepullis hoch. Wer wollte noch mal auf diesen Berg?

„Sag mal", ruft er ihr zu, „wer hatte eigentlich diese Scheißidee?"

Sie dreht sich um und wirft ihm genau das Lächeln zu, in das er sich vor ziemlich genau sieben Jahren verliebt hat. Ihr kurzes schwarzes Haar steht wild von ihrem Kopf ab, die helle Haut schimmert in der Wintersonne. Auf ihrer makellosen Stirn: nicht ein Schweißtropfen. Ihr Fleecezeugs hat sie längst ausgezogen.

„Du hattest diese Idee", sagt sie sanft, streicht sich durchs Haar, und er möchte es mit ihr tun, jetzt und hier. Und genau so sieht er sie auch an.

„Weißt du, wie du gerade guckst?"

„Wie denn?"

„Du weißt schon wie."

„Nein, eigentlich nicht."

„Oh doch. Dafür reicht's also noch, aber nicht mal für so nen blöden kleinen Berg, wie? Was machst du denn, wenn du hier mal im Sommer hochmusst?"

„Ich werde hier nie wieder hochmüssen. Und warte, bis wir wieder unten sind."

„Sieh lieber erstmal zu, dass du ankommst!"

Sie dreht sich wieder um und schaut, wie der Weg verläuft. Ganz am Ende, vielleicht noch 500 Meter entfernt, endet er an einem großen kupfernen Kreuz.

„Komm, du Schwächling!", ruft sie ihm zu und marschiert mit festem Schritt voran. Er pustet durch, zieht die Wasserflasche aus dem Seitenfach des Rucksacks, nimmt einen Schluck, es ist viel zu viel, gleich wird er sicher Seitenstechen kriegen, aber jetzt ist ihm das ziemlich egal.

Er hat vergessen, wie der Berg heißt, ist auch nicht wichtig, hier oben sieht sowieso alles gleich aus. Ja, es war seine Idee. Aber anders: Hochfahren, oben ein bisschen wandern, lecker essen, wieder runterfahren. Und davon, dass die Sonne hier oben so warm ist, war auch nicht die Rede. Wahrscheinlich bringt der Mai dann Schneeregen. „Ich komme mit", hat sie geantwortet, „aber wenn, dann richtig. Dann wandern wir die ganzen 800 Höhenmeter, oder wie viele das sind, da rauf und auch wieder runter." Er hat nicht lang gezögert: „Na und? Kein Thema." Und dann sind sie losgestiefelt.

Wie heißt es doch gleich? Fit in die Berge, nicht fit durch die Berge. Auf ihn trifft gerade beides nicht zu. Er wird diesen Trip hier nicht überleben, da ist er sich sicher. Inzwischen ist sie locker dreißig Meter weit weg, er muss sich ranhalten.

Je näher er ihr kommt, desto stärker wird ihm bewusst, wie einsam sie hier oben sind. „Komisch, oder?", ruft er ihr zu.

„Ach, da bist du ja. Was ist komisch?", fragt sie.

„Wie wenig Leute hier sind. Den Letzten hab ich vor ner Ewigkeit wieder runterkommen sehen", keucht er.

„Vielleicht sind das alles so Konditionswunder wie du und die haben auch vorher aufgegeben." Sie knufft ihn in die Seite. Er zieht sie zu sich, hält sie fest, gibt ihr einen langen Kuss. Ihre Hand wandert an seinem Bauch herunter bis zu seinem Schritt.

„Na, wenigstens einer, der hier aufrecht stehen kann", flüstert sie ihm ins Ohr. „Du hast recht. Wir könnten es hier tun, einfach so." Ihre Zunge massiert sanft sein Ohr, und ihm wird immer heißer.

„Aber wir laufen jetzt seit viereinhalb Stunden", beginnt sie, und ihre Stimme klingt plötzlich so schrecklich nüchtern, „und erst mal will ich zu diesem Scheißkreuz. Dann sehen wir weiter."

Sie küsst ihn auf die Wange, so, wie man einem Freund ein Abschiedsküsschen gibt, macht einen Satz und ist schon wieder auf dem Weg. Aber er schließt schnell zu ihr auf. Jetzt marschieren sie gemeinsam, und er wundert sich, wie gut er plötzlich mithalten kann. Sie wundert sich auch: „Guck an", ruft sie, „da steckt man dir mal für ne Sekunde die Zunge ins Ohr, und schon wirfst du den Turbo an."

„Na ja, ich habe ja jetzt auch ein Ziel."

Plötzlich prustet sie los. Einfach so, und sie lacht laut und wild in die Einsamkeit hinein. Er lacht mit.

„Was meinst du, was Nils jetzt gerade macht?", beginnt sie nach ein paar Augenblicken, während das Kreuz vor ihnen langsam größer wird. Keine 200 Meter mehr. Er macht gedanklich schon mal drei Kreuze. „Hm, mal überlegen. Vielleicht den Opa herumkommandieren? Oder auch: den Opa herumkommandieren."

„Könnte sein. Vielleicht kommandiert er ja auch den Opa herum."

„Möglich, durchaus möglich. Mit der Oma macht er das jedenfalls nicht." Wieder ihr lautes Lachen, sie hat sich eingelacht, das kann jetzt noch eine halbe Stunde so weitergehen. Er bleibt stehen und schaut sie an. Lässt den Blick von ihrem Gesicht herabsinken zu ihrem Hals, blickt auf ihr beigefarbenes Longsleeve, streift mit den Augen ihre Brüste. Schaut wieder auf. „Ich liebe dich."

„Und ich dich erst. Komm, da vorne ist es schon!"

Und dann rennt sie los.
Und er bleibt stehen.
Und sie schaut nicht zurück.
Und er bleibt stehen.
Und das Kreuz steht auf einer Kuppe, zu der nur ein ganz schmaler Pfad führt.
Und er bleibt stehen.
Und sie läuft auf den Pfad zu.
Und er bleibt stehen.
Und vor dem Pfad steht ein Warnhinweis.
Und sie sieht ihn nicht.
Und er ruft nicht.
Und sie läuft immer noch weiter.

Und er wacht auf.

Die Schwärze der Nacht erfasste ihn mit aller Macht. Er lag falsch herum im Bett, aber das begriff er nicht. Er tastete nach der Nachttischlampe, die er nicht finden konnte, weil sie am anderen Ende stand, er bekam Panik, fuchtelte wild in der Finsternis herum, zog seine Decke weg und warf sie irgendwohin, drehte sich in eine Richtung, fand nichts Greifbares, dann endlich ertastete er den Rand des Bettes, er griff ihn und ließ sich hinabgleiten auf den kalten, harten Boden. Auf allen Vieren bewegte er sich ins Nichts hinein, es machte Klong, als er mit dem Kopf die Heizung traf, es schmerzte, und er grunzte blechern auf. Wenigstens wusste er jetzt, wo er war. Heizung bedeutete Wand, und Wand hieß Orientierung. Langsam dämmerte ihm, dass er am falschen Ende des Bettes zu sich gekommen war. Er tastete sich an der Wand entlang zurück, fand schnell den Nachttisch, drückte den Schalter.

Licht.

Nackt lag sie da, im fahlen Schein der kleinen blauen Lampe. Ihre weit aufgerissenen Augen, wie zwei riesenhafte schwarz leuchtende Kugeln, durchbohrten ihn. Sie schwieg. Auch, als das Blut begann, aus ihrem Hinterkopf herauszusickern. Ganz langsam öffnete sich ihr Mund, doch es traten keine Worte heraus.

Nur noch mehr Blut.

Blut. Nur noch Blut.

Er erwachte von seinem eigenen Schrei, der eher einem gepressten Wimmern glich, das sich erst mühsam seinen Weg durch die Lunge nach draußen bahnen musste. Als Nächstes spürte er seinen Atem, schnell, intensiv. Instinktiv tastete er nach der Lampe und fand sie sofort. Schaltete sie an, schaute nach rechts. Niemand lag dort neben ihm. Keine nackte Julie. Kein Blut. Er rieb sich das Gesicht, strich sich durch die Haare. Sie klebten nass an seinen Schläfen.

„Paaapaaaa!" Nils war auch aufgewacht.

Er atmete ein paar Mal tief ein und aus.

„Paaaaapaaaa!"

„Ich komme", rief er heiser.

Er stand auf, lief barfuß durchs Zimmer auf den Flur und trat durch die Tür mit dem rotgelben Schild, auf das Nils seinen Namen geschrieben hatte.

Nils saß verschlafen in seinem Bett, mit der linken Hand umklammerte er seinen großen grünen Stoffdrachen, und schaute ihn aus kleinen Augen an. „Ich hab Durst."

„Ich hol dir was."

„Zwei Becher."

Moritz kehrte mit einem zurück.

„Hier."

Nils kippte das fade Leitungswasser runter, als sei es das Letzte, was er jemals zu trinken bekäme, und hielt ihm, vor Müdigkeit leicht schwankend und die Augen halb geschlossen, den Becher hin.

„Noch einen", sagte er mit monotoner Stimme, während ihm die Augen zufielen. Moritz ging zurück ins Bad.

Das war mittlerweile ein Ritual zwischen ihnen beiden, ein paar Mal in der Woche wachte Nils auf, jedes Mal leerte er zwei Becher, sein Vater ließ es zu. Er wusste, morgen würde ihm Magdalene dafür wieder einen blöden Spruch drücken, dass der Kleine so ja nie wieder nachts trocken werde, wenn er ihn immer so abfülle, und dass es ein Unding sei, dass er mit fünf immer noch jede Nacht diese Panties trage. Er würde dann wieder entgegnen, dass das überhaupt nichts Ungewöhnliches sei, und überhaupt, dass er seinem Sohn nicht das Trinken verweigere. Und wenn Magdalene ganz besonders gut drauf war, würde sie das einfach ignorieren und antworten: „Julie wäre das nicht passiert." Und er würde schweigen. Denn die Wahrheit war: Nils war längst trocken gewesen, auch nachts, schon seit er drei Jahre alt war. Es hatte nach Julies Tod wieder angefangen. Seitdem trug er die Panties jede Nacht. Und jeden Morgen waren sie voll.

„Papa?"

Er wusste nicht, wie lange Nils ihm jetzt schon den Becher hinhielt, den er gerade zum zweiten Mal leer gemacht hatte. Moritz nahm ihn. „Kann ich mit zu dir rüber, Papa?"

Auch so ein Ritual. Auch das konnte sie nicht haben. Er schiss drauf.

„Klar."

Er nahm den Kleinen auf den Arm, drückte ihn fest an sich.

„Papa, du bist ja nassgeschwitzt."

„Ich weiß", seufzte er.

„Du musst dich umziehen, Papa, sonst wirst du noch krank."

„Mach ich."

Er legte Nils auf die leere Seite seines Bettes, zog sich um, legte sich daneben und löschte das Licht. „Nein, bitte anlassen, Papa."

„Ich mach das Flurlicht an, okay?"

Also stand er wieder auf.

„Singst du mir noch ‚Kein schöner Land'?", rief Nils ihm vom Bett aus zu.

„Mach ich auch", antwortete er matt und legte sich neben seinen Sohn.

„Was macht Mama jetzt, Papa?"

Er hielt kurz inne. Langsam gingen ihm die Antworten aus. Nils fragte das ein paar Mal am Tag und jeden Abend beim Schlafengehen, und er merkte sich jede einzelne Antwort. Moritz fand eine, von der er sicher war, sie noch nicht gegeben zu haben.

„Sie hört zu, wie ich dir was vorsinge."

„Prima, vielleicht singt sie ja mit. Können wir sie dann eigentlich hören?"

„Hm. Wenn du jetzt die Augen schließt und dich ganz doll konzentrierst ... vielleicht kannst du sie dann hören."

Er spürte, wie sein Hals enger wurde. Tränen sammelten sich in seinen Augen, und er konnte verdammt noch mal nichts dagegen tun.

Nils lag vor ihm, eingekuschelt in die Decke, die Augen fest geschlossen. Und Moritz begann: „Kein schöner Land in dieser Zeit ..."

Es dauerte nicht lange, bis zur dritten Strophe nur, und Nils atmete so friedlich und gleichmäßig, wie es nur kleine schlafende Kinder können. Er nahm die Hand seines Sohnes, legte sie in seine und schaute ihm beim Schlafen zu. Jetzt konnte er loslassen, und die Tränen rannen an seinen Wangen hinab. Er spürte, wie auch ihn die Müdigkeit befiel. Es war kurz nach zwei, noch hatte er vier Stunden. Aber er hatte Angst zu schlafen. Er wünschte sich, nie mehr schlafen zu müssen, so bescheuert ihm das jetzt auch vorkam. Er wollte nie mehr träumen. Nie mehr zurückreisen in der Zeit. Nie mehr auf diesen Berg. Das war sein Nachtwunsch. Und er wusste, dass er unerfüllt bleiben würde.

Nach einigen Minuten lag Nils in einem tiefen Schlaf. Er konnte ihn allein lassen.

Er stand auf, holte das Babyfon, schaltete es ein und ging in den kleinen Raum nebenan, der irgendwann einmal sein Zimmer werden sollte. Das Papazimmer. Ein Papazimmer für Papamusik und Papagedanken. Er stellte den Empfänger hin und drehte das Display so, dass er es immer sehen konnte. Sollte Nils sich melden, würde die rote Leuchte schon blinken. Aber Nils meldete sich nicht.

Es stand nicht viel in diesem Raum, ein Sessel, ein alter Tisch, ein paar Spielsachen seines Sohnes, ein Regal mit zig Macken, dazu einige Kisten, die er noch nicht ausgepackt hatte. Es lagen vor allem Dinge von ihr darin. Er hatte keine Ahnung, wann er in der Lage sein würde, sie überhaupt herauszuholen. Sie anzusehen. Sie zu berühren.

Auf dem Schreibtisch lag sein iPod, das Kabel führte zu wirklich teuren Sennheiser-Kopfhörern. Er setzte sie auf, schaltete den Player ein, drehte den Sessel so, dass er durch die Dunkelheit des Zimmers hinaus auf die Schwärze des Waldes schauen konnte, und ließ sich einfach fallen.

Er schaute aufs Display.
Interpret: *Nightwish.*
Album: *Once.*
Song: *Ghost Love Score.*
Play.

We used to swim the same
moonlight waters
Oceans away from the
wakeful day
My fall will be for you
My love will be in you
If you be the one to cut me
I'll bleed forever

Irgendwann fing ihn der Schlaf. Er hielt ihn fest, aber er quälte ihn nicht weiter. Er sandte ihm keine Träume und keine Dämonen. Er drückte ihn nur tief in einen alten muffigen Sessel, bis der nächste Morgen sein trübes Grau durch das Fenster schickte.

Moritz schlug die Augen auf. Der Kopfhörer lag auf seinem Schoß, er musste ihn im Schlaf heruntergerissen haben. Sein Kopf schmerzte, noch mehr aber der Rücken. Er hievte sich ächzend aus dem Sessel. Sein Blick fiel aufs Babyfon, dann lauschte er in die Stille. Kein Laut war zu hören. Er schlich ins Schlafzimmer, wo sich Nils leise brabbelnd umdrehte und dann tief seufzte.

Er ging zurück ins Papazimmer, öffnete das Fenster und spähte hinaus. Von hier oben konnte er das Tal überblicken. Es war schön hier. Mal ganz objektiv gesehen. Sie wohnte in einer netten Ecke, die alte Magdalene, das musste man ihr lassen.

Er war schon ein paar Mal durch Beyenburg gewandert. War vom Ortsrand aus, wo seine Schwiegereltern ein altes Bauernhaus mit Blick über das Tal bewohnten, hinunter nach Alt-Beyenburg gelaufen, vorbei am Kloster und zum Stausee. Nils liebte es, den Kanufahrern zuzuschauen, die unten in Beyenburg trainierten. Und am Ende aßen sie immer gemeinsam ein Eis an der Ecke, gleich gegenüber dem wunderschönen alten blauen Haus. Nils bestellte Apfelkucheneis, er selbst war inzwischen süchtig nach Limette.

Doch sooft er, auch mal alleine, durch die verwunschenen schmalen Gässchen wanderte, die zum Kloster in der Beyenburger Freiheit führten, wirklich angekommen war er nicht. Es sind auch die Menschen, die Heimat ausmachen, nicht nur die Straßen, die Häuser, die Gärten. Und Moritz kannte hier auch nach zweieinhalb Monaten noch kaum jemanden.

Er hörte das Schreien eines Milans, dann entdeckte er ihn schemenhaft am Himmel, wie er einsam seine Kreise drehte. Der Milan war ihm schon ganz am Anfang aufgefallen, als er mit einer Kiste auf dem Arm vor dem Haus gestanden hatte, und irgendein Nachbar, dessen Namen er sich bis heute nicht merken konnte, der ihm aber stets mit einem freundlichen Blick begegnete, hatte den Milan damals auch entdeckt und gesagt: „Schön, oder? Es sind mehr geworden in den letzten Jahren. Sie sind die größten Greifvögel hier. Manchmal, wenn sie eine tote Maus entdecken, landen sie sogar in den Gärten. Warten Sie nur ab."

Er hatte nur schweigend genickt. Der Mann hatte dann den Blick vom Himmel abgewendet, ihn angeschaut und leise gesagt: „Sie sind also der Schwiegersohn?"

Er hatte den Blick des Mannes erwidert, der immer noch freundlich war. „Ja, ich bin der Schwiegersohn."

„Na dann: Viel Glück." Es hatte aufrichtig geklungen.

„Viel Glück", sagte er nun zu sich selbst und in die Stille hinein. Vielleicht sagte er es auch zu dem Milan, der nun tiefer am Himmel seine Kreise zog, schließlich im Dickicht eines Waldes verschwand und bisher kein einziges Mal im Garten gelandet war.

Wuppertal-Beyenburg. Die Berge drum herum erinnerten ihn an das Weserbergland. Nur dass es hier im Tal der Wupper enger zuging, die Steigungen kamen ihm noch steiler, die Wege noch schmaler, die Kurven der Straßen noch spitzer vor. Er hatte vorher so manches über das Bergische Land gehört und noch nicht herausgefunden, was davon alles stimmte und was in die Welt der Legenden gehörte. Natürlich, der viele Regen. Die Unbeständigkeit. Wenn er mit Nils unterwegs war, hatten sie inzwischen immer ihre Schirme dabei.

Hier sollte die Geschichte also weitergehen. Er hatte keine Ahnung, wie. Er hatte die letzte Zeit mehr oder weniger überlebt, mehr nicht. Seit zweieinhalb Monaten wohnten sie jetzt hier, und ihm kam es vor, als wären sie gestern erst eingezogen. Er schaute auf die vielen noch immer nicht ausgepackten Kisten. Das Papazimmer war ein Abstellraum, aber irgendwie passte das, denn er kam sich selbst vor wie abgestellt. Jener Frühlingstag auf dem Berg, dessen Namen er immer noch nicht wusste, weil er ihn auch nicht wissen wollte, hatte ihn aus den Gleisen katapultiert.

Das Schlimme war, dass er trotzdem nicht einfach anhalten konnte. Er musste weiterfahren, ein Stückweit neben der Spur, aber er erreichte irgendwie trotzdem Station um Station, und dort passierte auch immer etwas, aber er nahm das oft nur wie durch einen Schleier wahr.

Aber nicht jetzt. Dies war ein relativ klarer Moment, hier, im Baustellen-Papazimmer um kurz nach halb sechs an diesem kühlen ersten Septembertag im Bergischen Land, das ihm immer noch so fremd erschien. Die Luft war frisch, kalt, gut. Er sog sie in sich auf.

In zwei Stunden würde er wieder an solch einer Station haltmachen. Er würde aussteigen und so etwas wie Arbeitsalltag versuchen. In seinem alten Job. Er hatte lange überlegt, ob er sich das je wieder antun wollte. Es würde nicht leicht werden, Nils nun jeden Tag in ihre Obhut geben zu müssen. Er vertraute Magdalene, das war es nicht. Aber in all dieser Zeit des Schmerzes waren sie zusammengewachsen, er und sein Sohn. Er hatte oft das Gefühl, den Kleinen jetzt überhaupt erst wirklich kennenzulernen. Er war tief beeindruckt davon, wie er mit dem Tod seiner Mutter umging. Auch Nils hatte schlimme Tage, schlimme Augenblicke. Aber er wirkte wesentlich stärker, als sein Vater es erwartet hatte.

Die gemeinsamen Tage waren nun erst einmal vorbei, zumindest in der Woche. Und auch an manchen Wochenenden, das wusste er.

Er hatte versucht, Nils auf diese neue alte Zeit vorzubereiten. Es wird wieder ein bisschen so wie vor Mamas Tod, hatte er ihm erklärt, ich werde wieder arbeiten müssen, damit es uns immer gutgeht.

„Aber es geht uns doch gut“, hatte Nils geantwortet, und Moritz hatte geschwiegen, bis Nils, wie um seinen Vater zu beruhigen, schließlich gesagt hatte: „Zum Glück gibt es ja Oma.“

Aber vielleicht käme es hier ja auch anders als damals. Er hatte sich ins Diebstahldezernat versetzen lassen. Abteilung Toter Vogel, so nannten sie das. Für den Rundordner arbeiten. Am Schreibtisch hocken. Sich zu Tode langweilen. Aber das war seine Bedingung gewesen, und sie hatten sie ihm erfüllt. Er wollte geregelte Tage haben. Er wollte eine Aussicht auf freie Abende. Sie hatten sie ihm gegeben. Hier, im Bergischen Land.

Plötzlich fielen ihm die Worte seines alten Chefs ein, des dicken Marquardt, und er musste unwillkürlich lächeln. „Wenn du jetzt gehen musst, dann geh, Moritz. Ich hätte dich gern wieder im Team gehabt, das weißt du. Aber ich verstehe es. Auch wenn ich nie kapieren werde, was du in diesem Regenloch willst. Wuppertal. Weißt du eigentlich, dass es da an drei von vier Tagen im Jahr schüttet? Na, herzlichen Glückwunsch. Aber eins sage ich dir, Moritz: Glaub bloß nicht, dass du da lange am Schreibtisch hocken wirst, so wie die es dir jetzt noch versprechen. Mach dir da mal bloß nichts vor. Seien wir ehrlich: Es ist völlig egal, ob du hier im Weserbergland auf Mörderjagd gehst oder im Bergischen: Die Bösen und die Irren laufen überall rum. Und es sind überall die gleichen Arschlöcher. Und du bist gut darin, diese Arschlöcher zu finden.“

Moritz ließ den Blick noch einmal über das Tal schweifen. Darin ähnelten sich die alte und die neue Heimat: Die Hügel und die Wälder. Nur waren sie hier nasser.

Er zwang sich, ehrlich zu sich selbst zu sein: Er wollte an keinen Schreibtisch. Er wollte Mörder jagen. Aber er wollte auch ein Vater sein. Ein guter Vater. Einer, der da ist.

Er hatte diese Auszeit gebraucht. Nils hatte sie gebraucht. Aber Moritz Brinker wusste auch, wie schnell der Alltag ihn wieder einholen würde. Vieles würde sich ändern.

„Wie geht das nur alles?", fragte er niemanden.

Er schloss das Fenster, aber die Frage stand offen in der Stille.

2

Hauptkommissar Paul Bettermann war ein großer, hagerer Mann mit hoher Stirn und grauen Haaren, die so wild über den Schläfen abstanden, wie man es vielleicht von einem Professor an der Wuppertaler Uni erwarten würde, aber nicht vom Leiter einer Kriminalinspektion. Er war Mitte fünfzig, aber seine Augen leugneten das. Sie wirkten jung, wach, hungrig.

Moritz kannte ihn nur von Fotos, sie hatten ein paarmal telefoniert. Jetzt reichte er Moritz eine schlanke Hand mit langen dürren Fingern. Am linken Ringfinger erkannte er eine helle Hautstelle. Und Bettermann merkte, dass Moritz sie erkannte.

„Ja, ich habe auch jemanden verloren. Aber anders als Sie. Irgendwann wacht man auf und findet den Zettel, auf den man im Grunde schon Jahre gewartet hat. Der Rest ist Abwicklung." Moritz nickte schweigend.

„Schön, dass Sie hier sind", begann Bettermann. „Und, haben Sie sich schon ein bisschen eingelebt im Bergischen Land? Im schönen, verregneten Wuppertal? Wie lange sind Sie jetzt hier?" Bettermann kam ihm vor wie eine Redemaschine. Moritz machte nicht gern große Worte.

„Wir wohnen jetzt gut zwei Monate hier. Aber angekommen … na ja."

„In Beyenburg, richtig? Schöne Ecke da."

Sie gingen in Bettermanns Büro. Auf dem Schreibtisch standen drei Kinderfotos, die so platziert wirkten, als wolle Bettermann, dass jeder sie auch sofort wahrnehme. „Das sind meine drei", sagte er prompt, „sechs, neun und elf. Ich habe sie jedes zweite Wochenende. Wenn ich es schaffe." Und seine Miene verfinsterte sich für einen kurzen Moment, ehe er die Maske wieder aufsetzte. „Bitte, nehmen Sie Platz. Kaffee?"

„Ja, danke."

Bettermann stellte ihm eine Wuppertaler-SV-Tasse hin und goss pechschwarzen Kaffee ein. „Hab grad keine Milch mehr, die war schlecht heute Morgen. Und die meisten trinken ohnehin schwarz. Zucker wär noch da."

„Passt schon", nickte Moritz.

Er hasste schwarzen Kaffee und überlegte jetzt schon, wie er das Zeug runterwürgen sollte.

„Und Sie wohnen da mit Ihrem Sohn? In einer Wohnung?"

„Im Haus meiner Schwiegermutter. Oben."

„Hoppla."

„Es war die einfachste Lösung erst mal. Sie stammen von hier, und als dann die Stelle frei wurde, lag das nahe."

„Und die Oma kann sich um Ihren Kleinen kümmern."

„Ja, kann sie." Er schob unbewusst die Unterlippe vor.

„Und Ihnen gefällt das eigentlich nicht?"

„Ich habe keine Wahl."

Bettermann leerte die halbe Tasse in einem Zug und goss sich Kaffee nach. Moritz warf einen Blick nach draußen. Ein Spätsommergrau hatte die Stadt fest ummantelt. Das Rauschen der Autos auf der Bundesstraße 7 drang leise bis nach oben, obwohl die Bürofenster der Kriminalinspektion I geschlossen waren.

„Also kennen Sie Wuppertal ein bisschen? Und Solingen, Remscheid? Das Bergische Land überhaupt?

Da sind noch so viele Ecken, das ganze Oberbergische hinten dran, das beackern zwar die Kollegen aus Gummersbach und Köln, aber trotzdem, man spricht ja miteinander. Ist schon ein besonderer Schlag Menschen hier."

Moritz schickte ihm ein anerkennendes Lächeln. „Das sagt, glaube ich, jeder über seine Region, oder? Dass ein besonderer Schlag Menschen dort lebt. Und letztlich sind sie doch alle gleich."

„Wahrscheinlich. Aber die Leute hier ... sie sind an sich sehr herzlich. Wenn man ihre Schale aus feinstem bergischem Stahl erst mal durchbohrt hat. Und das dauert. Außerdem regnet es hier mehr als woanders. Definitiv. Dieses Jahr lag im April noch Schnee."

„Das mit dem Regen habe ich auch schon gemerkt."

„Wann sind Sie eingezogen? Im Juni? Da hatten Sie es doch gut. Der Sommer war, mal im Vergleich betrachtet, sogar eigentlich noch ganz okay. Drei Wochen Sonne am Stück, wenn ich mich recht erinnere, da kann man nicht meckern. Warten Sie ab, bis der November kommt, das ist die schrecklichste Zeit hier. Wenn die Nebelsuppe manchmal zwei Wochen über dem Tal hängt, und Sie sehen die Hand vor Augen nicht. Und ständig bringt sich einer um." Er lachte auf eine dreckige Art und Weise, die Moritz ihm nicht zugetraut hätte. „Sorry, jetzt werde ich zynisch. Haben Sie gute Regenjacken? Kaufen Sie sich gute Regenjacken."

„Habe ich." Er hatte eine einzige, und die würde für die paar Meter vom Auto ins Büro schon reichen.

Bettermann holte sich die Mappe heran, die schon die ganze Zeit auf dem Tisch lag, und blätterte darin herum. „Einer der Abschlussbesten, mit Anfang 30 schon Oberkommissar, hohe Aufklärungsrate. Unter anderem fünf vergleichsweise spektakuläre Fälle im Weserbergland gelöst. Sie waren das, der vor einigen Jahren den Kindermörder geschnappt hat, oder? Diesen Straßenmusiker. Den Kerl, den sie Rattenfänger nannten."

„Mein Team und ich haben ihn gefasst."

Damals war Nils gerade auf die Welt gekommen, und Moritz hatte nächtelang nicht geschlafen. Wegen beidem: wegen des Kindes und wegen des Mörders. Sie hatten diesen Kerl anschließend für unzurechnungsfähig erklärt. Wie konnte einer, der über ein Jahr drei Mädchen entführt, vergewaltigt und massakriert hat, unzurechnungsfähig sein?

„Der Mann sitzt jetzt in der Klapsmühle, oder?"

„Er gehört ins Gefängnis", sagte Moritz.

„Ja, gehört er", antwortete Bettermann. „Aber wir sind nur zum Finden da. Nicht zur Weiterverarbeitung."

„Ich weiß."

Bettermann blätterte weiter durch die Mappe, nickte hier und da, fügte ein paar obligatorische Mhmhs und Ahas an, es war eine gut einstudierte Show, die Autorität und Macht suggerieren sollte, und sie war so schrecklich durchschaubar, dass es Moritz auch im Vollrausch aufgefallen wäre. Aber irgendwie fand er es auch auf eine seltsame Weise sympathisch.

„Herr Brinker, Sie waren ein Guter", begann Bettermann mit einem Pathos in der Stimme, als hätte er ihm gerade den Oscar verliehen.

Moritz nickte schmunzelnd. „Ich bin es noch, denke ich ... hoffe ich."

Bettermann wurde schnell ernst. „Und wie lange waren Sie nicht mehr dabei? Ein halbes Jahr, oder?"

„Fast acht Monate."

Bettermann nickte bedächtig. „Und Sie sind sich sicher, dass ..."

„Ja. Ja, das bin ich. Absolut. Und es ist ja jetzt auch ein etwas anderer Job. So im Inneren." Die Antwort kam zu schnell, das wusste er. Sie kam zu schnell, weil er seit der Begrüßung auf diese Frage gewartet hatte, weil er sie, wenn er ehrlich war, herbeigesehnt hatte, diese Scheißfrage, und weil er die Antwort einfach nur loswerden wollte. Wie eine Rechtfertigung vor sich selbst: Ja, wenn ich es nur schnell sagen darf, wie fit ich wieder bin, aber bitte für die Akten arbeiten möchte, dann wird schon alles gut.

Aber Bettermann ging nicht mal darauf ein. „Ihre Frau starb bei einem Unfall?"

„Ja, sie ... es ist beim Wandern passiert. Im Urlaub. Sie ... ging auf einem Pfad zu nah am Abgrund und ... und dann ... fiel sie."

„Wo waren Sie?"

Er zuckte innerlich zusammen und schaute zu Boden.

Bettermann schüttelte den Kopf über sich selbst. „Herrgott, Paul!" Er schlug sich mit der Hand an die Stirn. „Sie müssen bitte entschuldigen, Herr Brinker, ich mache diesen Scheiß hier einfach zu lange. Geht mich überhaupt nichts an, das mit Ihrer Frau. War sicher alles schlimm genug für Sie."

„Ja, das war es."

„Trinken Sie Ihren Kaffee."

Moritz schlürfte die schwarze Brühe, merkte, wie es ihn schüttelte, aber er riss sich zusammen. „Der ist stark."

„Sie kennen das doch. Wie soll man sonst den Tag überleben?"

„Na ja, meine Tage werden ja nun sicher etwas anders laufen als damals in Hameln und drum herum."

Er hatte das Gefühl, Bettermann langsam mal aufs eigentliche Thema lenken zu müssen, sonst saßen sie hier noch in drei Stunden und machten Smalltalk. „Und da bin ich auch nicht ganz traurig drum, wenn ich ehrlich sein darf. Gerade für meinen Sohn ist es ja wichtig, dass er seinen Papa jeden Tag sehen kann." Den Satz hatte er vorher auswendig gelernt, und er brachte es fertig, ihn auch genauso vorzutragen.

Bettermann nickte langsam und schaute ins Nirgendwo, strich sich dann durch sein schütteres Haar und trank noch mehr Kaffee. Ohne ihn anzuschauen, sagte er: „Man hat Sie also noch nicht informiert."

Moritz stutzte. „Worüber?"

„Also nicht. Wie schön." Er machte sich eine Notiz. „Dann muss ich dem Wilke wohl mal den Hintern aufreißen. Verdammte Kommunikation."

Moritz nahm einen großen Schluck. „Jetzt sagen Sie nicht, dass ich doch nicht hier anfange. Wir sind gerade dabei, uns halbwegs einzuleben."

„Nein, nein, Sie bleiben mal schön hier, keine Sorge." Jetzt erst drehte er sich wieder zu Moritz um. „Kennen Sie Schatz?"

„Schatz?"

„Also nicht. Gut, woher auch. Hier kennt den natürlich jeder. Kein Wunder, war ja Jahrzehnte da, der Mann. Schatz hat bei uns zig Einsätze geleitet. Bis letzte Woche. Guter Mann eigentlich, erfolgreich. Hat damals den Typen gefasst, der unseren Oberbürgermeister entführen wollte. Ging durch alle Medien, die Nummer. Davon haben Sie aber gehört, oder?"

„Sicher, das kam ja damals überall. Schatz hat den also gefasst. Und was ist jetzt mit ihm?"

„Der Kollege liegt nach einem schweren Schlaganfall in der Helios-Klinik und kämpft um das Leben, das er, wenn er nicht gerade ein paar Böse gefangen hat, am liebsten mit Saufen verbrachte."

Moritz spürte, wie ein Schauer über seinen Rücken lief. Er wusste, was jetzt kommen würde. „Ich mache es kurz, Herr Brinker", begann Bettermann und klappte die Mappe zu, „Schatz ist so gut wie tot. Ich habe mit dem Arzt gesprochen. Sein Hirn ist jetzt vor allem ein großer heller Haufen Mus, wir arbeiten hier schon daran, wie wir seine Frau absichern, die ist Mitte fünfzig und hat die letzten Jahre hinterm Herd gestanden. Dass es so was noch gibt … na jedenfalls: Schatz ist weg."

„Und?" Doch Moritz kannte die Antwort längst, und er hatte noch keine Ahnung, wie er sie finden sollte.

„Und jetzt brauchen wir einen Nachfolger."

Moritz rückte in Gedanken von seinem Stuhl weg. Er sah Moritz I, und Moritz II stand auf, stellte sich neben ihn und schaute ihm zu. So war das immer, wenn ihn eine Situation überforderte, wenn er einen Moment nicht mehr erfassen konnte. Es war so gewesen, als er den Kindermörder im Kellerraum eines Fachwerkhauses in Lügde aufgespürt hatte, ausgerechnet Lügde, wo der Hund begraben war. Es war so gewesen, als Nils zur Welt gekommen war, und es war auch so gewesen, als Julie auf dem Weg zu diesem verfluchten Gipfelkreuz …

Und jetzt war es wieder so, wenn auch nicht so extrem. Moritz II schaute auf Moritz I herab, wie er auf seinem Stuhl saß, und ihn ihm fochten zwei einen Kampf aus. Der Vater und der Mörderjäger.

„Herr Brinker, sind Sie noch bei mir?"

Moritz II verpuffte wie eine Halluzination, nachdem man sich einmal ordentlich die Augen gerieben hat. Er dachte kurz daran, wie er vorhin noch im Papazimmer am Fenster gestanden hatte. Und er hasste sich dafür, dass sich ein Teil von ihm jetzt freute. Doch er konnte nichts dagegen machen. Das, was in einem ist, lässt sich niemals verstecken. In ihm war der Jäger. Kein Verwalter. Er war immer ein überlegter, sicherer, bedachter, strategischer Jäger gewesen. Mit seinen eigenen Methoden, die nicht jedem passten. Aber sie funktionierten in der Regel. Er hatte keine Ahnung, wie er das Magdalene beibringen sollte. Denn das, was sie hier mit ihm anstellen wollten, war das Richtige. Er würde eingehen im Innendienst.

Und er würde Ja sagen zur Jagd. Aber nicht gleich im ersten Satz.

„Was sagen Sie dazu, Herr Brinker?"

„Ich weiß nicht, was ich sagen soll."

„Ich habe mit Marquardt gesprochen. Er hält Sie für eine Art Genie. Er sagt, Sie schaffen es, Leute in einem einzigen Verhör zu überführen, an denen sich andere die Zähne ausgebissen haben. Und dass Sie dabei auch mal bis an die Grenze gehen."

„Ich habe noch nie jemanden geschlagen oder bedroht. Noch nicht einmal einen dreifachen Kindermörder."

„Das meine ich nicht. Ich habe mir Vernehmungsprotokolle angeschaut, Herr Brinker. Wie Sie mit den Leuten reden. Wie Sie sie aus der Reserve locken. Das ist schon besonders. Es gibt nicht viele Kollegen wie Sie, glauben Sie mir. Leute, die so *instinktiv* vorgehen."

„Herr Marquardt übertreibt. Und ich war wirklich lange weg."

„Ein Dreivierteljahr. Instinkte bleiben, Herr Brinker."

Moritz nickte. Bettermann hatte recht. Natürlich mussten sie den ganzen Kram drum herum beherrschen. Sie mussten immer häufiger die sozialen Netzwerke nutzen, die Moritz hasste wie kaum etwas sonst, sie mussten sich mit den Pappnasen aus der Analyse herumschlagen, die den ganzen Tag im Labor hockten, aber ohne sie ging überhaupt nichts. Und doch war es am Ende vor allem sein Instinkt gewesen, der ihn häufig auf die richtige Spur gebracht hatte.

„Ich werde die Aufgaben natürlich verteilen. Sie sind in der besagten EK zu dritt. Saskia Berger, schon mal gehört?"

Moritz schüttelte den Kopf. „Ungefähr so alt wie Sie, nein, gut fünf Jahre jünger, sehr tough, eher so der Kumpeltyp. Wirklich schwer in Ordnung. Die können Sie nachts um drei aus dem Bett holen. Manchmal ist sie ein bisschen übereifrig, dann muss man sie bremsen. Was ich ganz besonders bemerkenswert finde: Sie ist eigentlich immer gut drauf ... ich frage mich, wie sie das macht. Und dann Tim Plöger, ganz anders, ein Stiller, fast linkisch. Guter Analytiker. Sehr einfühlsam. Ich glaube ja, der ist schwul oder so, jedenfalls spricht der überhaupt nie über Privates, geht mich auch nichts an. Beide wissen bereits Bescheid über Sie. Also, dass Sie den Schatz beerben werden."

„Auch darüber, wie lange ich weg war?"

„Auch darüber, wie lange Sie weg waren und warum. Deshalb werden Sie und Frau Berger erst einmal zusammenarbeiten, Plöger wird Sie ergänzen. Ich lege nicht alles auf Ihre Schultern, keine Sorge."

Da liegt auch gerade schon genug drauf, dachte Moritz.

Beide schwiegen einen Moment, Bettermann goss sich mehr Kaffee nach und trank schnell. Moritz würde sich bei dem Tempo bis heute Mittag in einen Flummi verwandeln, da war er sicher.

„Haben die beiden anderen auch Kinder?", fragte er.

Bettermann stutzte. „Na ja, Plöger ist ja wie gesagt eine ... na ja ... und Frau Berger hat, so wie ich das mitbekomme, noch nicht den richtigen Mann dafür gefunden. Warum fragen Sie das?"

Moritz atmete tief. „Nach dem Tod meiner Frau habe ich viel Zeit mit meinem Sohn verbracht. Wir waren eigentlich jeden Tag zusammen. Und das war", er musste lächeln, „einfach eine gute Zeit. Ich habe ihn da eigentlich erst so richtig kennengelernt."

„Gut für Sie. Ich kenne meine Kinder bis heute nicht." Bettermann runzelte die Stirn und schaute verstohlen auf die drei Kinderfotos, die nun wie ein Alibi wirkten.

„Mir ist schon lange klar", begann Moritz, „dass sich das mit dem heutigen Tag ändern wird, und ich weiß, dass ich gut bin in dem, was ich mache, und dass ich sicher kein Innendienstler bin, der jeden Tag hundert Telefonate führt und Akten hin und her wälzt."

„Nein, sind Sie nicht", sagte Bettermann, als wolle er ihn noch einmal nachhaltig davon überzeugen.

„Aber ich will … ich muss auch Zeit für mein Kind haben. Zumindest an den Wochenenden …"

„Sie wissen, dass ich Ihnen hier keine Vier-Tage-Woche anbieten kann."

„Nein, und der Kleine ist ja bei seiner Oma auch gut versorgt, er liebt sie über alles, nur … er braucht auch mich." Dann, nach einer kleinen Pause, sah er Bettermann fest in die Augen: „Und ich brauche ihn." Bettermann hielt dem Blick nicht stand, wieder streiften seine Augen die drei Fotos, und Moritz konnte einen bitteren Schmerz erkennen, der seinem neuen Chef im Gesicht stand.

Paul Bettermann seufzte tief, lehnte sich in seinem Stuhl zurück und legte die Hände hinter den Kopf.

„Hören Sie, Herr Brinker. Wir sind ja hier kein Montagebetrieb in China, wo die Betten zum Schlafen direkt neben dem Fließband stehen."

„Ist das jetzt gut oder schlecht für mich?"

„Ich habe mit beiden schon ausführlich gesprochen, und sie kennen auch das Nötigste von Ihrer Geschichte. Sie sind also schon ein Stück weit sensibilisiert. Wir bekommen das schon irgendwie hin."

Moritz schloss kurz die Augen und nickte. Er wusste, was Sätze bedeuteten, in denen jemand noch kurz vor Schluss ein „Irgendwie" untergebracht hatte. Wieder entstand eine Stille zwischen beiden, und Moritz spürte, wie unangenehm sie wurde. Er kannte Bettermann erst ein paar Minuten, aber er ahnte, dass sein neuer Chef selbst hatte erfahren müssen, wie ein Irgendwie alles verändert hatte. Jetzt traf er sich alle zwei Wochen mit Kindern, die er nicht einmal kannte.

Bettermann fing sich wieder und setzte sich gerade. Nun griff er zu einer kleinen Wasserflasche, nahm einen winzigen Schluck und stellte sie wieder ab. „Es ist im Moment auch relativ ruhig. Keine dramatischen Dinge. Viel Kleinzeugs. Außer natürlich ..."

Es wirkte wieder so inszeniert. Erst mal das Blabla, dann das Eingemachte.

„Der Bauer, Marten, der vor zwei Wochen seinen ganzen Hof angezündet hat. Haben Sie davon gehört? Sicher, oder? Ist an der Grenze zu Schwelm passiert, fällt aber noch in unseren Bereich."

„Ja, ich hörte davon. Siebzig Kühe verbrannt und die Schwester oder so."

„Oder umgekehrt, genau." Bettermann lachte wieder dreckig. „Der Mann wohnt nach wie vor im Bauernhaus, ganz allein, wir können dem nichts nachweisen. Bisher jedenfalls nicht. Die Spurensicherung hat das ganze Areal abgesucht. Aber sie haben nicht einmal Hinweise auf Brandstiftung entdeckt. Und auch keine andere Ursache. Außer dem alten Marten kommt jedenfalls niemand infrage, der es getan haben könnte, wenn es denn eine Zündelei war. Der Hof war total marode, die Kühe waren in einem schlechten Zustand, aber die Versicherung, die hatte es in sich."

Moritz dachte nach. Seine Jagd würde weitergehen. Mit einem Bauern. Er musste schmunzeln.

„Warum lachen Sie?"

„Da komme ich ins Bergische Land, ziehe ins Haus meiner Schwiegermutter am Stadtrand, komme dann hierher, um ein paar Akten hin und her zu schieben, und jetzt soll ich einen geldgeilen Bauern fangen, der seine Schwester abgefackelt hat, ohne eine Spur zu hinterlassen."

„Und siebzig Kühe."

„Und siebzig Kühe."

Bettermann stand auf, Moritz folgte ihm. Er reichte ihm die Hand.

„Willkommen in der Ermittlungskommission Marten, Herr Brinker. Sie packen das. Diesen Fall und die, die danach kommen. Und was das andere betrifft, ich meine, Ihr Kind ...", und nun legte sich eine Ernsthaftigkeit in Bettermanns Stimme, eine Aufrichtigkeit, die Moritz bisher so nicht entdeckt hatte, „glauben Sie mir, ich finde es auch nicht gut, dass ich keinen einzigen der Freunde meiner Kinder kenne. Und dass ich nicht weiß, welche Musik sie eigentlich mögen. Oder welchen Lehrer sie hassen ... also jedenfalls ... wir kriegen das schon hin. Und Sie werden freie Wochenenden haben."

Bettermanns Händedruck war fest, zu fest, als wolle er seine starken Worte noch einmal untermauern, und in diesem Augenblick glaubte Moritz, dass sich das „Irgendwie“ vorhin vielleicht doch in Bettermanns Satz verirrt hatte.

„Kommen Sie, ich stelle Ihnen die Kollegen vor. Sie warten schon.“ Er ging um seinen Schreibtisch herum und warf einen Blick auf die halbvolle Wuppertaler-SV-Kaffeetasse. „Sie trinken wohl nicht gerne Kaffee, wie? Oder ist es der falsche Verein? Was ist denn Ihrer?“

„Hannover 96.“

„Oh ja, das ist natürlich was ganz anderes.“

„Immerhin erste Liga. Europapokal sogar. Und wo spielt der Wuppertaler SV noch mal?“

„Wissen, Sie, ich habe seit Ewigkeiten eine Dauerkarte, aber ich komme fast nie dazu, hinzugehen. Ich borg sie Ihnen gern mal. Den Kleinen schicken Sie dann mit der Oma nebenan in den Zoo. Und Sie stellen sich bei fünf Grad auf die Tribüne und schauen sich Unterklassenfußball an. Was ich dafür aber noch wissen müsste, ist: Wie leidensfähig sind Sie?“

Ziemlich, dachte er und lächelte höflich.

Bettermann führte Moritz aus seinem Büro und durch einen Flur. Zu einer Ermittlungskommission, die mitten in einem Fall steckte. Zu neuen Menschen. Er führte ihn in ein neues Leben, in dem das Irgendwie natürlich eine Rolle spielte.

Gespräch zweier Männer

„Und? Traust du dir das zu?"

„Ja, sonst säßen wir nicht hier. Wie lange wird das Ganze dauern?"

„Wenn alles glatt läuft – vier, fünf Tage. Wichtig ist, dass sie versorgt ist, dass sie uns da nicht verhungert. Sie wird gefesselt sein, einer muss also hin, jeden Tag, und nach ihr sehen. Sie versorgen."

„Kann ich machen, lässt sich einrichten."

„Sie wird auch Augen und Mund verbunden haben, trotzdem wirst du dich tarnen müssen. Sicher ist sicher."

„Reicht ein Motorradhelm?"

„Weiß nicht. Schwarze Maske wäre mir lieber." „Wann wird das Ganze beginnen?"

„Jetzt noch nicht. Ich muss noch einige Vorbereitungen treffen. Ich schätze, in sechs Wochen sind wir dann so weit. Passt das bei dir?"

„Natürlich. Und für mich springt am Ende ..."

„... genau das raus, was ich am Telefon angedeutet habe. Plus Bonus, wenn alles glatt läuft."

„Gut, dann warte ich auf deine Nachricht."

„Die wird kommen, verlass dich drauf."

4

Acht Monate Pause, zwischendurch zwei, drei Telefonate mit seiner alten Kollegin Gesa Markowski aus Hameln, von denen das letzte schon eine Ewigkeit her war - sonst hatte Moritz nichts mitbekommen vom Alltag seiner Kollegen. Es war kurz nach fünf an diesem Montag im September, und er hatte das Gefühl, niemals ganz draußen gewesen zu sein. Er hatte jegliches Kennenlerngeplänkel auf das Wesentliche beschränkt und sich sofort in den Fall um Bauer Marten einarbeiten lassen. Bettermann hatte seine beiden neuen Kollegen treffend beschrieben. Saskia Berger war ein Kumpel, ein gut aussehender Kumpel mit kurzen dunkelbraunen Haaren, großen wachen Augen und einem Mund, den ständig ein leises Lächeln umspielte. Tim Plöger, der Ruhigere, hatte die meisten Details zu dem Fall gesammelt, und ob der Mann nun schwul war oder nicht - was kümmerte ihn das? Neben dem Fall mit dem Bauern und seinen Kühen hatten sie es mit einem versuchten Totschlag und Raub in einem Juweliergeschäft in Ronsdorf zu tun, einen der Täter hatten sie erwischt, aber der Kerl war stumm wie ein Stein. Dazu kam ein eskalierter Nachbarschaftsstreit an der Stadtgrenze zu Solingen-Gräfrath, wo ein Libanese seinen türkischen Nachbarn mit einem Spaten erschlagen hatte - vor den Augen der Tochter des Opfers.

Moritz beschloss, dem Bauern aus Langerfeld am nächsten Tag einen Besuch abzustatten. Der Mann bewohnte jetzt den noch halbwegs erhaltenen Anbau des Hofes und hatte sich bislang geweigert, auch nur ein Wort zu sagen. Sie hatten ihn mit drei Beamten aufs Revier bringen lassen, wo er sich mit Händen und Füßen gegen alles und jeden gewehrt hatte. Sie hatten ihn befragt. Stundenlang. Der Mann war entweder extrem dumm oder extrem clever, denn es war nichts aus ihm herauszuholen gewesen. Nicht über die Schwester, nicht über den Hof, nicht mal über die Versicherung. Wenn er seinen Hof wirklich abgefackelt hatte, dann hatte er dabei alles richtig gemacht. Zumindest hatte er scheinbar keine Spuren hinterlassen.

Trotzdem waren alle davon überzeugt, dass er es getan hatte. Besonders die Aussagen der Nachbarn deuteten darauf hin, was Marten für ein Mensch gewesen war. Es gab keinen, mit dem er nicht im Streit lag, und wie er mit seinen Tieren umgegangen war, hatte so manchem in der kleinen Ortschaft Ehrenberg in Wuppertal-Langerfeld immer wieder Angst gemacht. Genauso wie die Auftritte der Schwester, die alle paar Wochen mit einer Sonnenbrille und Mütze das Haus verlassen musste. Manchmal humpelte sie auch. Und schwieg, wenn man sie grüßte.

Es war kurz nach halb sieben am Abend, als Moritz das Büro verlassen wollte. Eine knappe halbe Stunde Fahrt, er käme also rechtzeitig zum Ins-Bett-Bringen nach Hause. Sein Telefon klingelte.

„Brinker."

„Na, Überstunden gleich am ersten Tag?" Es war Bettermanns Stimme. „Kommen Sie doch mal kurz zu mir rein."

Er legte auf und lief zu Bettermanns Büro.

„Und? Wie ist Ihr Eindruck von den Kollegen? Und überhaupt: Fühlen Sie sich gut? Steht alles an seinem Platz, ist alles in Ordnung?"

„Es gibt nirgendwo Milch für den Kaffee. Das muss sich dringend ändern", antwortete Moritz.

„Ja, wir trinken ihn hier alle schwarz. Außer Plöger, der trinkt Tee. Auch wieder so was …"

„Ich werde morgen mal unseren Bauern besuchen."

„Glauben Sie denn, dass er Ihnen was zu erzählen hat?"

„Vielleicht habe ich ihm ja was zu erzählen", antwortete Moritz. „Ich habe vorhin mit der Versicherung telefoniert. Sie übernehmen ja nur dann die Versicherungssumme, wenn aber auch gar kein Zweifel mehr daran besteht, dass es ein Unfall war, für den niemand etwas konnte. Wir werden den gesamten Hof noch einmal durchkämmen. Ich brauche hierfür ein Team."

Bettermann verschränkte die Arme. „Wir haben zwei Tage da oben herumgesucht. Nichts. Warum sollten wir …"

„Vielleicht, um nichts zu finden."

„Bitte was?"

„Aber um den Alten zu beeindrucken. Ich habe mir alle Protokolle angeschaut. Da steht von ihm selbst … nichts. Nichts in zwei Wochen, das ist jetzt nicht gerade eine Riesenausbeute. Wenn er es war, und das glauben ja hier alle, so wie ich das herausgehört habe, und wenn er da oben so ein Schreckensregiment geführt hat, dann ist er vielleicht zu selbstsicher. Er geht davon aus, dass die Nummer durch ist. Ist sie aber nicht."

Er trat wieder neben sich, für einen kurzen Moment nur. Da stehe ich also. Nach einem einzigen Arbeitstag. Und greife schon wieder auf meine ganz eigenen Methoden zurück. Ich habe sie konserviert. Ich will jetzt da hoch und dem alten Marten ein bisschen Angst einjagen. Mein Gott, wer bin ich eigentlich?

Zugleich war ihm bewusst, dass er mit dieser Taktik früher schon ein paarmal erfolgreich gewesen war. Und bisher hatten sich hier alle die Zähne ausgebissen an dem Alten.

Bettermann nickte andächtig, so, als ließe er Moritz Brinkers Idee noch einmal Bild für Bild Revue passieren.

„Okay, also machen wir das so." Bettermann klatschte in die Hände und freute sich plötzlich wie ein kleiner Junge, dem gerade eine Idee gekommen ist, dabei hatte Moritz den Vorschlag gemacht.

„Wann wollen Sie morgen da hin?"

„Wir müssen ihn in jedem Fall überraschen", antwortete Moritz, „ich werde zusehen, dass wir gegen acht Uhr da sind und dass wir auch einige Zeit brauchen, damit er uns in jedem Fall wahrnimmt." Moritz zögerte. „Obwohl ... vielleicht geht es ja auch schneller."

„Ach so?"

„Mir fällt da was ein. Ich rufe Sie gleich noch mal aus dem Auto an, okay?"

Bettermann musste lachen. „Sie haben da also so eine Idee ...", er goss sich Kaffee ein. „Auch welchen?"

„Nein danke."

„Ach ja, die Milch. Bringen Sie sich welche mit morgen. Und jetzt: ab zu Ihrem Sohn."

Moritz lächelte. Er stellte sich vor, wie Nils jetzt beim Abendessen saß und ein großes Marmeladentoast in sich hineinstopfte.

„Bis morgen, Herr Bettermann."

Er drehte sich um, ging durch die Tür und wandte noch einmal den Kopf.

„Ach so, bevor ich das vergesse: Ja, ich fühle mich wohl. Es ist noch etwas ungewohnt alles, klar, nach diesen acht Monaten ..."

„Sieht aber nicht so aus", unterbrach ihn Bettermann. „Sieht eher so aus, als hätten Sie sehnsüchtig auf genau diesen Tag gewartet."

Moritz nickte verlegen. Bettermann hatte recht. Aber das durfte er sich nicht eingestehen.

Er war kaum zwei Kilometer gefahren, da rief er Bettermann an und erzählte ihm die Details.

Bettermann telefonierte noch am selben Abend mit dem Kollegen von der Hundestaffel.

5

„Papa!"

„Hi Großer!"

Moritz war kaum durch die Tür getreten, da lief ihm Nils schon in die Arme. Er nahm den Jungen hoch, drehte sich schnell im Kreis, was Nils mit einem begeisterten Johlen und Glucksen kommentierte. Magdalene kommentierte die beiden auch: „Nils! Du hast hier noch einen halben Apfel. Der wird eigentlich vor dem Aufstehen gegessen."

Moritz hielt inne und ließ Nils herunter. „Du hast die Oma gehört. Dann los. Und wenn du dich beeilst, gibt es gleich noch zwei Geschichten."

„Au ja!"

Er zog Jacke und Schuhe aus, stellte die Tasche ab, setzte sich zu den beiden an den Tisch. Schaute ihnen zu. Magdalene, diese große Frau mit den auffallend breiten Schultern und kurzen rot gefärbten Haaren, warf ihm ein angestrengtes Lächeln zurück. Wie immer hatten sie einander nicht begrüßt. Es hatte nie eine Nähe zwischen Moritz und seiner Schwiegermutter gegeben. Sie tolerierte ihn, mehr nicht. Franz, ihr Mann, war anders. Er hatte sich mit seinen 73 Jahren ein eigenes Reich innerhalb dieser scheinbar ewigen Beziehung geschaffen, saß Stunden um Stunden im Keller an seiner Modelleisenbahn, die Sommer verbrachte er von morgens bis abends im Garten, und ansonsten war ihm alles egal. Doch der Tod seiner Tochter hatte auch ihn verändert. Nur zeigte er fast nie, wie es ihm ging. Es gab Tage, da hätte Moritz nicht sagen können, ob Franz jetzt gerade unglaublich glücklich oder aber extrem traurig war, denn seine Altersmaske saß immer perfekt. Aber Franz war ruhiger geworden seit Julies Tod. Er lächelte sein verschmitztes Lächeln immer seltener. Der Mund unter seinem grau-melierten Schnauzbart wirkte oft wie eingefroren.

Es war Magdalenes Idee gewesen, Nils und Moritz ins Bergische Land zu holen, schon bevor er von der Stelle erfahren hatte, und dabei war es ihr vor allem um den Jungen gegangen. Sie hätte das nie so gesagt, aber: Sie traute ihm nicht zu, dass er Nils alleine großziehen könnte. Moritz wusste das. Etwas über fünf Monate hatten sie nach Julies Tod noch in Hameln gelebt. Dann, als das Thema neuer Job immer konkreter wurde, waren sie ins Bergische Land übergesiedelt.

Magdalene hatte alles geregelt: Sie hatte die obere Wohnung renovieren lassen, die, in der Julie als junge Frau gewohnt hatte, sie hatte eine separate Tür einbauen lassen, sie hatte sich um den Kindergartenplatz in der Kindertagesstätte an der Beyenburger Freiheit gekümmert. Wühlmäuse - der Name gefiel Moritz schon mal. Magdalene kannte, im Gegensatz zu Moritz, hier im Ort eine Menge Leute. Sie waren vor kurzem zusammen auf einem Schützenfest der Bruderschaft St. Annae et Katharinae gewesen, der ältesten im ganzen Bergischen Land, wie Magdalene betont hatte. Moritz konnte damit nicht viel anfangen, war aber natürlich trotzdem mitgegangen und sich manchmal so vorgekommen, als kenne sie jeden einzelnen der 3000 Menschen, die in Beyenburg lebten. Und als habe sie mindestens der Hälfte von ihnen erzählt, was für ein furchtbarer Mensch ihr Sohn sei. Denn sosehr sich die Leute hier für Magdalene und für Nils interessierten, so wenig interessierten sie sich für ihn. Denn er war ja der Mann, der Magdalene Pirofka die

Tochter weggenommen hatte. Sie hatte es nie so gesagt. Nicht, als er ihr von dem Unfall erzählt hatte. Nicht, als sie sie unter die Erde gebracht hatten.

Aber ihre Blicke verrieten es. Er wusste, was sie von ihm hielt und wie sie über ihn dachte.

Zugleich aber brauchte er sie. Jetzt. Hier. Nils brauchte sie. Es war eine Zweckgemeinschaft, die nur ein Ziel hatte: dass es Nils gutginge. Franz spielte dabei allenfalls die Rolle eines stillen Clowns. Er nahm den Jungen oft mit nach unten zu seiner Eisenbahn. Nils kannte dort inzwischen jede Schiene und Figur.

Nachdem er Nils die beiden versprochenen Geschichten vorgelesen hatte, war es schon kurz vor acht. Aus müden kleinen Augen schaute der Junge seinen Vater an. „Und, Papa, wie war die Arbeit?"

„Spannend. Ich erzähle es dir morgen, ja? Es ist schon spät."

„Nein, jetzt! Oma hat gesagt, du musst jetzt viel telefonieren und aufschreiben und du sitzt immer an einem Schreibtisch. Macht so was denn Spaß?"

Moritz schluckte. „Na ja, ich sitze ja nicht nur am Schreibtisch ..."

„Hat Oma aber gesagt! Und dass du jetzt keine Bösen mehr fängst, sondern nur noch drinnen bist."

„Manchmal fange ich auch noch die Bösen."

Nils machte große Augen. „Echt? Oh, super! Heute hat der Lego-Polizist auch den bösen Dieb mit der grauen Mütze gefangen, und dann ist der Dieb wieder ausgebrochen, aber dann kam der Polizeihubschrauber, der mit den schwarzen Propellern und der Kamera, also auch der von Lego, und der hat dann den Einbrecher ..."

„Nils ..."

„… nur das mit dem Hubschrauber noch. Also, dann kam der Hubschrauber, und der hat dann den Einbrecher auf dem Dach zurück zum Polizeihauptquartier gebracht."

„Okay. Und jetzt wird geschlafen, ja?"

„Spielen wir morgen auch Polizei?"

Er wusste, dass diese Frage kommen würde. „Ich muss … ich kann … ich weiß es nicht, Nils. Weißt du, jetzt ist es ja wieder ein bisschen so wie früher. Dass ich in der Woche viel arbeiten muss."

„Und am Wochenende?"

„Da … nicht so viel."

„Ist schon Wochenende?"

„Nein, heute ist Montag. Noch vier Tage."

„Och, das ist lang." Nils zog eine Schnute, die Moritz immer nur kurz ertragen konnte.

„Komm, drück mich." Er zog seinen Sohn noch einmal zu sich und umarmte ihn. „Und jetzt gute Nacht."

Nils nahm seinen grünen Drachen in den Arm und legte sich hin. Moritz trat auf den Flur und blieb stehen. Er wartete auf die Frage. Sie kam.

„Papa?"

„Ja?"

„Wieso fragst du mich eigentlich nie, was Mama jetzt gerade macht? Ich frage immer dich."

Ein Blitz durchzuckte ihn. Er stand still da und suchte eine Antwort. Er drehte sich um und ging noch einmal in Nils' Zimmer. „Vielleicht, weil ich deine Fragen so schön finde."

„Aha."

„Aber gut. Dann frag ich jetzt mal: Also, was macht Mama jetzt gerade?"

„Ist doch klar: Sie macht, dass morgen Wochenende ist!"

Nils hatte den Satz kaum gesagt, da begann er glücklich zu lachen, laut und schrill, und er funkelte seinen Vater auf eine Weise an, die Moritz lange nicht mehr gesehen hatte.

Es gab schlimme Tage für Nils. Tage, an denen er kaum sprach und im Kindergarten immer wieder minutenlang nur in einer Ecke saß, kein Weinen, kein Wimmern, einfach nur ein leerer Blick. Eine dunkle Viertelstunde. Plötzlich endete sie und kam etwas später wieder zurück. Manchmal mehrfach, den ganzen Tag über. Wenn seine beste Freundin plötzlich nicht mehr die beste Freundin sein wollte. Wenn seine Lieblingserzieherin mal keine Zeit hatte. Immer dann, wenn er eine Zurückweisung spürte, die er nicht ertrug. Sie hatten Moritz darauf angesprochen, gleich zu Beginn. Denn Nils war in solchen Momenten schier unerreichbar, für andere Kinder, für die Erzieher, selbst für Magdalene und Moritz. Und wenn es doch einer versuchte, ihn aus seiner plötzlichen Isolation herauszuholen, dann schrie sein Sohn manchmal auf. Wie ein verängstigtes Tier wehrte er sie ab und starrte sie aus bösen Augen heraus an. Nils malte keine dunklen Bilder, er bastelte keine Figuren, die seine Mutter gezeigt hätten, er war nicht gewalttätig, er stritt sich kaum häufiger mit anderen Kindern als andere auch. Doch er hatte diese seltsamen dunklen Minuten. Fast jede Woche. Dass er so lachte, wie gerade, wenn er ausgerechnet von seiner Mutter sprach, hatte Moritz lange nicht erlebt. Er gab Nils einen Kuss auf die Wange, trat auf den Flur und schaute nach unten. Und seufzte. Da gab es ja noch was zu besprechen. Mit Magdalene. Über seinen Job. Den, den er wirklich machte.

„Das ist nicht dein Ernst, oder?" Magdalene nippte an einem Glas Wasser, während Franz in seinem Sessel vor einem Zweitliga-Fußballspiel im Sportfernsehen saß. Moritz hatte sich ein Radler aufgemacht, das jetzt schon fast leer war. „So was gibt es doch gar nicht. Du bist doch da für den Innendienst eingestellt, die können doch nicht einfach ..."

„Doch, können sie."

Sie musterte ihn lange. Er kam sich so vor, als lese sie seine Gedanken und dringe mit ihren immer wachen Augen in ihn ein. Dann nickte sie verschwörerisch. „Natürlich."

„Was, natürlich?"

„Du hast doch selber darum gebeten, diesen Job machen zu dürfen. Sei ehrlich."

„Was? Sag mal, was glaubst du eigentlich?"

„Tooor!", schrie Franz plötzlich.

Sie drehte erbost den Kopf in die Richtung ihres Mannes. „Ja, geht es denn noch lauter, Franz? Jetzt sag du doch auch mal was. Dein Schwiegersohn hat den Innendienstjob ausgeschlagen und geht wieder auf Verbrecherjagd. Und wir kümmern uns jetzt rund um die Uhr um Nils, der dich dann bald gar nicht mehr sieht, oder wie?"

Moritz leerte die Flasche, ging in die Küche und nahm sich eine zweite. „Ich habe überhaupt nichts ausgeschlagen, Magdalene. Ich hab es doch gerade gesagt: Da ist ein Mann ausgefallen, nach Jahren, ausgerechnet jetzt, was hätte ich denn sagen sollen?"

„Komischer Zufall, findest du nicht? Fällt da ausgerechnet jetzt einer aus."

„Der Mann hatte einen Schlaganfall. Der hat nicht mehr lange."

Er trat zurück an den Tisch. Sie beugte sich zu ihm. „Moritz, verstehst du mich eigentlich? Bevor Julie ...", sie brach ab. „Damals in Hameln hattest du schon nur am Wochenende Zeit, wenn überhaupt mal. Du hast doch diese Stelle überhaupt nur angenommen, weil es ein Bürojob ist. Wegen nichts anderem. Wie läuft das denn jetzt? Hast du vielleicht auch schon einen Fall? Stehst du morgen schon mit geladener Waffe irgendwo in einem Hinterhalt?"

„Wir sind hier nicht beim Tatort, Magdalene."

„Das ist keine Antwort auf meine Frage."

„Ja, ich habe einen Fall. Bauer Marten."

„Ach, der Irre mit den Kühen", schallte es vom Sessel herüber.

„Franz, guck du doch einfach Fußball", rief sie zurück und wandte sich wieder an Moritz: „Das also ist dein Fall, dieser Feuerteufel." Sie nickte schweigend und setzte eine Betroffenheitsmiene auf, die er nicht ausstehen konnte, weil sie ihm damit ein schlechtes Gewissen machen wollte. Es war die Miene, die sie aufgesetzt hatte, als Julie ihr vor sechs Jahren eröffnet hatte, zu ihm nach Niedersachsen zu gehen, wo sie ihn während einer Reise kennengelernt hatte. Damals hatte er ihr also zum ersten Mal die Tochter weggenommen. Bei ihrer Hochzeit hatte sie dann ganz ähnlich geschaut. Nicht aber bei ihrem Tod. Damals, das hatte sich in sein Gedächtnis eingebrannt, waren ihr einfach alle Gesichtszüge entglitten. Sie hatte *gar nicht* geschaut.

Magdalene stand auf, ging in die Küche, kam mit Tee wieder zurück. „Also schön, Moritz, es ist jetzt, wie es ist. Und wie ich das alles finde, spielt ja sowieso keine Rolle, jedenfalls nicht für dich, so wie ich das sehe. Sonst wärst du da heute Morgen aufgestanden und gegangen. Und sag mir nicht, dass das nicht möglich war. Kannst du ihn denn wenigstens morgens bringen? Hast du da überhaupt schon mal drüber nachgedacht seit heute Morgen? Vom Abholen rede ich ja schon gar nicht."

„Ich sehe zu, dass ich ihn morgens hinbringe. Aber es kann abends spät werden. Muss nicht, kann. Und die Wochenenden ..."

Sie schloss die Augen, hob abwehrend die Hand und schüttelte den Kopf. „Ich weiß. Ich weiß."

Er betrachtete seine fast leere Flasche, dann schaute er zu Franz hinüber. Er suchte einen Haltepunkt. „Und, Franz, wie steht's?"

„Wie oft habe ich Tor gerufen?" Franz drehte sich nicht einmal um.

„Einmal."

„Na siehste."

Moritz stand auf und ging zur Tür. Er war noch nicht ganz hindurch, da rief ihm Franz noch etwas zu. „Moritz?" Diesmal hatte er sich dafür sogar umgedreht.

„Ja?"

„Man sollte immer das tun, was man am besten kann."

Moritz nickte lächelnd. Die Blitze, die aus Magdalenes Augen Richtung Fernsehsessel schossen, bekam er auf seinem Weg nach oben nicht mehr mit.

6

Gespräch zweier Männer

„Wieso fragst du eigentlich ausgerechnet mich?"

„Hatten wir nicht vereinbart, dass du keine Fragen stellst? Das Ganze startet in ein paar Wochen, ich brauche jetzt keinen Zweifler."

„Ich möchte es doch nur wissen."

„Weil wir da beide was von haben. Das ist der Sinn einer Zusammenarbeit. Also, ich frage dich das jetzt noch einmal, weil ich mich auf dich verlassen muss: Kriegst du das hin?"

„Ja."

Sie werden die Polizei hinzuziehen, sie werden Spuren nachgehen und wir müssen welche legen, die sie ablenken. Wir müssen spielen. Ich kann spielen, ich mache das seit Jahren."

„Ich kann es auch. Vielleicht sieht man mir das nicht an."

„Doch, man sieht es dir an."

„Ist denn sonst alles vorbereitet?"

„Ja. Der Ort steht fest, aber den erfährst du erst, wenn es so weit ist."

„Wo ist es denn ungefähr?"

„Du wirst ein Stück fahren müssen. Dafür entdeckt das kein Mensch. Da liegt der Hund begraben. Du könntest sie da vergammeln lassen."

„Will ich nicht."

„Will ich auch nicht. Ich will die Kohle."

„Ich will ..."

„Ich weiß. Und wenn du schön das machst, was ich dir sage, kriegst du es. Und ich bin überzeugt, du wirst das machen, was ich sage."

„Ja, ich mache das, was du sagst."

7

Die Septembersonne war, versteckt hinter hellen Wolken, über dem Ort Ehrenberg in den Langerfelder Höhen aufgegangen, als drei Wagen der Wuppertaler Kriminalpolizei dort hielten, wo einmal Bauer Martens Hof gestanden hatte. Aus zweien stiegen insgesamt sieben Mitarbeiter der Spurensuche, aus dem dritten Moritz Brinker, Saskia Berger und Tim Plöger.

Und Felix, der braunschwarze Schäferhund, der darauf spezialisiert war, selbst unter den dicksten Trümmern noch Reste von Brandbeschleunigern zu finden. Er wollte, dass Marten *sah*, wie der Hund sie fand. Oder zumindest, dass er danach *suchte*.

Moritz hielt einen Moment inne, als er die Reste dessen sah, was einmal eine Scheune gewesen war, und das Gerippe eines Hauses. Der Anbau selbst stand noch, er zeigte starke Rauchflecken, aber für Marten schien dieses Zuhause im Moment zu reichen.

Die sieben Kollegen zogen sich ihre Schutzkleidung an und schwärmten aus. Plöger und Berger gingen demonstrativ auf die Nachbarhäuser zu, klingelten, befragten noch einmal die Anwohner. Es dauerte einen Moment, ehe Marten aus dem Haus gerannt kam. Moritz stutzte, als er das kleine Männchen von vielleicht 1,60 Meter Größe auf sich zulaufen sah. Er hatte Marten auf Fotos gesehen, aber die hatten weder seine Größe noch seine schmale Statur verraten. Er hatte sich seit Tagen nicht rasiert, seine Haare standen ungewaschen vom Kopf ab, unter den Trägern seiner Hose trug er ein verwaschenes graues Hemd. Die Gummistiefel sahen so schwer aus, dass Moritz sich fragte, wie Marten darin laufen konnte.

Marten keifte mit schriller Stimme los. „Was soll denn der Scheiß? Gebt ihr denn nie Ruhe hier? Ist doch alles schon schlimm genug! Was soll der Köter hier? Und wer sind jetzt Sie?“

Moritz schaute den Mann freundlich an. Dieser reichte ihm bis zur Brust und blickte zu ihm hoch wie ein Kinobesucher, der in der ersten Reihe sitzen muss. Und den Film nicht versteht. „Brinker ist mein Name. Frau Berger und Herrn Plöger kennen Sie ja. Die beiden fragen gerade in der Straße ein bisschen Ihre Nachbarn aus. Ich bin der Neue. Ich bin hier, weil alle glauben, dass Sie diesen Hof und Ihre Schwester und Ihre Kühe abgefackelt haben, aber keiner weiß es. Und ich will es jetzt wissen.“ Er blickte auf Felix hinab, der friedlich hechelnd neben ihm saß. „Und Felix will es auch wissen, oder Felix?“

Marten stand laut schnaubend vor ihm, schaute zu Brinkers Kollegen hinüber, dann zu den Leuten der Spurensicherung, die bereits akribisch auf die Suche gingen. „Hören Sie, Herr Brinkmann.“

„Brinker.“

„Mir egal. Ich hab überhaupt gar nichts getan. Und ich hab denen schon alles gesagt. Und die waren auch schon hier. Ist doch alles schon schlimm genug.“

„Das sagten Sie bereits.“

„Und mein Anwalt auch.“

„Rufen Sie ihn an. Lassen Sie ihn herkommen, der sitzt in Wuppertal-Cronenberg, richtig? Stand in Ihrer Akte. Die ist übrigens schon ziemlich dick. Aber bis der hier ist, sind wir längst fertig. Felix findet die Spuren von Brandbeschleuniger ziemlich schnell.“

„Hörnse doch auf! Die waren doch schon mit ihren Kötern hier und ...“

„Aber nicht mit Felix. Macht der Hund Sie nervös?“

„Nein, aber ... also hören Sie mal, was sind Sie denn für einer? Glauben Sie, es ist leicht, wenn man seine Schwester begraben muss? Und seine Kühe?“

Moritz ließ Felix ein Stück weit von der Leine. Felix stürzte sich auf die Trümmer und schnüffelte wild umher. Die Kollegen von der Spurensicherung wühlten zeitgleich im Schutt. Marten blieb der Mund offen stehen.

„Kommen Sie, Herr Marten, wir gehen ein Stück, und dabei erzähle ich Ihnen was.“

„Sie erzählen mir gar nix!“

„Ich kann Sie auch gerne in den Wagen setzen und Sie noch für den Rest des Tages ins Verhörzimmer sperren, wenn Ihnen das lieber ist. Mir wäre es aber ganz recht, Sie hörten mir jetzt mal zu. Sie müssen auch gar nichts dazu sagen, haben Sie bisher ja auch nicht. Also?“

Marten wirkte überrascht, dass ihm jemand etwas erzählen wollte. Moritz Brinker führte den Bauern an den Trümmern entlang, dann an die Straße, wo Berger und Plöger in aller Ruhe die Anwohner befragten.

„Wissen Sie eigentlich, Herr Marten, was für ein Bild die Leute hier von Ihnen haben? Die finden Sie absolut schrecklich. Die haben Angst vor Ihnen. Die wollten Sie schon ein paarmal anzeigen, weil Sie offenbar abwechselnd Ihre Kühe verdreschen und dann Ihre Schwester. Wobei ich mich frage, wo Sie dafür überhaupt die Kraft herholen, Sie laufender Meter.“

Marten lief rot an. „Ich habe überhaupt niemanden ...! Und was bilden Sie sich überhaupt ...“

„Ich rede hier, Herr Marten. Sie hören zu. Sie haben offenbar keine Freunde, keine Familie. Sie haben nie Besuch bekommen. Sie haben überhaupt niemanden mehr. Sie fackeln Ihren Hof ab. Und das alles wegen des Geldes, das Ihnen Ihre Versicherung sowieso nicht bezahlt?"

Felix bellte laut. Moritz sah, wie Martens Lider zuckten. Dann der Nacken. Und wie Marten es unterdrücken wollte. Und wie er dabei versagte. Moritz Brinker erkannte es sofort. Er blieb stehen und sah Marten tief in die Augen. „Sehen Sie, ich sagte doch, Felix ist schnell. Haben Sie vielleicht etwas zu sagen?"

Marten verschränkte die Arme. „Sie können mir nix."

Moritz nickte langsam. „Eins schwöre ich Ihnen, Herr Marten: Ich lasse diese Leute und den Hund hier so lange auflaufen, bis sie was gefunden haben. Irgendein klitzekleines Teil, das direkt zu Ihnen führt. Und ich lasse auch so lange die Leute hier befragen, bis doch noch einem einfällt, dass er gesehen hat, wie Sie hier nachts um drei mit einem Kanister herumgewandert sind. Ich habe im Übrigen gestern schon mit Ihrer Versicherung telefoniert."

„Was? Das geht doch überhaupt nicht!"

„Natürlich geht das. Ach, Herr Marten, wenn Sie wüssten, was bei uns alles geht ... na jedenfalls, da sieht man schwarz für Sie. Die rücken keinen Cent raus, weil sie dieselben Zweifel haben wie wir. Und wir haben schon bald Beweise."

Sie kamen wieder an dem alten Anbau an. Marten schwieg und schaute sich unsicher um. Einer der Kollegen im Schutzanzug, Trautner, erhob sich plötzlich und blickte zu Moritz herüber. Moritz nickte. Und Trautner rief: „Hier, der Hund hat eine Spur. Und ich habe auch etwas. Sieht aus wie die Reste eines Kanisters. Und da, seht ihr die Fingerabdrücke? Die sind wahrhaftig noch dran! Das erkenne ich auf einen Blick!"

Marten fuhr herum. „Nein! Das kann überhaupt nicht sein."

Seine Lider zuckten immer schneller, dann zuckte sein ganzer Kopf. Er rannte in seinen riesigen Gummistiefeln quer durch die Trümmer, er stolperte und stürzte, rappelte sich hoch, setzte seinen Weg wild gestikulierend fort. Felix bellte noch einmal. „Ja, Felix, ich komme schon", rief Moritz dem Hund zu. Er lief hinter Bauer Marten her und packte ihn am Arm. Der hampelte wie eine aufgezogene Spielzeugfigur umher.

„Lassen Sie mich!"

„Warum sind Sie plötzlich so nervös? Wegen dem ollen Kanister? Och, das ist doch bestimmt wieder nichts. Sie machen sich ja fast in die Hose."

Moritz sah, wie Trautner sich ein Lächeln verkniff.

Marten japste jetzt wie ein Mops nach einem Marathon. „Ich … ich … ich rufe jetzt meinen Anwalt an. Und sagen werde ich überhaupt gar nichts mehr."

„Nur zu. Rufen Sie ihn an. Und ich melde mich dann bei Ihnen, wenn wir Ihre Fingerabdrücke identifiziert haben, okay?"

Moritz ließ den alten Marten stehen und ging zurück zur Straße. Er rief Saskia Berger an. „Ich glaube, er hat angebissen. Die Nummer mit dem Hund und dem Kanister hat super funktioniert. Wobei ich sogar glaube, dass der Hund wirklich was gefunden hat. Da hätten wir den Kanister kaum gebraucht. Aber doppelt hält besser."

„Also hat er gestanden?", fragte Saskia Berger kratzend durch den Hörer.

„Das nicht, aber ... das wird er. Kommen Sie bitte zurück, wir fahren dann. Drei Kollegen der Spurensicherung bleiben hier. Und der Hund auch."

Einer dieser Kollegen war Trautner. Und Trautner zählte gar nicht zur Spurensicherung, sondern zum Observierungsteam. Während seine Kollegen noch eine Zeitlang mit ihrer Scheinsuche fortfuhren und vier andere mit dem Scheinkanister auf dem Weg zum Präsidium waren, behielt Trautner den Anbau im Blick.

„Lernt man so was in Hameln?", fragte Saskia Berger. In ihrer Stimme lag eine Mischung aus Respekt und Misstrauen. Zwei Wochen lang und in mehreren Vernehmungen hatten sie sich an dem alten Marten die Zähne ausgebissen. Moritz Brinker hatte zehn Minuten gebraucht, um dem Alten den Boden unter den Füßen wegzuziehen.

„Wissen Sie, ich habe mir gestern den ganzen Tag lang die Vernehmungsprotokolle angeschaut, habe mir ein Bild von der Beweislage gemacht, und so weiter, die ganze Litanei. Wir hatten nichts, wir haben auch jetzt noch nichts, aber alle sind sicher, der war es. Die Anwohner, die Versicherung, Sie beide. Ich habe keinen Anhaltspunkt, jedenfalls nicht auf die Schnelle, außer Marten selber. Der ist von seinem Anwalt so gebrieft worden, dass er Ihnen gar nichts gesagt hat. Ich habe diese Taktik gestern Abend mit Herrn Bettermann besprochen. Auch das mit dem Kanister und dem Hund. Mir hat mal mein früherer Chef gesagt: Wenn du gar nichts hast, aber alles vermutest, dann musst du bluffen. Wir haben doch nichts zu verlieren. Was also soll passieren?"

Den lauten Knall, der in der ganzen Siedlung zu hören war, nahmen sie nicht wahr, dafür waren sie schon zu weit vom Hof weg. Schon gar nicht die Schreie aus den Nachbarhäusern, deren Bewohner diesen Knall sehr wohl vernommen hatten. Sekunden danach klingelte das Handy von Saskia Berger.

„Ja, Herr Trautner? Berger hier. Was? Nein. Mein Gott."

Moritz fuhr rechts ran, sie waren keine fünfhundert Meter von der Hauptstraße entfernt.

„Was ist?" Dabei ahnte er die Antwort schon. Saskia Berger ließ die Hand mit dem Handy sinken. „Marten hat sich eine Ladung Schrot ins Gesicht gejagt." Sie nahm das Handy wieder ans Ohr. „Lebt er noch? Was, echt? Hast du den Krankenwagen gerufen? Danke. Wir kommen zurück." Sie schaute Moritz versteinert an. „Wird also schon nichts passieren, ja?"

Plöger, der auf der Rückbank die ganze Zeit geschwiegen hatte, beugte sich vor. „Was haben Sie dem denn eigentlich noch so erzählt? Neben der Nummer mit dem Kanister, meine ich?"

Aber Moritz schwieg. Er wendete den Wagen, steuerte ihn über die Landstraße zurück nach Ehrenberg und dachte nach. Er brauchte nicht lange, um sich klarzumachen, dass er genau da weitergemacht hatte, wo es vor acht Monaten zu Ende gegangen war. Genau so, wie es Bettermann von ihm erwartete. Er war anders in manchen Dingen. Er jagte auf seine Weise, wenn es darauf ankam. Und er lebte mit den Risiken, die damit verbunden waren, vor allem, was manche Kollegen anging. Gesa Markowski war mit ihm und seiner Art perfekt klargekommen und er mit ihrer. Er hatte keine Ahnung, wie Saskia Berger und Tim Plöger damit klarkommen würden, dass er gleich am zweiten Arbeitstag zumindest teilweise mit dafür verantwortlich war, dass sich ein irrer alter Bauer eine Ladung Schrot ins

Gesicht gejagt hatte. Und damit, dass er innerhalb von zehn Minuten offensichtlich einen Fall gelöst hatte, an dem seine Kollegen nun schon seit zwei Wochen festhingen.

8

Er hatte mit dem Laufen angefangen, wie viele mit dem Rauchen aufhören. Einfach so, von jetzt auf gleich.

Sein Jetzt auf gleich hatte am Abend nach seiner Aktion bei Bauer Marten stattgefunden. Während Marten mit zerstörtem Gesicht, aber nicht ganz tot, in der Helios-Klinik um sein verkorkstes Leben kämpfte, joggte Moritz Brinker das erste Mal am Beyenburger Stausee. Er hatte im Papazimmer in einer Ecke alte Turnschuhe gefunden und war, nachdem er Nils ins Bett gebracht hatte, einfach losgelaufen. Nicht, dass er nicht fit gewesen wäre, er aß gesund und versuchte, zweimal die Woche ins Fitness-Studio zu gehen, aber Joggen war für ihn immer mehr Qual als alles andere gewesen. Nun nicht mehr. Außerdem war ihm zuvor gar nicht bewusst gewesen, wie hervorragend es sich zu Symphonic Metal laufen ließ. Ein Kamelot-Album dröhnte aus den Ohrhörern, und er ertappte sich immer wieder dabei, wie er im Takt lief. Was bei den schnelleren Songs nicht ohne war.

Aber nach seinem seltsamen zweiten Arbeitstag hatte er genau das gebraucht. Er war zuerst gegangen, dann langsam getrabt, nach zwanzig Minuten hatte es sich gut angefühlt. Gut zum Denken.

Für Bettermann war er binnen eines Tages zu einer Art dunklem Helden mutiert, bei seinen Kollegen eher zu einer Mischung aus Spielverderber und Psychopath. Bettermann kannte sich mit Bluffs aus, deshalb hatte er Moritz auch einfach machen lassen. Berger und Plöger hatten den klassischen Weg versucht, weil sie wohl keinen anderen kannten.

Er hatte diese ersten beiden Tage sortieren müssen, in aller Ruhe. Über Monate steuerst du auf diesen Tag hin, machst dir ein Bild von dem, was dich da erwartet. Dann kommt einer und sagt dir, dass nicht nur das Bild ausgetauscht wird, sondern gleich ein ganzer Film. Und dass du eigentlich gar keine Zeit hast, deine Rolle zu lernen, weil die Handlung ja schon in vollem Gang ist. Also sagst du Guten Tag und Hallo, ich bin der Neue, schön, dann wollen wir mal. Nach acht Stunden weißt du mehr über den Fall als die beiden Nasen, die da schon zwei Wochen dran hängen. Und noch eine Stunde später ist dir klar, dass du nur das hier kannst, dass du es besser kannst als viele andere, weil du anders denkst. Weil du dich in die Menschen hineindenkst, statt sie nur zu befragen. Und dass du mit ihnen spielen kannst. Am zweiten Tag gehst du hin und spielst mit einem. Aber der kann nicht verlieren. Er verliert sich selbst. Bist du jetzt schuld?

Bei dieser Frage hatte er kurz angehalten. Kamelot sangen gerade „Veritas“. Trug er Schuld daran, dass sich Marten sein Gesicht zerschossen hatte? Der Kindermörder von Hameln hatte versucht sich in seiner Zelle umzubringen, nachdem Moritz ihn nach monatelanger Suche endlich eingebuchtet hatte. Hatte er daran auch Schuld? Er lief weiter und musste zugeben, dass er an diesem Morgen verdammt nah an die Grenze gegangen war. Vielleicht darüber hinaus. Warum? Er fand keine Antwort. Aber so, wie alle Menschen, egal, ob sie dreizehn oder dreißig sind, sofort wieder in die Rolle des Kindes verfallen, wenn sie ihre Eltern besuchen, verfiel auch er sofort wieder in die Rolle des Jägers. So hatte er sich immer gesehen in diesem Beruf. Ich jage böse Menschen. Ich finde sie. Und

Ende. Der Jäger war acht Monate weg gewesen. Es hatte nur den Vater gegeben.

Moritz hatte die Talsperre ein zweites Mal umrundet und entschied, dass er noch mehr Zeit brauchte. Es dunkelte bereits, und der Mond tauchte als kleiner Halbkreis schemenhaft zwischen den Wolken auf. Er spürte, wie seine Oberschenkel ein wenig brannten, aber er lief weiter. Machte noch einen Abstecher durch Alt-Beyenburg, vorbei am Kloster, bis zur Beyenburger Furt hinunter. Im Dunkeln wirkten die alten, zum Teil schon charmant schiefen Schiefer- und Fachwerkhäuschen mit ihrem dezenten Licht hinter den kleinen Fenstern fast unwirklich. Das angestrahlte Kloster spiegelte sich im Stausee. Am Ende hielt er an der neuen Staumauer inne. Die Musik hatte auf Bluesrock gewechselt, Joe Bonamassa sang jetzt „Driving Towards the Daylight", und Moritz spürte das erste Mal so etwas wie ein Heimatgefühl. Ja, dachte er, das könnte klappen hier.

Immerhin hatte er Nils auch nach seinem zweiten Arbeitstag wieder ins Bett gebracht. Gar nicht schlecht also für den Anfang.

9

Doch der Anfang täuscht oft über den Verlauf der Geschichte hinweg. Der Anfang macht Hoffnung, aber er weckt auch Ängste, und wenn die Geschichte gut genug ist, dann verwischen sich die Grenzen, und der Böse wird gut und der Gute wird böse und Pläne werden durchkreuzt und Hoffnungen zerstört und alles kommt anders, als es sich der einsame Läufer gedacht hat.

Moritz kaufte sich neue Laufschuhe und lief jeden zweiten Abend, egal, wie spät es war und ob er durch dunkle Straßen musste.

Bauer Marten überlebte seinen Selbstmordversuch. Er gestand, seinen Hof angezündet zu haben, auch, dass er die Kühe umgebracht hatte, das mit seiner Schwester aber sei ein Versehen gewesen. Die habe er zwar nicht mehr ausstehen können, dieses faule Stück, aber deswegen zündet man doch keinen an, hatte er genuschelt, mehr war aufgrund seiner zerstörten rechten Wange nicht mehr möglich. Nur noch nuscheln. Ob er die Schwester nun mitverbrannt hatte oder nicht, das hatten andere zu entscheiden.

Erst nach diesem seltsamen Fall hatte es Moritz geschafft, sich einigermaßen einzuarbeiten. Bettermann wollte das so. „Sie haben ja hier einen Start hingelegt, meine Fresse. Aber jetzt kommen Sie erst mal an", hatte er gesagt. Moritz Brinker war überrascht, wie schnell ihn der Alltag wieder hatte. Die Schockstarre seiner neuen Kollegen war bald verschwunden, vor allem die Skepsis Saskia Bergers legte sich schnell, als sie ihn bei einigen Verhören und Opfergesprächen erlebte und dabei erfuhr, welche Begabung er darin hatte, den Moment und den Augenblick so schnell zu erfassen.

Doch je mehr Moritz Brinker wieder zum Ermittler wurde, desto mehr verschwand der Vater. Er schaffte es schon gegen Ende der zweiten Woche kaum, vor halb acht zu Hause zu sein, er sang seinem Sohn übers Telefon das Gute-Nacht-Lied vor.

Am darauffolgenden Wochenende veranstalteten sie im Kindergarten einen Papa-Kind-Samstag, für all die armen berufstätigen Väter, die in der Woche nie Zeit hatten. So wie er, der an jenem ersten Montag im September eigentlich ein Innendienstler hätte werden sollen. Aber er war wieder der Jäger.

Sie fuhren nach Schloss Burg, wo der Kindergarten eine Art Mini-Ritterturnier veranstaltete. Er und Nils kämpften gemeinsam mit einem großgewachsenen Mann mit Bart, der mit seinen langen Haaren auch ohne das alberne rote Leibchen, das alle Väter hatten überstreifen müssen, ein bisschen wie ein Ritter aussah.

Bei ihrer ersten Begegnung zuckte Moritz zusammen. Im Kindergarten war der Mann ihm bislang nicht weiter aufgefallen, er hatte ihn mal aus der Ferne gesehen, beim Elternabend war er definitiv nicht da gewesen. Aber jetzt weckte er sofort Erinnerungen. An einen Freund von früher, das musste zwanzig Jahre her sein. Das Interessante war: Der Mann roch auch so. Häufig sind es Düfte und Gerüche, die Erinnerungen wecken, und der Geruch dieses Mannes katapultierte Moritz mit einem Mal in die Vergangenheit, in ein Klassenzimmer, an einen See, in einen Reisebus, an zahlreiche Orte in einem kleinen Vorort in der Nähe von Hannover, wo er seine Jugend verbracht hatte. Der

Mann stutzte. „Du schaust mich an, als wenn du gerade überlegst, woher du mich kennst. Oder bilde ich mir das ein? Ach so, wir sagen doch du, oder? Unter Vätern?"

Er erwachte nach diesen Worten wie aus einem Traum. „Was? Klar, ja, ich heiße Moritz."

„Freut mich. Ich heiße ..." der Mann nannte seinen Namen, aber Moritz bekam ihn irgendwie nicht richtig mit. Trotzdem antwortete er: „Aber du hast recht, du erinnerst mich an jemanden aus meiner Schulzeit, verrückt. Du ähnelst ihm eigentlich gar nicht, aber ..."

„Irgendwie wohl doch", ergänzte der Mann.

„Ja."

„Wir ähneln doch alle irgendwem. Ich glaube, jeder von uns hat auf der ganzen Welt wer weiß wie viele Doppelgänger."

„Ja, wahrscheinlich."

„So, dann sehen wir doch mal, wer hier der Ritterkönig wird, oder Sam?" Und er legte seinem Sohn die Hände auf die Schultern. Diesen Namen merkte er sich. Sam. Sam aus der anderen Gruppe.

Es sollte eines der wenigen freien Wochenenden bleiben.

Denn als sie kurz darauf den Totschläger von Gräfrath überführten, arbeitete er durch, und Magdalene und Franz fuhren mit Nils in den Zoo. Und das Wochenende danach schaffte er es ebenfalls kaum, zu Hause zu sein.

Nach so vielen Monaten, in denen er geglaubt hatte, alle Zeit dieser Welt zu haben, raubte dieser Spätsommer dem Kommissar Moritz Brinker bald jede Ressource. Stunden zerrannen ihm zwischen den Fingern, aber er merkte es nicht, denn es funktionierte ja trotzdem irgendwie alles.

Aber die Abende, an denen er Nils selber ins Bett brachte, an denen sie sich überhaupt sahen, wurden immer weniger. Und die Stunde, die sie morgens vor dem Kindergarten hatten, wurde hektischer. Es dauerte keine zweieinhalb Wochen, und Magdalene war morgens nicht mehr wegzudenken.

„Ihr braucht viel zu lange", hatte sie irgendwann gesagt, als er unten an der Tür stand und Nils schon auf dem Weg zum Wagen war. „Und jeden Morgen hetzt du ihn und jeden Morgen ist es knapp." So war Magdalene: Sie wusste, dass er diesen Job machen musste, und sie wollte auch, dass er pünktlich kam. Und dass Nils pünktlich im Kindergarten war.

„Ich kriege das doch mit, wie ihr hier morgens rotiert. Ab nächster Woche frühstückt ihr unten bei uns, und ich greife dir unter die Arme, sonst wird das nichts", hatte Magdalene irgendwann gesagt. Sie griff ihm von da an unter die Arme, doch es wurde trotzdem nichts.

Bettermann hatte die Teambesprechungen von 9 auf 8 Uhr vorverlegt, er wollte künftig immer direkt über den aktuellen Stand informiert sein. Nicht, dass das aus Ermittlungssicht immer erforderlich gewesen wäre, Bettermann wollte es eben so. Also musste Moritz spätestens um Viertel nach sieben am Kindergarten losfahren, und Nils musste um fünf nach sieben dort sein.

Er war morgens auf Magdalene angewiesen. Trotzdem sah die eine Stunde zwischen kurz vor sechs und kurz vor sieben fast jeden Tag gleich aus.

„Nils, isst du jetzt bitte dein Toast auf?", rief Moritz. „Wir müssen eigentlich in zehn Minuten los."

„Ihr müsst eben eher aufstehen morgens. Wie lange arbeitest du jetzt wieder? Zwei Wochen, oder? Oder drei? Nein, schon vier! Seitdem haben wir hier jeden Tag diese Hektik morgens. Wenn ich ihm nicht jedes Mal das Frühstück und sein Brot machen würde und den Apfel und …"

„Ja, Magdalene. Ich weiß."

Nils legte das Toast hin. „Ich hab keinen Hunger mehr."

„Du hast ja noch nicht mal die Hälfte gegessen, Nils. Nee, komm, die andere Hälfte schaffst du aber noch."

„Wo ist denn jetzt mein Hemd?", unterbrach Moritz sie. „Ach nein, das liegt noch oben. Verdammt noch mal."

„Moritz, bitte."

„Bettermann hat heute wieder für acht Uhr in sein Büro gebeten. Wir müssen in dieser Gräfrath-Sache noch was besprechen. Da gibt es vielleicht noch Mittäter."

„Interessiert mich nicht."

„Mich aber. Ich war gestern schon zu spät. Und vorgestern auch."

Magdalene verzog keine Miene. „Selber schuld."

„Selber schuld? Wie früh soll ich denn noch aufstehen? Um fünf?"

„Ich stehe um fünf Uhr auf."

„Ja, du kannst auch abends um halb zehn schlafen."

„Könntest du auch." Magdalene verschränkte die Arme vor der Brust.

„Nee, kann ich nicht", antwortete Moritz.

„Mist, jetzt liegt das Toast auf dem Boden. Guck mal, Papa. Mit der Marmelade auf den Fliesen."

„Och, Nils, Mensch."

„Warte, ich hebe es auf. So, da ist es schon, Oma."

Magdalene verlor die Geduld. „Jetzt sieh dir deine Finger an. Oh, pass auf, die Apfelschorle … pass doch auf Nils, das Glas!"

„Scheiße."

„Moritz!"

„Ich hol ein Tuch", rief Moritz.

„Nee, du holst jetzt erst mal dein Hemd. Also, ich werd hier noch bekloppt heute. Ein Glück, dass Franz noch schläft, sonst würde der hier auch noch herumturnen. Jetzt hol schon dein Hemd! Ich mach das hier. Und du, Nils, gehst bitte Zähne putzen."

„Ich hab aber keine Lust."

„Doch, du gehst jetzt."

„Ich putze sie im Kindergarten."

Magdalene wurde lauter. „Nein, du putzt jetzt hier."

„Nein! Mach ich nicht! Du bist nur die Oma! Du hast gar nichts zu sagen! Der Papa hat das zu sagen!"

„Nils!"

„Was hab ich zu sagen?" Moritz stiefelte die Treppe wieder runter.

„Ach, Hemd gefunden, ja? Wie schön. Der obere Knopf ist im falschen Loch. Dein Sohn meint, ich hätte hier gar nichts zu sagen, weil ich ihn gebeten habe, sich die Zähne zu putzen."

Moritz schaute seinen Sohn streng an. „Nils, putz dir die Zähne."

„Aber ich mag nicht!!!"

„Nils, wenn du jetzt noch einmal schreist, dann platze ich. Jetzt nimm die Hände von den Ohren, ich rede mit dir!"

„Ich aber nicht mir dir, Oma! Und ich putze mir nicht die Zähne!"

Moritz nahm ihn an die Hand und zerrte ihn mit sich. „So, wir gehen jetzt ins Bad, und dann mach ich dir Zahnpasta auf die Bürste, und dann putzt du dir die Zähne, sonst … kannst du zu Fuß in den Kindergarten gehen."

„Nein, Papa, mach ich nicht, Kindergarten ist eh blöd."

„Tolle Methoden hast du, Moritz."

„Magdalene, halt dich ..."

„Bitte?" Magdalenes Gesicht wurde knallrot.

„Magdalene", begann Moritz, „du weißt, wie dankbar ich dir bin, dass du das alles machst, dass du uns so hilfst."

Magdalene nickte, das Gesicht wie versteinert. „Ihm. Nicht euch. Ihm."

„Auch schön. Ihm. Aber jetzt halt dich da bitte kurz raus, ja? Also schön. Nils, putz dir bitte die Zähne. Und dann zieh dir bitte die Schuhe an. Und dann komm bitte mit zum Auto. Einfach so. Ohne Meckern, ohne Spielerei, ohne irgendwas. Wäre das möglich?"

„Klar, Papa!"

„Danke."

Während Nils am Waschbecken stand, nahm Magdalene ihn beiseite. „Moritz, das geht so nicht. Diese Hektik morgens. Es wird ja immer schlimmer, und du bist gerade mal erst ein paar Wochen da. Ich hab es ja geahnt, aber dass das so schnell geht. Und abends wird es auch immer später."

„Wird es nicht."

„Nicht? Hast du ihn gestern ins Bett gebracht? Oder am Montag?"

„Ich kann mir das auch nicht immer so aussuchen."

„Du hast Ja gesagt am ersten Tag. Natürlich konntest du es dir aussuchen."

„Das schon wieder. Das haben wir jetzt schon dreimal durchgekaut. Mindestens."

„Ja, weil ich recht habe!"

Eine verschlafene männliche Stimme ertönte. „Was ist denn hier los?"

„Franz, guten Morgen", antwortete Moritz. „Deine Frau schimpft mit mir."

„Wird einen Grund haben."

„Oh, nein ...!", rief Nils plötzlich.

Moritz zuckte zusammen und fuhr herum. „Nils, was ist? Och nee. Wie hast du das denn jetzt gemacht? Mann, du sollst es in das Waschbecken spucken, nicht daneben. Und nicht auf deinen Pulli. Schön, ich hol einen neuen von oben. Und wenn ich wieder unten bin, hast du deine Schuhe an, verstanden?"

Magdalene lehnte sich ermattet an eine Wand. „Darüber sprechen wir noch, wenn du heute Abend wieder da bist, Moritz. So geht das nicht weiter."

„Ja, wir sprechen. Hier ist der Pulli. Können wir dann jetzt, bitte?"

Im Auto übersah Moritz wieder jedes Temposchild.

„Warum fährst du denn so schnell, Papa?"

Moritz schaute in den Rückspiegel und fixierte seinen Sohn. „Weil es schon ganz schön spät bist. Und daran bist du schuld mit deiner ewigen Trödelei."

„Menno ... die Mama hat nie gesagt, dass ich trödele ..."

„Die Mama ... ach verdammt, es tut mir leid, ja? Aber ich muss jetzt auch zur Arbeit. So, wir sind ja schon fast da."

„Oh nein!"

„Was jetzt?"

„Welcher Tag ist heute, Papa?"

„Mittwoch, wieso? Oh nein, heute ist Mittwoch."

„Spielzeugtag. Wir haben nichts mit. Wir haben kein Spielzeug mit!"

„Bitte nicht weinen."

„Ich muss aber."

Moritz nahm den Gang raus, ließ den Wagen laufen und legte den Kopf aufs Lenkrad. „Geht es nicht ohne? Die anderen Kinder bringen doch was mit, damit kannst du doch auch spielen."

„Nein, geht nicht ohne. Die bringen ja eben alle was mit. Ich will meinen Playmobil-Laster."

Moritz atmete tief ein und aus. „Der liegt wo?"

„Oben auf meinem Tisch."

„Gut, ich bringe dich jetzt erst mal rein, dann fahre ich noch mal zurück und hole den Laster."

„Gut."

Während Nils seine Hausschuhe anzog und seinem Vater noch zaghaft hinterherwinkte, rannte Moritz zum Auto zurück. „Magdalene? Ja, ich bin es. Ja, es knackt, es ist das Handy. Kannst du mir bitte aus Nils' Zimmer den Playmobil-Laster bringen? Ja, heute ist Spielzeugtag."

„Du denkst aber auch an nichts, oder?"

„Du hättest ja auch mal …"

Doch in diesem Moment überschlug sich Magdalenes Stimme: „Ich! An was soll ich denn noch alles denken?"

„Hol ihn mir einfach, ja?"

Wie fast jeden Morgen raste Moritz auch diesmal durchs Tal und kam trotzdem zu spät. Er rannte die Treppen hinauf und trat atemlos ins Besprechungszimmer. „Guten Morgen zusammen."

„Morgen, Herr Brinker. Waren wir nicht um acht Uhr verabredet? Es ist fast halb neun."

„Ich weiß, Herr Bettermann."

„Gestern war es zwanzig nach acht."

„Ich weiß."

„Also schön. Wo waren wir?"

10

Gespräch zweier Männer

„Schick hast du es hier."

„Ich tue mein Bestes. Und du bist sicher, dass dieses Versteck weit genug draußen ist?"

„Ich war schon so oft dort und habe da noch nie jemanden sonst gesehen. Es ist perfekt. Also: Wir machen es am Montagmorgen. Ihre Route kennst du ja. Jetzt müssen wir nur hoffen, dass sie die auch wieder so nimmt."

„Wird sie. Ich bin ihr jetzt an drei Montagen nachgefahren, und sie hat dreimal diese Strecke genommen. Ein Teil davon führt über ein abgelegenes Stück. Ich werde eine Panne mit dem Auto vortäuschen ... und den Rest haben wir ja schon besprochen."

„Sobald es erledigt ist, rufst du mich an. Ich werde dann abends selbst dorthin fahren."

„Jawohl."

„Dann sprechen wir uns am Montagmorgen, kurz bevor du losfährst. Ich gebe dir dann letzte Informationen."

„Danke, dass ich dabei sein darf. Und danke, dass ich anschließend ..."

„Ja, jetzt ziehen wir das aber erst mal durch. Alles andere ergibt sich."

11

Paul Bettermann schaute sich das Ganze noch eine Zeitlang an und sagte erst mal nichts. Er wusste, dass er Moritz nicht unbedingt einen Gefallen damit tat, sie alle um Punkt acht Uhr in sein Büro zu bestellen. Aber auch er hatte seine Verpflichtungen. Zugleich hatte er Moritz Brinker die Zusage gegeben, es werde schon alles irgendwie hinhauen. Das verdammte Wörtchen „Irgendwie". Immer häufiger, wenn Moritz Brinker morgens ins Büro gehetzt kam, schaute Bettermann unwillkürlich auf das Alibifoto auf seinem Schreibtisch, betrachtete die Kinder, die er so wenig kannte, und dachte: Es ist nie zu schaffen. Was erzähle ich dem eigentlich? Und dann meldete sich eine böse Stimme in Bettermann, die ihm ins Ohr zischte: „Ja, genau deshalb hast du das mit dem Acht-Uhr-Meeting ja auch gemacht. Um ihm zu *beweisen,* dass es nicht zu schaffen ist. Damit du nicht die einzige blöde Sau in diesem Laden bist." Und er zuckte, um die Stimme schnell wieder zu verscheuchen.

Moritz Brinker war vom ersten Tag an erfolgreich gewesen, das war ein Fakt. Er war es geblieben in den Wochen danach, und auch wenn Saskia Berger und Tim Plöger es niemals zugegeben hätten, sie waren beeindruckt vom Instinkt ihres neuen Kollegen, sie mochten seine zurückhaltende Art. Und sie akzeptierten es, dass er für den Kaffee oder das Bier nach Dienstschluss keine Zeit hatte, weil da zu Hause jemand auf ihn wartete.

An einem trüben Freitag Mitte Oktober aber nahm sich Moritz Brinker diese Zeit. Sie hatten bei einer Messerstecherei in einer Wohnung in Barmen ermittelt, anfangs hatte sich der Täter in der Wohnung verschanzt, aber Moritz hatte es geschafft, ihn zur Aufgabe zu bewegen.

Sie fuhren über die B 7, die von beiden Seiten gesäumt war von Ein-Euro-Läden, kleinen Lebensmittelhändlern und Handyshops. Saskia Berger saß neben ihm.

„Gibt schönere Ecken", sinnierte er.

„Sie meinen wohl Beyenburg?", antwortete Saskia.

„Ja, zum Beispiel. Ich laufe seit einiger Zeit. Es ist wirklich eine schöne Ecke, und gerade abends, im Dunklen, wirkt es fast unwirklich. Das schummrige Licht, das angestrahlte Kloster in der Mitte. Die Berge drum herum."

„Da kommt Barmen natürlich nicht mit."

Sie erreichten die große Kreuzung an der Höhne, und er blickte hoch zu den mächtigen Schienen der Schwebebahn. „Daran gewöhne ich mich auch noch. Dass die Straßenbahn hier über einem fährt."

„Gibt's nur hier."

„In Hameln gibt es nicht mal eine Straßenbahn. Trotzdem schön da." Er machte eine Pause. „Wirklich schön. Eine Reise wert." Er schaute sie an. „Waren Sie mal da?"

Die Ampel sprang auf Grün. „In der Rattenfängerstadt? Meine Eltern waren schon ein paar Mal dort. Sie haben Bekannte in der Ecke. Haben Sie eigentlich Hunger? Da vorne ist der McDonald's."

Er vergaß, auf die Uhr zu schauen, und antwortete sofort. „Stimmt, warum eigentlich nicht? Feiern wir unseren Fang von heute."

Sie warf ihm einen schiefen Blick zu, und er fragte sich sogleich, was er da eben von sich gegeben hatte. Manchmal kam es ihm so vor, dass sein Instinkt, sein Menschengespür, nur funktionierte, wenn er wirklich im Dienst war. Er hatte nach Feierabend bisher keine Sekunde mit seinen Kollegen verbracht.

Fünf Minuten später stand er vor den bunten Burgerbildern und fragte sich, wann er das letzte Mal einen McDonald's von innen gesehen hatte. Es musste ein Jahr her sein. In seiner letzten Erinnerung daran stand Julie neben ihm.

Er entschied sich: „Einen Big Mac und eine 0,4-Cola."

Eine kleine Frau im dunklen Shirt mit dem weißen Karton auf dem Kopf schaute ihn an, als käme er vom Mars. „Eine was?"

„Eine 0,4-Cola", wiederholte er. Er hörte, wie Saskia Berger hinter ihm zu kichern begann.

Die kleine Frau drehte sich zu den bunten Bildern um und suchte das mit den Getränken darauf. Dann starrte sie auf die kleinen bunten Bilder auf der Kasse. Und starrte. Und schaute hoch: „Also: Wir haben Klein, Mittel und Groß."

„Mittel."

Saskia Berger prustete los, er biss sich auf die Lippe und kniff die Augen zusammen.

Draußen nieselte es, und die ersten Nachtgestalten trieben sich auf den Bürgersteigen herum. Moritz schaute skeptisch aus dem Fenster. „Leute laufen hier rum."

„Ach, das ist tagsüber noch schlimmer. Da sieht man sie erst mal so richtig. Schauen Sie sich doch nur hier drin mal um. Ich bin sicher, jeden Zweiten von denen könnten wir sofort einbuchten."

Moritz musste lachen. „Ich hab jetzt Feierabend."

Er biss in seinen Burger. Sie schaute ihm beim Kauen zu. „Und? Eingelebt bei uns? Wie lange sind Sie jetzt eigentlich schon im Dienst? Schon bald zwei Monate, oder?"

„Knapp sieben Wochen. Mir kommt es wie ein halbes Jahr vor. Ich hätte nicht gedacht, dass ich nach dieser langen Pause so schnell wieder in die Spur finden würde, das gebe ich ehrlich zu."

Saskia schlürfte an ihrer Cola. „In die Spur ist gut. Sie sind ja gleich am zweiten Tag mal ordentlich übers Ziel hinausgeschossen, wenn Sie mich fragen. So was wie die Marten-Nummer habe ich hier noch nicht erlebt, das sag ich Ihnen ganz ehrlich. Und ich hab mich echt zusammenreißen müssen, dass ich damals nicht schon was gesagt habe. Inzwischen verstehe ich ja so langsam, wie Sie so vorgehen, und ich gebe zu, das heute war wirklich gut. Auch wenn ich das nie könnte ... na jedenfalls, das war schon eine ganz schöne Nummer."

Während er ihr zuhörte, fiel ihm auf, dass sie in der Tat bis heute nicht über den Vormittag bei Marten geredet hatten. Er hatte die Aktion damals nur mit Bettermann besprochen und Berger und Plöger gegenüber nicht mehr als das Allernötigste erwähnt.

„Es war nicht meine Absicht, einen armen verirrten Landwirt in den Selbstmord zu treiben."

„Das weiß ich."

„Wenn ich heute auf diese ersten Arbeitstage zurückblicke, ganz ehrlich, dann kommt mir das schon ein bisschen surreal vor. Da gehst du nach acht Monaten wieder zum Dienst, hast zu Hause alles geregelt, damit dein Kind versorgt ist, rechnest mit einem Job im Innendienst, wirst von jetzt auf gleich in eine Ermittlungskommission gesteckt und kriegst sofort deinen ersten Fall auf den Tisch. Wissen Sie noch? Ich habe guten Tag gesagt und danach nur noch den Fall studiert, Fakten gecheckt, alles aufgesogen. Ich hatte nicht mal Zeit, überhaupt anzukommen."

„Bettermann wusste, dass Sie gut sind."

„Vielleicht war es auch ein Glückstreffer. Noch einen Kaffee?"

„Nur, wenn Sie auch einen trinken."

Er verließ sie für einen Moment und kam mit zwei heißen Pappbechern zurück.

„Wie geht es denn Ihrem Sohn? Er vermisst Sie sicher, oder?", begann sie, nachdem er sich gesetzt hatte.

„Och, eigentlich ganz gu ... ach du Scheiße. Moment." Er schaute auf die Uhr und griff zu seinem Handy. „Entschuldigen Sie mich bitte einen Moment." Er lief nach draußen. Ein kühler Oktoberwind blies ihm kleine Tröpfchen von Nieselregen ins Gesicht.

Nach dreimaligem Klingeln war Magdalene dran. Sie fackelte nicht lange. „Ja, was glaubst du denn wohl, wie lange der Kleine aufbleiben kann? Es ist zwanzig nach acht!"

„Es tut mir leid." Er biss sich auf die Lippe. „Verdammt noch mal, das ist mir bisher noch nicht passiert."

„Doch, ist es. Letzte Woche hast du auch erst angerufen, als er schon im Bett lag. Ich bin dann extra noch mit dem Telefon zu ihm hochgestiefelt. Und jetzt schläft er. Und ja, er war traurig, als ich runtergegangen bin."

„Was soll das denn jetzt, Magdalene?"

„Ist doch wahr." Er hörte, wie sie in den Hörer seufzte. „Weißt du, ich mache hier wirklich alles. Ich habe ihn diese Woche dreimal in die Kita gebracht und jeden, wirklich jeden Tag abgeholt. Habe mit ihm gespielt. Und er war nicht immer einfach in den letzten Wochen, das kann ich dir sagen. Ich sag nur: die Nummer mit unserer Autotür. Mit Karacho gegen die Mauer. Und das sagt er dann auch noch so. Dafür hätte ich ihm eigentlich eine langen müssen."

Moritz versuchte, ruhig zu bleiben. Er war sicher, Magdalene würde Nils niemals schlagen. Aber wenn, dann bekam er es wohl kaum mit. „Das hatten wir doch alles schon."

„Ja, es ist dein Sohn, Moritz! Und er hat nur dich. Du bist jetzt bald sieben Wochen dabei. Du hattest noch nicht einmal einen größeren Fall, wenn ich das richtig sehe. Trotzdem werden die Tage schon wieder länger und länger und verdammt noch mal länger. Du verbeißt dich. Sieben Wochen im Dienst und du verbeißt dich." Sie machte schnaubend eine Pause. Holte noch einmal Luft. „Bist du wenigstens dieses Wochenende da? Nachdem du das letzte schon wegen dieses Totschlägers nur auf Achse warst?"

„Wir haben einen Menschen gefasst, der eine Frau erschlagen hat. Entschuldige, dass ich versuche, diese Leute aus dem Weg zu räumen."

„Bei mir musst du dich nicht entschuldigen. Derjenige schläft bereits. Schönen Abend noch."

Es klickte in der Leitung. Er steckte das Handy weg, hob den Kopf und ließ den Regen in sein Gesicht tropfen. Als er wieder reingegangen war und Platz genommen hatte, war der Kaffee nur noch lauwarm. Und er selbst pitschnass.

„Alles in Ordnung bei Ihnen?"

Er kippte den Kaffee in einem Zug runter, lehnte sich zurück und schüttelte mit dem Kopf. „Es ist so weit. Ich habe ihn vergessen."

„Wen? Ihren Sohn? Wo ist er denn?"
„Nein, so nicht. Wir wohnen ja bei meinen Schwiegereltern, und meine Schwiegermutter, Magdalene, kann zwar mich nicht ausstehen, aber sie liebt Nils. Sie kümmert sich um ihn, jetzt, da ich wieder arbeite. Wir haben eine Vereinbarung: Wenn ich ihn abends nicht ins Bett bringen kann, rufe ich immer an und wünsche ihm eine gute Nacht. Immer. Das ist für Nils sehr wichtig. Früher hat meine Frau ihn meistens … und in den letzten Monaten habe ich das gemacht. Und wenn ich nicht konnte, habe ich angerufen."
„Aber nicht heute."
„Nicht heute." Er machte eine Pause. Am liebsten wäre er jetzt aufgesprungen und hätte irgendwas Aktionistisches gemacht. Nach dem Motto: Verdammt, ich muss jetzt sofort nach Hause und retten, was zu retten ist. Aber es gab nichts zu retten. Ganz gleich, wen sie heute geschnappt hatten und wie stressig das gewesen war: Er hatte seinen Sohn vergessen.
„Tragen Sie es sich in Ihr Handy ein. 19 Uhr: Gutenachtlied."
Er schaute sie entgeistert an. „So weit kommt es noch. Dass ich mir meinen Sohn als Termin eintragen muss."
Sie fischte mit dem Finger noch ein wenig Schaum aus dem Kaffeebecher und leckte ihn von ihrer Fingerspitze. Er schaute einen Augenblick zu lange hin, und sie merkte es. „Ich will Ihnen ja nicht zu nahe treten, aber: Anscheinend ist es schon so weit gekommen." Sie stand auf und zog sich die Jacke an. „Apropos Termin: Ich bin gleich noch zum Kino verabredet. Nehmen Sie mich zum CinemaxX mit?"
„Klar. Was läuft denn?"
„Der zweite Teil der Tribute von Panem. Ich fand den ersten schon total genial."

Er nickte höflich. Er war das letzte Mal im Sommer mit Nils im Kino gewesen. Im zweiten Teil der Schlümpfe.

Er fuhr durch die Nacht, er fuhr zu schnell, dabei wollte er gar nicht nach Hause. Er wollte gerade nirgendwohin. Er hatte eines seiner Lieblings-Alben eingelegt, Avalon von Sully Erna, sein einziges Soloalbum bislang, eher Weltmusik als Rock, aber voller Wahnsinnssongs. Als der zweite anlief, „7 years", ein Achtminutenstück, drehte er so laut auf, dass die Lautsprecher vibrierten, und sang jede Zeile mit.

If there was no tomorrow
Would you still remain the same
Or live your life, so shallow
And take it for granted everyday

Zwanzig Minuten später stand Moritz am Hochbett und überlegte, ob er seinen Sohn wecken sollte. Ihn einfach ganz sanft aufwecken, ihm sagen, wie lieb er ihn hatte. Aber Nils atmete zu tief, zu gleichmäßig, als dass er ihn mal eben hätte wach machen können. Er würde sich ohnehin morgen an nichts mehr erinnern.

Also stand er da, schaute ihm beim Schlafen zu und sang leise „Kein schöner Land". Er sang es für sich selbst.

Er war zu spät. Ganz einfach. Und er fühlte sich beschissen.

Im Papazimmer hörte er sich „7 years" noch einmal an, diesmal über die teuren Sennheiser-Kopfhörer.

So take away tomorrow
And tell me again why we blame

Why we waste all our time
With bullshit and pride

Er wusste nicht mehr, wann er Nils das letzte Mal in den Kindergarten gebracht, wann er ihn abgeholt, wann er ihm etwas vorgelesen hatte abends. Es musste eine Ewigkeit her sein. Und Magdalene hatte recht, es hatte bisher nicht einmal einen größeren Fall gegeben. Er hatte Dinge zu Ende gebracht, mehr nicht.

Er öffnete die Augen. Stand auf und machte das Fenster auf. In Beyenburg regnete es nicht. Der Himmel war aufgerissen, Sterne funkelten. Er betrachtete sie und fühlte nichts außer einem diffusen Schmerz, der sich in ihm ausbreitete.

Er kannte diesen Konflikt. Er hatte ihn vor Julies Tod gefühlte Tausende Male durchgemacht. Sie hatten gestritten darüber, wie so viele Familien darüber streiten, in denen einer das Los gezogen hat, für einen Großteil des Geldes aufzukommen. Und dann er mit seinem Beruf. Und die Ängste, die sie um ihn hatte. Die manchmal begründet waren, aber das hatte er ihr nie erzählt. Nils schon gar nicht.

Jetzt stritt er mit Julies Mutter, es war verrückt. Nein, es war anders. Der Konflikt schmerzte viel stärker, das spürte er. Er hatte unterschätzt, wie schnell einen der Alltag wiederhatte. Gerade in diesem Job, selbst in ruhigeren Zeiten, wenn es denn je welche gab.

Er griff zu seinem Handy und trug es in den Kalender ein: „Nils anrufen, falls nicht zu Hause. 19 Uhr, täglich wiederholend."

Er hasste sich dafür.

12

Am nächsten Tag sprach er Bettermann darauf an. Auf dieses Warnsignal. Aber Bettermann zuckte nur mit den Schultern. Dieses Schulterzucken sagte alles. Es sagte alles über die Bedeutung des Wortes „Irgendwie“: Wir kriegen das schon irgendwie hin. Bettermann tischte ihm Floskeln auf, er wisse aber doch sicher, wie das sei, er kenne das doch noch aus Hameln, oder gehe man da, wenn ein Fall auf der Kippe steht, schon um 17 Uhr nach Hause? Und dass er ihn bisher ja sogar noch nicht einmal als alleinigen Leiter einer Ermittlungskommission eingesetzt habe.

Am Ende einigten sie sich darauf, dass Bettermann die Morgen-Meetings auf 8.30 Uhr verlegte und Moritz an diesem Abend um 18 Uhr das Büro verließ.

Eine Stunde später hatte er Nils bettfertig gemacht und schaltete die kleine Mann-im-Mond-Lampe ein, die auf dem Schrank stand, der früher einmal eine Wickelkommode war und nun alte Playmobilsachen beherbergte. Nils war vor einem Jahr auf Lego umgestiegen.

Moritz legte ihm die Hände auf die Schulter. „Lass uns wegfahren am Wochenende, okay?“

„Au ja, wohin denn?“

„Nach Carolinensiel. An die Nordsee.“

„Ist es denn da nicht viel zu kalt?“

„Hm. Es ist Oktober. Also die Wetterleute sagen, es sollen zehn Grad werden und die Sonne soll scheinen. Ziehen wir uns eben dicke Sachen an.“

Er las Nils aus zwei Büchern vor: „Winston, der Bücherwolf“, über den bösen Wolf, der nicht lesen kann und alle Seiten auffrisst, bis ihm ein Mädchen das Lesen beibringt. Danach las er „Die große Wörterfabrik".

„Aber dafür kein Hörspiel mehr heute."

„Okay."

Er trat in den Flur und blieb stehen. Wartete. Aber Nils fragte nicht. Er hatte keine Ahnung, ob das irgendwas zu bedeuten hatte.

Noch am selben Abend rief er in Carolinensiel bei Frau Hofstede an. Er hatte ihre wunderschöne kleine Apartmentanlage vor ein paar Jahren gemeinsam mit Julie entdeckt, als es Nils noch gar nicht gab. Aber sie waren sicher gewesen, dass sie ihn eines Nachts im Mai dort gezeugt hatten.

Sie waren damals spontan an die See gefahren, ohne zu buchen, so, wie er es während des Studiums immer wieder mit seinen Freunden gemacht hatte. Abends waren sie herumgefahren und hatten irgendwann das „Zimmer frei"-Schild entdeckt.

Seitdem waren sie mindestens zehn Mal dort gewesen.

Es hatte sich seltsam angefühlt, als er mit Nils im Sommer für eine Woche dort oben gewesen war, kurz bevor sie Mitte Juni nach Wuppertal gezogen waren.

Sie hatte einfach gefehlt.

13

Diesmal fehlte sie nicht, jedenfalls nicht so, dass es schmerzte. Sie fuhren ganz früh am Samstag los und kamen am Vormittag an. Frau Hofstede empfing sie mit Apfelkuchen. Das Wetter hielt, der Herbst wirkte an der Nordsee längst nicht so bedrückend wie im Bergischen Land, wo schon Ende September immer wieder jene Nebelfelder über den Städten hingen, die mancher in Anlehnung an den John-Carpenter-Klassiker als Nebel des Grauens bezeichnete. Die Luft an der See war klar und gut.

Sie gingen an den Strand, sammelten Muscheln, aßen Eis, kehrten an den Strand zurück, Nils buddelte stundenlang im Sand, und Moritz schaute einfach nur aufs Meer.

Gedanken kamen und gingen, sie grüßten, er ließ sie passieren. Abends las er Nils zwei ganze Bücher vor, ehe er selbst nach drei Seiten über seinem eigenen einschlief. Er war nie ein großer Leser gewesen.

Den Sonntag verbrachten sie auf Wangerooge, das Licht dort erschien wie reingewaschen, alles war so klar, so echt. Die Sonne erwärmte das Leben.

Als der Nachmittag älter wurde und die Rückfahrt näher kam, kehrten die Gedanken, die er fast zwei Tage lang hatte wegschieben können wie der Wind die Wolken, langsam wieder zurück.

Der düstere bergische Herbst kam doch erst noch.

Er hatte keine Ahnung, wie das alles auf Dauer funktionieren sollte. Er dachte auch daran, einfach wieder hinzuschmeißen. Er dachte das ganz nüchtern. Mit Saskia Berger verstand er sich gut, Tim Plöger würde immer ein Neutrum für ihn bleiben, und mit all den anderen hatte er sowieso nur am Rande zu tun. Eine Kollegin wie Gesa Markowski aus Hameln bekäme er sowieso nie wieder. Er nahm sich vor, sie mal wieder anzurufen.

Das Schlimme war, dass er seinen Beruf liebte. Und dass diese letzten Wochen, wenn er ganz ehrlich zu sich war, zeitraubend und zermürbend gewesen waren, aber was seinen Kriminalisteninstinkt anging, seine eigene Art zu arbeiten, hatten diese Wochen ihn nicht herausgefordert.

Der Blick auf das Meer, auf die kleinen Wellen, die der Oktoberwind an den schier endlosen Strand von Wangerooge rollen ließ, relativierte so manches. Er relativierte Sorgen und Ängste. Er konnte dieses Dilemma ganz in Ruhe durchdenken, ohne dabei ein schlechtes Gewissen zu haben. Der Jäger in ihm suchte eine Herausforderung. Er wusste, wenn er sie bekam, dann wäre er zwei, drei, vielleicht fünf Wochen lang weg. Weg von Nils, weg von allem, was Familie war.

Sein Blick versank in den Wellen, die alles auszugleichen schienen. Dieser innere Zwiespalt war hier einfach nur da. Er war nicht gut oder schlecht, es gab ihn eben. Er hatte keine Lösung, aber das war jetzt, hier, auch nicht weiter schlimm.

Er schaute zu, wie Nils tief in einem Rollenspiel versank, nachdem er ihm vorhin geholfen hatte, das Fundament einer riesigen Burg zu bauen, er lauschte seinem Spiel, wie er den Baggerfahrer und den Lkw-Fahrer gleichzeitig gab, aber auch den Hubschrauber, der aus zwei Stöcken bestand und gerade von oben die Burg angriff, und wie der Krankenwagen kam, der ein Plastikbecher war, und die ganzen Verletzten abtransportierte, denn natürlich stürzte der Hubschrauber ab.

Er sah ein gesundes Kind vor sich. Er wusste nicht, wie viel Schmerz in diesem Kind steckte, nur, dass dieser Schmerz da war und dass er immer wieder ausbrach und ihn lähmte. Er hatte nach Julies Tod viel darüber recherchiert, wie Kinder mit dem Verlust eines Elternteils, insbesondere der Mutter, umgehen, und er hatte die verschiedensten Geschichten gefunden. Nils schien es sogar noch vergleichsweise gut zu verpacken. Das hatte ihm auch die Kinderpsychologin bescheinigt, die er mit Nils einige Male besucht hatte. Er selbst hatte sich nie Hilfe gesucht. Und er wusste bis heute nicht, warum. Er hatte eben stark zu sein.

Während Nils den nächsten Hubschrauber heranfliegen ließ, schaute Moritz einer der vielen Möwen zu. Sie hatte sich von den anderen entfernt und kreiste am Himmel. Plötzlich stürzte sie in Richtung Boden und startete mit einem Seestern im Schnabel von Neuem. Jetzt war sie nicht mehr allein. Eine ganze Meute machte Jagd auf sie.

In diesem Moment wurde ihm bewusst, wie einsam er selbst eigentlich war. Obwohl er nie allein war.

Er war entweder im Dienst oder bei Nils oder bei Magdalene. Aber das war es. Die meisten seiner Freunde waren vor allem Julies Freunde gewesen, ihm selbst fielen die Namen von zwei Menschen ein, die er zu seinen Freunden zählen würde. Sein Trauzeuge, Steffen, den er alle halbe Jahre einmal sah, das letzte Mal hatten sie sich im Sommer in Köln getroffen, weil er da zufällig zu Besuch gewesen war, sie hatten ein paar Bier getrunken, stundenlang Belangloses geplaudert, und er hatte sich auf der Rückfahrt sehr ernsthaft gefragt, ob er Lust hatte, ihn überhaupt noch einmal wiederzutreffen. Der andere Name war Gesa. Sie war mehr als eine Kollegin gewesen. Und er wusste, dass er ihr mit seinem Abschied aus Hameln wehgetan hatte.

Aber er hatte dort nicht bleiben können. Nicht in diesem Haus. *Nicht mit dieser Schuld. Aber die Schuld geht mit. Überallhin.*

Er schaute in die Wolken, als wolle er ihnen seine Gedanken übertragen, und blickte auf die Uhr. Kurz nach fünf. Er zog Nils die Windjacke wieder an, denn die Sonne stand schon tief am Himmel, und aus dem warmen Oktoberwind war eine kühle Brise geworden.

Noch eine Stunde, bis sie die unwirkliche Schönheit dieser Insel wieder verlassen würden.

Zweiter Teil
Ein neuer Fall

Dann diese Gedanken.

Er hat sie doch angeschrien. Sie ihn doch nicht, verdammt. Wo hat er diese Schreierei nur her? Von ihr jedenfalls nicht. Sie sagt es ihm einmal, sie sagt es ihm zweimal. Und wenn sie dann laut wird, ja mein Gott. Aber reicht ja trotzdem nicht.

Sie hat es wieder getan.

Ja! Ja, sie hat es wieder getan. Aber es war doch nicht fest.

Er hat trotzdem geweint.

In diesem Moment, so ganz kurz davor, wenn sie spürt, wie die Wut in ihr kocht, dann möchte sie, dass er einfach weg ist. Dann möchte sie ihn einfach nicht haben.

Und danach?

Möchte sie weg sein. Einfach weg sein. Nie mehr wiederkommen.

Warum ist sie nur so? Warum kriegt sie das nicht weg?

Dann dieser Job. Auch noch an einem Montag. Sie rennt durch die Gegend und treibt Kohle ein, wie so ein Bittsteller. Wie soll man denn da freundlich bleiben, bei diesen ganzen Verbrechern? Und diese Landeier hier draußen, mein Gott. Sie kann diese Besprechungen montags mit den Obergergern nicht mehr ertragen. Die haben ja noch überhaupt nichts verstanden.

Aber besser, als mit der Keule bei diesen Arschgeigen aufzulaufen, die nicht zahlen. Oh nein: Den Ernst aus Barmen muss sie auch wieder besuchen. Wenn sie den schon sieht, diesen Schmierlappen mit seinem albanischen Handlanger, der jedes Mal im Laden steht. Der frisst dem Alten aus der Hand. Letztes Mal hat der sie angeschaut ... da sollte sie ei-

gentlich gar nicht mehr hingehen. Wer weiß, was denen so im Kopf herumspukt.

Was ist das denn jetzt da vorne? Oh nein, da ist einer mit seinem Wagen liegen geblieben. Das darf jetzt echt nicht wahr sein.

Sie weiß, sie sollte nicht anhalten. Sie sollte einfach weiterfahren. Aber bei dem Scheißwetter möchte sie hier auch nicht mitten in der Pampa ... also schön, macht sie halt einen auf hilfsbereit.

Wer weiß, wofür's gut ist.

Dann wieder die Tür.

Dann wieder die Schritte.

Schnelle Schritte, so schnell, dass sie kaum ahnen kann, wo er gerade ist.

Dann wieder die Stille.

Kein Wort.

Er spricht nicht.

Und sie kann es nicht. Er hat ihr den Mund zugebunden, sie bringt nur Summlaute heraus, sie will schreien, aber alles, was rauskommt, ist dieses verdammte mmmmmmhhhh, und das macht sie wahnsinnig, sie will reden, sie will fragen, und sie will verdammt noch mal Antworten. Sie will ihn sehen, los, du Schwein, nimm mir diese verdammte Binde von den Augen! Du feige Sau, du Stück Scheiße, nimm mir diese verfluchte Binde von den Augen!

Dann wieder die Tür.

Dann wieder die Schritte.

Immer wieder und immer wieder.

Dann Nähe. Er steht vor ihr. Angst wabert wie heiße Lava durch ihren Körper.

Wieder ihre Schreiversuche, die im Summen enden. Mmmmhhhh!!!

Die schnellen Schritte entfernen sich ein Stück. Eine Flasche wird geöffnet. Wasser, das in ein Glas läuft. Ein schneidendes Messer. Jetzt Holz, das auf Holz knirscht. Er schiebt einen Tisch. Er kommt vor ihr zum Stehen. Dann folgt ein Stuhl.

Wieder Nähe. Seine Hände, die sie packen. Sie wehrt sich sofort. Mmmhhhh!!!

Doch er hilft ihr nur hoch, setzt sie an den Tisch.

Beißender Schmerz: Er reißt ihr das Klebeband aus dem Gesicht. Sie wimmert. Aber nur kurz. Dann bricht alles raus: „Du Arsch, was willst du? Was willst du, du verdammter Arsch, du verdammter kleiner Arsch, du Penner? Sie finden dich! Ich schwör dir, sie finden dich! Ich kenne tausend Leute. Die suchen jetzt schon nach dir, weißt du das? Du hast keinen Tag mehr, glaub es mir. Keinen Tag mehr!"

Wieder Nähe. Das Klirren eines Tellers. Ein Glas wird abgestellt. Er packt ihre Hand. Legt ein Stück Brot hinein. Sie isst, ohne zu zögern. Sie schlingt, verschluckt sich, beißt große Stücke ab, schleudert Hassworte aus ihrem Mund, aber er spricht nicht.

Sie greift das Glas und wirft es blind durch den Raum. Sie hört, wie es zerschmettert.

„Rede mit mir, du Arschloch! Was willst du? Willst du mich ficken? Ist es das? Willst du mich ficken wie ein Stück Vieh und mich danach wegschmeißen?"

Dann Nähe.

Dann: Schmerz. Seine Hand in ihrem Gesicht. Kalt. Aus Leder. Ein Handschuh. Der sich auf ihre Wange legt. Fast zärtlich.

Sie merkt erst, dass sie weint, als die Tränen schon herunterlaufen.

„Bitte. Ich will zu meinem Kind."

Dann Nähe. Der Knebel.

„Mmhhhhh!"

Dann wieder die Tür.

Henning Richter zog an seiner Zigarette. Er pustete den Rauch zur Seite, um ihn Moritz Brinker und Saskia Berger nicht mitten ins Gesicht zu blasen. Er griff zu einem Glas kalter Milch, leerte es in einem Zug, einige Tropfen blieben an seinem dichten Vollbart hängen. Dann wieder die Zigarette. Er strich sich durch sein mittellanges dunkelbraunes Haar, das ihm fast bis auf die Schultern reichte. Er stand auf, ging hin und her, öffnete die Balkontür, ging nach draußen in den Oktoberregen. Er atmete tief ein und aus, kehrte zurück, zog noch einmal an der Zigarette und drückte sie in den Aschenbecher.

Der Ritter. Henning Richter war der Ritter von Schloss Burg. Der Vater von Sam. Der Mann, mit dem Moritz sich zwischendurch, an einem seltenen freien Freitagnachmittag, fast eine Stunde unterhalten hatte. Der Mann, der ihn so an den großen Kerl von früher erinnerte. Wie hatte es Henning Richter noch selbst auf Schloss Burg formuliert? Jeder hat zig Doppelgänger.

Als Henning Richter wieder in die Wohnung trat, glänzten die Tropfen auf seinen Haaren.

„Was dagegen, wenn ich noch eine …?“, er zeigte auf die Packung Marlboro, die auf dem Tisch lag.

Die beiden Kommissare nickten nur schweigend.

Henning Richter zündete sich die nächste Zigarette an, es war die fünfte innerhalb der letzten Stunde. Er hatte die halbe Nacht wachgelegen, erzählte er. Und geraucht. Und auch getrunken. Aber nicht viel. Dann war sein Sohn Sam wach geworden. „Wo ist denn die Mama?“, hatte er gefragt.

Und Henning Richter hatte keine Antwort gehabt. Um kurz nach halb acht hatte er seinen Sohn in den Kindergarten gebracht, in eben denselben, in den auch Nils Brinker ging. Nils und Sam, die sich jeden Tag sahen, zuerst kaum gekannt haben, aber vor ein paar Wochen gemeinsam zu kleinen Ritterkönigen auf Schloss Burg geworden waren und danach immer öfter zusammen spielten. Richter war nach Hause gefahren, hatte einige Kunden angerufen, hatte erklärt, er sei krank, er könne heute nicht arbeiten, und nein, wahrscheinlich auch nicht morgen. Dann hatte er die Polizei angerufen. „Meine Frau ist weg."

Jetzt war es halb eins. Moritz Brinker saß diesem groß gewachsenen Mann mit dem gepflegten Bart und den mittellangen Haaren gegenüber, der ihm auf Schloss Burg wie ein Held erschienen war und an jenem Freitag wie ein alter Kumpel und der nun so hilflos und klein wirkte.

Brinker hatte noch genau Bettermanns Worte im Kopf, als der ihn heute Morgen in sein Büro geholt hatte. „Sie dürfen wieder nach Hause."

„Bitte?"

„Na ja, nicht ganz. Aber bei Ihnen in der Nähe wohnt einer, da ist wohl die Frau verschwunden. Henning Richter. Sagt Ihnen der Name was?"

Moritz hatte einen Moment lang überlegt. „Weiß nicht." Bettermann war fortgefahren. „Jedenfalls rief der heute an und sagte, seine Frau sei weg. Seit gestern früh schon. Er wirkte wohl extrem nervös. Wahrscheinlich ist das nichts. Wahrscheinlich liegt die Alte bei irgendeinem anderen in der Kiste und schneit heute Abend wieder bei ihm rein, um dann endgültig abzuhauen. Jedenfalls hat er sie als vermisst gemeldet. Die Kollegen haben schon mal das Wichtigste aufgenommen, die üblichen Fragen gestellt. Jetzt sind Sie dran."

Er hatte Henning Richter gleich beim Öffnen der Tür erkannt. Und Richter auch ihn.

„Moritz? Du bist doch Moritz. Der Vater von …"

„Nils. Und du der Papa von Sam. Von Schloss Burg. Vom ... Kindergarten."

„Ja." Beide waren blass geworden, und Saskia Berger hatte die Welt nicht mehr verstanden. „Sie kennen sich?"

„Ja."

Und wie das bei munteren Papa-Sohn-Tagen so war: Sie hatten sich auch von Beginn an geduzt.

Jetzt drückte Henning Richter die fünfte Zigarette aus. Moritz hatte kaum einen Blick auf das Foto seiner Frau geworfen, da war ihm klar geworden, dass er auch sie kannte. Laura Richter. Er hatte sie ein paar Mal morgens im Kindergarten gesehen, wenn sie ihren Sohn dort hinbrachte. Aber das musste vor Schloss Burg gewesen sein, denn er hatte die beiden bisher nicht zusammengebracht. Er erinnerte sich auch nicht, die Richters beim Elternabend im Sommer gesehen zu haben.

Jetzt war Laura Richter seit über einem Tag verschwunden.

Die Kollegen, die auf Richters Anruf hin eine Stunde später zu ihm gefahren waren, hatten ihre Standardfragen bereits am Vormittag alle gestellt. Hat Ihre Frau irgendwas Auffallendes gesagt? Wollte sie eine Freundin besuchen? Wer hat Ihren Sohn in den letzten Tagen in den Kindergarten gebracht? Hatten Sie Streit?

Haben Sie schon mit ihrer Arbeitsstelle telefoniert? Ist im Kindergarten jemandem etwas aufgefallen? Was waren ihre letzten Worte, als sie sich gestern Morgen verabschiedete? Einen Teil dieser Fragen wiederholte Moritz Brinker nun trotzdem. Nur, dass er Richter bei all diesen Fragen duzte und sich dabei irgendwie komisch vorkam. Er legte großen Wert auf das Siezen. Deshalb siezte er sich auch mit seinen Kollegen. In Hameln war das noch anders gewesen.

Henning Richter hatte nichts Außergewöhnliches feststellen können. Er schüttelte den Kopf. „Ich kenne sie jetzt seit sieben Jahren. Ich weiß nur, sie wollte ins Oberbergische, nach Radevormwald oder Hückeswagen oder noch weiter. Ich weiß nicht mehr genau. Sie hat so was noch nie gemacht, einfach weg zu sein. Wir haben noch nie getrennt Urlaub gemacht oder so was. Sie ruft immer an. Manchmal auch zu oft, wenn Sie wissen, was ich meine. Wir telefonieren ein paar Mal am Tag. Wir hatten keinen Streit und nichts. Sie stieg mit Sam in ihren weißen MINI, winkte mir zu – und das war's. Ich glaube, ich habe sie hundert Mal auf dem Handy angerufen. Nur die Mailbox dran. Verdammte Scheiße." Henning Richter senkte den Kopf.

„Was macht deine Frau beruflich?"

„Sie arbeitet bei einem großen Inkassounternehmen. Sie ist in der halben Region unterwegs, viel in Wuppertal, aber sie fährt auch häufig ins Oberbergische rüber. So wie gestern."

„Sie sagten, Sie hätten bei der Arbeitsstelle Ihrer Frau angerufen", warf Saskia ein, und es klang jetzt plötzlich wie eine richtige Befragung und nicht wie ein Plausch.

„Ja, ich hatte ihre Kollegin dran. Die war völlig ratlos. Sie gab mir ihren Chef, dem hatte sie auch nichts gesagt. Die beiden waren nur überrascht, dass sie nach ihren Terminen nicht mehr im Büro war. Denn diese Termine hatte sie offenbar noch wahrgenommen, den letzten gegen drei. Aber manchmal nahm sie sich auch spontan Arbeit mit nach Hause, je nachdem, wer Sam vom Kindergarten abholt."

„Gestern waren Sie mit dem Abholen dran?"

„Ja, sie wollte erst gegen fünf da sein. Ich hatte für halb sechs das Essen vorbereitet. Es wurde sechs, sieben, zehn. Ich habe Sam irgendwas erzählt, dass sie aufgehalten worden sei, dass sie länger arbeiten müsse, dass sie jetzt auch nicht zu sprechen sei, was weiß ich. Ich war froh, als er endlich schlief."

Moritz nickte schweigend und machte sich Notizen. Henning Richter saß auf dem Stuhl und wackelte nervös hin und her. Er musterte Moritz einen Moment lang, dann schaute er auf die Uhr an der Wand. „Was machen Sie denn jetzt? Sie müssen doch einen Plan haben, was Sie jetzt tun, ich meine, sie ist seit gestern Morgen um halb acht weg. Jetzt ist es halb eins. Um vier hole ich Sam ab. Was erzähle ich dem denn, wo seine Mutter ist?"

Ja, dachte Moritz, *was erzähle ich meinem Sohn, wo seine Mutter ist? Vor allem wenn sie gerade von einem Berg gestürzt ist und nie wieder aufstehen wird. Und nicht bei irgendeinem Typen in der Kiste liegt so wie diese hier. Was sage ich ihm bloß?*

„Erzähl ihm, deine Frau sei beruflich verreist. Und dass sie in Ruhe arbeiten muss und jetzt leider nicht zu sprechen ist. Ihr habt nur Sam, oder? Er hat keine Geschwister."

Henning Richter schüttelte den Kopf.

„Haben Sie schon mit Verwandten telefoniert, Freunden, Eltern, Schwiegereltern?" Saskia Berger hatte wieder das Gespräch übernommen, Moritz ließ sie machen.

„Unser Freundeskreis ist relativ klein. Ich habe sie schon alle durchtelefoniert, niemand weiß von irgendwas. Meine Eltern leben nicht mehr. Und meine Schwiegereltern ... wir stehen uns recht nah, aber ... na ja. Ich würde ihnen ungern jetzt schon erzählen, dass ihre Tochter sich über einen Tag nicht mehr gemeldet hat."

Moritz betrachtete ihn einen Moment lang. Er schaute sich in der edel und modern eingerichteten Wohnung um, warf einen Blick in die offene Küche, die alles hatte, was alltagsgestressten Kleinfamilien das Leben erleichtern soll. Die Richters wohnten in der Steinhauser Straße im ersten Stock, keine zwei Kilometer von ihm entfernt. Moritz kannte die Mietpreise in Beyenburg mittlerweile, wer hier lebte, war nicht unbedingt steinreich, arm aber auch nicht. Die Wohnung, das konnte er erkennen, erstreckte sich über zwei Etagen. Eigentlich war es ein halbes Haus. Unten im Erdgeschoss wohnte, wie Richter erklärte, ein pensionierter Arzt, er sei auch der Vermieter, aber fast das ganze Jahr über verreist. So auch jetzt. Den Richters schien es, was Moritz auf den ersten Blick erkennen konnte, gut zu gehen. Seit bald anderthalb Tagen war die Frau nun verschwunden, und dafür konnte es tausend Gründe haben. Moritz wusste, dass etwas vergleichsweise Banales am wahrscheinlichsten war. „Henning, du weißt, dass in der Regel innerhalb von 24 Stunden ..."

„Es sind jetzt fast 30", unterbrach ihn Henning Richter. „Und sie hat sich noch nie einfach so ..."

„Deshalb werden wir ja auch einige Schritte einleiten. Wir sprechen mit den Kollegen im Oberbergischen, wie es mit Unfällen ausschaut seit gestern. Wir werden mit den Kunden sprechen, die deine Frau besucht hat. Wir sprechen natürlich auch mit den Erzieherinnen in der Kita. Allein schon, um sie zu informieren. Die sollen das aber für sich behalten, damit es nicht gleich ganz Beyenburg weiß. Ich werde die Kollegen bitten, mit Streifenwagen die Strecke abzufahren, die deine Frau wahrscheinlich genommen hat, vielleicht entdecken wir das Auto. Ein weißer MINI ist ja nicht so ganz unauffällig."

Saskia Berger spielte wieder die Offizielle. „Es tut mir leid, dass ich Sie jetzt nur bitten kann, Geduld zu haben. Und ich weiß, das klingt für Sie jetzt bescheuert, aber: Versuchen Sie zu arbeiten. Was machen Sie eigentlich beruflich?"

„Ich bin freiberuflich tätig. Mediengestaltung, Grafik und so weiter."

„Vielleicht machen Sie einfach irgendwas Belangloses. Die Buchhaltung. Oder checken Sie Ihre Mails. Oder gehen Sie raus, in den Regen. Lenken Sie sich ab. Irgendwie."

Henning Richter wurde wieder nervöser. Als Moritz vor Jahren den Kindermörder von Hameln jagte, hatten er und Gesa es mit drei Familien zu tun gehabt, die es auszuhalten hatten, dass jemand verschwunden war. Ihre eigenen Kinder. Sie hatten damals direkt die Psychologen hinzugezogen, die über viele Wochen mit den Menschen arbeiteten. Die Gesichter dieser Eltern, Schwestern, Brüder, Großeltern, Onkel und Tanten waren es, die ihn jeden Tag aufstehen ließen, ihn jeder Spur nachgehen ließen, ihn jagen ließen. Die Hilflosigkeit in ihren Blicken, die Traurigkeit, die Angst, die Sprachlosigkeit. Er hatte gewusst, dass er für diese Menschen nichts tun konnte, außer ihnen ihre Kinder zurückzubringen. Und wenn das nicht mehr möglich war, dann kam es nur darauf an, den Menschen zu finden, der ihnen die Kinder genommen hatte.

Auch in Henning Richters Augen erkannte er Angst. Und er hatte eine Ahnung davon, wie die nächsten Stunden für ihn werden mussten. Und vor allem kannte er den Verlust.

Diesen verdammten Verlust.

Er schaute Henning Richter lange an, der keine Miene verzog. „Henning, wir müssen dann jetzt. Ich habe deine Karte, hier ist meine, bleib bitte erreichbar."

„Na klar, was denn sonst?"

„Ich melde mich heute noch. So oder so."

Moritz stand auf und zog sich die Jacke an. Der Regen draußen wurde stärker.

„Verdammtes bergisches Wetter", frotzelte er.

Henning Richter nickte und wirkte plötzlich gedankenverloren. „Wie klein die Welt doch ist. Ich meine, eben noch auf Schloss Burg und dann im Kindergarten …"

Moritz nickte lächelnd. Er wusste nicht, was er antworten sollte.

Dann die Angst um ihr Kind.

Wie geht es Sam? Was macht Sam? Wo ist Sam? Hat man nur sie entführt oder auch ihr Kind? Wo ist Henning? Was macht Henning? Ist er bei Sam? Sam, Sam, Sam. Immer nur Sam.

Und all die Gedanken in ihrem Kopf, wie sie schwirren und schwirren, all die Bilder, die sie sich ausmalt, von einem toten Sam, von einem schreienden Sam, von einem blutenden Sam, von einem schlafenden Sam, von einem Sam, der allein in einer anderen Hütte sitzt. Und warum denkt sie so wenig an Henning?

Henning.

Sie hat ihn oft weggewünscht in den letzten Jahren. Jetzt wünscht sie ihn herbei. Damit er sie holt. Mehr nicht. Damit er sie und Sam rettet. Mehr nicht. Mehr will sie nicht von ihm. Nur das.

Und dann fangen sie noch einmal neu an und vergessen so manches.

Oder sie geht mit Sam weg. Denn sie liebt ihn, ganz gleich, was in ihr vorgeht, wenn sie die Beherrschung verliert.

Aber Henning kommt nicht. Er kommt nicht und kommt nicht und kommt nicht, verdammte Scheiße noch eins.

Und wenn alles zu spät ist?

Paul Bettermann kratzte sich am Kopf, nachdem Moritz ihm von dem Gespräch berichtet hatte. „Also taucht die Frau wahrscheinlich heute Abend wieder auf, nach einer netten Nacht, und das war es dann."

Saskia Berger warf ihm einen düsteren Blick zu. Bettermann registrierte es. „Das war ein Witz, Frau Berger. Also, wir machen das so, wie Sie es vorgeschlagen haben.“ Er schaute zu Moritz herüber. „Ich frage mich nur gerade, ob es die beste Idee ist, wenn Sie selbst in den Kindergarten fahren, Herr Brinker, um dort mit den Erziehern zu sprechen.“

„Wieso? Ich muss meinen Sohn heute sowieso abholen, wie Sie wissen. Dann kann ich auch gleich …“

„Stimmt auch wieder.“ Er wandte sich an Saskia. „Dann sprechen Sie mit den Kollegen von Frau Richter, ja? Und rufen Sie bitte auch bei den Kunden an, die unsere Vermisste noch besucht hat. Teilen Sie sich das mit Herrn Plöger. Schicken Sie zwei Streifen nach Hückeswagen und Radevormwald, die sollen mal schauen, ob sie irgendwo den MINI entdecken.“

Als Saskia das Büro verlassen hatte, grinste Bettermann ihn süffisant an. „Ist schon ein Ding, oder? Jetzt können Sie Beruf und Privatleben doch wieder besser in Einklang bringen.“

Moritz hatte vergessen, sich neue Milch zu besorgen, und würgte einmal mehr die schwarze Brühe herunter.

„Sehr witzig“, murmelte er und ging.

Als Sam Richter an diesem Abend aus dem Badezimmer im ersten Stock der schicken Loft-Wohnung in sein Zimmer lief, stand sein Vater bereits am Bett und erwartete ihn. Sam kletterte das Hochbett hinauf und setzte sich hin. Henning schaute ihn lange an. Laura würde jetzt sagen, dass Sam dringend zum Friseur müsse, seine braunen Haare reichten ihm schon wieder über die Ohren. Henning Richter fand es genau richtig so. Von ihm aus konnte Sam die Haare noch länger tragen, so wie er selber.

Sams Augen waren klein vor Müdigkeit.

„Geht es der Mama auch gut?"

„Ja. Ich konnte ihr vorhin eine Nachricht auf dem Handy schreiben. Sie darf nur nicht telefonieren, weil sie mit ihren Kollegen so viel arbeiten muss."

„Auch abends?", hakte Sam mit skeptischem Blick nach.

„Abends im Hotel ist der Empfang so schlecht, hat sie geschrieben. Aber es geht ihr gut, und ich soll dir ein Küsschen von ihr geben."

„Dann los, Papa!"

Sam zog seinen Vater zu sich, und Henning gab seinem Sohn einen langen Kuss auf die Stirn, bevor er ihn fest an sich drückte und ihm über Kopf und Rücken streichelte. Er hätte ewig so stehen bleiben können.

Als Hennings Hand ein Stück weiter an Sams Rücken hinabwanderte, wich der Junge plötzlich zurück. „Au Papa, da habe ich doch den blauen Fleck."

Henning Richter erschrak, weil er den Fleck verdrängt hatte. So wie er verdrängt hatte, was die Ursache dafür war. Dass sie es war. Er verstand nicht, warum sie grob zu Sam war. Warum sie es nicht bei Worten belassen konnte. Er selbst war in all den Jahren nicht einmal wirklich laut zu Sam gewesen.

„Ich liebe dich", flüsterte er Sam ins Ohr.

„Ich dich auch, Papa."

„Gute Nacht."

„Gute Nacht, Papa."

Er schaltete das Licht aus, ging auf den Flur und atmete tief durch.

Er liebte seinen Sohn so sehr, dass es manchmal schmerzte. Vor allem jetzt, wenn er ihm sagen musste, was mit seiner Mutter war. Und dabei lügen musste.

Sam fielen gerade die Augen zu, als Moritz Brinker die Handynummer seines Vaters wählte. Moritz wusste genau, was er zu sagen hatte: nichts.

Sie hatten die Streife mehrmals die Strecke abfahren lassen, die Laura Richter genommen haben musste. Sie war von ihrem Büro in Wuppertal-Ronsdorf zunächst nach Remscheid gefahren, wahrscheinlich über die Autobahn 1, und dann von dort zunächst nach Hückeswagen. Dann über die Bundestraße 483 nach Radevormwald, von dort über die Neyestrecke bis Wipperfürth, wo sie den dritten Kunden besucht hatte. Sie waren die gesamte Route und einige angrenzende Nebenstraßen abgefahren, aber von dem weißen MINI mit dem amtlichen Kennzeichen W-LR 78 fehlte jede Spur. Bei ihren Kundenbesuchen hatte sie völlig normal gewirkt, bestimmt, aber freundlich, schließlich hatte sie nicht eben den einfachsten Job. Zuletzt gesehen wurde sie demnach, als sie gegen 15 Uhr ein Geschäftshaus an der Unteren Straße in Wipperfürth verließ, der oberbergischen Hansestadt. Mit ihrer

Kollegin hatte sie das letzte Mal gegen Mittag telefoniert und eigentlich angekündigt, sie werde noch einmal kurz ins Büro kommen. Aber sie war nicht gekommen. Laura Richter war weg.

„Wie geht es dir?", fragte Moritz, nachdem er Richter die wichtigsten Nicht-Infos gegeben hatte. Sie hatte sich bei ihm nach wie vor nicht gemeldet.

„Ich weiß es nicht", antwortete er mit leiser Stimme. „Wie geht es denn jetzt weiter?"

„Wir werden morgen eine größere Fahndung starten müssen. Über die Medien, die Zeitungen und das Internet gehen, vielleicht Radio, wir werden ein Foto von ihr veröffentlichen, dein Einverständnis vorausgesetzt."

„Natürlich."

„Und wir werden weiter nach dem MINI suchen."

„In Ordnung."

Moritz hielt inne. Eigentlich war dieses Gespräch jetzt zu Ende. Doch sein Instinkt meldete sich. Er meldete sich und sagte ihm, dass Laura Richter die Nacht nicht bei irgendeinem Geliebten verbracht hatte. Und dass sie heute Abend auch nicht wiederkommen würde. Und dass Henning Richter auch in dieser Nacht kein Auge zutun würde.

„Henning, ich weiß, wie schwierig das Ganze ist. Ich weiß es wirklich. Brauchst du psychologische Betreuung? Kann ich dir irgendwie helfen?"

„Ich habe keine Ahnung."

„Wie geht es deinem Sohn?"

„Ich habe ihm ungefähr das erzählt, was du mir vorgeschlagen hast. Es hat, glaube ich, ganz gut funktioniert. Er schläft schon, ungewöhnlich früh für seine Verhältnisse. Und wenn er erst mal schläft, dann ... wacht er auch so schnell nicht auf."

„Nils sitzt gerade mit dem Opa im Keller und spielt Eisenbahn.“ Er hatte keine Ahnung, warum er das jetzt einfach so erzählte. Und was es Henning Richter anging. Aber er hatte das Gefühl, dass der große Papa-Ritter von Schloss Burg jetzt jemanden zum Reden brauchte. Und er selbst irgendwie auch.

„Hast du inzwischen deine Schwiegereltern informiert?“, begann Moritz von neuem.

„Ich wollte diese Nacht noch abwarten. Klingt bescheuert, oder? Aber sie ist dann morgen über zwei Tage weg. Mein Gott ...“, Henning Richters Stimme brach ab. „Sie rufen normalerweise jeden zweiten Tag an und wollen mit Laura sprechen. Oder mit Sam. Spätestens morgen wird das Telefon klingeln.“

„Vielleicht tut sich ja bis dahin was.“ Moritz wusste, es war eine Floskel, die Henning Richter eigentlich nicht verdient hatte. Er ärgerte sich über sich selbst.

„Und wenn nicht?“

„Wenn irgendwas ist, dann meldest du dich bitte. Auch nachts, wenn es nicht anders geht.“

Auch das hatte er das letzte Mal zu den drei Familien gesagt, deren Töchter massakriert aufgefunden worden waren.

„Danke“, antwortete Henning Richter und legte auf.

Dann ihr Gewissen.

Ich war nicht gut zu dir, mein Kind. Ich weiß es. Ich war nicht gut zu dir. Sie denkt an den Film „Antichrist" und schaudert. Der Mann und die Frau und die Hütte im Wald. Und das tote Kind. Und die Frau, die ihrem Kind absichtlich die Schuhe falsch herum angezogen hat. Und wie das Kind weint. Dieser Ausdruck im Gesicht des kleinen blonden Jungen, seine Tränen, und diese furchtbar falschen Schuhe an den falschen Füßen. Und diese böse Frau.

Und Sam. Und die Schläge, die sie ihm versetzt hat. Immer wieder. Wie ihr die Hand ausrutschte wegen nichts. Weil er sich vor dem Schlafengehen den Pulli nicht schnell genug ausgezogen hat. Weil er beim Essen nicht still gesessen hat. Weil er frech war zum Opa.

Die Schläge auf den Po. Die Ohrfeigen.

Und wie sie ihn einmal am Kragen vom Herd bis auf die Couch gezerrt hat, weil er die Finger nicht von der heißen Platte lassen konnte. Und wie er geschrien hat. Nicht vor Schmerz, sondern aus Angst.

Henning hat ihn nie geschlagen.

Aber er hat es mitbekommen, manchmal. Er hat Sams rote Wangen gesehen und den blauen Fleck an seinem Hals, nachdem sie ihn auf die Couch gezerrt hatte.

Sie haben gestritten deswegen. Vor Sams Augen. Er hat ihr Vorwürfe gemacht, sie hat sich verteidigt, wie es Eltern nun einmal machen, und natürlich haben sie damit nicht gewartet, bis Sam im Bett war, sie haben es vor ihm ausgetragen, die Schlägerin und der Schwächling, das Miststück und der Versager, und was sie sich nicht noch alles an den Kopf geworfen haben.

Und dann Sams kleine ängstliche Augen, wie er sich auf der Couch verkroch, die Hände auf die Ohren gelegt, und wie er wimmerte, und wie sie ihn anschrie, er solle endlich seine verdammte Klappe halten, sonst setzt es aber was.

Und Henning, der einfach den Raum verließ.

Und die Reue, die immer danach einsetzte. Wenn sie innerlich zusammenbrach und überhaupt nicht mehr nachvollziehen konnte, wer dieser Mensch da gerade war, der seinem Kind so etwas antut und dann auch einfach damit weitermacht.

Jedes Mal diese Reue. Jedes Mal die Versöhnung mit Sam, der ihr alles vergab, weil er nur ihre Liebe wollte, jedes Mal seine und ihre Tränen, und jedes Mal der Schwur, dass sie ihn nie wieder schlagen würde. Zugleich die Gewissheit, dass es trotzdem wieder passieren würde, einfach, weil sie so war, und der Schmerz, den diese Gewissheit in ihr verursachte, diese Zerrissenheit.

Wie lange war das letzte Mal jetzt her? Nicht mehr als eine Woche.

Aber nachdem Henning an diesem Abend einfach gegangen war, um drei Stunden später völlig betrunken wiederzukommen, und er trank sonst so gut wie nie, war zwischen ihnen etwas anders gewesen. Sie hatten seitdem nicht mehr gestritten. Sie hatten irgendwie nebeneinanderher gelebt. Fast gleichgültig wirkte er an jenem Morgen, an dem sie in ihren MINI stieg und ihm zuwinkte. Er winkte zurück mit einem Ausdruck im Gesicht, der sagte: „Fahr von mir aus, wohin du willst, mir scheißegal."

Dann die Schuld. Vielleicht habe ich das hier ja einfach verdient. Vielleicht steht es so im großen Buch des Lebens. Vielleicht habe ich mich oft genug schuldig gemacht, dass es nun ausgerechnet mich erwischt hat.

Nein, da ist mein Vater. Der reiche Vater.

Ich sitze nicht durch Zufall hier. Der verdammte, beschissene, eiskalte reiche Vater.

Dann die Fragen.

Wie lange geht das jetzt noch hier?

Wann gibt der Typ endlich auf?

Wenn er sein Geld hat?

Wann kriegt er sein Geld? Von wem? Von meinem Vater. Viele kennen meinen Vater. So viele.

Aber keiner findet mich.

Es war kurz nach sieben, Moritz und Sam waren wieder einmal die Ersten im Kindergarten. Aber Henning Richter traf nur Minuten später ein. Er schaute Moritz aus müden, roten Augen an. Sam wirkte dagegen gut gelaunt. Es war Spielzeugtag, und er hatte irgendwas von Star Wars dabei. Er führte es Nils vor, der mit seinem grünen Traktor sofort dagegenhielt. Sie hatten ihre Schuhe kaum ausgezogen, da rannten sie durch den Flur. Der Traktor konnte plötzlich fliegen, und das Raumschiff schaffte Loopings.

Alexandra Klein kam aus dem Erzieherinnenbüro und setzte eine ernste Miene auf, als sie Henning Richter erblickte.

„Was Neues?"

„Das wollte ich auch gerade fragen", warf Moritz ein. Alexandra lächelte verlegen.

Henning Richter schüttelte den Kopf. „Nichts."

„Wie geht es Sam?"

„Er denkt, dass seine Mutter wegen der Arbeit wegmusste." Er machte eine Pause. „Ich weiß nicht, wie lange ich ihn belügen soll. Und kann."

„So lange wie möglich", antwortete Moritz. „Bis wir etwas wissen. Heute Mittag geben wir das Foto deiner Frau an die Medien."

Raumschiff und Traktor kehrten zurück.

„Raus jetzt mit euch, ihr Papas!“, rief Nils.

„Ja, ihr Papas, wir wollen spielen!“, schrie Sam.

„Sie sollten die beiden öfter so früh bringen. Sie spielen immer mehr zusammen.“ Alexandra warf Moritz einen freundlichen Blick zu. „Schön, dass Sie mal wieder Zeit haben, ihn zu bringen.“

Moritz nickte und spürte, wie er rot wurde.

„Kann ich Ihnen sonst irgendwie helfen? Soll ich mal die anderen Eltern fragen, ob ihnen etwas aufgefallen ist?“

Moritz schüttelte schnell den Kopf. „Bitte nicht, Frau Klein. Ich glaube, wir sollten mit solch einer Aktion noch warten.“

„Wie lange warten wir denn noch?“ Henning Richter merkte, dass er lauter geworden war als nötig. Deutlich lauter. Er nahm sich zusammen. „Entschuldigung. Aber wenn wir das Bild doch sowieso an die Medien geben wollen ... dann wissen hier im Ort ohnehin alle Bescheid.“

„Ihr seid ja immer noch da!“, protestierte Nils plötzlich. Moritz gab seinem Sohn einen Kuss auf die Wange. „Holst du mich heute ab, oder die Oma?“

„Mal sehen. Wahrscheinlich die Oma.“

„Manno.“

Diesmal schaute Alexandra ihn ernster an.

„Mal gucken“, sagte Moritz wie automatisch und ging mit Henning Richter nach draußen.

Zwei Stunden später rief er Magdalene an, dass sie den Kleinen auf jeden Fall abholen müsse. Und dass Franz ihn ruhig mit zur Modelleisenbahn in den Keller nehmen solle, und dass eine Viertelstunde Fernsehen mit dem sprechenden Schwamm vollkommen ausreichend war.

Sie saßen im Büro von Paul Bettermann. Moritz Brinker, Saskia Berger, Tim Plöger und Henning Richter.

Auf dem Tisch, verpackt in eine Zipp-Tüte, lag der Brief, den Richter vor einer halben Stunde aus der Post gefischt hatte. Geschrieben offenbar auf einem Computer.

„Ihre Frau ist in unserer Gewalt. Sie lebt. Beschaffen Sie bis zum kommenden Samstag eine Million Euro. Sie erhalten ein weiteres Schreiben von uns wegen der Geldübergabe. Keine Polizei."

Henning Richter stützte den Kopf auf seine Hände und wippte kopfschüttelnd auf seinem Stuhl hin und her. „Oh Gott, oh Gott, oh Gott."

„Wir lassen das Schreiben sofort überprüfen", kündigte Bettermann mit fester Stimme an. „Herr Plöger, machen Sie bitte Kopien."

Plöger nickte und verschwand mit dem Schreiben.

„Wer macht so was?" Henning Richter sah Moritz hilflos an. Doch ehe er antworten konnte, ergriff Bettermann das Wort. „Zunächst einmal jemand, der davon überzeugt ist, dass Sie eine Million Euro haben. Oder jemand, der Ihnen etwas will. Der Ihrer Frau etwas will."

„Uns will aber keiner was. Und ich habe keine Million."

„Sagen Sie. Denken Sie bitte nach, ganz unabhängig von dieser Geldsumme ..."

„Die wir nicht haben, um das mal gleich zu sagen."

„... wer könnte etwas gegen Ihre Frau haben?"

Henning Richter verschränkte die Arme hinter seinem Kopf und lehnte sich in seinem Stuhl zurück. „Ich denke die ganze Zeit an nichts anderes."

„Henning …“ Moritz hatte den Vornamen kaum ausgesprochen, da schaute Bettermann ihn entgeistert an. Moritz wusste sofort, warum. Er wandte sich an Bettermann. „Ich hatte doch erwähnt, dass wir uns kennen, oder? Unsere Söhne gehen in denselben Kindergarten. Wir haben schon gemeinsam …“

„Fahren Sie einfach fort, Herr Brinker, ja?“

Moritz erkannte an Bettermanns Blick, dass ihm das nicht gefiel. Er ahnte, dass er heute noch ein Vier-Augen-Gespräch mit Bettermann haben würde. Er wandte sich wieder an Henning Richter. „Versuch bitte, es auf das Allerwesentlichste herunterzubrechen. Jemand will entweder Geld. Dann stellt sich die Frage, warum ausgerechnet von euch. Oder er will deine Frau und euch schädigen. Dann muss es ein Feind sein. Und dieser Feind kann einen scheinbar banalen Grund haben.“

Henning Richter schwieg einen Moment lang. Moritz erkannte, wie es in ihm arbeitete.

„Meine Frau arbeitet bei diesem Inkassounternehmen. Sie hatte zuletzt mit einem Schuldner zu tun, so einem schmierigen Juwelier irgendwo aus Wuppertal, ich weiß es nicht mehr. Der Mann rief jedenfalls ein paarmal abends bei uns an und bedrohte meine Frau. Wenn sie ihn nicht mit der verdammten Kohle in Ruhe lasse, dann werde sie das bereuen.“

„Das ist schon mal interessant. Haben Sie sonst eine Idee?“

Henning Richter verzog das Gesicht. „Ja. Meinen Schwiegervater.“

„Bitte?“

„Kennen Sie Kotthaus Wurstwaren aus Wichlinghausen? Riesenbetrieb, hundert Mitarbeiter oder so. Die beiden haben das Unternehmen selbst aufgebaut, es ist heute einer der größten Fleischlieferanten in ganz Wuppertal."

„Und das Ehepaar Kotthaus hat Geld", sagte Moritz.

Bettermann beugte sich vor und faltete die Hände. „Da kommen dann natürlich zig Leute als mögliche Täter infrage. Ehemalige Mitarbeiter der Firma, Menschen aus dem Umfeld Ihres Schwiegervaters, was weiß ich, wer noch alles. Haben Sie Ihre Schwiegereltern eigentlich schon informiert?"

„Noch nicht. Ich bin zuerst zu Ihnen gekommen."

„Mit Schwiegereltern ist das ja manchmal so eine Sache", ergänzte Bettermann.

„Nicht bei uns", antwortete Henning Richter. „Sie sind für mich fast wie meine eigenen Eltern. Vielleicht empfinde ich das auch so, weil meine Eltern nicht mehr leben, sie starben vor vielen Jahren. Aber gerade mit Dieter verstehe ich mich gut. Wir spielen jede Woche Tennis zusammen."

Moritz beugte sich vor und sah Henning ernst an. „Du musst deine Schwiegereltern jetzt anrufen. Sofort."

„Ich weiß. Und ich weiß nicht, ob ich das kann. Also dann geht es erst mal um den Juwelier, oder wie?"

Saskia Berger blickte kurz zu Paul Bettermann herüber, dann fixierte sie Henning Richter.

„Wir haben uns einmal die Einsatzprotokolle aus den letzten Jahren angesehen. Ihre Frau hat vor einiger Zeit die Polizei gerufen, weil Sie einen Stalker im Garten stehen hatten. Was hat es denn mit dem auf sich?"

Henning erbleichte. Moritz ebenfalls. Saskia Berger hatte ihm von diesem Rechercheergebnis kein Wort erzählt. Bettermann wusste es aber offenbar, denn er sah nicht überrascht aus. So ganz neu konnte es also nicht sein.

Henning Richter lehnte sich zurück und verschränkte wieder die Arme hinter dem Kopf. Unter seinem Bart verzerrte sich sein Gesicht so sehr, dass es ihm Schmerzen zu bereiten schien. „Ja, sie hatte mal was mit jemandem", begann er. „Ein Kollege, Jörg. Ist anderthalb Jahre her. Ich habe sie nicht dabei ertappt oder so was. Sie saß eines Abends völlig aufgelöst vor mir und beichtete mir alles. Und dass es jetzt aus wäre. Der Typ ist dann ziemlich abgestürzt, und er wollte sich auch nicht damit abfinden, dass sie ihn verlässt. Er hat es einfach nicht verkraftet. Er rief ein paarmal hier an, stand auch mal abends vor der Tür. Laura rief die Polizei, die kam auch, aber ich hatte ihn wohl vorher ganz erfolgreich verjagt. Danach haben wir von dem Kerl nichts mehr gehört. Ich jedenfalls nicht. Und ich glaube auch nicht, dass … ich habe da gestern nichts von erzählt, weil ... ich rede da nicht so gerne drüber … und ..."

„Aber das ist vielleicht nicht so ganz unwichtig, oder?", fuhr Saskia Berger ihn an, und Bettermann schloss sich ihr gleich an: „Ich verstehe ja, dass das nicht so prickelnd für Sie war. Aber es war ja immerhin Hausfriedensbruch. Wenn der Mann Ihrer Frau nachgestellt hat ... dem müssen wir auf jeden Fall nachgehen."

Henning Richter nickte. „Ich weiß."

„Haben Sie den Nachnamen von diesem Jörg?"

„Kruse. Wohnte damals in Remscheid, fragen Sie mich nicht wo."

„Wissen Sie, was er beruflich macht? Er wird ja wohl nicht mehr im Unternehmen Ihrer Frau arbeiten. Oder etwa doch?"

„Nein, er hat damals da gekündigt. Arbeitet jetzt angeblich in Remscheid bei der Stadt. Irgend so ein Rathausmensch, mehr weiß ich nicht. Und auch das nur vage."

Plöger kam mit einer Kopie des Schreibens wieder. Bettermann ließ es sich geben und las es. „Wenn ich das richtig sehe, ist weder ein Treffpunkt noch eine Uhrzeit genannt. Es ist nur von Samstag die Rede. Unser Entführer wird sich also noch einmal melden."

„Wie werden Sie jetzt vorgehen?", fragte Henning Richter in die Runde, bevor er plötzlich aufsprang.

Bettermann fasste es zusammen. „Wir haben drei Anhaltspunkte, also drei Richtungen. Herr Plöger, Sie telefonieren mit Laura Richters Arbeitgeber und finden heraus, wer dieser Schuldner aus Wuppertal ist. Anschließend fahren Sie da hin."

„Allein?"

Bettermann fiel die Kinnlade herunter. „Sie haben doch einen Führerschein, oder? Und Sie sind erwachsen. Also bitte."

Er wandte sich an Saskia Berger. „Sobald Herr Richter seine Schwiegereltern informiert hat, fahren Sie dahin und versuchen zu ermitteln, wer in irgendeiner Weise für die Entführung infrage kommen könnte."

Moritz wusste, was Bettermann als Nächstes sagen würde. „Herr Brinker, Sie besuchen Jörg Kruse."

Moritz nickte. „Und wie gehen wir Ihrer Meinung nach mit den Medien um? Wir hatten doch eigentlich vor, das Bild noch heute an die Zeitungen und Online-Portale weiterzugeben."

Bettermann lehnte sich zurück und dachte einen Moment lang nach. „Kotthaus ist ja kein ganz Unbekannter mit seiner Riesenwurstfabrik. Das kann nach hinten losgehen. Geben Sie den Kollegen Bescheid, dass sie das Foto erst einmal zurückhalten. Wir müssen zuerst mehr wissen."

„Was kann ich tun?", fragte Henning Richter und schaute sich hilflos im ganzen Zimmer um.

„Rufen Sie jetzt Ihre Schwiegereltern an. Und dann kümmern Sie sich um Ihren Sohn, wenn er aus dem Kindergarten kommt. Viel mehr können Sie nicht machen. Wir informieren Sie, sobald wir neue Erkenntnisse haben." Moritz musste schmunzeln: Ausgerechnet Bettermann empfahl jemandem, dass er sich um sein Kind kümmern solle. Verdammter Heuchler.

Sie verließen Bettermanns Büro. Moritz stand als Letzter im Türrahmen, als das passierte, worauf er gewartet hatte. Bettermann hob den Zeigefinger. „Herr Brinker, noch zwei Sekunden für mich, ja?"

„Natürlich." Er schloss die Tür.

Bettermann grinste ihn an. „Da haben Sie ja jetzt Ihren Fall, auf den Sie schon seit Wochen warten, was?"

„Ich höre eine gewisse Süffisanz in Ihrer Stimme, wenn ich das mal so sagen darf."

„Dürfen Sie." Er machte eine Pause. Reine Taktik. „Ich bin nicht so sicher, ob ich das gut finden soll. Der Mann wohnt quasi bei Ihnen um die Ecke, Sie kennen ihn auch noch persönlich ..."

„Ja, ein Vater-Sohn-Vormittag auf Schloss Burg und ab und zu mal ein bisschen Smalltalk im Kindergarten. Und dabei duzt man sich halt, sogar wenn der andere Vater ein paar Jahre älter ist."

Bettermann nickte. Moritz war nicht einmal sicher, ob er wirklich zugehört hatte.

„Wie dem auch sei. Für so einen Fall brauchen wir natürlich noch Leute, die uns zuarbeiten. Wer weiß, wie vielen Spuren wir nachgehen müssen, wenn wir mit den Eltern der Entführten gesprochen haben. Ich werde das von hier aus organisieren, sobald wir da klarer sehen. Und Frau Berger wird die Leitung in dieser Ermittlungskommission übernehmen."

„Was?"

„Ich ziehe Sie ja nicht aus dem Fall ab, Herr Brinker. Wir beide wissen, was Sie können. Ich brauche jetzt den Jäger. Keinen, der sich mit der Leitung und der Organisation auseinandersetzen muss. Und ich halte es für sinnvoller, dass Frau Berger direkt mit Herrn Richter zusammenarbeitet. Sie gehen der Spur mit diesem Stalker nach."

Moritz drehte sich um und drückte die Klinke runter. Er nahm aus dem Augenwinkel wahr, wie Bettermann nickte, und hielt es für einen Abschiedsgruß. Und dann sagte Bettermann einen Satz zu Moritz, der sich ihm einbrannte. Auch oder gerade weil er so kalkuliert klang, so auswendig gelernt, obwohl es vielleicht nicht mehr war als eine dumme Provokation: „Na dann ... bringen Sie dem Jungen von Henning Richter mal seine Mutter zurück."

Er drehte sich nicht mehr um, schloss die Tür und fragte sich, wie viel Arschloch wohl in Paul Bettermann steckte. Dass Saskia Berger die Stalker-Recherche zu einer kleinen Selbstinszenierung genutzt hatte, ärgerte ihn jetzt, im Nachhinein, weniger, als er es zunächst erwartet hatte. Wahrscheinlich hatte sie zu diesem Zeitpunkt schon von der Aufgabenverteilung gewusst und sich gleich mal ein bisschen wichtig gemacht.

Eine halbe Stunde später saß Moritz im Wagen und fuhr nach Remscheid. Er war erst ein paarmal in der Stadt gewesen, die ihm so überhaupt nichts sagte. Sie hatten in Solingen ermittelt, in Gräfrath, eine unschöne Geschichte, aber eine ganz schicke Ecke, mit ihrer Altstadt. Remscheid hatte er vor allem aus dem Auto heraus kennengelernt. Das seltsame Gebilde am Bahnhof, die Unterführung, die in die Innenstadt führte. Er erinnerte sich, dass er einmal über den Remscheider Rathausplatz gegangen war, im Sommer war das gewesen, sie hatten dort einen Stadtlauf veranstaltet, das wäre nett geworden, wenn es nicht ununterbrochen geschüttet hätte. Das Rathaus selbst allerdings war sehr schön, das wusste er noch.

Moritz dachte über Laura Richters Affäre mit Kruse nach. Er verstand, dass Henning damit nicht gleich gekommen war. Wer gab schon gerne zu, betrogen worden zu sein? Menschen fühlten sich zu den seltsamsten Gestalten hingezogen, und sie vergaßen dann alles um sich herum. Laura Richter war seit zwei Tagen verschwunden. Spurlos. Sie hatte sich nicht so verhalten, wie ihr Mann das von ihr kannte. Aber das hatte sie offenbar auch vor anderthalb Jahren nicht, als sie es heimlich mit einem anderen trieb, der sie danach noch ein bisschen terrorisierte.

Er fuhr die Cronenberger Straße entlang und passierte das Mad Dog. Es zog seinen Blick sofort an. Sah nah Rockkneipe aus. Er war noch nie drin gewesen. Wann auch? Mit wem?

Als er die Tankstelle in Cronenberg erreichte, die vor Kurzem neu aufgebaut worden war, sagte die freundliche Navi-Frau: „An der nächsten Ampel links abbiegen."

Aber er fuhr nicht Richtung Rathaus. Jörg Kruse arbeitete zwar eigentlich dort, doch er war krankgeschrieben, wie ihm die Mitarbeiterin des Katasteramtes, in dem er offenbar tätig war, vorhin versichert hatte. Wie kam jemand vom Inkassounternehmen zum Katasteramt?

Er rief sich noch einmal das Telefonat mit Kruses Kollegin ins Gedächtnis. Ehe sie Auskunft gab, fragte sie ihn viermal, ob sie ihm das denn auch wirklich sagen dürfe. Dann erzählte sie: „Er ist jetzt seit vier Monaten krank. Dabei war er davor ja gerade mal ein halbes Jahr da. Ist bestimmt drei Wochen her, dass wir das letzte Mal telefoniert haben. Da hat er gar nicht gut geklungen."

„Hat er denn angedeutet, wann er wieder zum Dienst kommen kann?"

„Nein." Dieses Nein hatte so entschieden geklungen, dass sie entweder darauf hoffte, dass er nie wiederkomme, oder dass es ihm wirklich schlecht ging. Moritz tippte auf Ersteres.

Noch schwieriger war es, seine Adresse zu erfragen. Sie wand sich minutenlang.

„Hören Sie, ich kann auch gleich beim Einwohnermeldeamt anrufen. Es geht hier um eine laufende Ermittlung."

„Hat er was gemacht? Ich denke, der ist krank, der Jörg."

„Nein, der Jörg hat sicher nichts gemacht. Aber damit ich das auch ganz genau weiß, muss ich mit ihm sprechen."

„Na gut. Reinshagener Straße 106."

„Danke."

Er wühlte sich durch den Verkehr nach Hasten und fragte sich, ob die Rush Hour jetzt eigentlich fünf Stunden dauerte und nicht mehr drei, wie früher. Obwohl, in Hameln gab es nicht weniger Autos. Und wenn er erst an den ewigen Baustellenstau im Frühjahr auf der Brücke über die Weser dachte. Auf jeden Fall hatte Hameln nicht so viele Berge in der Innenstadt, dafür aber genug drum herum.

Das Haus in der Reinshagener Straße war einer jener unspektakulären Bauten aus den Sechzigern, weiße Fassade, mit einem Dach, das dringend mal einen Austausch nötig hatte. Davor standen zwei Autos. Ein langweiliger grauer Fiesta und ein noch langweiligerer roter Corsa, mindestens fünfzehn Jahre alt. Der Corsa trug das Kennzeichen RS-JK 82. Dass Jörg Kruse gerade einmal Anfang dreißig war, hatte Henning Richter gekonnt verschwiegen. Dass seine Frau, die mit einem wirklich gut aussehenden, groß gewachsenen Kreativen verheiratet war, zwischendurch mit einem Inkasso- und Katasteramtsmitarbeiter rumgemacht hatte, der einen Uralt-Corsa fuhr, konnte sich Moritz dagegen nur schwer vorstellen.

Er trat vor die sechs Klingeln. Zwischen Siebert und Özdemir stand Kruse. Er drückte drauf. Wartete. Keine Reaktion. Er drückte wieder. Wartete. Keine Reaktion. Der Fiesta, der vor dem Corsa stand, trug ein Nummernschild mit der Kennung RS-S 78 und hatte einen Kindersitz auf der Rückbank. Er drückte auf Siebert.

„Ja?" Die Stimme klang wie die von Ingrid van Bergen, und die war über achtzig.

„Guten Tag, Brinker ist mein Name."

„Und?"

„Und ich komme von der Kriminalpolizei."

„Mein Mann ist nicht da. Der ist auf Arbeit."

Er ignorierte den Satz, weil sicher schon ein Kollege den Fall bearbeitete. „Nein, es geht mir um Herrn Kruse. Ist der zufällig da?"

„Hamse da schon geklingelt?"

„Ja, aber …"

„Hat der aufgemacht?"

„Nein, deswegen …"

„Na, dann isser auch nicht da. Oder er pennt. Ich glaub, der pennt den ganzen Tach und geht nur zum Einkaufen raus."

„Vielleicht lassen Sie mich kurz rein?"

„Auch egal."

Es surrte, er drückte gegen die Tür und stand im Flur.

Im Mittelgeschoss stand eine Frau in ihrer Wohnungstür, wie er sie aus Daily Talkshows kannte. Eine Frau, der man das Kind am liebsten sofort vom Arm genommen hätte. Als sie ihre ausgefranste Wasserstoffmähne beiseiteschob, an ihrer Kippe zog und dem kleinen Mädchen auf ihrem Arm den Rauch so direkt ins Gesicht blies, dass es einen Husten von sich gab, der so klang, als rauche es selber seit zwanzig Jahren, da spürte er genau diesen Impuls: Dir nehme ich das Kind jetzt weg. So was wie du, das geht doch gar nicht. Er seufzte und stiefelte zu ihr hoch.

„Danke, Frau …"

„Siebert. Steht doch unten."

„Und Herr Kruse ist Ihr Nachbar?"

„Nee, der wohnt da nur."

Er wandte sich an die Nebentür. Frau Siebert blieb wie angewurzelt stehen und vergiftete weiter ihr Kind. „Danke, Frau Siebert. Sie können dann wieder ..."

„Darf man nicht gucken, oder was?"

Moritz schloss die Augen und versuchte, den Impuls zu unterdrücken. Aber er war zu stark.

„Wissen Sie, was man nicht darf, Frau Siebert? Man darf sein Kind nicht mit Krebs verseuchen. Und wenn Sie jetzt nicht Ihre Scheißfluppe ausmachen, dann ruf ich das Jugendamt an, und dann bekommen Sie Spaß. Klar?"

Frau Siebert wich zurück und schloss wortlos die Tür. Diese kleinen Elendsmomente waren es, die ihm immer wieder nachgingen. Einen, der wirklich etwas Böses getan hatte, konnte er aus dem Verkehr ziehen. Aber nicht so jemanden. Er erinnerte sich, wie Gesa Markowski bei so einer Frau einmal fast der Kragen geplatzt wäre. Er hatte sie damals festhalten müssen.

Moritz schaute zur Sicherheit noch einmal auf das Klingelschild. Kruse, J. Er drückte die Klingel. Nichts. Er drückte sie wieder. Nichts. Er klopfte an die Tür. „Hallo? Herr Kruse? Sind Sie da, Herr Kruse? Herr Kruse, hallo!"

Er wartete noch einen Moment. Lauschte. Linste durch den Türspion und erkannte so gut wie nichts. Der Flur schien abgedunkelt zu sein. Vielleicht war Frau Özdemir ja anders drauf. Er ging die Treppe in den zweiten Stock hinauf und war gerade um die Kurve gebogen, da klickte unten ein Schloss.

Moritz machte kehrt und ging die Treppe wieder runter. Noch ein Klicken. Dann öffnete sich die Tür einen kleinen Spalt breit.

Er erkannte einen rotblonden Bart und eine Nase. All das ungefähr einen halben Kopf weiter unten.

Dann eine leise, ängstlich wirkende Stimme: „Ist da jemand? Haben Sie da eben dauernd geklopft und geklingelt?"

Er zog seinen Ausweis aus der Tasche und hielt ihn vor den Türspalt. „Brinker ist mein Name, Kriminalpolizei Wuppertal."

Rumms. Die Tür war zu.

„Hallo? Herr Kruse? Warum schlagen Sie denn die Tür zu? Ich hätte gerne mit Ihnen gesprochen."

„Was wollen Sie? Ich bin krank."

„Das weiß ich. Ich muss mit Ihnen über Laura Richter reden."

Stille.

„Hallo? Herr Kruse? Es tut mir leid, wenn Sie krank sind, aber es ist wichtig."

Stille.

„Herr Kruse, bitte. Wir wissen, dass Sie Laura Richter kennen. Ich muss jetzt mit Ihnen sprechen. Wenn das nicht hier geht, müsste ich Sie, auch wenn Sie krank sind, mit nach Wuppertal nehmen. Denn es ist wirklich ernst."

Leise Schritte auf Teppichboden.

Eine schwache Stimme: „Was ist denn los?"

„Das würde ich mit Ihnen gerne drinnen besprechen."

„Ist nicht aufgeräumt."

„Bei mir auch nie, das macht nichts."

„Kaffee habe ich auch keinen."

„Nicht schlimm."

Kruse öffnete die Tür.

Eine Geruchsmischung aus Schweiß, Toilettengestank, Mottenkugeln und Essen drang nach draußen. Nach drei Schritten stand Moritz Brinker in einem Einzimmerappartement, das einem überdimensionalen Abstellraum glich, in den seit mindestens zwei Jahren einfach nur alles reingeworfen, aber nie etwas rausgeholt wurde. Er fragte sich spontan, wo es die beiden wohl getrieben hatten. Nicht hier jedenfalls.

Kruse trug eine hellgraue Trainingshose und ein blaues Schlabbershirt. Er sprach so, als schliefe er noch, seine Augen zeigten dagegen Schatten, die suggerierten, er schlafe überhaupt nie, sein rotblondes Haar stand fettig von seinem Kopf ab.

Nachdem er Kruse einen Augenblick lang betrachtet hatte, fiel sein Blick auf alles andere. Er starrte zuerst auf den Turm aus leeren Pizzakartons, der links neben der Tür zum Bad gestapelt war, und kam, grob überschlagen, auf 60 Stück. Dahinter alte Kartons und stapelweise Zeitungen, das Ganze schaute aus, als hätte er sich aus Papiermüll eine Stadt gebaut, die nur aus Hochhäusern bestand, eine Art Altpapier-Skyline, und einige dieser Hochhäuser mussten bereits eingestürzt sein, denn fast der gesamte Boden war voll davon. Aber er entdeckte in diesen vielleicht zwölf Sekunden, die er sprachlos im Chaos stand, auch so etwas wie Möbel. Links ein alter brauner Einbauschrank, im Hauptraum eine beigefarbene alte Couch voller Decken, an der rechten Wand ein großer Flachbildfernseher, davor eine Playstation. Unter dem Boden aus Papier erstreckte sich ein zweiter aus Teppich, er schien grau zu sein. Jedenfalls wirkte er so, wie überhaupt alles grau wirkte, denn die gesamte Wohnung war abgedunkelt. Links hinter einem Vorhang erkannte er schemenhaft ein schmales Bett. Er wagte sich ein paar Schritte vor und hätte mit dem rechten Ellbogen beinahe den Pizzakarton-Turm zum Einsturz gebracht.

Die Wohnung des Totschlägers von Gräfrath war schon bemerkenswert gewesen, aber das hier zählte ohne Zweifel zu den Top fünf der bislang bizarrsten Orte. Sieben Jahre Weserbergland inklusive.

Julie hatte einen Onkel gehabt, der ein Messi gewesen war, dort hatten sie vor Jahren die Wohnung ausgeräumt, nachdem er dort tagelang gelegen hatte. Seine Wohnung war ungefähr doppelt so groß gewesen wie diese hier, aber Moritz war sicher: Sie war, absolut gesehen, nicht voller gewesen.

„Wollen Sie ein Wasser?" Kruses Stimme klang unendlich müde, und er sprach die Worte so aus, als sei er eine alte Vinylplatte und am Plattenspieler habe einer die Geschwindigkeit verstellt.

Moritz hatte keine Ahnung, was er auf diese Frage antworten sollte.

„Äh, nein."

„Kommt aus'm Hahn."

„Dann - ja."

Das bergische Wasser galt als eines der besten in ganz Deutschland, das hatte er inzwischen gelernt, und er war zuversichtlich, dass Jörg Kruse keine eigenen Leitungen verlegt hatte. Kruse drehte sich um und schlich nach rechts in einen Raum, den er von dort, wo er stand, nicht einsehen konnte. Es musste die Küche sein. Moritz lugte hinüber, entdeckte einen weiteren Papierturm und mochte sich den Rest nicht vorstellen. Während er in die Küche spähte, war Jörg Kruse immer noch auf dem Weg dorthin, und Moritz stellte entgeistert fest, wie unglaublich langsam Kruse sich bewegte. Er *zeitlupisierte*. Moritz war sicher, wenn er selbst sich so langsam bewegte, wenn er so langsam ginge, dann fiele er nach drei Schritten einfach um. Aber Kruse fiel nicht.

Irgendwann hörte Moritz den Wasserhahn.

Noch viel später schlich Kruse mit einem halbvollen Glas Wasser zurück.

„Das Glas ist nicht so ganz sauber, aber müsste gehen." Für diesen einen Satz brauchte er gefühlte zwanzig Sekunden. Das konnte ja lustig werden. Er reichte Moritz das Glas.

„Setzense sich doch."

„Wohin?"

„Ah so." Kruse zeitlupisierte zur Couch, warf einen Stapel Zeitungen runter und rückte die Decken zurecht. „Schuldigung. Ich sitz meistens da aufm Kissen." Er deutete auf eine Stelle, die ungefähr einen Meter von dem Flachbildfernseher entfernt lag. Beim zweiten Hinsehen entdeckte Moritz unter weiteren Zeitungen und offenbar aktuelleren Pizzakartons ein flaches Kissen.

Moritz setzte sich auf die Couch, die härter war, als er es erwartet hatte. Offensichtlich saß Kruse da nie wirklich drauf.

Kruse nahm auf dem Kissen Platz und starrte Moritz an.

Moritz starrte zurück. Sie schwiegen. Und Moritz bekam das Bild nicht übereinander. Dieser Mann und Laura Richter. Laura Richter und dieser Mann. Vor nicht einmal anderthalb Jahren. Er hatte die Fotos gesehen. Er hatte sie leibhaftig gesehen. Eine wirklich schöne Frau. Das konnte nicht sein.

Entweder spielte Jörg Kruse eine Rolle. Natürlich war alles möglich. Auch, dass dieser Mann hinter der Entführung steckte. Aber Moritz hielt es für ausgeschlossen.

Diese Behausung war keine Inszenierung. Sie war echt. Und von dem, was Jörg Kruse einmal gewesen sein mochte, schien nichts mehr übrig geblieben zu sein. Vor ihm saß ein Wrack.

Das Wrack versuchte, höflich zu sein. „Was … kann ich'n für Sie tun, Herr …"

„Brinker."

„Ah ja."

Bevor Moritz den nächsten Satz aussprach, fixierte er Kruses Gesicht. „Es geht um Laura Richter."

„Sachtense schon."

„Sie waren mit ihr liiert."

„Is ewig her."

„Soweit wir wissen, nicht länger als anderthalb Jahre."

„Sach ich ja. Ewig. Und. Wat is mit der. Isse tot."

Kruse stellte zwar eine Frage, machte am Ende aber einen Punkt. Er sprach überhaupt nur in einer Tonlage.

„Wir gehen davon aus, dass sie entführt wurde."

Kruse nickte so gleichmütig, als hätte er gerade zum siebten Mal innerhalb von drei Monaten irgendeinen Hiwi-Job verloren.

„Interessiert Sie das gar nicht? Sie sollen sie doch geliebt haben."

In diesem Moment blickte Kruse ihn fragend an. Er starrte ihm in die Augen, und Moritz spürte, wie Kälte den Raum erfüllte. Eine Sekunde später schon schaute Kruse wieder mit leerem Blick ins Nichts. „Ja", sagte er nach einer Weile, „hab ich wohl."

„Hatten Sie in den letzten Monaten Kontakt mit ihr?"

Kruse schüttelte den Kopf. „Nee. Nich, seit se wieder zu ihrem Alten zurück is. Von jetz auf gleich – puff, weg. Wie eine Seifenblase. Als hätte es sie nie gegeben."

Moritz wusste, dass das nicht stimmte. Richter hatte ihm eine andere Version erzählt, und Saskia Bergers tolle Einsatzprotokolle erst recht. Auch Laura Richters Kollegen hatten das Ganze etwas anders in Erinnerung.

Moritz ließ das Glas fallen. Es fiel polternd auf den Teppichboden, kullerte auf eine der Zeitungen, Wasser zog in Teppich und Papier ein.

„Oh, Entschuldigung."

Kruse sah nicht mal hin. „Auch egal."

Moritz hob das Glas auf und hockte sich gegenüber von Kruse auf den Boden. Auf die Zeitungen.

Kruse hob langsam den Kopf. „Und nu?"

„Und nu? Und nu kommen wir mal zu Ihrer Seifenblase. Der sind sie ja noch ein bisschen hinterhergerannt. Sie haben Frau Richter terrorisiert. Sie haben sie zigmal angerufen, Sie standen bei ihr im Garten, bis sie vor Angst die Polizei rief."

Kruse schwieg und schlürfte einen Schluck Wasser aus einem streifigen Glas. „Polizei? Hab ich nich gesehen. Der Richter kam doch rausgerannt. Der war doch nur eifersüchtig."

„Die Polizei musste Ihretwegen raus. Und auch Laura Richters Kollegen haben sich nicht gerade schmeichelhaft über Sie geäußert. Die, nur mal nebenbei, auch mal Ihre Kollegen waren."

„Rausgemobbt ham die mich." Zum ersten Mal glaubte Moritz so etwas wie eine Betonung in einem Satz von Kruse gehört zu haben.

„Daran werden Sie wohl nicht ganz unbeteiligt gewesen sein, oder? Wie geht das eigentlich zusammen? Erst Inkassounternehmen und dann Katasteramt?"

Kruse stand auf, schlich in die Küche, um mehr Wasser zu holen, und sagte im Tempo der langsamen Schallplatte: „Hab mal ne Ausbildung zum Kartografen gemacht. Gibt's ja heute kaum noch. Die suchten einen und ham nicht weiter gefragt."

Moritz schaute sich noch einmal in Ruhe in der Wohnung um. „Haben Sie Laura Richter eigentlich in dieser … also ... hier empfangen?"

Kruse kam zurück und lächelte gequält. „War nich immer so hier. Und gibt ja auch Hotels. Wir waren auch mal ein paar Tage ganz weg." Er trank einen Schluck Wasser und schaute zu einem schief hängenden Bild an der Wand. „Da, Nordsee. Hab ich gemacht." Moritz betrachtete das Bild. Es zeigte Dünen, Meer, Himmel. Keinen Menschen. Er betrachtete Kruse, in dessen Blick für einen Moment so etwas wie

Sehnsucht zu lesen war. „Vermissen Sie Laura Richter noch?"

Kruse senkte den Blick. „Sie müssen jetzt gehen. Mir is nich gut."

„Ich hätte vorher gerne eine Antwort."

Kruse fuhr herum. Plötzlich wieder ein Blick voller Kälte. „Mir is aber nich gut! Ich muss ins Bett. Hörnse? Mir is wirklich nich gut!"

Moritz trat auf Kruse zu. Einen halben Meter vor ihm blieb er stehen. „Ja, Herr Kruse, und ich muss das Schwein finden, dass sie in irgendein Loch gesperrt hat und jetzt Lösegeld erpresst. Und wer weiß, vielleicht sind Sie ja dieses Schwein. Grund genug hätten Sie. Vielleicht wollen Sie ja Ihre Laura wieder zurück, wenn es schon mit Telefonterror nicht klappt und mit nächtlichen Besuchen im Garten. Und nebenbei noch ein bisschen Geld einstreichen – das passt doch alles prima zusammen, oder?" Moritz hatte seine Stimme mit jedem Satz lauter werden lassen. Doch den letzten hatte Kruse nicht verkraftet. Er ging in die Knie, legte seine Hände auf die Ohren und sank in sich zusammen wie ein Kleinkind, das die Streiterei der Eltern nicht mehr ertragen kann. „Nein, nein, bitte! Nicht so laut, bitte nicht so laut! Ich bin krank! Bitte gehen Sie! Ich habe Laura Richter nicht entführt ...", und er hob den Kopf, und in seinen Augen standen Tränen, und er streckte die Arme aus, und seine Stimme, eben noch lauter und klarer, ermattete wieder völlig, „... ich bin doch schon froh, wenn ich morgens aufstehen kann. Sehen Sie sich das hier doch mal an. Oh, verdammte Scheiße."

Moritz kniete sich zu Kruse hin. „Also gut, Herr Kruse." Er reichte ihm seine Karte. Kruse nahm sie, spähte kurz drauf und steckte sie in die Tasche seiner alten Trainingshose. Moritz war sicher: Würde er sie jemals wieder waschen, dann wusch er die Karte gleich mit. Moritz stand auf. „Wahrscheinlich ist die Frage müßig, aber: Sie haben sicher keine Ahnung, wer Laura Richter entführt haben könnte? Hat sie mal von irgendwem erzählt, der aus Ihrer Sicht infrage kommen könnte?"

Kruse schüttelte den Kopf. „Is mir auch scheißegal. Kann von mir aus verrecken, die Alte."

Moritz Brinker stand auf und ging zur Tür.

Er hörte nur noch, wie Kruse vor sich hin murmelte. „So müde. Bin so müde. Bin so müde. So müde. Muss schlafen. So müde."

An der Tür drehte sich Moritz noch einmal um. „Also dann danke für die Zeit. Schlafen Sie gut."

Kruse saß auf seinem Kissen, starrte in den schwarzen Bildschirm des Fernsehers, hatte die Hände gefaltet und schien diese letzten Worte gar nicht mehr wahrgenommen zu haben.

Moritz hatte die Wohnungstür kaum geschlossen, als Frau Siebert von gegenüber mit einem neugierigen Geierblick auf den Flur trat. Er hatte nicht erwartet, dass sie dafür noch mal den Mut aufbringen würde.

„Hörnse. Dat mit grad eben … so viel rauch ich ja gar nicht."

Er nickte, ging auf sie zu und reichte ihr seine Karte. „Hier, falls Ihnen noch irgendetwas auffällt."

„Und? Is n ganz schön Verrückter, oder?"

Moritz drehte sich auf der dritten Treppenstufe um und lächelte sie an. „Ach wissen Sie … der ist nicht verrückter als Sie auch."

Aus dem Geierblick wurde eine schief sitzende Maske, aus der alle Gesichtszüge entglitten. Aber Frau Siebert brachte kein Wort heraus. Sie starrte Moritz nur nach, während er das Treppenhaus hinunterging und das weiße Haus in der Reinshagener Straße verließ.

In Barmen wohnten die Armen. Das war schon immer so gewesen. Plöger wohnte in Sudberg, da sah es schon anders aus, seine Freundin, Mone, kam aus Gruiten, da sah es noch einmal ganz anders aus, aber einmal im Jahr trat sie mit ihrer Coverband bei Barmen live auf, und selbst er als Polizist fühlte sich dann samstagsabends um acht Uhr auf dem alten Markt deutlich sicherer, wenn einer der Kollegen aus der Hundertschaft auch dabei war. Er mied Barmen, so gut es ging, aber jetzt schlurfte er über den Werth, der schaute am Tag ja eigentlich ganz nett aus, fand er, mit seinen Geschäften, dem Rathaus, den normalen Menschen.

Ganz am Ende, da, wo die Fußgängerzone endete, hatte Ansgar Ernst seinen Laden. Juwelier Ernst, An- und Verkauf, gleich neben dem Wettbüro und der Fußballkneipe. Zufall, ick hör dir trapsen, dachte Plöger.

Schon am Telefon hatte der Typ nach einem wandelnden Klischee geklungen. Er hasste es, wenn Leute ihre Handys so konfigurierten, dass man ihren eigenen Klingelton auch als Anrufer mitanhören musste. Ernst hatte irgendeinen DJ-Ötzi-Blödsinn eingestellt, Plöger hatte sich die halbe Strophe antun müssen, bis Ernst endlich mit einem fröhlichen „Ja, bihitte!“ abgenommen hatte. Plöger war jetzt schon bedient.

Als er das Geschäft erreicht hatte, stand ein Mann in dessen Eingang, der ein bisschen so aussah wie Robert Geiss mit noch längeren und blonderen Haaren und mehr Schmuck. Er quiekte mit einer auffallend schrillen Stimme in sein Handy: „Um fünf bist du da. Das kriegst du doch wohl auf die Reihe, oder?"

Als er Plöger sah, machte er es kurz: „Ich will's hoffen. Ich melde mich." Er steckte das Smartphone in seine helle Jacketttasche und setzte ein Grinsen auf. „Tach! Sie müssen Herr Plöger sein."

„Und Sie Herr Ernst", antwortete Tim Plöger.

„Ist nicht Ihr Ernst!" Plöger fiel die Kinnpartie herunter und Ernst grölte los. „Ahahahahaaaaaaahahaha! Ein Witz, Sie wissen schon - Ernst - Ernst."

Plöger nickte fassungslos.

„Äh, ja."

„Kommense einfach rein."

Plöger stand kaum in dem kleinen Laden, als er das Gefühl hatte, eine Sonnenbrille aufsetzen zu müssen. In allen Ecken blitzte und blinkte Schmuck, das meiste davon so falsch golden, dass er fast lachen musste. Er hatte spontan Lust, den ganzen Laden hochzunehmen, aber das konnten sie ja immer noch tun.

„Kaffee?", fragte Ernst.

„Ja, danke."

Plöger war überrascht, wie gut der Kaffee war, den Ernst offenbar selber gekocht hatte, denn außer ihm schien hier niemand zu arbeiten. Und auch niemand gearbeitet zu haben.

Ernst grinste ihn an. „So, was kann ich denn für Sie tun? Habe ich was geklaut? Ahahaha!"

Plöger nahm einen Schluck Kaffee und blickte Ernst so gelangweilt an, wie er nur konnte. „Na ja", begann er dann, „wer weiß."

Nun entsprach die Miene von Ansgar Ernst zum ersten Mal seinem Namen. Er schaute Plöger an. „Also, worum geht es?"

„Was sagt Ihnen der Name Laura Richter?"

Ernst zögerte. „Richter, Laura. Laura Richter. Hm, mal überlegen. Haben Sie ein Foto?"

„Sparen wir uns das, Herr Ernst. Lassen Sie einfach das Theater. Sie haben in den vergangenen drei Monaten achtmal mit ihr telefoniert, und sie war zweimal persönlich hier."

Ernst zog eine Schmollmiene. „Na dann wissen Sie ja doch schon alles. Sie war zweimal hier, ja. Und ich hab sie zweimal rausgeschmissen, diese unverschämte Person. Ich lass mir doch meinen Laden nicht wegnehmen."

„Der Laden, für den Sie seit sechs Monaten keine Miete mehr zahlen."

Ansgar Ernst rollte mit den Augen und goss sich mehr Kaffee ein. „Kommt doch, kommt doch. Es lief nicht so gut in den letzten Wochen, na ja, Monaten. Aber das ist alles geklärt."

„Na, scheinbar nicht. Wir wissen, dass Sie noch letzte Woche mit Laura Richter telefoniert haben. Sie sollen ihr gedroht haben, für den Fall, dass sie sich noch einmal hier blicken lasse."

„Sie hat kein Recht ..."

Aber Plöger unterbrach ihn sofort. „Entschuldigung, was hat sie nicht? Sie arbeitet bei einem anerkannten Inkassounternehmen. Ganz offensichtlich hat sie sehr wohl ..."

„Warum sind Sie eigentlich hier, Herr Plöger? Ist die Frau tot oder was? Und ich hab sie umgebracht, oder wie?"

„Haben Sie?" Tim Plöger spürte, wie Ernst nervöser wurde. Er spielte ständig mit den Fingern an seiner Kaffeetasse und rutschte unruhig auf seinem Stuhl hin und her.

„Lassen Sie bitte diesen Blödsinn, Herr Plöger, ich bin ein ehrbarer Geschäftsmann. Halb Barmen kennt mich. Sie glauben doch nicht … also ist sie wirklich tot, oder was?" Der Gedanke schien ihn etwas zu erleichtern.

„Sie wurde offenbar entführt."

Ernst zuckte zusammen. „Entführt …" Er zögerte einen Moment und schüttelte dann energisch den Kopf. „Ja, und da kommen Sie zu mir?"

„Wir gehen jeder Spur nach, das ist doch klar. Und es gibt Gesprächsprotokolle von dem Inkassounternehmen, die ganz klar belegen, dass Sie nicht gerade zimperlich mit Frau Richter umgesprungen sind. Und wenn ich mir Ihre Nachbarschaft hier so anschaue … das Wettbüro, die Kickerkneipe ... Ihre Kollegen hier hatten auch schon einige Male Besuch von uns."

Ansgar Ernst beugte sich vor. „Nennen Sie mir einen Grund, warum ich Laura Richter entführen sollte."

„Diese Frau wollte Ihnen Ihr Geschäft wegnehmen. Ihren Lebensunterhalt. Und Sie wollen Zeit gewinnen. Sie brauchen Geld. Sie sind verzweifelt. Drei gute Gründe. Reicht das?"

„Ach, Herr Plöger. Ich habe Zeit genug. Ich bin nicht verzweifelt, da habe ich schon ganz andere Zeiten erlebt, das glauben Sie mal. Und was bitte sollte denn bei der Mitarbeiterin eines Inkassounternehmens groß zu holen sein? So billig, wie ihre Auftritte hier waren, kann das nicht viel sein. Das ist hanebüchen!", rief Ernst und wieder überschlug sich seine schrille Stimme. „Sie gehen jetzt besser."

„Was hat Laura Richter Ihnen eigentlich getan, dass Sie sie bedroht haben? Sie hat doch nur ihre Arbeit gemacht. Und es macht sicher niemandem Spaß, irgendwo Geld einzutreiben."

Ernst schwieg.

„Gut, dann besuche ich gleich mal Ihre Nachbarn. Mit denen können Sie ja ganz gut. Vielleicht haben die ja eine Idee."

Er wollte Ernst aus der Reserve locken, aber der Mann hatte inzwischen offenbar auf stur geschaltet. Er trank seinen Kaffee aus, stand auf und sortierte Unterlagen.

„Entschuldigen Sie bitte, Herr Plöger, aber ich muss noch arbeiten. Die Buchhaltung, Sie wissen schon."

„Ich kann es mir denken. Steuerrücklage, zu entrichtende Mieten und so weiter."

Als Plöger schon fast zur Tür herausgetreten war, hörte er noch einmal Ansgar Ernsts Stimme. „Ach, Herr Plöger?"

„Ja?"

„Wollen Sie mir nicht Ihre Karte geben? Falls ich noch Neuigkeiten für Sie habe?"

Plöger lächelte unsicher, kehrte um und gab Ernst seine Karte. Als sich ihre Fingerspitzen berührten, sagte Ansgar Ernst einen Satz, den Plöger lange nicht vergessen sollte: „Sie müssen noch viel lernen."

Plöger zuckte zusammen, drehte sich um und wäre fast mit einem Riesen zusammengeprallt. Der Riese war fast zwei Meter groß, breitschultrig, trug kurze schwarze Haare und einen Bart.

„Hoppla", sagte der Riese freundlich.

Plöger sprang zur Seite und verschwand aus dem Laden. Als er wieder draußen auf dem Werth stand, fielen ihm die ersten Tropfen eines Herbstschauers ins Gesicht. Bis er sein Auto erreichte, verwandelte sich das Tröpfeln in einen Guss, und der Guss durchnässte ihn bis auf die Haut. Während er durch den Regen rannte, dachte er über die Worte von Ansgar Ernst nach. Hätte er den Kerl anders angehen müssen? Diesen wasserstoffblonden Affen? Hätte er viel subtiler vorgehen müssen?

Er hatte das Gefühl, es verbockt zu haben.

Während Tim Plöger enttäuscht über sich selbst über die B 7 Richtung Elberfeld fuhr, legte Ansgar Ernst das Prepaid-Handy in die Schublade und holte ein nagelneues heraus. Er war sicher, dass sie ihn längst abhörten. Er hatte noch zehn dieser Handys mit zehn verschiedenen Karten in der Schublade. Sollten sie es mal schön versuchen mit der Abhörerei. Das neue war knallrot. Er legte es auf den Schreibtisch und ließ den Finger über der Maus seines Computers schweben. Der Bildschirmschoner, der seinen Computer eben noch so schön schwarz gehalten hatte, verabschiedete sich. Zum Vorschein kam die Google-Bilder-Suche. Sie zeigte 17 Ergebnisse zum Namen Laura Richter. Auf dreien dieser Bilder war sie mit einem älteren Herrn zu sehen. Unter einem der Bilder stand ein Satz, den er dem Riesen, einem freundlich wirkenden Albaner, laut vorlas: „Jubiläum bei Kotthaus Wurstwaren. Dieter Kotthaus feierte mit Familie und Mitarbeitern. Hier ist er mit seiner Tochter Laura zu sehen."

Er fuhr mit der Maus an den oberen Bildschirmrand und öffnete die zweite Seite. *Kotthaus Wurstwaren – Qualität, die man schmeckt*, verriet dort ein Slogan.

„Teures Mädchen", murmelte der Albaner. „Und nicht das erste."

Dieter Kotthaus war einer jener Männer, die so sehr davon überzeugt waren, dass ihnen niemand etwas vormachen konnte, dass sie das mit fast jedem Satz auch zum Ausdruck brachten. Jeder, der nicht direkt seiner Meinung war, erntete fragende Blicke. Was Kotthaus sagte, war ein Gesetz. Er saß in seinem holzvertäfelten Büro, das direkt an seinen Betrieb angrenzte, den er über Jahre selbst aufgebaut hatte.

Nachdem Henning Richter seinen Schwiegervater angerufen hatte, war ein kleiner Teil dieser Selfmade-Genie-Fassade kurzzeitig abgebröckelt, aber bis zu Saskia Bergers Eintreffen hatte er sie wieder geflickt. Und er hatte darauf bestanden, dass sie das Gespräch alleine führten. Ohne seine Frau.

Er saß hinter seinem Schreibtisch, das kurze weiße Haar perfekt frisiert, ebenso wie der Schnurr- und Kinnbart. Seine Brille, die Armbanduhr, das Hemd, alles sah sehr teuer aus. Sie musterte ihn und konnte sich kaum vorstellen, dass dieser Mann einmal selbst Tiere geschlachtet hatte. Er sah eher aus wie ein gealterter Manager. Allein seine großen, fleischigen Hände verrieten es.

Er wirkte nicht schockiert oder verängstigt wegen des Schicksals seiner Tochter, sondern eher kämpferisch. Genauso wie seine tiefe kräftige Stimme, mit der er sprach, nachdem er sich die Kopie des Erpresserschreibens durchgelesen hatte. „Also schön, das mit der Polizei und dass wir die rauslassen sollen, können die sich ja jetzt sowieso abschminken. Wundert mich, dass der Brief nicht direkt an mich ging. Nichts gegen Henning, aber da ist keine Million zu holen. Die wissen in jedem Fall, dass die Kohle hier in diesen Mauern liegt."

„Was bedeutet, dass wir auch Ihre Mitarbeiter vernehmen müssen, Herr Kotthaus", antwortete Saskia Berger und nippte an einem Glas Wasser.

„Was müssen Sie? Ach so, natürlich. Ja, dann fangen Sie doch gleich an, wo sind Ihre Leute? Für meine aktuellen Mitarbeiter lege ich die Hand ins Feuer, die sind integer und loyal. Aber natürlich kann man den Leuten immer nur vor den Kopf gucken, und es gibt sicher drei, vier Kandidaten - Ehemalige -, da ist das Ganze nicht so schön abgelaufen." Er griff zum Hörer. „Frau Kamp? Ja, hier Kotthaus. Suchen Sie mir bitte die Akten zu den Namen Dorfmüller, Neußer, Pennekamp und von Dahlen. Was? Nein, das machen Sie jetzt. Bitte? Ja, dann machen Sie mit den Anschreiben eben gleich weiter, meine Güte." Er legte auf, und Saskia Berger fragte sich, welch dickes Fell Henning Richter haben musste, um mit diesem Mann ein entspanntes Verhältnis zu pflegen. Und sie war überrascht darüber, wie schnell ihm die vier Namen eingefallen waren.

„Wie würden Sie selbst das Verhältnis zu Ihrer Tochter beschreiben?", fragte sie ihn. Er lehnte sich zurück und verschränkte die Arme. „Was soll denn diese Frage? Sie ist meine Tochter, Frau Berger."

„Wir müssen in alle Richtungen denken. Vielleicht ist das Geld auch nur ein Vorwand. Vielleicht will Sie jemand bewusst schädigen."

„Dann ist eine Million aber ein netter Vorwand", entgegnete er, und sie hörte ein dumpfes Grollen in seiner Stimme. „Laura ist meine Tochter, unser einziges Kind. Natürlich liebe ich sie, was denken Sie denn? Und den Kleinen erst ..." Kotthaus machte eine Pause, und Saskia Berger erkannte, wie er Schwäche zeigte. „... mein Gott, für ihn muss das ja ... aber Henning ist ein guter Vater. Manchmal nicht streng genug, wenn Sie mich fragen. Der Kleine tanzt ihm ganz schön auf der Nase herum. Sie ist da anders."

„Aha."

Kotthaus trank sein Wasserglas aus und stand auf. „Also, um es gleich zu sagen: Ich zahle das Lösegeld.

Und Sie versprechen mir, dass Sie meine Tochter zurückbringen."

Saskia Berger stand auf. Sie wusste, dass sie es nicht versprechen konnte. „Wir tun alles, um ..."

In diesem Moment klopfte es.

„Herein?"

Frau Kamp steckte zaghaft den Kopf durch die Tür. „Herr Kotthaus, darf ich ..."

„Ja, klar, nur herein. Und bleiben Sie einen Moment."

Sie drückte ihm die vier Akten in die Hand. Er blätterte kurz durch.

„Da haben wir es doch: Hier Hausfriedensbruch, da Telefonterror, wüste Beschimpfungen, und was weiß ich noch. Frau Kamp macht Ihnen Kopien, dann können Sie da ansetzen, Frau Berger."

Sie fragte sich, ob er auch gleich die ganze Ermittlungskommission neu strukturieren wollte, bedankte sich aber stattdessen höflich.

„Sobald wir Näheres wissen, melde ich mich."

„Davon gehe ich aus, Frau Berger." Er wandte sich an seine Assistentin. „So, und nun brauche ich Ruhe, Frau Kamp. Ich muss meine Frau noch anrufen." Er setzte sich, schüttelte den Kopf, und Saskia Berger konnte dabei zusehen, wie die Fassade wieder bröckelte. Der Groll aus der Stimme von Dieter Kotthaus war verschwunden. „Sie weiß noch von überhaupt nichts", sagte er schließlich halb in den Raum und halb zu sich selber, „das wird gleich sicher heiter."

„Also, wir haben nichts, richtig?" Paul Bettermann stand an einem großen grauen Tisch, trank die letzte Pfütze Kaffee aus und blickte in die Runde, die aus Saskia Berger, Tim Plöger, Moritz Brinker und einer

Handvoll Kollegen bestand, die sie hinzugezogen hatten.

Sie saßen im großen Besprechungsraum, vorne stand das Flipchart, an dem ein paar Notizen, Namen und Fotos hingen. Aber nichts Brauchbares.

Es war kurz nach sechs, und Bettermann betrachtete die Ergebnisse des Tages. „Ich stelle also fest, dass wir einen aalglatten Juwelier haben. Das hätte ich Ihnen übrigens auch schon gleich sagen können, Herr Plöger, dass Sie sich an dem die Zähne ausbeißen würden, den und seine gesamte Barmer Mischpoke haben wir schon so lange auf dem Kieker."

„Ich habe mir die Zähne doch gar ..."

„Kommen Sie, ich kenn den Ernst, wenn man den nicht ganz subtil anfasst, lässt der einen schnell dumm dastehen." Bettermann ärgerte sich, dass er Plöger überhaupt dorthin geschickt hatte. Reine Zeitverschwendung war das offenbar gewesen.

„Und ganz ehrlich, Herr Plöger, wenn ich Sie recht verstehe: Er hat nicht bestritten, dass er sie bedroht hat, oder? Ernst war schon immer gut im Tönespucken. Aber ich halte es für unwahrscheinlich, dass er eine Entführung plant."

„Aber wir beobachten ihn weiter, oder?", fragte Saskia Berger, die sich permanent Notizen machte. Bettermann nickte. Moritz betrachtete sie. Sie sah, im Gegensatz zu gestern, plötzlich so wichtig aus. Sie hatten keine Gelegenheit gehabt, über die neue Aufgabenverteilung zu sprechen, seit Bettermann ihr die Leitung der Kommission übertragen hatte.

„Herr Brinker? Hallo!" Bettermann wurde lauter. Moritz fuhr zusammen.

„Wenn Sie Ihren Sohn heute ins Bett bringen wollen, dann müssen wir jetzt zu Potte kommen. Wir haben dann noch eine Stunde, die sollten wir nutzen." Moritz sah aus dem Augenwinkel, wie sich einige der anderen ein Grinsen verkniffen. Hatte sich also schon herumgesprochen, dass er immer noch versuchte, so etwas wie ein Privatleben aufrechtzuerhalten. Er wollte Bettermann für einen Augenblick das Gesicht zerkratzen. Er hatte das Bild präzise vor sich. Und schob es weg.

„Was ist jetzt genau mit diesem Kruse?"

Moritz versuchte, so sachlich wie möglich zu bleiben. „Der Mann ist ein Wrack. Der ist so fertig, dass er kaum aus dem Bett kommt. Seine Wohnung ist ein Müllberg. Ich kann mir nicht vorstellen, dass der überhaupt mal vor die Tür geht. Seine Nachbarin sagt, er gehe nur ab und an mal zum Einkaufen aus dem Haus, ansonsten verschanze er sich da regelrecht. Wenn Sie mich fragen: Kruse ist ein Verlorener."

„Mit dem wir Ihrer Meinung nach was genau machen sollten?" Die Frage kam von schräg links. Saskia Berger schaute nun nicht mehr nur wichtig aus, sie stellte auch noch wichtige Fragen.

„Ihn vergammeln lassen", warf Moritz zurück, und sein Tonfall erschreckte nicht nur ihn selber. Seine Kollegin fuhr zurück. Paul Bettermann strafte ihn mit einem ernsten Seitenblick.

„Schön", begann er von neuem, „am effektivsten war ja bislang der Besuch bei Kotthaus, richtig, Frau Berger?"

„Wie man es nimmt. Kotthaus hat jedenfalls nicht gezögert, als es um das Lösegeld ging. Was immer auch passiert, er will die Million bereitstellen. Und er würde das auch bis Samstag schaffen."

„Aber zu irgendwelchen Hintergründen hat er keine Angaben gemacht?"

Saskia Berger studierte ihre Notizen. „Natürlich hat ein Mann wie er Konkurrenten, Neider. Er hat uns auch einige ehemalige Mitarbeiter genannt, die ihn auf dem Kieker haben könnten. Wegen Kündigungen und so weiter. Einer hat wohl anschließend ein ziemliches Theater veranstaltet, tauchte unangemeldet in seinem Büro auf und sprach wüste Drohungen aus, wollte vor Gericht ziehen und so. Aber dann einigte man sich außergerichtlich, und gut war's. Aber wir werden noch einmal zu Herrn Kotthaus fahren, um mit einigen weiteren Mitarbeitern zu sprechen."

Bettermann sortierte sich und blickte in die Runde. „Von unseren Streifen kam auch nichts wirklich Brauchbares. Sie haben natürlich mehrere weiße MINIs entdeckt, aber keiner passt zu unserem. Also schön, nein, gar nicht schön, denn das ist alles nicht gerade ergiebig. Uns bleibt nicht viel mehr, als auf ein weiteres Signal der Entführer zu warten."

„Wie gehen wir mit den Medien um?", fragte Saskia Berger.

„Gute Frage, sensibles Thema. Wenn wir die Geschichte und vor allem ein Bild dazu veröffentlichen, schlägt das Wellen, vor allem in den sozialen Netzwerken. Und ganz Beyenburg flippt uns wahrscheinlich aus. Wenn es einmal raus ist, können wir es nicht mehr aufhalten und nur noch bedingt steuern. Der erste Brief ist für mich eindeutig und ernst. Ich bin nicht sicher, wie nervös unser Entführer wird, wenn wir dem halben Bergischen Land sein Verbrechen präsentieren. Lassen Sie uns den zweiten Brief abwarten. Haben Sie eigentlich für Herrn Richter die Psychologin organisiert, Frau Berger?"

„Ja, Sie müsste gerade bei ihm gewesen sein."

„Gut. Gute Arbeit bis hierhin, mehr können wir jetzt nicht tun“, resümierte Bettermann und stand auf. „Na dann, wer geht noch mit ein Bier trinken?“

Alle gingen mit. Nur Moritz nicht.

Moritz schlug das Buch zu und legte es zur Seite.

„Papa?“

„Ja?“

„Sam hat heute erzählt, dass seine Mama weg ist.“

Moritz zog die Augenbrauen hoch. „Was?“

„Ja, er hat auch gesagt, seine Mama ist wegen der Arbeit ein paar Tage weg. Er kann sie nicht mal anrufen. Sam hat gesagt, so was hat seine Mama noch nie gemacht. Wieso macht die das denn einfach so, Papa?“

Moritz hatte keine Ahnung, was er antworten sollte. Also lenkte er ab.

„Hast du also heute wieder viel mit Sam gespielt? Das finde ich aber super. Ihr seid ja richtige Freunde.“

„Ja, heute war Sam mein bester Freund. Morgen mal gucken. Vielleicht ja morgen wieder Niklas oder Mia oder Jolie oder so. Und wieso kann Sam seine Mama nicht anrufen?“

Er wusste, dass Nils keine Ruhe geben würde. „Na ja, manchmal müssen Mamas und Papas eben viel arbeiten, und man weiß manchmal auch nicht, was man am nächsten Tag arbeiten muss. Ich muss ja auch öfter mal länger arbeiten abends. Oder vielleicht ist das Handy von Sams Mama ja auch kaputt.“

„Er hat gesagt, er darf sie nicht anrufen. Wir haben Mama immer angerufen, oder Papa?“

„Ja, haben wir.“

In Nils' Augen sammelten sich Tränen. „Ich vermisse die Mama auch.“ Und plötzlich begann er zu weinen. Er fiel Moritz in die Arme, und Moritz hielt ihn fest. Nils hatte lange nicht mehr wegen seiner Mutter geweint. Das war vielleicht das Schlimme: dass er so selten weinte, aber auch nicht mehr so oft lachte. Nils war stiller geworden.

Er setzte sich wieder hin und wischte sich die Tränen aus dem Gesicht.

„Musst du diese Woche auch wieder viel arbeiten?"

So wie es aussieht, arbeite ich in den nächsten Tagen nur und schlafe gar nicht, dachte Moritz. „Schon viel."

„Das ist schade."

Nils schob die Unterlippe nach vorne. Wieder Tränen. Es zerriss Moritz im Innern. Aber wie sollte er seinem Sohn sagen, dass er jetzt viel mehr arbeiten musste, um Sam seine Mutter wiederzubringen? Vielleicht sollte er es ihm einfach sagen. Doch wie sollte Nils das verstehen? Er war fünf. Aber Nils kam seinem Vater zuvor: „Papa, du bist doch Polizist. Wenn du schon dauernd arbeiten musst, kannst du Sam dann nicht seine Mama wiederbringen?"

Moritz durchzuckte es. „Was hast du gesagt?"

„Ich will nicht, dass Sam traurig ist. Er hat geweint im Kindergarten. Alexandra musste ihn trösten."

„Weißt du was? Ich spreche mal mit Sams Papa. Vielleicht kann ich da ja was machen."

„Ja, Papa, das ist super! Da freut sich Sam."

„Und jetzt wird geschlafen."

„Okay." Nils blickte zu seinem kleinen Radio. „Darf ich noch ein Hörspiel hören?"

„Heute nicht mehr. Ein andermal, okay?"

Nils zog eine Schnute. „Na gut."

Moritz gab seinem Sohn einen Kuss auf die Stirn. Er ging in den Flur und blieb stehen.

„Papa?"

„Ja?"

„Was macht Mama jetzt gerade?"

„Hm. Vielleicht hilft sie mir ja, die Mama von Sam zu finden."

„Ja, das finde ich gut."

Das Papazimmer war inzwischen halbwegs bewohnbar. Er hatte es so gut aufgeräumt, wie es ging, nur ihre Kisten hatte er noch immer nicht angerührt.

Er setzte sich in den Sessel, der noch genau so stand, dass er darin sitzen und durch das Fenster über das Tal schauen konnte. Er stellte das Babyfon neben sich auf einen Hocker, legte sein Handy daneben und tippte auf seinem iPod herum.

Er hatte sich das 2011er Album von Within Temptation besorgt. Allein der Titel hatte ihn angezogen: The Unforgiving. Er hatte es gestern beim Joggen gehört, heute zweimal im Auto, es war sofort ins Ohr gegangen, und er befürchtete schon, dass es ihn nach dem fünften Hören langweilen würde. Er stellte die Zufallswiedergabe ein, der zehnte Song begann: „Murder."

Your head on the line
There is no rope
You're running out of time
So where will you go
When I will murder your soul?

Seine Augen wurden schwer.

Sie sitzen schon alle da. Rechts und links vom Gang, wie es sich gehört. Schön aufgereiht, Reihe für Reihe. Und wie viele sie gekannt haben. Oder so tun als ob. In der ersten Reihe sind noch zwei Plätze frei. Er hat den Jungen an der Hand und sie schweben durch den Gang. An allen vorbei, und alle stehen auf. Ihre Blicke folgen ihnen. Der Junge erwidert die Blicke, reißt seine Augen auf, schaut in alle Richtungen, klammert sich an den Vater. Der starrt nur nach vorn. Sie schweben weiter, und alle erheben sich. Sobald er mit dem Kind eine neue Stuhlreihe erreicht, erheben sich die Nächsten, wie eine schwarze Welle, durch die er gehen muss, und ihre Blicke sind die Gischt. Warum tragen sie alle Schwarz? Er wollte das doch nicht. Vorne warten ihre Eltern, vorne warten seine Eltern, vorne wartet sie. Wieso ist der Sargdeckel offen? Er hatte doch ausdrücklich gesagt, dass der Deckel zubleiben soll. Sie ist doch auf ihr Gesicht gefallen, verdammt noch mal, wieso macht ihr Idioten den Deckel auf? Aber all das sagt er nicht, er denkt es nur, denn sein Mund ist verschlossen. Als er vor ihrem Sarg zum Stehen kommt, spürt er die Hand des Jungen nicht mehr. Wie schön ihr Haar ist. Er möchte es anfassen, sie streicheln, sie berühren, und seine Hand gleitet zum Sarg, doch plötzlich rauscht der Deckel nach unten und fällt laut krachend zu. Und das Klatschen beginnt. Erst vereinzelt, dann vermehrt es sich, wie eine Welle in der Welle, und bald klatschen alle und er dreht sich um und sie starren ihn an aus schwarzen Augen und dann jubeln sie ihm zu und Nils steht mitten im Gang, dort, wo er seinen Vater irgendwann einfach losgelassen hat, und Nils klatscht am lautesten, er juchzt und johlt und jubelt und tanzt im Kreis, und der erste fängt mit den Rufen an: „Moritz, Moritz, Moritz!", und Nils ruft am lautesten, nein, er schreit, und er rennt auf seinen Vater zu, und er klatscht und johlt und tanzt um sich selbst, dieser kleine Mensch in Schwarz, „Moritz, Moritz, Moritz", rufen sie jetzt alle wie mit einer Stimme, und ihr Klatschen wird zu einer einzigen Erschütterung, die den ganzen Raum erbeben lässt, und Moritz verliert den Halt unter seinen Füßen, er tastet nach irgendwas, doch da ist nichts, und als sich sein Mund endlich öffnet, bleibt wieder nur ein Schrei …

... und als er sein Wachsein begriff, war er so fertig, dass er für einen kurzen Moment einfach nur sterben wollte.

Sein Nacken schmerzte. Die Musik war aus, dafür summte es. Er starrte sofort auf das Babyfon, aber es blieb still.

Sein Handy. Er nahm es in die Hand. Es war kurz nach halb neun. Er hatte vielleicht eine halbe Stunde geschlafen. Das Display zeigte eine Wuppertaler Nummer.

„Moritz Brinker?"

„Henning Richter hier. Bitte entschuldige, dass ich dich so spät störe."

„Du ... äh störst gar nicht, kein Thema."

„Habe ich dich geweckt?"

„Nein, ich war nur kurz ... beim Musikhören weggedöst. Ist etwas passiert?"

„Nein, nichts weiter. Es ist nur so, dass ich ... ich weiß es auch nicht. Meine Schwiegereltern sind gerade weg, und jetzt ..."

„War denn die Psychologin bei dir?"

Moritz wusste noch vom Fall um den Hamelner Kindermörder, was diese Leute leisteten. Er hätte den Job nicht machen wollen, denn diese Besuche bei den Familien hatten ihn fast aufgefressen.

„Ja", begann Henning Richter, „war sie. Sehr nette Frau. Wir haben eine Stunde geredet."

„Ich weiß, du hast Angst. Die kann ich dir leider nicht nehmen. Ich kann dir nur sagen, dass wir in den nächsten Tagen alles geben werden. Dass ich alles geben werde."

Henning Richter schwieg am anderen Ende. Moritz begriff, dass ihm das nicht reichte. Es konnte ihm nicht reichen. „Ich weiß, dass ihr alles geben werdet", sagte er mit monotoner Stimme.

„Wie geht es Sam?"
„Er schläft."
„Nils hat erzählt, dass Sam heute im Kindergarten geweint hat. Weil er seine Mutter nicht anrufen darf."
Er hörte, wie Henning Richter am anderen Ende etwas sagen wollte, aber offenbar nicht konnte. Moritz fuhr fort. „Warte mal einen Moment, ja? Bleib dran."
Er legte das Handy weg und ging leise zu Nils ins Zimmer. Nils schlief tief und fest, aber er lag mehr auf als unter der Decke. Moritz zog sie unter dem Po des Jungen weg, deckte ihn zu und schlich zurück ins Papazimmer.
„Noch da?"
„Sicher."
Moritz zögerte kurz, so wie man eben zögert, wenn man vor einer Grenze steht. Vor allem dann, wenn man sie nur ganz selten jemals überschritten hat. Damals, beim Kindermörderfall, hatte er eine der Familien auch häufiger nach Dienstschluss besucht. Eine Frau mit drei Kindern, von denen eins vermisst war. Der Vater war wenige Jahre vorher verstorben. Er war ein paarmal hingefahren, einfach um da zu sein. Auch Gesa hatte eine der Familien besucht. Das war eigentlich nicht ihr Job, er wusste das. Es war nicht ihre Aufgabe.
Aber er machte es dazu.
Das hier war wiederum anders. Er wusste, wie es war, wenn eine Frau, eine Mutter, von jetzt auf gleich weg ist. Das wusste er besser als eine Psychologin. Vielleicht besser als die meisten anderen Menschen. Also sagte er: „Ich bin gleich da, wenn dir das hilft."
Hennings Stimmlage veränderte sich. „Du willst noch vorbeikommen? Geht das denn? Und Nils?"
„Meine Schwiegereltern wohnen doch hier im Haus. Außerdem schläft Nils ja längst."

„Danke, Moritz. Das ist wirklich … sehr nett von dir.“

„Dann bis gleich.“

Henning Richter wirkte auffallend ruhig, als Moritz eintrat. Allein die Tatsache, dass der Kommissar ihm einfach nur Gesellschaft leisten wollte, schien ihm zu helfen. Im Hintergrund lief leise klassische Musik.

„Wein oder Bier?“, fragte er zur Begrüßung.

„Ein Glas Weißen, wenn du hast. Aber danach bitte Wasser, sonst komme ich nie nach Hause.“ Moritz stand vor der Stereoanlage und nahm die CD in die Hand.

„Ich kann die Musik ausmachen“, rief Henning von der Küche aus.

„Nee, lass mal an. Bach ist doch okay.“

„Ah, ein Klassikkenner?“

„Das jetzt nicht gerade“, antwortete Moritz. „Ich brauche dann doch Gitarre und Schlagzeug dabei.“

„Also Rock. Höre ich auch gerne. Aber jetzt brauchte ich doch eher …“

„Bach.“

„Ja. Und Weißburgunder. Okay für dich?“ Henning hielt ihm das halbvolle Glas hin.

Moritz nickte. „Ihr habt wirklich eine sehr schöne Wohnung. Ist mir letztens schon aufgefallen.“

„Ja, meine Frau hat ein Händchen dafür, und …“ Er brach mitten im Satz ab, drehte sich weg, schloss die Augen. „Entschuldigung.“

„Schon gut.“

„Alles dreht sich nur um sie. Meine Gedanken kreisen die ganze Zeit um dieses eine Bild: Meine Frau in irgendeinem Loch, gefangen, gefesselt, wer weiß was noch? Wer weiß, was die mit ihr machen? Wie soll man das aushalten?“

Er strich sich durch die Haare, zwanghaft sah das aus, genau viermal machte er das, dann rieb er sich den Bart. Seine Hand zitterte dabei auf eine seltsame Weise. Moritz hätte ihm jetzt sagen können, dass man so was aushält, obwohl er selbst keine Erklärung hatte, was dann in einem passiert. Und was dabei kaputt geht.

„Du hast nicht zufällig mal in der Nähe von Hannover gewohnt, oder?", fragte Moritz.

Henning zuckte mit den Schultern. „Hannover? Was hätte ich denn da sollen?"

„Nur so."

Es kam nicht nur darauf an, für Henning Richter da zu sein. Sondern auch darauf, dass er selbst jetzt vier Monate hier im Bergischen Land lebte und das erste Mal abends mit jemandem quatschen konnte, von Angesicht zu Angesicht, der nicht Magdalene hieß oder Franz, der nicht aus der direkten Nachbarschaft stammte oder aus dem Büro des Kommissariats oder aus dem Elternrat des Kindergartens. Aber das gestand sich Moritz nicht ein. Er war hier, damit er Henning Richter, dessen Frau ganz offensichtlich nicht bei einem anderen Kerl war, sondern einsam in irgendeinem Loch saß, Gesellschaft leisten konnte. Nicht umgekehrt.

„Deine Frau lebt nicht mehr, richtig?" Henning Richter hatte ihn plötzlich aus seinen Gedanken gerissen.

„Nein, sie ist tot. Woher weißt du das?"

„Alexandra hat es mir erzählt, als ich Sam heute abgeholt habe."

Moritz zog die Stirn kraus. „Sie hat was?"

„Na ja, mehr auch nicht", sagte Henning schnell. „Nur, dass sie nicht mehr lebt. War sie krank?"

„Ein Unfall." Und ich bin schuld. Weil ich zugesehen habe. Zugesehen, während sie weiterlief. Weil ich stehen geblieben bin. Weil ich …

„Wie schrecklich."

„Bei einer Wanderung. In den Bergen. Aber wir lebten damals noch in Niedersachsen."

„Wo da?"

„In der Nähe von Hameln."

Henning Richter nickte schweigend. Wieder strich er sich den Bart, zweimal mit der gleichen Bewegung. „Die Rattenfängerstadt."

„Genau."

„Warum seid ihr weggegangen?"

„Meine Schwiegereltern wohnen hier, seit Ewigkeiten. Dann wurde die Stelle frei. Es ergab sich so."

„Hinein ins Regenloch."

Moritz musste lächeln. „So schlimm finde ich das gar nicht. Und was hat dich hierhin verschlagen? Du bist doch auch nicht hier geboren."

Henning Richter begann zu erzählen. Er war gut acht Jahre älter als Moritz, die Eltern starben, als er gerade studierte, er hatte sich schnell selbstständig gemacht, und bis heute kam er damit gut über die Runden. Er hatte in Hamburg gelebt, in Frankfurt, seit einigen Jahren nun in Beyenburg. „Ich lernte Laura in Frankfurt kennen, als sie ein Seminar besuchte. Und folgte ihr hierhin." Henning schaute Moritz aus ernsten Augen an. „Wer kann wissen, dass mein Schwiegervater so viel Geld hat, Moritz?"

Moritz seufzte. „Eine Menge Leute. Seine Mitarbeiter, Geschäftspartner, Kunden. Genau das versuchen wir ja herauszufinden."

„Eure Leute waren heute da, richtig? Dieter hat es mir erzählt. Und was habt ihr bis jetzt herausgefunden?"

Moritz hatte sich auf der Hinfahrt vorgenommen, dass er zunächst nichts über die Ermittlungen im Detail erzählen würde. Er hatte Henning Richter über alles Wichtige informiert, was diesen Fall betraf. Und das war nicht eben viel. Plöger war bei diesem aalglatten Schmuckhändler aus Barmen nicht wirklich weit gekommen, er selbst hatte sich eine halbe Stunde in einer Messiwohnung aufgehalten und mit einem menschlichen Wrack geplaudert. Er schaute Henning Richter einen Moment lang an. Diesen starken Mann, der so schwach aussah. „Wie hat es denn dein Schwiegervater aufgenommen?"

„Dieter? Dieter ist ... er entstammt dieser Generation Männer um die siebzig, die nach dem Krieg groß geworden sind. Dieter kann alles, weiß alles und macht nie Fehler. Und ihn haut auch nie was um."

Moritz schüttelte irritiert den Kopf. „Ich denke, ihr habt so ein gutes Verhältnis?"

„Haben wir auch, weil ich weiß, wie ich ihn händeln muss. Zum Beispiel so, dass ich jedes Mal beim Tennis verliere. Er braucht das, und mir ist es scheißegal." Er lachte bitter. „Ich kann dir nicht sagen, wie es ihm geht, weil er es nicht zeigt. Bei Elfriede ist das natürlich ganz anders. Sie war völlig aufgelöst vorhin. Für sie ist das Ganze viel schlimmer als für ihn. Laura ist ihre Tochter ..." Henning brach ab und legte die Hand auf den Mund, starrte einen Moment lang ins Leere, und als wolle er sich ablenken von dem Bild seiner Schwiegermutter, wechselte er das Thema. „Was ist eigentlich mit dem Brief? Habt ihr dazu irgendwas rausgefunden?", fragte er.

„Nichts Konkretes. Die Kollegen der Spurensicherung haben ihn untersucht."

„Und?"

„Und es ist irgendein Druckerpapier und es sind irgendwelche Druckerpatronen und es sind keine Fingerabdrücke darauf. Alles wartet jetzt auf das nächste Schreiben."

Henning sprang auf. „Ich kann aber nicht mehr warten. Verdammt, ich kann jetzt schon nicht mehr warten." Er nahm noch einen großen Schluck Wein, dann blickte er auf Moritz herab. „Was ist mit Kruse? Wenn ihr euch schon mit diesem Irren befassen müsst. Es tut mir leid, dass ich da nicht gleich mit ... aber ..."

„Schon gut."

„Habt ihr Kruse denn gefunden?"

Moritz hatte das Thema bewusst nicht angesprochen. Es gefiel ihm nicht, darauf zu antworten, doch er machte es trotzdem. „Ja, habe ich."

„Ja, und?"

Er wollte im ersten Moment antworten, dass er Henning Richter eigentlich gar nichts darüber berichten musste und dass Henning froh sein konnte, dass er heute Abend überhaupt noch vorbeigekommen war. Er ließ es. „Ich war da heute. Und ich glaube, deine Frau hat damals gut daran getan, wieder zu dir zurückzukommen, wenn ich das mal so sagen darf. Dieser Kruse ist ein Wrack ..."

„Also warst du schon bei ihm in der Wohnung? Und? Was hat er gesagt? Hast du ihn im Verdacht?" Plötzlich sprudelten die Worte aus Hennings Mund heraus wie ein Wasserfall. Er setzte sich wieder.

Moritz zuckte mit den Schultern. „Also, um ehrlich zu sein ..."

„Papaaaaa!"

Henning Richter ließ den Kopf aufs Kinn plumpsen. „Entschuldige mich." Er stand auf, und während er sich auf den Weg ins Kinderzimmer machte, schaute Moritz ihm nach. Er hatte Worte auf der Zunge gehabt. Jetzt, da er sie nicht ausgesprochen hatte, kam ihm der Gedanke, dass Sam vielleicht genau im richtigen Moment nach seinem Vater gerufen hatte. Er hätte nicht wirklich viel berichten können von Jörg Kruse. Aber vielleicht wäre dieses Wenige schon zu viel gewesen. Er hätte davon gar nicht anfangen sollen. Er hätte gar nicht ... herkommen sollen. Moritz schaute aus dem Fenster in die Dunkelheit und begriff, dass er jetzt gehen musste. Auch wenn er selbst das nicht wollte, aber er musste. Er konnte Henning Richter keine Fakten nennen, weil sie keine hatten. Und ein bisschen über Jörg Kruse herzuziehen, damit Henning sich besser fühlen konnte, fand er plump.

Als Henning Richter fünf Minuten und drei kurze Schlaflieder später wieder im Flur stand, erwartete ihn Moritz dort, er trug bereits seine Regenjacke.

„Oh, aber du musst doch nicht …"

„Doch", antwortete Moritz, „ich muss. Sobald sich etwas tut, melde ich mich, versprochen. Versuch zu schlafen."

„Geht nicht."

„Dann hör Musik."

Henning Richter musste schmunzeln. „Und dann am besten Rock, ja? Dann schlafe ich gar nicht."

„Wenn du mich fragst: am besten Symphonic Metal."

Henning Richter schaute ihn ungläubig an. „Metal? Jetzt hör aber auf."

„Du hast doch gesagt, du magst Klassik und Rock. Ich hab eben, als du bei deinem Sohn warst, mal einen Blick auf deine CD-Sammlung geworfen. Einige davon habe ich selber. Und wenn du das Zeug magst, dann magst du auch Symphonic Metal." Ihm fiel etwas ein. „Warte mal eine Sekunde."

Er ging zum Auto und fingerte einige CDs heraus. Als er die Once von Nightwish in der Hand hatte, lief er wieder ins Haus. „Bitte schön."

Henning Richter betrachtete das Cover. „Nightwish ... sind das die mit der Opernsängerin? Aus Finnland."

„Na geht doch, du kennst dich also schon aus."

„Ich habe eine CD mit Weihnachtsliedern von ihr, glaube ich. Tanja oder so?"

„Tarja. Auf diesem Album war sie noch in der Band. Hör dir den neunten Song an, ‚Ghost Love Score'. Der ist zehn Minuten lang."

„Na schön." Henning Richter lächelte ihn aus müden Augen an.

„Also dann", Moritz reichte ihm die Hand.

Henning drückte sie fest. „Danke, Moritz."

„Dafür nicht." Er drehte sich um.

„Ach, Moritz?"

„Ja?"

Er kam sich ein bisschen so vor wie zu Hause im Flur, nachdem er aus Nils' Zimmer getreten ist.

„Findet ihr sie? Bringt ihr Sam seine Mutter zurück?"

Moritz wusste, dass es auf diese Frage nur falsche Antworten geben konnte. Darum gab er auch keine und schwieg nur. Henning Richter begriff es. „Ich weiß, ich weiß."

Moritz nickte. „Gute Nacht. Wir hören uns sicher morgen."

„Danke fürs Kommen."

Dann der Mann. Es muss ein Mann sein. Er ist nicht groß, aber ... sein Geruch.

Immer die Schwärze. Diese ewige Nacht. Nicht nur jetzt, auch tagsüber.

Und die Geräusche des Waldes. Das Rufen von Vögeln, das Knacken des Holzes.

Sie ist in einer Hütte eingesperrt, da ist sie sicher. Es kann überall sein.

Warum nimmt er ihr nicht die Augenbinde ab?

Und der Knebel. Sie hat ein paarmal würgen müssen, doch inzwischen hat sie sich sogar daran gewöhnt.

Sie schüttelt den Kopf: Mein, Gott, ich gewöhne mich an diesen Zustand.

Dann wieder das Bild ihres Kindes. Und wieder und wieder und wieder und immer wieder.

Was ist mit ihm? Was ist, wenn jemand ... auch Sam entführt hat.

„Mhmhmhmhm!!!!“

Aber niemand hört sie.

Moritz saß bei Paul Bettermann im Büro. Am Abend zuvor, in etwa zu jener Zeit, als er mit Henning Richter bei einem Wein gesessen hatte, was freilich niemand wissen durfte, hatte es in Elberfeld eine Schießerei im Drogenmilieu gegeben. Sie hatten vom Drogendezernat einen Hinweis erhalten, dass sich der mutmaßliche Täter, ein Tschetschene, in der Paradestraße befand. Er wohnte dort in einem der vom Innenstadtruß dunkelgrau gefärbten, seelenlosen Wohnhäuser, wo die Zeitungsjungen die Wochenblätter einfach in den Flur schmissen und alle paar Wochen die Namen auf den Klingelschildern wechselten. Moritz sollte mit Saskia Berger vorfahren.

„Also schön, wir beginnen die Aktion um halb zwölf. Sie und Frau Berger werden dann …"

Moritz holte sein Handy aus der Tasche. „Moment bitte. Ja, Moritz Brinker?"

„Ja, hallo Herr Brinker? Hier ist Alexandra Klein. Aus dem Kindergarten."

„Hallo. Was ist denn los? Ist etwas mit meinem Sohn?"

„Ich muss Sie bitten zu kommen. Geht das? Sie haben ihn doch heute früh um halb acht gebracht. Und seit kurz vor acht ist er wieder so … dreimal schon seit heute Morgen. Er sitzt in der Ecke und vergräbt seinen Kopf. Jetzt schon seit einer halben Stunde, so lange hatte er das bisher nie. Ich habe schon versucht, Ihre Schwiegermutter zu erreichen, aber da geht keiner ran."

„Wie, da geht keiner ran? Ja, ich kann aber jetzt hier kaum weg."

„Kaum ist gut." Bettermann sah ihn mit hochgezogenen Augenbrauen an und schüttelte den Kopf.

„Bitte, Herr Brinker", rief Alexandra Klein durchs Handy, „ich weiß, Sie haben sicher viel zu tun …"

„Wir planen gerade einen Einsatz, ja. Ich kann jetzt wirklich nicht."

„Sie müssen aber."

„Bitte, was muss ich?" Er merkte zu spät, dass seine Stimme lauter wurde.

Die im Hörer wurde es auch. „Ja, ich sage das jetzt einfach mal so. Ich weiß ja nicht, wie viel Ihnen Ihre Schwiegermutter so erzählt, aber das ist jetzt schon das vierte Mal in der letzten Zeit, dass sich Nils so verhält. Das war am Anfang nicht so schlimm. Er hat es auch gemacht, aber nicht so schlimm. Jeder, der sich ihm nähert, prallt entweder an ihm ab oder er schreit die Kinder an wie ein … wie ein wildes Tier, hätte ich fast gesagt."

„Sie haben es gesagt. Mein Kind ist also ein wildes Tier."

„Und zweimal hat er auch … er hat in die Hose gemacht. Heute wieder."

„Er hat was?" Moritz nahm das Handy kurz herunter und atmete tief durch. Jetzt also auch tagsüber. Das konnte nicht wahr sein. „Passen Sie auf, ich rufe meine Schwiegermutter selbst noch einmal an. Ich melde mich gleich."

Er legte auf. Bettermann musterte ihn. „Was ist mit Ihrem Sohn? Ist er krank?"

„Nein, er hat ...", Moritz machte eine Pause und überlegte, was er Bettermann erzählen konnte, aber der hatte ohnehin alles mitbekommen. „Er hat … solche Phasen. Er kommt mit dem Tod seiner Mutter eigentlich ganz gut klar, wenn man mit so was überhaupt klarkommen kann ... Sie wissen schon. Aber dann sind da diese Phasen, in denen er sich völlig verkriecht und niemand an ihn herankommt. Und dann sagt mir seine Erzieherin jetzt auch noch, er habe sich in die Hosen gemacht."

„Kommt vor. Aber das gibt sich immer wieder."

„Sicher."

„Wird es auch jetzt. Was wollen Sie denn tun?"

„Moment." Moritz rief Magdalene auf dem Handy an. Er rief bei ihr zu Hause an. Nichts. Er verließ Bettermanns Büro für einen Moment und schritt auf dem Flur auf und ab. Er stellte sich Nils vor, wie er jetzt im Kindergarten in einer Ecke saß. Nicht wie ein wildes Tier. Sondern wie ein verletztes kleines Kind. Eingeschüchtert von der ganzen Welt, die ihm gar nichts tat, aber er empfand das so. Und er hatte das Lachen anderer Kinder vor Augen, die ihn in seiner nassen Hose anstarrten.

Moritz wusste, dass diese Phasen immer kommen konnten, und je größer die Hektik um ihn herum war, desto größer war das Risiko. Es war irgendwann auch im Schwimmbad passiert, als er mit einer Kindergartenfreundin planschte und die plötzlich nichts mehr von ihm wissen wollte, und natürlich passierte es im Kindergarten. Dreimal hatte Magdalene ihn dann abgeholt. Jetzt war sie nicht zu erreichen. Und Nils hatte sich in die Hosen gemacht. Offenbar nicht zum ersten Mal.

Moritz eruierte Möglichkeiten. Der Einsatz sollte in einer Stunde beginnen. Hier kam es nur noch auf einen Zugriff an. Sie würden mit drei Einsatzwagen rüberfahren. Saskia Berger war erfahren genug. Sie hatte eine Einsatzkommission vertretungsweise geführt, nachdem den alten Schatz der Schlag getroffen hatte.

Schatz, der seit Monaten im Wachkoma lag. Er wusste, dass sie in dieser Zeit einen ähnlichen Fall bearbeitet hatte. Sie war gut genug dafür. Und Plöger konnte ihr assistieren.

Wieder hatte er Nils vor Augen. Wie er zusammengekrümmt in einer Ecke saß. Wie er leiden musste. Wie sehr er jetzt seine Familie brauchte. Seinen Vater.

Er trat in Paul Bettermanns Büro.

„Und?", fragte Bettermann.

„Nicht zu erreichen."

„Dann rufen Sie im Kindergarten an. Das sind doch erfahrene Leute da."

„Ja, Herr Bettermann. Ich rufe auch an. Und sage denen, dass ich komme."

Bettermann ließ beinahe den Kaffeebecher fallen, aus dem er gerade getrunken hatte. „Bitte?"

„Erinnern Sie sich eigentlich noch an unser Gespräch neulich?"

„Ja, tu ich. Sie hatten vergessen, Ihrem Sohn eine gute Nacht zu wünschen, und haben mich dafür verantwortlich gemacht."

„Ach, so legen Sie das jetzt aus? Interessant. Damals wirkten Sie eigentlich sehr verständnisvoll."

„War ich auch. Ich habe unsere Meetings seitdem auf 8.30 Uhr verlegt. Sie kamen zweimal gegen 8.40 Uhr und waren völlig abgehetzt. Aber das nur so am Rande."

Moritz lehnte sich gegen die Tür und verschränkte die Arme. Er spürte, wie Wut in ihm aufstieg. Eine Wut, die er so nicht kannte. Weil es eine Situation war, die er nicht kannte. Wo war Magdalene? Die Frage war müßig. Sie konnte beim Einkaufen sein oder im Garten oder auf dem Klo, jedenfalls hatte sie ihr Scheißhandy nicht dabei. Er wollte Magdalene die Schuld geben, das war gerade so schön einfach. Dabei stellte sich hier keine Frage der Schuld, aber das wollte er auch nicht wahrhaben. Also projizierte er seine Wut auf Paul Bettermann. Doch der holte gerade selber aus: „Herr Brinker, ich muss Ihnen jetzt nicht sagen, dass Sie hier seit Ihrem Antritt einen guten Job gemacht haben. Gestern habe ich noch mit Marquardt über Sie gesprochen und mich für die Empfehlung bedankt. Ich respektiere, dass Sie direkt nach Feierabend wegmüssen, wenn mancher Kollege gerne noch mit Ihnen über den Tag sprechen möchte. Über die Menschen, mit denen man da so zu tun hatte. Über die Bilder, die man da so gesehen hat. Viele von uns machen das. Andere treffen sich einmal die Woche zum Sport, zum Stammtisch, zu was weiß ich was. Sie nicht. Und noch mal: Das respektiere ich. Sie machen hier Ihren Job, den machen Sie gut, und dann schließen Sie damit ab. Wie Sie das verpacken, weiß ich nicht, aber es geht mich auch nichts an." Er schaute verstohlen auf das Bild auf seinem Schreibtisch.

Moritz schluckte. Er versuchte, die Wut zu kontrollieren, die immer noch da war. Aber es ging nicht. „Wissen Sie, dass ich an den letzten vier Wochenenden dreimal durchgearbeitet habe? Weil zwei Kollegen ausfielen und ich deren Fälle mitbetreut habe?"

„Wird das jetzt eine Grundsatzdiskussion? Ich dachte, die hätten wir letztens noch gehabt. Nachdem Sie vergessen hatten, Ihrem Kind eine gute Nacht zu wünschen. Oh du meine Güte."

Moritz spürte, wie es ihn durchzuckte. Ihm wurde klar, was er von Beginn an geahnt hatte. Dass es letztlich nichts als Floskeln gewesen waren. Bettermann wusste ganz genau, wie sich alles entwickeln würde. Es vergeht eine Woche, es vergehen zwei, daraus werden fünf, plötzlich sind fast zwei Monate vorbei und alles ist nur noch der Job, und der frisst Zeit. Er hatte auch damals im Weserbergland schon so verdammt viel Zeit gefressen, aber da waren sie zu zweit gewesen.

Und sie läuft.

Und er bleibt stehen.

Und sie läuft weiter.

Und er tut nichts.

Und sie fällt ...

Er schüttelte sich. Dann ging er ein paar Schritte auf Paul Bettermann zu und blieb vor dessen Schreibtisch stehen. „Warum verschieben wir den Einsatz nicht?"

„Was? Sagen Sie mal ... auf welche Uhrzeit denn bitte? Es ist alles vorbereitet, die Kollegen sind auf Go, wer weiß, wie lange der Kerl sich noch dort aufhält."

„Dann übertragen Sie Frau Berger den Einsatz. Plöger soll sie begleiten. Ich versuche das Ganze schnell zu regeln und komme dann direkt dazu."

Bettermann wurde blass. „Das ist nicht Ihr Ernst."

„Als Schatz ausgefallen war, musste sie zwei Wochen lang allein mit Plöger ermitteln. Das wissen Sie besser als ich. Sie hatte damals einen ganz ähnlichen Fall. Und noch mal: Ich brauche vielleicht zwei Stunden. Noch nicht mal. Ich bin ja nicht weg. Ich komme wieder."

„Diese Nummer hier ist viel gefährlicher. Der Kerl soll eine Waffensammlung haben, die reicht für einen halben Schützenverein ... und überhaupt, was diskutiere ich überhaupt mit Ihnen?"

„Richtig. Sie müssen nicht diskutieren. Mein Kind ist krank. Ich muss jetzt los. Ich rufe Frau Berger auf dem Handy an, sobald ich nachkommen kann."

Moritz drehte sich um und ging.

Paul Bettermann hatte noch angehoben, um etwas zu sagen, etwas Bedeutsames, Autoritäres, Grundsätzliches, aber er wusste, dass es nichts bringen würde. Er hatte sich einen ins Team geholt, der anders tickte. Das war von vornherein klar gewesen. Aber er hatte nur von dem Moritz Brinker gehört, den es vor dem Tod seiner Frau gegeben hatte. Nicht von dem danach. Er hatte nicht geglaubt, dass er mit einem Vater zusammenarbeiten würde.

Denn er selbst war keiner.

Er nahm das Bild mit den drei Kindern darauf in die Hand und knallte es auf den Schreibtisch, ehe er zum Hörer griff. „Ja, Frau Berger? Kommen Sie bitte in mein Büro. Und bringen Sie Plöger mit."

Keine Entscheidung ist hundertprozentig, und natürlich saß Moritz im Auto und fragte sich, ob er da gerade alles richtig gemacht hatte. Im Radio lief nur dummes Zeug, er fingerte die American VI von Johnny Cash hervor und drückte auf Play.

Well, look way down the river, what do you think I see?
I see a band of angels and they're coming after me

Nach gut zwanzig Minuten kam er im Kindergarten an. Schon, als er hineinging, sah er bei einem Blick in die Gruppe, dass ein Junge mit Legosteinen spielte. Der Junge gab gerade einen blauen Stein an ein niedliches Mädchen ab, das ihm ihrerseits einen gelben reichte. Der Junge war sein Sohn.

Alexandra Klein, die Erzieherin, war gerade im Gespräch mit der Leiterin der anderen Gruppe, deren Namen er sich nicht merken konnte. Es war ihm auch egal.

Sie sah ihn, wie er auf sie zustürmte, und lächelte ihn an.

„Hallo Herr Brinker, das ging ja jetzt wirklich schnell ..."

„Ja, superschnell. Sehe ich richtig, dass mein Sohn da gerade völlig ruhig und zufrieden Lego spielt?"

Alexandra Klein nahm ihn ein Stück zur Seite. Er spürte, dass sein Kopf jetzt genauso rot sein musste wie vor nicht einmal einer halben Stunde in Bettermanns Büro. Wahrscheinlich war er immer noch rot. Er spürte wieder die Wut. Jetzt projizierte er sie auf Alexandra. Sogar auf Nils. Er wollte jetzt glauben, dass sein Sohn das extra gemacht hatte, nur um ihn zu ärgern. Und dass Alexandra ihn mit Absicht aus dem Büro geholt hatte, weil sie unfähig war, ihren Job zu machen. All das wollte er glauben. Aber sie hatte eine andere Erklärung. „Ob Sie es glauben oder nicht, er ist vor ein paar Minuten plötzlich wieder zu sich gekommen."

„Nee, das glaube ich auch nicht. Wollen Sie mich eigentlich verarschen?"

Sie wich ein Stück zurück. „Herr Brinker, bitte. Kommen Sie, wir gehen ins Büro."

Sie bot ihm einen Platz an und schloss die Tür. Er blieb lieber stehen. „Ich muss eigentlich gleich wieder weg. Oh Mann, das ist jetzt echt zu viel."

„Sagen Sie mal, seien Sie doch froh, dass Ihr Sohn diese Phase, diese Krise überwunden hat. Dass er es allein geschafft hat. Dass es ihm besser geht. Ich glaube, es lag an Mia. Sie hat sich vorhin einfach neben ihn gesetzt. Nichts gesagt, ihn nicht einmal angefasst. Sie war einfach nur *da*. Irgendwann hob er den Kopf und lächelte Mia an. Seitdem spielen die beiden."

Er wippte von einem Fuß auf den anderen. Er konnte sich nicht erinnern, wann er das letzte Mal so nervös war. Er spürte seinen eigenen schweren Atem. „Frau Klein, ich habe eine Einsatzleitung übertragen müssen, um zu kommen. Ich habe mir wahrscheinlich einigen Ärger eingehandelt. Alles nur …"

„Nein, nicht alles *nur*, Herr Brinker. Alles wegen Nils, richtig. Und das werfen Sie sich jetzt selber vor? Sie werfen es sich vor, dass Sie für Ihr Kind da sein wollten? Das nur noch Sie hat? Herr Brinker, es tut mir leid, dass ich Ihnen das jetzt mal so sagen muss, weil ich nach den letzten Monaten, gerade am Anfang, als Sie noch nicht wieder im Dienst waren, einen sehr guten Eindruck von Ihnen hatte, aber: Sie sollten sich schämen, wissen Sie das?"

Das traf ihn tiefer als die Ansage von Bettermann vorhin. Er sah ihr zugleich an, dass ihre eigenen Worte sie verunsichert hatten. Sie schüttelte den Kopf. „Entschuldigen Sie bitte, das …"

Aber er senkte nur den Kopf und starrte ins Leere. „Nein, Sie haben ja recht. Das ist ja das Schlimme. Dass Sie recht haben."

„Es ist nur so … er hat doch nur noch Sie. Und er hat in den vergangenen Wochen fast nur von seiner Oma erzählt, und dann von seiner Mutter, aber von Ihnen nur sehr wenig."

Moritz atmete tief und nickte gedankenverloren, seine Augen schauten ins Leere, suchten einen Haltepunkt, fanden sie, hielten aber ihrem Blick nicht stand und verloren sich irgendwo im Raum. Das hatte er auch lange nicht gehabt: dass er einem Blick nicht standhalten konnte.

„Was hat es mit dem Einnässen auf sich? Vergisst er, aufs Klo zu gehen?"

„Nein, ich glaube, das hat andere Gründe. Ich selbst habe es jetzt dreimal gesehen, immer dann, wenn er ganz ruhig mitten im Raum steht. Als wenn er …"

„… es extra macht. Mein Gott."

„Ist Ihr Sohn eigentlich in irgendeiner Weise in Behandlung? Wir wissen da jedenfalls nichts drüber."

„In Hameln waren wir einige Male bei einer Kinderpsychologin, das klappte sehr gut. Also dachten wir später, also hier, das geht vielleicht erst mal so. Ging es ja auch insgesamt, bis …"

Sie nickte schweigend und schaute ihn an, er erwiderte den Blick aus ihren großen dunklen Augen. Beinahe hätte er ihr gesagt, was für schöne Augen sie hatte, die ihm erst in diesem Moment wirklich auffielen. Diesmal hielt sie seinem Blick nicht stand. Sie lächelte unsicher und wandte sich zur Tür. „Haben Sie eigentlich Ihre Schwiegermutter erreicht?", fragte sie.

„Nein. Das ist auch so was."

„Sie hat sicher nur das Handy liegengelassen. Aber davon ganz abgesehen: Sie kann Sie nicht ersetzen. Auch wenn sie jetzt gekommen wäre, so wie die anderen Male. Natürlich war sie dann da, und sie konnte ihm auch helfen. Aber davon unabhängig braucht er Sie."

Er schaute auf die Uhr und blickte sich hektisch um.

„Sie müssen wieder los, oder?"

Er nickte schweigend.

„Böse Leute jagen. So sagt es Nils immer."

„Ja." Etwas stach in seine Magengegend, und er hatte das Gefühl, dass es dieser ganze Moment war, diese ganze Situation, die ihn wie ein Dolchstoß traf.

Er öffnete die Tür und drehte sich noch einmal zu ihr um.

„Danke, Frau Klein."

Sie schaute ihn fragend an.

„Wofür? Dass ich Ihnen hier eine Standpauke gehalten habe?" Sie schickte ein Lächeln hinterher, als wolle sie damit ihre Worte abschwächen, dabei war es nichts anderes gewesen.

„Ach, wissen Sie, ich habe heute irgendwie das Gefühl, dass ich nur Standpauken zu hören bekomme. Und dass das irgendwie seinen Grund hat."

Als er im Auto saß, erkannte er aus dem Augenwinkel, dass Nils ihn entdeckt hatte. Er stand auf, hob die Hand, winkte einmal und verstand gar nichts.

Moritz war nicht einmal zu ihm gegangen. Er hatte sich damit zufriedengegeben, dass Nils wieder spielte. Dass er wieder normal aussah. Dass er *funktionierte*. Er ertappte sich dabei, wie er sofort Gründe dafür suchte. Man soll Kinder in ihrer Spielsituation lassen, damit sie nicht verunsichert werden. Und um kurz nach elf ist der Kindergarten ja auch noch nicht zu Ende. Da irritiert sie der Besuch des Elternteils ja doch nur.

„So ein Scheiß!", schrie er die Scheibe an.

Er hatte es vergessen. Er war zornig auf Bettermann gewesen, dann auf Magdalene, danach auf Alexandra, und nun war er vor allem zornig auf sich selbst.

Er schaute wieder auf die Uhr. Zwanzig nach elf.

Er griff zu seinem Handy. „Frau Berger? Ja, hier Moritz Brinker. Seid ihr unterwegs? Okay, wo sind Sie jetzt? Gut, ich komme dahin."

„Jetzt doch?"

„Ja, jetzt doch."

Aber sie kamen zu spät. Alle kamen sie zu spät. Der Tschetschene war längst über alle Berge, die Wohnung in der Paradestraße war leer. Immerhin fanden sie einige Beweisstücke. Sie beschlagnahmten einige Gramm

Drogen, einen Computer, dazu einen Stapel Unterlagen. Die Kollegen vom Drogendezernat begnügten sich damit, Moritz Brinker und Saskia Berger reichte das nicht. Sie wollten den Menschen. Aber die Kollegen von der Observierung hatten da offenbar irgendwas gar nicht richtig gemacht oder nicht richtig verstanden oder was auch immer. Er hatte weder die Energie, ihnen die Meinung zu sagen, noch war es seine Aufgabe.

Das anschließende Meeting mündete, nachdem sie eine Stunde lang herumdiskutiert hatten, in allgemeines Smalltalk-Geschnatter. Moritz wollte gerade zur Tür hinaus, als Saskia Berger ihn beiseitenahm.

„Haben Sie kurz eine Minute, Herr Brinker?"

„Natürlich."

Sie gingen ein Stück den Flur entlang und ließen die Kollegen hinter sich. „Ich habe Herrn Bettermann nicht darum gebeten, mir diese Leitung anzuvertrauen", begann sie. „Nur, dass Sie das wissen."

„Ist mir klar", nickte er. „Ist auch kein Problem."

„Ich hoffe sehr, dass es kein Problem ist."

Moritz blieb stehen. „Was soll das denn heißen?"

„Ich habe heute Morgen mir Herrn Richter gesprochen, um ihm die aktuellen Ermittlungsergebnisse kurz zu schildern. Er wusste sie schon alle. Von Ihnen. Und, um es mal so zu sagen: Er war auch über Jörg Kruse informiert. Und was für ein Wrack der Mann offenbar ist. Finden Sie das richtig?"

Moritz suchte Worte. Aber er fand keine. „Ich komme jetzt nicht so ganz mit …"

„Aber ich. Sie waren gestern Abend bei ihm."

„Ja", Moritz zuckte mit den Schultern, „weil der Mann vor Angst um seine Frau kaum schlafen kann. Weil er einfach jemanden zum Reden brauchte."

„Dann kann er seinen Schwiegervater anrufen, Herr Brinker." Sie klang schon wieder so widerlich wichtig. „Oder seinen besten Kumpel. Es tut mir leid, aber Sie haben da aus meiner Sicht abends nach Dienstschluss nichts verloren. Bettermann sieht das genauso."

Moritz spürte, wie eine Hitze in ihm aufstieg. „Ach so, Sie haben mit ihm auch schon …"

„Ich möchte, dass jegliche Informationen zu diesem Fall ausschließlich über mich an Herrn Richter weitergegeben werden. Können wir das bitte so vereinbaren?"

Diese aufgesetzte Autorität stand ihr nicht. Sie wirkte wie ein zu großer Anzug. Ihre ganze Haltung, der gerade Rücken, der strenge Blick. Er verstand es nicht. Vor seinem Antritt in Wuppertal hatte sie auch schon eine Ermittlungskommission geleitet, aber er hatte sie anders kennengelernt. Hatte Bettermann sie nicht als Kumpeltyp beschrieben? Das war sie auch gewesen. Bis vorgestern. Er schüttelte den Kopf und sah sie an. „Oder ist es wegen der Sache mit dem Kindergarten heute? Es tut mir auch leid, dass das so blöd gelaufen ist."

„Nein, ist es gar nicht", antwortete sie schnell. Sie zögerte einen Moment, dann fuhr sie fort. „Sie wissen, dass ich Ihre Arbeit bewundere. Sie sind gut in dem, was Sie machen, und ich bin sicher, dass wir den oder die Entführer auch gemeinsam finden. Aber Herr Bettermann hatte einen Grund, weshalb er mir die Leitung übertragen hat. Ein Mann, der seine Frau verliert. Ein Kind, das seine Mutter verliert. Die Nähe – ich meine, der Kerl wohnt ja fast bei Ihnen um die Ecke. Sie können eigentlich froh sein, dass Sie überhaupt …"

„Es ist gut, okay? Es ist gut, Frau Berger."

Er ließ sie stehen und ging in sein Büro. Doch er war noch nicht ganz eingetreten, da rief Bettermann an. „Herr Brinker? Haben Sie mal fünf Minuten?"

Die fünf Minuten waren in Wirklichkeit zwei. Sie bestanden daraus, dass Moritz eintrat, die Tür schloss, auf den Schreibtisch blickte, das Bild von Bettermanns Kindern vermisste und dafür eine Tasse frischen Kaffee entdeckte. Sie bestanden auch daraus, dass Bettermann ihn bat, sich zu setzen, und ihm den Kaffee anbot, von dem er selber einen großen Schluck nahm. Und sie bestanden aus ein paar wenigen Sätzen. „Herr Brinker, ich habe noch einmal an unser Gespräch heute Vormittag gedacht und das alles reflektiert. Und dann habe ich darüber nachgedacht, was mir Frau Berger vorhin über Ihr abendliches Gastspiel bei Herrn Richter erzählt hat. Ich mache es kurz: Wenn Sie noch einmal wegen solch einer Lappalie einen Einsatz aufs Spiel setzen oder sich nicht an die Absprachen in Ihrem Team halten, dann haben wir beide ein Problem. Noch haben wir keins. Aber dann haben wir es. Danke, Sie können gehen."

Die letzten Sekunden dieser zwei Minuten bestanden daraus, dass Moritz Brinker den Rest des Kaffees stehen ließ, wortlos aufstand und Bettermanns Bürotür von außen schloss.

Dritter Teil
Eine neue Spur

Hameln

Karl Rabbatz liebte seinen Beruf. Er war keiner von denen, die halt ihren Job machten, so als habe dieser irgendwann einmal am Straßenrand gelegen und sei ihnen durch Zufall in die Finger gelangt. Er stand an den meisten Tagen wirklich gerne morgens auf. Er setzte sich in den Bus und beobachtete die Leute. So wie jetzt gerade, als er mit der Linie 3 zur Ortschaft Klein Berkel fuhr. Von der Haltestelle waren es nur ein paar Meter bis zum Neubaugebiet Bäckerwinkel. Er war fasziniert von den vielen Alten, die sich um kurz nach sieben zuerst gegenseitig ihre Krankheiten vorbeteten, bevor sie ihre ganz eigenen Dramen dann eine halbe Stunde später beim Arzt Wort für Wort wiederholen würden.

Er mochte auch die Schüler, die entweder noch schnell Hausaufgaben austauschten, sich über die Seifenoper von gestern Abend unterhielten oder mit ihren Handys gerade irgendeinen Blödsinn veranstalteten. Das alles war nicht seine Sache. Er war ein einfacher Mann, und er war sich dessen bewusst. Er würde nie viel mehr sein als das, was er jetzt schon seit siebenunddreißig Jahren war. „Aber auch nicht weniger", sagte er sich immer wieder.

Die Sonne schien, es war ein angenehmer Herbsttag, vielleicht einer der letzten in diesem Jahr. Gestern Abend hatte der mit der Brille, der immer im Ersten nach den Tagesthemen dran war, gesagt, dass nächste Woche ein Sturmtief aufziehen sollte. Dann hatte er sicher wieder ein paar Tage frei, denn bei Sturm machten sie auf der Baustelle meistens frei. Vor allem die Kranführer hatten dann immer die Hosen voll. Im Bäckerwinkel stand auch so ein Kran. Als wenn so ein bisschen Wind sie umpusten würde. Aber er hatte ja auch gut reden, schließlich saß er einige Etagen tiefer. So ganz passte ihm das nicht, wenn er frei hatte, und Hiltrud passte es auch nicht, wenn sie ganz ehrlich war. Kurz am Morgen, etwas länger am Abend und dann halt am Wochenende – diese dosierte Zweisamkeit bekam beiden sehr gut, aber sobald er wetterbedingt mal länger zu Hause war, fiel er ihr auf den Wecker. Und sie ihm.

Während der Bus eine ganze Welle Schüler ausspuckte, die anschließend über den gesamten Bürgersteig ausrollte, fiel ihm der Winter vor ein paar Jahren ein, als selbst hier, in Hameln, das wahrlich nicht gerade das deutsche Skigebiet vor dem Herrn war, ein Monsterwinter alles lahmgelegt hatte. Fast zwei Monate lang hatte er damals frei machen müssen und am Ende hatten sie beide fast beim Scheidungsrichter gesessen. Zum Glück war dieser Sommer, genauso wie der Herbst, mit so viel Sonne und wenig Wind gesegnet, dass er sogar an einigen Wochenenden durchgemacht hatte. Sie bauten gerade mehrere Einfamilienhäuser gleichzeitig auf der ehemaligen Landwirtschaftsfläche im Bäckerwinkel, gleich neben dem Kindergarten. Während vorne schon die Maurer die ersten Wände hochzogen, saß er noch einige Meter weiter an den Hebeln, um den Boden auszutauschen. Denn der alte war hier und da nicht ganz astrein, aber das mussten ja die vielen Familien nicht wissen, die dort schon bald ihre Kinder großziehen wollten. Und schon gar nicht die Kindergartenkinder. Warum auch? Schließlich kam jeden Tag Günter und brachte saubere neue Erde, und fast zur selben Zeit traf Sigi ein und lud den nicht mehr ganz astreinen Schrott, den Karl aus tiefen Löchern herausbaggerte, artig auf.

Karl Rabbatz hatte einfach das gemacht, was den meisten Kindern irgendwann abhandenkommt: Er hatte seinen Kindheitstraum vom Baggerfahren weiter geträumt. Er hatte im Sandkasten gebaggert, später, damals noch im Osten, bei seinem Onkel auf der Baustelle, dann in der Lehre, und immer so weiter. Die Schule hatte er irgendwie hinter sich gebracht, mit 15 war Feierabend gewesen. Inzwischen war er der beste Baggerfahrer bei Biesen Bau, er hatte zum 25-Jährigen vom alten Biesen sogar eine Sonderurkunde erhalten: „Für den filigransten Baggerfahrer, den wir je hatten", stand darauf geschrieben. Er hatte damals zuerst einmal nachschlagen müssen, was denn *filigran* bedeutete, selbst Hiltrud wusste es nicht, dabei machte sie ständig diese schrecklichen Kreuzworträtsel. Einmal hatten ihn seine Kollegen bei einer Fernsehshow angemeldet. Er sollte mit dem großen CAT Hydraulikbagger 336, und das war wirklich ein Gigant, ein winzig kleines Sandhäuschen bauen. Aber er hatte dankend abgelehnt. Nicht, dass er das nicht geschafft hätte. Aber was sollte er im Fernsehen? Reichte ihm schon völlig, dass die Glotze an den langen Wintertagen zu Hause dauernd lief.

Es war zehn vor acht, als der Bus vor dem Rathaus ankam. Jetzt spülten die Alten heraus. Er hatte noch einige Stationen vor sich, eher er in der Ortschaft Klein Berkel ankäme, die gut vier Kilometer außerhalb der Hamelner Innenstadt lag. Ein beschauliches Kaff, wie er fand, mit seiner winzigen Feuerwehr und dem Friedhof oben auf der Anhöhe. Er schloss die Augen, döste ein bisschen und summte eine Melodie von Johnny Cash, die er heute Morgen im Radio gehört hatte. Irgendwas mit Country Trash oder so. Er wusste nur noch, dass die Nummer so kurz war, dass sie geendet hatte, kaum dass zwei Minuten vorbei gewesen waren.

Als er die Augen öffnete und der Bus seine Fahrt verlangsamte, sah er von fern schon den Kran. Gleich daneben stand sein Bagger. Er war ein bisschen stolz: Er bereitete den Menschen den Grund, auf dem sie künftig leben würden. „Könnte schlimmer kommen", dachte er, als er summend aus dem Bus in die warme Herbstsonne trat. Als er die Berkeler Straße entlangging, hörte er von fern die hellen Stimmen der spielenden Kindergartenkinder.

Karl war ganz zufrieden. Nicht einmal elf, und er hatte schon fast auf der Hälfte jener Fläche, auf der schon bald eine etwa zwölf mal zehn Meter große Bodenplatte stehen würde, den gesamten Boden ausgebaggert.

Er überlegte, kurz ein Päuschen einzulegen, aber er wusste, dass Sigi heute ein bisschen früher Schluss machen wollte, seine Tochter wurde 30, und der alte Biesen machte solche Sperenzchen in der Woche nur mit, wenn einer vorher ordentlich Gas gab. Also steuerte Karl den großen CAT ein paar Meter weiter die Anhöhe hinauf, an den Rand der Begrenzung, und drehte dann das Gehäuse so, dass er mit der Schaufel exakt am Rand beginnen konnte. Er wusste: Wer von Beginn an ordentlich arbeitete, brauchte später nur noch ganz wenig zur korrigieren. Er fuhr den Arm hoch, klappte die Schaufel nach hinten, ein Sonnenstrahl blendete ihn kurz, und er musste unwillkürlich zwinkern, dann aber legte er den Hebel um, der Arm senkte sich, und die Schaufel drang tief in die nicht mehr ganz astreine Erde ein.

Als sich der Arm wieder hob, erkannte Karl Rabbatz, dass noch etwas anderes nicht astrein war. Es war überhaupt nicht astrein. Und er erkannte das auch nicht bewusst, denn sein Bewusstsein war abgeschaltet worden, von jetzt auf gleich. Genauso wie seine Bewegungen. Er war ein 53 Jahre alter Steinklotz, der in einem Bagger saß. Ein Steinklotz, dessen weit aufgerissene Augen in zuckende Lider eingebettet waren. Sie starrten auf das, was dort in der Schaufel lag. Sie gaben auch die Information an sein Gehirn weiter, aber diese Information war so schrecklich, dass es sich einfach ausgeschaltet hatte. Plötzlich spürte er, wie etwas in seiner Brust stach. Er schaffte es irgendwie noch, den Bagger auszumachen, auch die Seitentür bekam er noch geöffnet.

Doch dass er diesen Tag überhaupt überlebte, verdankte er letztlich einem jungen polnischen Hilfsarbeiter, dessen Namen er sich nicht merken konnte, denn der sah von fern, wie Karl Rabbatz röchelnd aus dem Bagger heraus in den Dreck fiel, der nicht mehr ganz astrein war, und wie er darauf herumkrabbelte wie ein Käfer. Der Pole rannte sofort herbei. Was in der Schaufel lag, erkannte er erst später. Sein junges Herz verkraftete das ganz gut.

Ob das, was dort in der Schaufel lag, einmal eine Frau oder ein Mann gewesen war, mochte keiner von Biesens Leuten sagen, die sich innerhalb weniger Minuten wie die Fliegen um die Schaufel geschart hatten. Nicht, dass einer mal den Bagger angeworfen hätte. Sie standen einfach da, starrten auf den Totenkopf, der halb aus der Schaufel herausguckte und dabei seltsamerweise auch noch genau richtig herum lag, sodass er ihnen, so konnte man es interpretieren, fast schelmisch in die Gesichter grinste. Einige weiße Knochen lugten ebenfalls aus dem nicht mehr astreinen Boden heraus, den Karl noch vor seinem Herzinfarkt ausgegraben hatte, aber sie lagen in einem Winkel zum Kopf, der klarmachte, dass hier nichts mehr wirklich zusammenhing.

Karl lag in stabiler Seitenlage, während ihm Günter, der gerade eingetroffen war, den Kopf hielt. Karl atmete schwer, aber er hatte das dringende Bedürfnis zu sprechen. „Günter, ich hab ne Leiche ausgebuddelt."

„Hör auf zu reden. Der Krankenwagen muss gleich da sein", flüsterte ihm Günter zu. Dann wandte er sich an einen der anderen, die immer noch um die Schaufel herumstanden: „Mann, wann kommt denn der Scheiß-Krankenwagen endlich?"

„Fritz hat ihn gerufen", gab der eine zurück.

„Der muss gleich da sein", ergänzte Fritz. „Ist jetzt fast zehn Minuten her."

Als Günter Sirenen hörte, atmete er tief durch. Karl nicht. Er bekam Aussetzer. „Karl, mach jetzt nicht schlapp, hörst du? Ich hör schon den Krankenwagen. Karl, reiß dich zusammen. Nächste Woche sitzt du wieder in deinem Bagger."

„Ich … Bagger? Nie … wieder ... nie wieder Bagger." Als Karl das Bewusstsein verlor, stieg der Notarzt gerade aus seinem orange-weißen Audi, die Sanitäter waren aus dem Krankenwagen gesprungen und machten die Bare bereit.

„Was ist passiert?", fragte der Notarzt und kniete sich zu Karl.

„Er hat eine Leiche ausgebuddelt", antwortete Günter tonlos.

„Was?"
„Da."
Günter zeigte auf die Schaufel, die immer noch am Himmel stand und den Totenkopf präsentierte, der im goldenen Sonnenlicht des Herbstes beinahe wie eine Götzenstatue wirkte, angehimmelt von einer Bauarbeitersekte in Blaumännern, die wie angewurzelt darunter stand und sie anstarrte. Immerhin stand der Bagger so, dass die Kindergartenkinder, die sich, nachdem sie die Sirene gehört hatten, alle am Zaun versammelt hatten und Richtung Baugrube blickten, nichts erkennen konnten.
Der Notarzt schaute zur Schaufel rüber, für einen winzigen Augenblick blieb ihm der Mund offen stehen, dann kümmerte er sich wieder um Karl und wies die Sanitäter ein.
„Warum ist die Polizei noch nicht da?", fragte der Notarzt ihn noch, als Karl, inzwischen mit einer Fusion versorgt, auf der Trage lag.
Günter zögerte. „Die … ach so …"
Die Wangen des Notarztes begannen zu glühen. „Jetzt sagen Sie nicht, Sie haben noch nicht mal … aber Zeit genug, dumm hinzustarren, ist da, ja?"
„Ich starre doch gar nicht, ich hab mich hier um den Karl … und so …"
„Ja, Sie haben!", rief er Günter zu, „aber die anderen nicht!" Der Arzt wandte sich an seine Sanitäter: „Einer von Ihnen ruft bitte sofort die Polizei. Diese Strategen da vorne können offenbar nur buddeln und glotzen."
„Buddeln kann eigentlich am besten der da", murmelte Günter leise und schaute Karl nach, der bewusstlos auf der Trage liegend in den Krankenwagen gebracht wurde.

Der fuhr erst mal nicht, er blieb stehen. Günter erkannte schemenhaft die sich schnell bewegenden Schatten hinter den Fenstern und wusste, dass das nichts Gutes bedeuten konnte. Der junge Pole gesellte sich zu ihm. „Hoffentlich er schafft es. Er ist beste Baggerfahrer."

„Ohne dich wäre er jetzt vielleicht schon tot", antwortete Günter und klopfte dem Jungen auf die Schulter. Der lächelte so, wie man es tut, wenn man glaubt, dass der andere es erwartet.

Unter der Schaufel war inzwischen eine angeregte Diskussion entbrannt.

„Was glaubst du, wie lange lag die Alte schon da im Boden?", begann irgendeiner.

„Wieso *die* Alte? Vielleicht ist es ja ein Kerl?", fragte irgendein anderer.

„Na, siehst du denn die schönen langen, braunen Haare gar nicht?", johlte der Erste, und die anderen grölten laut los.

Günter und der junge Pole schüttelten nur den Kopf und schauten die anderen schweigend an.

„Jetzt genug." Der junge Pole lief zum Bagger, stieg ein, warf ihn an und ließ die Schaufel niederfahren. Die fünf Gaffer drehten sich entgeistert um.

„Ey, spinnst du? Und wieso kannst du überhaupt Bagger fahren, hähh?", polterte einer, während sie mit einem Satz zur Seite sprangen.

„Kann ich mehr, als du glaubst", rief der Pole, „wie lange ihr wollt noch auf diese Schaufel starren?"

„Geht dich gar nix an, Igor", blökte ein anderer.

„Ich heiße Pawel. Und jetzt macht Platz."

Langsam ließ er den Arm und die Schaufel herunter, der Totenkopf kugelte auf der Erde hin und her, zwei Knochen, in etwa so groß wie die von Unterarmen, purzelten aus der Schaufel und einem der Arbeiter vor die Füße, der quiekend wegsprang.

„Wusste gar nicht, dass du quieken kannst", rief Pawel dem Arbeiter zu, der knallrot anlief und zurückfauchte.

„Ich komm dir gleich da rüber!"

Der Krankenwagen war nicht lange weg, als ein silberner Passat auf der Baustelle eintraf. Gesa Markowski, eine große Frau mit roten Locken und auffallend breiten Schultern, stieg langsam aus dem Wagen, setzte eine Sonnenbrille vor ihre dicken Augen und fluchte über ihre Unterleibsschmerzen. Sie hatte ihre Tage, diesmal aber waren sie ungewöhnlich heftig, dazu kam die Migräne, gegen die sie gleich nach dem Aufstehen eine Formigran eingeworfen hatte, und eigentlich gehörte sie ins Bett. Krause, ihr Kollege, blieb im Wagen sitzen, er telefonierte gerade mit seiner Frau, die sich zu Hause die Hand bei irgendwas aufgeschlitzt hatte und jetzt in der Klinik saß. Krauses Frau hatte immer irgendwas, und langsam ging ihr das auf den Keks.

Seit gut einem halben Jahr arbeitete sie jetzt mit Krause zusammen, und so richtig gewöhnen an ihn konnte sie sich nicht. Krause machte einen guten Job, geradlinig, langweilig, aber er war kein Terrier. Er hatte keinen Biss. Er war kein … Moritz Brinker. Aber Moritz war weg. Sie drehte sich um und stiefelte auf den großen Bagger und die Bauarbeiter zu und hätte ihn jetzt gerne bei sich.

Die Männer in Blau drehten sich zu ihr um. „Schau mal, da kommt der Herr Kommissar", flüsterte einer. So, dass alle lachten. Aber auch so, dass sie es hören konnte.

„Tag die Damen", begann sie fröhlich und ignorierte das plötzliche Stechen im Unterleib, „Sie haben hier also ein bisschen Ausgrabung gespielt, was?"

„Wir nicht. Der Karl. Aber der ist schon im Krankenhaus", antwortete einer und tat dabei ganz besonders gewissenhaft.

„Ja, ich hörte davon. Ich geh mal davon aus, dass Sie nichts angefasst haben?"

„Nur geguckt, nur geguckt."

„Schön, mit dem Gucken ist jetzt Feierabend. Wo ist denn der Bauleiter?"

„Der Biesen? Ist informiert, ist informiert."

„Sagen Sie immer alles doppelt, Herr ...?"

„Schmidtke, Schmidtke. Nur manchmal, manchmal."

„Also schön, dann schlage ich vor, Sie gehen jetzt mal alle wieder an Ihre Arbeit, außer, Sie haben mir irgendetwas zu erzählen, was wichtig sein könnte. Bisher weiß ich nur: Der Karl hat hier gebaggert und hatte dann das in der Schaufel, was mich da jetzt gerade so hübsch anglotzt, richtig?"

„Mehr haben wir auch nicht gesehen", kommentierte einer.

Gesa Markowski drehte sich zu dem Passat um. Krause hatte aufgehört zu telefonieren und war im Begriff auszusteigen.

„Wenn Ihr Chef kommt, dann sagt einer von Ihnen mir bitte Bescheid, ja? Danke schön."

Die Blaumänner schlichen tuschelnd davon und verschwanden bald in anderen Baggern, Raupen oder hinter Walzen, und der Baustellensoundtrack wurde wieder angeworfen. Nur Karls Bagger stand still wie ein Mahnmal auf dem beschaulichen Grundstück im Bäckerwinkel, das bereits an eine junge Familie aus Bad Pyrmont verkauft war, und diese Familie würde wohl etwas später einziehen müssen als geplant.

Krause trat neben sie. Sie schaute ihn aus dem Augenwinkel an. „Na, ist die Hand deiner Frau noch dran?“

„Witzig“, antwortete er monoton. „Die Hand dieser Frau ist jedenfalls ab.“

Sie schaute ihn überrascht an. So viel Schlagfertigkeit hatte sie ihm gar nicht zugetraut. Sie beugte sich zur Schaufel und betrachtete den Totenkopf, der jetzt auf dem Kopf stand. Der Kiefer war heruntergeklappt, wie zu einem Schrei war der Mund geöffnet. Rechts und links davon ragten weitere Knochen aus der Erde heraus.

„Wer sagt, dass es eine Frau ist?“, fragte sie.

„Ich“, antwortete er nur.

Die Spurensicherung traf kurze Zeit später ein, sie riegelten den gesamten Bereich ab. Aus der Schaufel entnahmen die Kriminaltechniker den Kopf, die Gebeine und mehrere Unterarmknochen, dazu einige Rippen und Teile eines Fußes. Sie durchkämmten den gesamten Schaufelinhalt, Zentimeter für Zentimeter.

Bauchef Biesen erreichte der Anruf eines seiner Vorarbeiter, als er gerade mit einem Mitarbeiter der Bauverwaltung in der Osterstraße im Rattenfängerhaus bei einem Kaffee saß. Der Verwaltungsmann bestand darauf, nur ein paar Schritte vom Rathaus hierhin laufen zu müssen, wie immer, und wie immer hatte Biesen einen Umschlag für ihn dabeigehabt, und den hatte der Mitarbeiter der Bauverwaltung auch wie immer genommen. Das klappte seit Jahren prima, und etwas unangenehme Themen wie das vom nicht mehr ganz astreinen Boden drüben im Bäckerwinkel wurden auf diese Weise elegant … begraben. Bei diesen Treffen stellte Biesen das Handy immer auf lautlos, so auch heute, und als er um kurz vor halb zwölf einmal draufschaute, wurden da sieben Anrufe in Abwesenheit von derselben Nummer aus angezeigt. Pauly, sein Vorarbeiter. Er rief sofort zurück. Und in diesem Moment lernte Peter Biesen, dass sich manches mal eben so begraben ließ, aber nicht der Tod. Also fuhr der Schrecken mit Peter Biesen einmal unangeschnallt Achterbahn, als ihm der Vorarbeiter berichtete, dass ein kleiner, aber nicht ganz unbedeutender Teil des schönen neuen Wohngebiets auf der ehemaligen Landwirtschaftsfläche nun eher einer archäologischen Ausgrabungsstelle glich. Und dass, aber dies nur nebenbei, sein bester Baggerfahrer gerade kurz vorm Abnippeln sei.

„Oh mein Gott", rief er in sein Smartphone.

„Was ist denn los?", fragte der Mitarbeiter der Bauverwaltung.

Biesen legte auf, setzte sein über Jahre perfektioniertes Sonnenbanklächeln auf und entschuldigte sich: „Ein kleiner Zwischenfall auf der Baustelle. Mein bester Baggerfahrer. Herzinfarkt."

„Ach du Schande."

„Trink du in Ruhe deinen Kaffee aus. Ich muss los."

„Aber der ist doch sicher schon im Krankenhaus. Du kannst doch jetzt eh nichts für den tun, oder?"

„Nein. Ich muss. Nächstes Mal wieder."

Der Mitarbeiter der Bauverwaltung stand auf. „Wusste gar nicht, dass dir deine Leute so sehr … am Herzen liegen … na ja … du weißt schon, wie ich das meine, Peter."

„Lass nur. Ich muss los."

Biesen rannte durch die Osterstraße, die um diese Uhrzeit schon von vielen Menschen, vor allem von Touristen bevölkert war, erreichte die Stadtgalerie, wo er wie immer geparkt hatte, rannte ins Parkhaus, setzte sich in seinen weißen Mercedes SLS und raste durch die Stadt. Über die Weserbrücke und raus aus Hameln, bevor er von der Pyrmonter Straße aus rechts abbog. An Karl dachte er dabei keine Sekunde. Er dachte nur an den Totenkopf. Und an die Knochen. Und an die Erde. Und an die Knochen. Welches dumme Arschloch verbuddelte Knochen in seiner Erde? Auf seinem Grundstück?

Wenige Minuten später traf er an der Baustelle ein.

Gesa Markowski sah den weißen Benz durch die schmale Straße neben dem Bauland heranrauschen. Während Peter Biesen aus dem Wagen sprang, sprach er mit irgendwem über Handy, dann legte er auf und stürmte auf die Kommissarin zu. Plötzlich aber verlangsamte er, so, als hätte er gerade erst seine Fassung wiedergefunden, und schaltete auf Schlendergang um. Sein weißer Anzug korrespondierte perfekt mit der Farbe seines Wagens, er war so weiß, dass Gesa klarwurde, wie häufig sich Biesen wohl auf seinen Baustellen sehen ließ.

„Biesen mein Name“, stellte er sich fröhlich vor. „Mir gehört das hier. Also, die Firma. Die Grundstücke sind ja … na, wie auch immer.“

„Markowski. Angenehm.“

Dann sah Biesen, wie die Spurensicherung mit professioneller Ruhe die Erde in der Schaufel durchkämmte und immer wieder neue kleine Knochenteile herausfischte.

Biesen starrte die Kripoleute an und bekam den Mund nicht mehr zu. „Mein Gott, das ist ja …“

„Ein Toter oder eine Tote. Das wissen wir noch nicht so genau. Herr Biesen, ich will es kurz machen: Sie wissen sicher, dass Ihr Baggerfahrer im Krankenhaus liegt."

Biesen atmete tief. Dann griff er in seine Jacke und holte eine Packung Zigaretten heraus. „Ja, weiß ich. Rauchen Sie auch?"

„Danke, nein."

„Mein Gott, da kommt der Karl morgens hier hin und buddelt einfach so eine Leiche aus. So was hatte ich in all den Jahren auch noch nie. Wer macht so was? Also, die hier zu verbuddeln?"

„Das herauszufinden ist meine Aufgabe. Und um es herauszufinden, werden wir dieses Grundstück hier zunächst einmal weiter durchsuchen. Holen Sie mir bitte einen Baggerfahrer?"

Biesen durchzuckte es. Natürlich, sie mussten den nicht mehr ganz astreinen Boden durchpflügen, um herauszufinden, was dort sonst noch verbuddelt sein könnte. Ihm wurde heiß. So viele Umschläge konnte er gar nicht verteilen. Mal abgesehen davon, dass Frau Markowski sicher keinen annehmen würde. Andererseits: Sie suchten nicht nach Pestiziden, sondern nach Leichenteilen, oder? Aber sie würden diese Teile untersuchen. Und wer weiß, was sie finden würden. Er saß in der Scheiße. Er musste weg.

„Herr Biesen?"

„Was? Ja, bitte entschuldigen Sie, das ist wirklich ein Schock für mich. Da will man dieser Stadt etwas Gutes tun und hier eine wunderbare Wohnwelt für junge Familien schaffen, und dann so etwas. Eigentlich ist es doch ein schöner Tag." Ihm wurde von seinen eigenen Worten schlecht. Ihr auch.

„Hören Sie, Herr Biesen, Ihr Pathos in allen Ehren, aber wir müssen hier jetzt mal vorankommen. Unser

Knochenkandidat da liegt wohl schon etwas länger unter der Erde, und wer weiß, was sonst noch. Also, seien Sie so gut und holen Sie mir einen Fahrer. Und geben Sie mir bitte Ihre Karte, ich werde später sicher noch ein paar Fragen haben." Er reichte ihr die Karte, sie las sie. „Erfolg, auf den man bauen kann. Schöner Slogan. Also lassen Sie bitte Ihr Handy angeschaltet, ich werde mich dann melden."

Biesen nickte, holte einen der Männer in Blau, griff dann zum Handy, stieg telefonierend in den Mercedes und brauste davon.

„Das waren mindestens 70 Sachen. Das wird teuer", rief sie ihm nach und grinste.

Gesa Markowski ließ die gesamte alte Erde des Grundstücks Stück für Stück umgraben, und das wäre bedeutend schneller gegangen, wenn Bauchef Biesens bester Baggerfahrer nicht zeitgleich im Sana Klinikum an der Weser gelegen hätte, wo er sich einer Notoperation seines geschundenen Herzens unterziehen musste. Sie fanden weitere Knochen, exakt an jener Stelle, wo Karl heute Morgen um kurz nach acht das erste Mal angesetzt hatte, sie sammelten und ordneten sie, während sich der Bagger durch das gesamte Grundstück arbeitete, aber außer nicht mehr ganz astreiner Erde förderte er nichts zutage.

Sie hatte Krause die Aufsicht übertragen und war zurück ins Präsidium gefahren. Er rief am Nachmittag an, klang einigermaßen gelangweilt und verkündete ihr, dass sie auf weiteren 150 Quadratmetern bisher rein gar nichts gefunden hatten, dafür auf fünf Quadratmetern relativ viel.

„Wenn die Knochen alle zur selben Person passen, und das müssen unsere Kollegen ja noch prüfen, dann haben wir es hier mit einer einzigen Leiche zu tun und gut", schnorrte er durch den Hörer.

„Okay, Joachim. Und unsere Leute sind noch alle vor Ort?"

„Die sind hier mit einem Elan dran wie irgendwelche Forscher an der Ausgrabungsstätte von Pompeji. Ziemliche Sucherei ist das."

„Dann komm du doch auch zurück. Ich schick dir eine Streife vorbei, die holt dich ab. Und wenn du hier bist, checken wir die Lage."

„Meine Frau hat sich übrigens eine Sehne durchgeschnitten."

„Und?"

„Ich mein ja nur."

Gesa verdrehte die Augen. „Du willst jetzt aber nicht um kurz nach zwei nach Hause gehen, während wir im Bäckerwinkel Leichenreste aus der Erde holen, oder?"

„Nee, Nee. Sie liegt ja eh in der Klinik."

„Schön, bis gleich."

Sie war zu hart mit ihm, das wusste sie. Aber nach Brinkers Weggang war sie irgendwie in diese Rolle hineingewachsen. Damals, mit ihm, hatten sie in vielen Fällen ein Duo auf Augenhöhe gebildet, da hatte es kein *Ich sag dir jetzt mal, was du tust* gegeben. Sicher, er war ihr Chef gewesen, auf dem Papier, und meistens war es sein Instinkt gewesen, der am Ende den Ausschlag gegeben hatte, doch ohne sie hätte auch er damals vieles nicht geschafft.

Dann war sie in seine Position gerutscht, und der ruhige Krause, der zehn Jahre älter war als sie und viel zu abgestumpft, um noch jeden Tag Emotionen in seinem Job zu entwickeln, war ein idealer Befehlsempfänger. Ihr gefiel diese Machtrolle überhaupt nicht, aber ihr Chef lobte sie dafür, und sie war erfolgreich damit, also spielte sie sie weiter.

Krause hatte längst aufgelegt, doch sie hielt den Hörer immer noch in der Hand und klopfte damit gedankenverloren gegen ihr Kinn.

„Gesa Markowski, du brauchst einen Mann", sagte sie leise zu sich selbst. Dann legte sie auf, nahm sofort wieder ab und wählte die 29. „Chef? Hier Markowski. Wir haben einen Totenkopf und Knochen gefunden. Im Bäckerwinkel, dem Neubaugebiet. Haben Sie gerade mal Zeit?"

Sie legte auf und musste über sich selbst lachen. Den dicken Marquardt hatte sie mit dem Mann, den sie brauchte, nicht gemeint.

Sie besprachen das Wesentliche. Gesa bestand darauf, erst mal kein Wort an die Medien weiterzugeben. Sie würden Krause bitten, sich mit Biesen in Verbindung zu setzen, sie selbst hatte keinen Nerv auf diesen Typen. Viel versprach sie sich von dem Bauunternehmer nicht. Dass er auf seinem eigenen Gelände eine Leiche verscharren würde, war nahezu ausgeschlossen.

Am Nachmittag rief sie im Krankenhaus an. Der Zustand von Karl Rabbatz war stabil. Er hatte einen schweren Herzinfarkt erlitten, sein dritter bereits, wie ihr der zuständige Arzt berichtete, der den Baggerfahrer schon einige Male zuvor in Behandlung gehabt hatte. Vernehmungsfähig sei er frühestens in ein, zwei Tagen.

„Aber was wird der uns sagen?", fragte sie sich halblaut, und Marquardt antwortete mit seinem gewohnt großherzigen Behüterblick, den sie so an ihm schätzte. Und dass er jeden duzte, sich aber konsequent von allen siezen ließ, machte ihr überhaupt nichts aus. „Was der uns sagen wird, Gesa? Dass er sich in seinen Bagger gesetzt und gebuddelt hat, und plötzlich lag da ein Schädel in seiner Schaufel. Mann, was für ein Scheißtag für den armen Kerl."

„Wie alt könnte die Leiche sein?", fragte sie.

„Ich kann das nur grob schätzen. Wenn sie in irgendwas eingewickelt war, Tücher oder was weiß ich, dann hat sie sicher länger gehalten. Landwirtschaftlich genutzter Boden ... obwohl, war das immer eine Wiese? Standen da nicht früher mal Bäume? Ich weiß es nicht. Sieben, acht, neun Jahre vielleicht, bis so eine Leiche verwest ist. Aber das wissen unsere Laborspezis besser als wir."

„Krause hat gesagt, die brauchen einen Tag."

„Siehst du. Also kannst du jetzt erst mal so furchtbar viel gar nicht tun."

Gesa kaute, ohne es zu merken, auf einem Kugelschreiber herum. „Ich frage mich nur, wer da unbemerkt jemanden verbuddelt. Die Leiche lag ja relativ nah am Rand."

„Du glaubst gar nicht, was die Leute alles nicht mitkriegen. Soweit ich weiß, ist die Fläche da oben doch ewig nicht genutzt worden, zuletzt in den Neunzigern." Gesa nickte gedankenverloren. In einer Welt, in der Nachbarn jahrelang Geiseln im Keller hielten, war in der Tat alles denkbar.

Es klopfte. „Ja, bitte?"

Krause stand in der Tür.

„Tach auch."

„Ach, Joachim, das ging ja schnell. Und, buddeln sie noch?"

„Ein Kollege ist mit dem Schädel schon mal in die Rechtsmedizin gefahren. Die anderen suchen noch. Geht aber wohl vor allem um die letzten Reste."

„Wir halten die Medien erst mal raus, Joachim“, schaltete sich Gesa ein.

„Echt? Und wie soll das gehen? Da braucht doch nur einer von diesen Bauaffen einen von der Zeitung kennen, ach was, der muss doch nur heute Abend in der Kneipe einen erzählen ... was meinst du, wie schnell das rum ist. Wir sind hier nicht in Hannover. Und wenn das erst einer auf Facebook postet ...“

„Er hat recht, Gesa“, warf Marquardt ein. „Besser, wir machen gleich reinen Tisch.“

Aber Gesa schüttelte den Kopf. „Lassen Sie uns erst einmal warten, was die Kollegen für uns haben. Dann können wir wenigstens was erzählen. Obwohl das sowieso egal ist, der Polt hat diese Woche Dienst bei der Hamelner Wochenpost.“

„Stimmt“, sagte Marquardt, „das sieht man immer an den Kürzeln unter den Texten.“

„Das sieht man an den unfassbar schlechten Überschriften. Zäh wie Kleister - die Rede vom Bürgermeister. Haben Sie das gelesen? Stand am Montag drin. Unfassbar. Wahrscheinlich schreibt er für nächste Woche dann: Leichenteile im Wohnparadies - wird Familienidylle zum Geisterviertel? Oder was weiß ich fürn Scheiß.“

Krause stand immer noch in der Tür und sah gelangweilt aus.

„Was ist, Joachim? Liest du keine Wochenpost?“

„Nee, nur Tageszeitung. Richtige Nachrichten.“

„Ach so“, antwortete Marquardt mit ironischem Unterton.

„Die Wochenpost ist also nur Geschreibsel. Aber viele lesen diesen Müll.“

„Ich nicht. Ich hol uns erst mal Kaffee.“

Krause schloss die Tür und verschwand im Flur.

Marquardt betrachtete die Tür eine Weile. „Wie lange arbeitet ihr beide jetzt zusammen?"

Sie verschränkte die Arme hinter dem Kopf. „Gefühlt? Hundert Jahre."

Marquardt lachte gequält. „Seit knapp sieben Monaten doch, oder?"

„Kommt hin, ja."

„Hast du mal was von Brinker gehört?", fragte er sie.

„Ja, habe ich. Wir haben vor ein paar Wochen das letzte Mal telefoniert. Er arbeitet wieder."

„Das weiß ich", antwortete Marquardt, „und das nicht im Innendienst. Ich hatte es ihm ja gesagt."

Gesa erinnerte sich daran, wie sie abends telefoniert hatten. Zuerst über den Job. Dann nur noch über Musik und Filme. „Denen ist einer ausgefallen, und schon stand er in einem Team und ermittelte gegen einen Bauern, der seine Schwester abgefackelt hatte. Und er hat ihn überführt."

Marquardt schaute nachdenklich aus dem Bürofenster und starrte auf die Zentralstraße. „Aber alles rund läuft da für ihn nicht, so wie ich seinen Chef verstanden habe. Er hat mich vor zwei Tagen angerufen. Das mit Job und Kind und seiner Schwiegermutter läuft wohl alles ein bisschen aus dem Ruder. Der ist noch nicht wirklich angekommen im Bergischen Land und reibt sich wohl ziemlich auf, was Bettermann so berichtete. Aktuell arbeiten sie an einem Entführungsfall, eine Frau aus Wuppertal, verheiratet und Mutter eines Kindes. Die Leitung der Ermittlungskommission hat Bettermann aber einer Kollegin übertragen."

„Das wird Moritz nicht schmecken", antwortete Gesa und stellte sich vor, dass Moritz nicht so konnte, wie er wollte. Sie beschloss, ihn in den nächsten Tagen endlich mal wieder anzurufen. Nicht immer nur diese blöden SMS.

Sie spürte wieder das Dröhnen in ihren Schläfen. Es hatte zwischendurch so schön nachgelassen.

„Chef? Wenn wir heute nichts mehr tun können, ich meine ... es ist jetzt halb vier, und ehrlich gesagt dröhnt mein Kopf schon seit gestern."

„Okay, Gesa. Fahr nach Hause. Ich erzähle Krause, du hattest noch Termine. Und er regelt das heute noch mit diesem Biesen."

„Sie können ihm auch einfach sagen, dass es mir schlecht geht."

„Dann bleibt er morgen wegen seiner Alten ganz zu Hause."

„Stimmt auch wieder."

Sie hatte sich ein Eukalyptusbad eingelassen, stand nackt im Badezimmer vor dem Spiegel und betrachtete sich. „Nicht schlecht für eine 42-Jährige", rief sie dem Spiegelbild zu. Sie ging zur Stereoanlage, drückte auf Play, kniete sich in die Wanne, das heiße Wasser brannte anfangs, dann ließ sie sich hineinsinken und atmete tief ein und aus. Sie hatte die Zufallswiedergabe eingestellt, und die Anlage begann mit dem fünften Song.

„There's been some misunderstanding", klagten die Soulsavers. Sie musste lachen. Sieben Minuten dauerte das Stück. Sie schloss die Augen und sang leise mit.

Wuppertal

19 Uhr: Nils anrufen, sagte ihm sein Handy. Moritz Brinker saß bereits im Auto und fuhr durch Langerfeld, kurz vor dem Abzweig Richtung Beyenburg. Er passierte die Vorwerk-Zentrale und drückte auf die Freisprechanlage. „Zu Hause anrufen."

Die monotone weibliche Handy-Stimme antwortete: „Zu Hause wird angerufen."

Nach dreimal Klingeln war Nils dran. „Papa!"

„Hi Großer! Ich bin in zwanzig Minuten zu Hause."

„Ist das viel?"

„Nein, aber vielleicht kannst du dir ja schon mal die Zähne putzen und den Schlafanzug anziehen."

„Ich hab mir heute wieder in die Hosen gemacht, Papa."

Moritz atmete tief durch. „Ich bin ja gleich da."

„Warte, der Opa will dich sprechen. Die Oma ist im Krankenhaus."

„Was?"

Es knackte kurz in der Leitung. „Moritz?"

Ihm wurde heiß und kalt auf einmal. „Hallo Franz. Was sagt Nils da?"

„Sie ist gefallen, im Garten. Es geht ihr schon wieder ganz gut. Komm erst mal nach Hause. Bevor ich das vergesse: Ein Herr Richter hat angerufen, zweimal schon. Sagt dir der Name was?"

Moritz stutzte. Sein Diensthandy war stumm geblieben. Aber es dürfte Henning nicht schwergefallen sein, seine Festnetznummer herauszusuchen.

„Ich rufe ihn nachher zurück." Er legte auf und spürte, wie ihm schwindlig wurde.

Als Moritz seinen Wagen auf den Stellplatz vor dem großen alten Haus seiner Schwiegereltern lenkte, stand Franz in der Einfahrt. Er sah seltsam aus. Irgendwie klein.

Moritz stieg aus. „Hallo Franz. Was ist denn passiert?"

„Sie ist umgefallen. Im Garten. Einfach umgefallen."

„Was? Und wann war das?"

„Gegen zehn, glaube ich. Der Krankenwagen war jedenfalls um Viertel nach zehn da, das weiß ich noch."

„Krankenwagen? Sie ist noch im Krankenhaus? Ach du Schande. Weiß man schon, was …"

Franz zuckte mit den Schultern. „Ein Schwächeanfall? Ich weiß es nicht. Ich habe vorhin mit einem Arzt gesprochen, der sagt, sie muss jetzt erst mal ein paar Tage da bleiben. Weißt du, wo sie die Nudeln hat? Ich habe seit heute Morgen nichts mehr gegessen."

Moritz fiel dazu erst einmal nicht viel ein. Außer: „Wie geht es Nils?"

„Der schaut noch das mit diesem sprechenden Schwamm. So einen Unsinn habe ich ja noch nie gesehen. Aber er wollte das so."

„Er wollte das so?"

„Davor habe ich ihm dieses Buch mit dem blauen Monster vorgelesen. Das ist ja vielleicht auch ein Blödsinn. Stehen denn Kinder heute nur auf sprechende Schwämme und blaue Monster? Was ist aus den guten alten Geschichten geworden, die wir früher zu hören bekamen?" Franz schüttelte den Kopf und ging zurück ins Haus. Moritz folgte ihm.

„Ja, äh, er liebt es … also … das Monster. Seit wann liest du denn vor? Ich meine, finde ich ja gut. Und mir wird auch gerade manches klar. Aber warum hast du mich denn nicht angerufen?"

„Deine Nummer steht in Magdalenes Handy, und du weißt doch, wie ich mit diesen Dingern so bin. Außerdem, es war doch alles in Ordnung."

„Na ja."

„Komm, jetzt nimmst du dir erst mal ein Bier. Ein richtiges. Und nicht immer diese Radler-Brause."

Moritz stand schon mit einem Bein im Treppenhaus. „Lass mich erst nach dem Kleinen sehen. Ich komme dann wieder runter, ja?"

Als er Nils vor dem Fernseher sitzen sah, fielen seinem Sohn schon fast die Augen zu. Trotzdem protestierte er. Moritz lotste ihn mit dem Versprechen, er dürfe sich noch ganz lange Bücher anschauen, Richtung Bett.

Kurze Zeit später setzte er sich zu Franz an den Esszimmertisch. Franz hatte bereits zwei Flaschen Bier geöffnet.

„Prost."

„Ja, Prost."

Er sah dem Alten dabei zu, wie er in einem Zug die halbe Flasche leerte und konnte sich nicht daran erinnern, wann er mit seinem Schwiegervater jemals so dagesessen hatte. Wann er mit Franz überhaupt mehr als das Nötigste gesprochen hatte. Jetzt war es nötig. Und es würde auch etwas mehr werden müssen.

„Du hättest dich melden sollen. Ich zeige dir, wie man das Handy benutzt."

„Sag mal Moritz, wenn ich dich jetzt frage, wie oft du in den letzten Wochen abends zu Hause warst, um Nils ins Bett zu bringen, wie viel du von ihm überhaupt gesehen hast, was würdest du antworten?"

Moritz konnte es nicht fassen: Franz saß seelenruhig am Tisch und sagte Magdalenes Text auf. Nur anders.

Er sagte es nicht vorwurfsvoll, sondern irgendwie analytisch. Er wertete nicht, er zählte auf. Und Moritz konnte nicht mehr mitzählen.

„Drei-, viermal, glaube ich."

„Zweimal. Und davon einmal auch nur, weil Magdalene und er bis kurz vor acht auf dich gewartet haben, obwohl ihm schon die Augen zufielen. Und bitte, sag jetzt nicht, dass es nicht anders ging. Ich weiß, dass es nicht anders geht, ich habe auch mal gearbeitet. Nein, ich habe malocht. Damals, bei der Bahn, das war Maloche, glaub mir. Aber Nils hat nun mal keine Mutter mehr, das ist sein Dilemma. Und deins."

Die Worte schmerzten ihn, gerade weil Franz so nüchtern mit ihm sprach. Bisher war Franz immer nur eine Randfigur gewesen, ein lustiger Statist.

„Glaubst du, es war zu viel für sie? Die letzten Wochen?", begann Moritz.

„Was heißt zu viel? Die Frau ist 67 Jahre alt und verdammt fit. Aber sie macht ja auch alles. Sie kauft für uns alle ein, auch für dich, sie macht Essen, sie führt praktisch zwei Haushalte, sie kümmert sich jeden Tag um deinen Sohn, wenn er im Kindergarten was anstellt oder diese ... diese Phasen da hat. Dann sprechen die Erzieherinnen mit ihr, sie berichten ihr davon. Und heute Morgen ist sie, als sie im Garten was ausgraben wollte, einfach aus den Schuhen gekippt. Wenn man dem Arzt glauben kann, wird sie eine Woche drinbleiben. Sie will das natürlich nicht. Aber sie muss."

Moritz leerte sein Bier und öffnete die zweite Flasche.

Franz grinste. „Also heute kein Joggen, wie ich das sehe?"

„Nee. Ich weiß übrigens, wo sie die Nudeln hat. Und die kriege ich auch noch halbwegs gekocht, denke ich."

„Das ist ein Anfang."

Eine Viertelstunde später kauten sie auf Spaghetti, die sehr al dente waren, garniert mit einer Fertigsoße, die etwas heißer hätte sein können, aber sie wurden satt.

„Nils hat da aber einen netten Freund, diesen Sam." Franz sprach wie immer mit halbvollem Mund. Und er sprach den Namen mit einem A aus. Wie Samweis Gamdschie aus „Der Herr der Ringe".

„Habt ihr seine Mutter?"

Moritz blieb der Bissen im Halse stecken. „Was?"

„Diese Kindergärtnerin hat es mir erzählt. Die dachte wohl, ich wüsste schon davon."

Moritz spürte, dass seine Unterlippe vibrierte. Er überlegte krampfhaft, was er darauf entgegnen sollte. Er durfte kein Wort über den Fall verlieren, dann wüsste es morgen ganz Beyenburg. Wenn sie es nicht jetzt schon wussten.

Er schwieg, und Franz nickte bedächtig. „Verstehe, du darfst nichts darüber sagen. Also bist du an dem Fall dran."

Moritz betrachtete seinen Schwiegervater, der ihm immer so fremd und weit weg erschienen war. Es steckte mehr in dem Alten, als ein schrulliger Modelleisenbahner, der auf Zweitligafußball stand.

Franz leerte seinen Teller und trank einen großen Schluck Bier. Er schaute Moritz lange an, ehe er zu sprechen begann. Im Gegensatz zu Saskia Berger musste er dabei nicht so tun, als sei er wichtig. Er war es. „Du wirst also die nächsten Tage nicht viel zu Hause sein können."

Moritz schüttelte den Kopf.

„Ja, dann gibt es eben eine Woche Pizza und Pommes. Den Backofen bedienen kann ich. Du kaufst alles ein, so dass wir hier eine Woche versorgt sind. Dann wird halt eine Woche lang nicht groß geputzt oder gebügelt oder was weiß ich, was Magdalene den lieben langen Tag alles macht. Ich bring den Kleinen wenn es sein muss morgens in den Kindergarten. Sitzt er halt im Fahrradanhänger, das Ding hat ja ein Dach, wenn es regnet." Moritz musste unwillkürlich lächeln, als ihm einfiel, dass Franz nach einem Wildunfall vor einigen Jahren von jetzt auf gleich das Autofahren eingestellt hatte. Er liebte sein Elektrorad, das er hier in Beyenburg auch wirklich brauchen konnte. Franz fuhr fort: „Aber dann wird nicht diskutiert, Moritz. Nicht über das Essen, nicht über eine Stunde Fernsehen zu viel. Nicht über vier Stunden Modellbahn. Ich diskutiere mit Magdalene seit Jahren nicht mehr. Also fange ich mit dir jetzt nicht damit an. Für eine Woche läuft es dann mal auf meine Weise."

Moritz fiel keine Antwort ein. Er nickte nur stumm und fragte sich für einen Moment, wer da vor ihm saß. Fast schien es so, als hätte Franz nur darauf gewartet, dass das Haus endlich wieder ihm gehörte. Ein boshafter Gedanke, aber er hatte was. Er traute es Franz zu. Immerhin hatte er auch diesen Tag über die Bühne gekriegt.

„Okay, Franz", sagte Moritz nach einer Weile. „Aber tu mir bitte einen Gefallen: Das, was dir die Erzieherin da heute gesagt hat ... behalt es bitte für dich, ja? Das ist wichtig."

Franz nickte, und seine Augen verengten sich, als er sich zu Moritz herüberbeugte. „Und du tust mir einen Gefallen. Uns. Vor allem deinem Sohn: Wenn du diesen Schweinehund hast, der diesem Sam seine Mutter weggenommen hat, dann nimmst du dir Zeit. Du nimmst dir so viel Zeit, wie nötig ist. Sonst wirst du mich kennenlernen."

Moritz spürte einen Schauer auf dem Rücken, gerade weil Franz so ruhig gesprochen hatte. Aber es waren die Worte selbst, die durch ihn hindurchdrangen. Er reichte seinem Schwiegervater die Hand. „Versprochen, Franz."

Franz nahm sie und nickte. „Gut. Und jetzt guck ich Europa League. Du auch?"

Moritz schüttelte den Kopf. „Nein, ich ... brauch mal einfach eine Stunde für mich."

Etwas später saß er im Papazimmer. Es war kurz nach neun, draußen wehte ein kühler Oktoberwind ums Haus und ließ die Dielen knarren. Er schaltete die alte Veltins-Lampe ein, die als überdimensionale Bierflasche in einer Ecke an der Wand hing. Julie hatte sie ihm vor Jahren von einer Dienstreise mitgebracht.

Im Hintergrund lief Nighttime Birds von The Gathering. Er fragte sich, warum nur Holländer und Skandinavier zu vernünftiger Musik in der Lage waren. Nein, ganz so war es nun auch nicht. Nick Cave war Australier. Und es gab noch einige andere Gute. Er schloss die Augen, während der Titelsong des Albums begann, und die Nachtvögel glitten, getragen von einer wunderbar theatralischen Gitarre, in die Dunkelheit hinein.

Er hatte Henning Richter nicht angerufen. Aber das Telefon lag in seiner Hand.

Er dachte an das seltsame Gespräch heute mit Saskia Berger. Mit dem Abstand einiger Stunden konnte er sie verstehen, denn er hätte es umgekehrt genauso gemacht. Eine Ermittlungskommission braucht eine Führung, sie braucht eine Struktur, sie braucht Regeln, die es einzuhalten gilt. Er war wütend, dass sie die Sache mit dem Tschetschenen versaut hatten. Gleichzeitig fühlte er sich ohnmächtig, was den Fall Laura Richter anging.

Denn sie hatten nichts.

Es war wie am Anfang bei Bauer Marten, als sie nach zwei Wochen Ermittlung mit leeren Händen dastanden. Nach zig Verhören und Befragungen. Er hasste es, auf den zweiten Brief warten zu müssen. Wenn der denn je kam. Er hasste es, was diese Menschen durchmachen mussten. Dieses Warten. Diese Leere. Diese Angst.

Die einsame Gitarre war gerade dabei, immer leiser werdend, in der Nacht zu verschwinden, als das Display des Telefons aufleuchtete. Er erkannte die Nummer und ließ es viermal klingeln. Dann spürte er seinen Instinkt. Er nahm ab. „Hallo Henning, wie geht es dir?"

Es knackte kurz in der Leitung. „Moritz? Ja, hallo. Es ist spät, ich weiß."

„Nach neun halt."

„Ich hatte es schon mal versucht, extra bei dir zu Hause. Ich glaub, ich habe da heute was Blödes gesagt zu deiner Kollegin. Sie wirkte sehr verärgert, als ich ihr von unserem Treffen gestern berichtete. Ich hatte mir da gar nichts bei gedacht, aber das … hätte ich mal besser."

Moritz starrte in die Dunkelheit hinaus. „Ist aber nicht deine Aufgabe, dir um unsere Strukturen hier Gedanken zu machen. Du hast genug um die Ohren."

„Also hattest du Stress meinetwegen? Das tut mir echt leid. Dann leg ich jetzt besser auf."

Ja, dachte Moritz, das solltest du. Und ich sollte das auch. Und dann sind wir beide allein mit unserem großen … Albtraum.

Aber Henning Richter legte nicht auf. „Mal ganz ehrlich: Ihr habt nichts, oder? Ihr habt immer noch nichts."

„Die Entführer werden sich melden. Ich bin sicher … Moment mal eben." Er nahm den Hörer herunter. Das Album war zu Ende gegangen, er drückte noch einmal auf Play. Im Hintergrund erklang die Musik von Neuem. Was sollte er Henning Richter jetzt sagen? Dass sie dieses Telefonat gar nicht führen durften? Dass er gar nicht hätte abnehmen sollen?

„Moritz? Bist du noch da?"

„Ja, bin ich. Wie geht es dir?"

„Ich habe versucht zu arbeiten, es ging ein paar Stunden gut, ich habe zwei Projekte abgeschlossen, bin nicht zufrieden damit, aber sie sind fertig. Um vier habe ich angefangen zu trinken. Sam hat einen Freund besucht, sie waren schon seit einer Woche verabredet. Eigentlich wollte er zu Nils. Jetzt will er morgen zu euch, hat Nils das erzählt?"

„Nee, er war wohl zu müde." Moritz seufzte. „Die Kids machen das ständig: Sie verabreden sich im Kindergarten für gleich und wir müssen das dann organisieren."

„Die beiden haben wohl den Nachmittag über geturnt. Sie scheinen sich echt gut zu verstehen."

„Ja, scheint so."

Es schien nicht nur so. Nils sprach jetzt immer häufiger von Sam. Er sprach von Sams Mutter, die auch weg war, er sprach nicht mehr von Mia oder von Jolie, obwohl gerade Mia ihm heute offenbar so gut getan hatte. Aber Moritz wusste, wie schnell das bei Kindern ging: Plötzlich war Sam angesagt, am nächsten Tag war es dann wieder Niklas und am übernächsten Emma.

„Auch wenn ich diese ganze Lügerei noch irgendwie aufrechterhalte", fing Henning wieder an, „er hat seit drei Tagen nichts von seiner Mutter gehört. Das gab es noch nie. Seine Mutter ist immer da für ihn, wenn auch ..."

„Wenn auch?"

Stille. Moritz horchte auf. Er war sicher, dass Henning Richter mitten im Satz beschlossen hatte, dass er ihn nicht zu Ende sprechen durfte. Das war nicht das erste Mal und wieder gerade noch rechtzeitig, wie es schien.

„Hallo?"

„Ja, na ja, sie streiten sich schon oft. Laura ist nicht gerade die Geduldigste. Und Sam kann ein Monster sein."

„Sie können alle Monster sein, Henning. Frag mich mal nach meiner Geduld morgens früh um sieben."

Henning lachte am anderen Ende der Leitung. „Na jedenfalls: Ich könnte morgen Nachmittag mit Sam zu euch kommen. Wenn du dann nicht da bist, das wäre ja nicht weiter schlimm, oder? Sind denn deine Schwiegereltern zu Hause? Mir fällt hier ohnehin die Decke auf den Kopf. Dieses Nichtstun, das macht mich ... und Sam ist dann auch ein bisschen mehr abgelenkt."

„Meine Schwiegermutter ist seit heute im Krankenhaus."

„Was? Ach du Schande."

„Halb so wild. Kriege ich schon hin. Also morgen ..."

Moritz wusste, er sollte Nein sagen. Er könnte es Henning Richter auch ganz einfach erklären, ohne sich dabei in irgendeiner Weise zu entblößen. Hör zu, auch wenn unsere Kinder in denselben Kindergarten gehen und gerade dabei sind, Freunde zu werden, auch wenn wir auf Schloss Burg mal vor Wochen ein bisschen Spaß bei irgendeiner lustigen Spielerei hatten und danach an einem Freitag mal eine Runde gequatscht haben, und auch wenn ich einsam bin und in dieser Scheißstadt kaum einen kenne und du offenbar auch nicht den größten Freundeskreis hast: Das geht nicht. Das verstehst du doch sicher, oder? Wir tun, was wir können in diesem Fall, denn nichts anderes ist es, was uns zusammengeführt hat, allein dieser Fall, und ich kann mitfühlen, wie es dir geht, aber das war es dann auch. Und bitte, wende dich bei allem, was diesen Fall betrifft, direkt an meine Vorgesetzte Saskia Berger.

Aber er sagte Ja.

Wuppertal

Um kurz nach sieben am nächsten Morgen empfing die Erzieherin Moritz und Nils mit einem Lächeln. „Na, du Turner, gut geschlafen?“ Nils nickte und hänge seinen kleinen Rucksack auf. Moritz nahm die Erzieherin beiseite. „Haben Sie mal eine Minute?“

„Klar.“ Sie wandte sich an Nils. „Suchst du ein Buch zum Vorlesen aus? Ich komme gleich!“ Nils rannte in die Gruppe und stürzte sich auf die Bücherkiste. „Das Turnen mit Sam hat ihm gut getan. Den ganzen Nachmittag über war er völlig normal. Sam tut ihm einfach gut, glaube ich. Und was kann ich für Sie tun?“

Er blieb stehen und schaute sie an. „Sie können mir und Herrn Richter und diesem Stadtteil einen Gefallen tun: Sprechen Sie mit niemandem über Laura Richter. Mit niemandem.“

Sie nickte verschüchtert und brachte keinen Ton heraus.

„Hier, die bunte Kinderbibel!“ Nils stand plötzlich in der Tür und hielt ein großes schweres Buch hoch.

„Klasse, Großer. Bis später!“, rief Moritz seinem Sohn zu, ließ die Erzieherin stehen und rannte zum Ausgang.

Zwei Minuten später saß er im Auto.

Eine Viertelstunde später kam Henning Richter im Kindergarten an.

Eine Stunde später stritten sich Nils und Sam um ein Spielzeug.

Zwei Stunden später klingelte das Telefon von Saskia Berger.

Henning Richter hatte Post bekommen.

„Lösegeldübergabe am morgigen Samstag, 18 Uhr. Schicken Sie um 17 Uhr eine SMS an die unten stehende Handynummer. Sie erhalten dann eine SMS mit dem Übergabeort zurück. Eine Person kommt in einem Auto dorthin. Sie legt das Geld in einem Jutebeutel dort ab. Sie wird beobachtet. Wenn sie keinen Fehler macht, wird die Geisel eine Viertelstunde später dort auftauchen. Wenn die Person einen Fehler macht oder die Polizei einschaltet oder die Geldübergabe platzt, ist die Geisel tot."

Keine weiteren Angaben. Sie hatten die Nummer sofort angerufen, ohne Ergebnis. Sie hatten die Handynummer überprüfen lassen. Irgendein Prepaid-Handy.

Paul Bettermann hatte den Brief in der letzten Stunde immer und immer wieder gelesen. Sie hatten ihn auch Daniel Schieber gegeben, dem Kriminalpsychologen. Schieber, der bei allem, was er sagte, in etwa so emotional wirkte wie ein Henker bei der Vollstreckung, hatte ihn analysiert. Jetzt saß er mit am Tisch und machte sehr gewählt seine Ausführungen: „Sehr clever. Es ist weder die Rede davon, wer das Geld hinterlegen soll, noch ist der Name der Frau genannt. Aber er geht fest davon aus, dass das Geld beschafft wird. Demnach weiß er auch, dass Sie, Herr Kotthaus, in der Lage sind, es zu besorgen. Das setzt er einfach voraus. Womöglich kennt der Täter Sie. Sie und Ihre Familie. Laura Richter ist also kein Zufallsopfer, sondern bewusst ausgewählt worden. Wir wissen nur nicht, ob es einer ist ob es mehrere sind. Und der oder die Täter haben Laura Richter in keinerlei Beziehung gesetzt. Ihre Tochter, Ihre Frau, deine Mutter – diese Formulierungen sind alle nicht vorhanden. Er hat das Mindeste von sich preisgegeben: Er weiß, dass Sie Geld haben."

„Das wissen viele Leute", antwortete Dieter Kotthaus mit seiner tiefen, fast grollenden Stimme.

„Ja, Herr Schieber, und was sagt uns das jetzt?" Bettermann konnte Schiebers Analysen nur schwer ertragen.

Schieber fuhr fort: „Das sagt uns, dass wir, wenn Sie nicht noch irgendwelche Spuren am Papier finden, absolut keine Ahnung haben, mit wem wir es da zu tun haben."

Bettermann wandte sich an Henning Richter, der seinen Kopf seit Minuten auf die Hände gestützt hatte. „Herr Richter?"

Wie aus einer Trance schreckte er hoch. „Entschuldigung."

„Und der Brief lag also heute Morgen vor Ihrer Haustür, nachdem Sie vom Kindergarten wieder zurück waren?"

„Ja."

„Wie war das beim ersten Schreiben gewesen?"

„Es hatte morgens im Briefkasten gelegen. Keine Ahnung, wann ..."

„Schon gut."

Bettermann, mit Einmalhandschuhen an den Händen, nahm den Brief mit der Pinzette vom Tisch und reichte ihn Tim Plöger. „Bitte dieselbe Prozedur wie beim letzten Mal. Nicht, dass ich mir diesmal irgendwas davon verspreche, aber ... und anschließend fahren Sie nach Beyenburg und befragen dort die Nachbarn, ob sie ein unbekanntes Auto gesehen haben, einen Motorradfahrer, einen Radfahrer, einen Fußgänger, was weiß ich. Irgendwer hat heute Morgen vor der Haustür der Richters gestanden. Das ist doch – Entschuldigung, meine beiden Herren – ein Kaff da unten. Da kennt doch jeder jeden. Da rennen die Leute doch schon aus dem Haus, wenn mal ein Krankenwagen durch die Siedlung fährt. Also kriegt man da auch was mit."

Plöger nickte, verschwand mit dem Brief, und er sollte auch diesmal keine Spuren finden. Und auch niemanden, der in Beyenburg irgendetwas gesehen oder gehört hatte.

Dieter Kotthaus, dieser große kräftige Mann mit den mächtigen Händen und dem fast vollen, weißen Haar, saß neben Henning Richter und atmete tief durch. Er legte seinem Schwiegersohn die Hand auf die Schulter und sah ihn lange an: „Morgen ist es vorbei."

„Das kann ich niemals wiedergutmachen, Dieter."

Dieter Kotthaus fuhr erbost zurück. „Jetzt hör aber auf! So einen Scheiß will ich nie wieder hören!"

„Wer macht es? Wer übergibt das Geld?" Saskia Berger schaltete sich ein. Seit ihrem Zwiegespräch auf dem Flur gestern hatten sie und Moritz jeden Blickkontakt und auch jedes Wort so weit wie möglich vermieden, und sie wussten beide, dass sich das schnell wieder ändern musste.

„Ich mache das selbst." Wieder die tiefe Stimme von Dieter Kotthaus. Henning Richter schaute ihn entgeistert an. „Was? Bist du verrückt? Und wenn die Sache schiefläuft? Wenn dich irgendeiner von denen abknallt?"

„Willst du es vielleicht machen, Henning? Und wenn dann irgendwas schiefläuft? Und dich irgendeiner abknallt? Und Sam keinen Vater mehr hat?"

Henning Richter schnaubte, aber er schwieg.

„Dein Schwiegervater hat so Unrecht nicht, Henning." Es war das erste Mal, dass Moritz etwas beitrug. „Und wir sind ja dabei."

„Was? In dem Brief steht doch keine Polizei."

Daniel Schieber beugte sich vor.

„Unser Entführer ist nicht auf den Kopf gefallen, Herr Richter, das ist eindeutig. Und er weiß natürlich, dass wir jetzt hier zusammensitzen. Er wäre naiv, wenn er das Gegenteil annähme. Aber er muss das sagen, damit er ernst genommen wird, damit er Druck aufbauen und Sie verunsichern kann. Ein Sondereinsatzkommando wird Sie natürlich begleiten und zwar ..."

„Und zwar, Herr Schieber", unterbrach ihn Bettermann, „organisiert das alles Frau Berger in Absprache mit mir. Und das macht sie mit Sicherheit sehr gut und so, dass es niemand mitbekommt. Aber danke für Ihre Analyse."

„Ich kann auch gehen."

„Ja, wenn Sie noch zu tun haben, dann … bitte."

Schieber nickte in die Runde und empfahl sich.

Henning Richter wippte nervös auf seinem Stuhl herum. Immer wieder suchte er Moritz Brinkers Blick, was Saskia Berger nicht entging. Nur gut, dachte Moritz, dass sie nichts von unserem Telefonat gestern Abend ahnt. „Wie wollen Sie eine Geldübergabe planen, wenn Sie erst eine Stunde vorher den genauen Ort erfahren?", fragte er. „Das kann mitten in Wuppertal sein oder auf Schloss Burg oder im Remscheider Allee-Center. Oder in Köln-Süd, was weiß ich."

„Es muss ein Ort sein, den wir binnen einer Stunde erreichen können", ergänzte Dieter Kotthaus.

„Ja, Dieter. Das kann auch Gelsenkirchen sein."

Also plante das Team um Saskia Berger und Moritz Brinker eine Geldübergabe ohne Ort. Dieter Kotthaus, der ob seiner Entscheidung, die Übergabe des Geldes zu übernehmen, einigen Ärger mit seiner Frau bekam, sollte mit seinem Wagen vorneweg fahren, wohin auch immer. Dahinter, in einem Zivilfahrzeug, folgten ihm Moritz Brinker und Saskia Berger. Henning Richter bestand darauf, mit im Wagen zu sitzen. Aber Moritz war anderer Meinung. „Kümmere du dich um deinen Sohn. Was immer auch passiert, du solltest bei ihm sein. Nicht bei uns. Du kannst ohnehin nichts tun." Saskia Berger nickte zustimmend. Immerhin etwas, dachte Moritz. Sie wollten außerdem je nach Ort fünf Kollegen zu Fuß oder zwei auf zivilen Motorrädern einsetzen.

„Was ist mit einem Hubschrauber?", fragte Dieter Kotthaus.

Saskia Berger schüttelte den Kopf. „Zu auffällig. Er könnte dann die Nerven verlieren. Und das Risiko möchte ich nicht eingehen."

„Was bleibt uns jetzt?", fragte Henning Richter.

„Warten", antwortete Moritz. „Auf Samstag, 17 Uhr."

Dann die Szenarien.

Ja, er hat mich hier eingesperrt. Er hat mich entführt.

Nein, er hat mich nicht angerührt. Es geht hier nicht um Sex.

Nein, er hat mich nicht umgebracht. Es geht hier nicht um Mord. Jedenfalls noch nicht.

Er hat kein Wort gesprochen.

Er erpresst jemanden. Er will Geld.

Von meinem Vater. Das hatten wir ja schon. Es kann nur mein Vater sein.

Dann die Müdigkeit.
Und immer die Angst.

Hameln

Als Gesa Markowski ins Büro kam, waren ihre Tage vorbei und die Migräne hatte sich verabschiedet. An ihrem Telefon klebte ein Zettel: „Horst anrufen." Der Zettel stammte von Krause, das erkannte sie nicht nur an der Handschrift, sondern auch am sparsamen Inhalt.

Horst war der Leiter der Rechtsmedizin, er hieß mit Nachnamen so, aber alle nannten ihn Hotte. Nur Krause blieb beharrlich beim förmlichen „Herr Horst". Sie musste dann immer an den Song von Mando Diao denken.

Sie stellte ihre Tasche ab und rief Hotte an.

„Horst?"

„Tach Hotte."

„Gesa, hi! Ich hatte schon versucht, dich zu erreichen."

„Gestern? Da bin ich etwas eher …"

„Nein, heute Morgen. Allerdings schon um sechs. Dann noch mal um halb acht." Sie schaute auf die Uhr. Jetzt war es halb neun.

„Um sechs. Wieso rufst du um sechs hier an?"

„Keine Ahnung. Einer ist doch immer da bei euch. Heute hatte ich Krause dran."

„Was? Krause war um sechs Uhr …?"

„Ist auch egal, Gesa. Jedenfalls: Ich hatte gestern wohl wieder ein, zwei Kaffee zu viel und hab einfach durchgemacht. Um es gleich zu sagen: Die alte Dame ist relativ komplett."

Gesa drehte sich um und drückte den Knopf der Kaffeemaschine, den Hörer ans Ohr geklemmt. „Aha, wir haben es also mit einer Frau zu tun. Gute Arbeit."

„Ja. Uns fehlen einige Rippenknochen und Teile der Wirbelsäule. Vom Becken ist noch ungefähr die Hälfte übrig, ein Fuß fehlt völlig. Eignet sich also nicht mehr für den Biounterricht."

„Scherzkeks. Wie gut ist der Kopf erhalten?"

„Fast vollständig. Und dieser Kopf verrät uns auch einiges. Am besten du kommst kurz rüber."

„Ich fliege." Sie legte auf und vergaß den Kaffee. Hotte hatte auch welchen.

Auf dem Flur traf sie Krause. „Hast du den Zettel gefunden?", sprach er sie gleich an.

„Wir früh warst du eigentlich hier?", entgegnete sie. „Um sechs?"

„Ich saß schon um sieben bei diesem Herrn Biesen, der hatte gestern keine Zeit mehr und hat mich für heute Morgen in sein Büro gebeten. Und vorher habe ich kurz hier reingeschaut. Und ich war kaum da, da klingelte das Telefon."

Sie schaute ihn ernst an. „Also noch mal. Biesen sagt dir, er kann nicht, und du schluckst das einfach so? Und lässt dich dann für sieben Uhr herbestellen?"

„Ich hab ihn im Auto erwischt, er sagte, er sei auf dem Weg nach Hannover zu einem Termin und komme erst nachts zurück. Was hätte ich denn machen sollen?"

„Hat er wenigstens was Brauchbares von sich gegeben heute Morgen?"

„Nicht viel. Aber fahr du erst mal. Soll ich mitkommen?"

„Nee, ich mach das schon."

Sie war froh, wenn er nicht neben ihr im Passat saß und mit seiner Frau telefonierte. Sie stand schon halb im Aufzug, da probierte sie es trotzdem mit ein bisschen Höflichkeit. „Joachim? Was macht eigentlich …“ er hörte ihre Stimme und drehte sich um, doch in diesem Moment schloss sich die Fahrstuhltür, „… deine Frau?“

Hotte empfing sie in seinem Büro. Sie konnte nicht fassen, dass er wirklich die Nacht durchgemacht hatte. Er saß perfekt gestylt hinter seinem Schreibtisch, die kurzen grauen Haare waren mit exakt der richtigen Menge Gel versorgt, auf der Nase trug er seine neue Brille mit dem schwarzen Rahmen, die ersten beiden Knöpfe seines hellgrauen Hemdes waren aufgeknöpft, und bei ihm sah das cool und nicht peinlich aus, obwohl er fast fünfzig war. Sie wollte am liebsten loskichern. Sie stand auf ihn, und er wusste das. Sie hatten mal was miteinander gehabt, es war Jahre her, aber er hatte es danach vorgezogen, bei seiner Frau zu bleiben, und sie hatte sich damals eine längere Beziehung ohnehin nicht vorstellen können. Heute war das anders.

Er stand auf, umarmte sie, Küsschen-Küsschen. „Gut siehst du aus“, begrüßte er sie.

„Nein, du siehst gut aus. Für einen, der durchgemacht hat, sogar richtig gut ...“, jetzt musste sie wieder aufpassen, „...doch, du kannst dich sehen lassen.“

„Es lebe die Bürodusche.“

Sie erinnerte sich, die Dusche hatte er sich einbauen lassen, irgendwann vor Jahren. Jetzt zog Hotte sich seinen weißen Kittel über. „Na, dann komm mal mit. Ich zeig dir was.“

„Bin gespannt.“

Sie war überrascht, wie effizient Hotte und auch sein Team gearbeitet hatten. Er selbst war nicht am Fundort gewesen, aber er hatte verdammt gute Leute. Vor ihr auf einer Bahre lagen große Teile des Skeletts einer etwa 1,70 Meter großen Frau. Der Schädel war fast vollständig.

„Dann leg mal los."

„Schön. Ich fange mal klein an. Sie lag etwa sieben bis acht Jahre da oben in der Erde. Als sie starb, muss sie Anfang 30 gewesen sein. Wir haben an den verschiedenen Körperstellen verschiedene Partikelchen von Stoff gefunden, unterschiedliche Farben. Ich schätze die Konfektionsgröße auf 38, die Schuhgröße dürfte ebenfalls um 38 bis 39 liegen. Sie war wahrscheinlich vollständig bekleidet, als sie vergraben wurde. Außerdem haben wir überall noch graue Stoffpartikelchen gefunden, vielleicht von einer Decke." Er schaute auf. „Der Boden selbst ist allerdings auch sehr speziell ..."

„Weil die Knochen so gut erhalten sind, meinst du?"

„Nein, die Kollegen haben bei der Gelegenheit natürlich auch gleich mal eine Bodenprobe genommen, um noch genauer nachvollziehen zu können, wie lange unsere alte Lady da oben unter der Erde lag. Die wird gerade noch untersucht, aber eine erste Analyse ergab, dass der Boden dort wohl stark belastet ist."

Gesa lächelte, ohne dass sie es wollte. „Guck an. Moment mal: In dem Loch daneben war doch schon wieder neuer Boden eingefüllt worden."

„Den haben wir auch schon getestet. Astrein, nichts auszusetzen. Nur mit dem alten stimmt was nicht."

„Dann lässt Biesen da oben also neuen Boden ankarren, weil der alte verseucht ist? Aber wie tief dringen denn Gifte in den Boden ein? Wie funktioniert das Ganze überhaupt?"

„Ich bin kein Geologe, aber ich glaube, mit zwei Meter fünfzig Bodenaustausch erreichst du maximal eine Alibilösung."

„Wir haben also auch noch einen Bauskandal? Super. Krause wird sich freuen, der hat heute Morgen noch mit diesem Arschloch Biesen zusammengesessen und erzählt, da sei nicht viel bei rumgekommen. Okay, aber das ist nicht unser Thema."

„Stimmt", antwortete Hotte, grinste sie an und schlenderte mit einer für Gesa unbegreiflichen Eleganz um den Tisch herum ans Kopfende. „Unser Thema liegt hier und hat ordentlich eins über die Rübe bekommen. Schau mal." Er deutete auf einen langen Riss in der Schädeldecke.

„Ein Bruch?"

„Exakt. Und von einer beträchtlichen Länge. Sonst habe ich keine Auffälligkeiten entdecken können. Reicht aber ja auch. Die Frau wurde erschlagen."

„Habt ihr schon die DNA?"

„Ich habe das Stück eines Zahnes genommen. Überhaupt die Zähne: Perfekt, oder? Ich glaub, die Frau hatte in ihrem ganzen Leben nicht einmal einen Bohrer im Mund."

„Kannst du einschätzen, womit sie erschlagen wurde?"

„Ein stumpfer Gegenstand, denke ich. Vielleicht ein Stein. Willst du Kaffee? Ich brauch jetzt einen."

Sie saßen wieder in seinem Büro, und er goss ihr einen Kaffee ein, der sie schon beim ersten Nippen davon überzeugte, dass er einen durch jede Nacht tragen würde.

„Wann habe ich ein DNA-Ergebnis?", fragte sie ihn, nachdem sie sich innerlich geschüttelt hatte. Sie musste unwillkürlich an Moritz denken. Auch er konnte schwarzen Kaffee kaum trinken. Moritz war selten mitgekommen zu Hotte. Er hatte irgendwie gespürt, dass sie ihn lieber allein besuchte.

„Ich denke, bis heute Mittag sehen wir da klarer."

„Okay, ich suche also nach einer Frau, die vor sieben, acht Jahren verschwunden ist. Ich suche nach einer Vermissten, die nie auftauchte, die vielleicht scheinbar verreist war und nie zurückkam. Ich suche in unseren Archiven, ich muss auch ins Zeitungsarchiv. Nein, da schicke ich Krause hin."

Hotte gähnte ausgiebig. Sein Charme machte für einen Moment Pause.

Sie schaute ihn mit beleidigter Miene an. „Langweile ich dich?"

„Nein", sagte er. „Aber aller Kaffee der Welt kann nicht verhindern, dass auch ich mal müde werde … und ich bin fast fünfzig!"

Er griff zum Hörer. „Frau Mühlberg. Hören Sie, der Kaffee wirkt nicht mehr. Nein, keinen stärkeren! Ich muss einfach etwas Schlaf nachholen. Ich werde nach Hause fahren und komme am späten Vormittag noch mal rein. Ja, danke, bis später." Er legte auf und schaute sie an. „Na, dann such mal schön."

Hameln

Und sie suchte. Sie ging die Vermiutot durch: Vermisste und unbekannte Tote. Sie wählte in der Datenbank die Jahre 2003 bis 2006, und sie stieß in dieser Zeit auf insgesamt sieben Vermisstenmeldungen in Niedersachsen. Zwei Mädchen, Teenager, die eine war nach drei Tagen wieder aufgetaucht, die andere meldete sich eine Woche später aus Spanien. Ausreißerinnen. Dann ein kleiner Junge, der sich beim Spielen im Wald verlaufen hatte und nach einer kalten Nacht am nächsten Morgen zwar völlig verfroren und verängstigt, aber ansonsten gesund gefunden wurde. Sie musste an die drei entführten Mädchen denken, deren Mörder sie vor einigen Jahren mit Moritz gemeinsam zur Strecke gebracht hatte. Die Opfer des Mannes, den sie Rattenfänger nannten. Eigentlich hatte Moritz ihn geschnappt. Sie würde diesen Fall nie vergessen.

Es blieben noch vier. Sie scrollte weiter durch die Seiten, als es klopfte. „Gesa?"

Sie schreckte auf.

„Ach, Joachim. Komm rein, setz dich." Sie berichtete ihm von den Ergebnissen, die Hotte ihr gegeben hatte, und fragte ihrerseits noch einmal in Ruhe nach dem Gespräch mit Biesen, der natürlich völlig entsetzt getan und angegeben hatte, von überhaupt nichts zu wissen.

„Aber ich weiß was", begann sie. „Ich weiß, dass der Boden da oben mit hoher Wahrscheinlichkeit kontaminiert war und Biesen ihn nur oberflächlich austauschen ließ. Dieser Drecksack. Wir haben wahrscheinlich einen schönen Bauskandal, der dicke Polt von der Wochenpost wird sich freuen, dieser Schmierfink. Aber wir warten noch auf weitere Infos aus der Rechtsmedizin, und dann sollen sich die Kollegen darum kümmern."

„Verstehe", antwortete Krause. „Das ist dann also nicht mehr unsere … Baustelle. Hö."

Sie schaute ihn entsetzt an. Er hatte wahrhaftig „Hö" gemacht. Und er schaute jetzt auch so drein wie einer, der „Hö" gemacht hat. Er hatte sich eine Art Grinsen ins Gesicht gebaut, aber dafür irgendwie die falschen Steine genommen.

„Der war gut, Joachim. Wirklich." Sie nickte ihm aufmunternd zu. „Ich rechne damit, dass Polt spätestens um halb zwölf anruft. Marquardt wird Recht behalten, die Nummer ist gestern schon durch alle Bauarbeiter-Kneipen gegangen. Und wie ich Polt einschätze, hält der sich da auch auf. Fahr du doch bitte in die Bücherei und schnapp dir da das Zeitungsarchiv. Die Jahre 2003 bis 2006. Finde heraus, was dort über Vermisstenfälle stand. Ich habe hier schon das ein oder andere gefunden. Wir gleichen dann ab."

Sie war Krause wieder los und suchte weiter. Ein Mann hatte seine Frau als vermisst gemeldet, die hatte er etwas später bei ihrem Geliebten entdeckt, dasselbe dann umgekehrt ein halbes Jahr später.

Blieben noch drei.

2003: Vermisst wird die 37-Jährige Jutta Heinrich aus Hameln. Sie wurde das letzte Mal gesehen am Abend des 7. Mai, als sie das Haus ihrer Familie verließ. Sie lebte noch bei ihren Eltern, galt als schüchtern und hatte keine Beziehung. Aktueller Status des Falles: Ungelöst.

Sie schüttelte den Kopf. Immer wieder kam es vor, dass Menschen einfach so verschwanden, so als lösten sie sich in Luft auf. Sie gingen aus dem Haus, schlossen eine Tür hinter sich und tauchten nie wieder auf.

2004: Vermisst wird die 28-Jährige Andrea Kahl aus Bad Münder. Ihr Freund gibt an, sie habe nach einem Streit die gemeinsame Wohnung verlassen und sei danach nicht wieder zurückgekehrt. Status: Ungelöst.

Sie suchte weiter. Die letzte Akte. Sie las. Und spürte, wie eine Gänsehaut über ihren Rücken lief. Alle Fälle hatten sich vor ihrer Zeit hier ereignet, damals hatte sie noch in Schleswig-Holstein gearbeitet. Auch dieser, der letzte in der Auflistung. Aber er war vielen in der Region lange im Gedächtnis geblieben.

2005: Entführungsfall Ilka Greffin. Ilka Greffin aus Hameln, geb. 1. Februar 1973, Tochter des Industrieunternehmers Gerd Greffin, vermisst gemeldet am 8. Juni 2005. Vermisstenmeldung eingegangen über ihren Lebenspartner Jonas Becker. Wenige Tage später trifft eine Lösegeldforderung ein. Gefordert werden 500.000 Euro, oder Ilka Greffin wird sterben. Ermittlungen in alle Richtungen, aber es erhärtet sich kein konkreter Verdacht. Lösegeldübergabe erfolgt am 15. Juni. Täter entkommen unerkannt, die Entführte wird aber nicht freigelassen und auch nicht gefunden. Nachtrag Juli 2006: Ilka Greffin wird für tot erklärt. Trauerfeier am 19. Juli, sie hinterlässt Tochter Julia Greffin, sieben Jahre alt, und ihren Partner Jonas Becker. Leitung der EK: Hauptkommissar Marquardt.

Sie sprang auf und lief in Marquardts Büro. Marquardt telefonierte gerade, aber er winkte sie herein, während er aufgeregt in den Hörer sprach. „Ja, Herr Polt. Ja, wir werden uns dazu äußern. Nein, Sie schreiben bitte nicht, was Sie so gehört haben. Außerdem muss ich die Kollegen der Deister- und Weserzeitung und von Radio und Online auch noch informieren. Ja, wir sehen zu, dass wir eine Pressekonferenz ansetzen. Was? Morgen um 15 Uhr wäre Ihnen recht, Sie wollen den Spaß am Wochenende schreiben. Ach so. Ja, wir werden sehen, wie wir es Ihnen recht machen, okay? Danke!"

Er knallte den Hörer auf und strich sich durch die dichten graumelierten Haare. „Herrgott!"

„Polt war schneller, als ich dachte", kommentierte Gesa.

„Dieser Freizeitjournalist. Zum Kotzen. Ich rufe in der Pressestelle an. Die sollen für 15.30 Uhr eine Pressekonferenz ansetzen. Haben wir bis dahin was?"

„Ich glaube, wir haben mehr, als wir denen erzählen können."

„Was heißt das jetzt?"

„Rufen Sie erst mal bei den Presseleuten an."

Nachdem er fertig war, berichtete sie ihm ausführlich von Hottes Ergebnissen, er bestand wie sie darauf, dass sie die Bodengiftnummer erst einmal für sich behielten, bis konkretere Ergebnisse vorlagen. Dann zeigte sie ihm die drei DIN-A4-Seiten, die sie kurz vorher ausgedruckt hatte. „Ich habe die Datenbank durchforstet nach Vermisstenfällen aus der Zeit von 2003 bis 2006. Es gab sieben. Einige wurden schnell aufgeklärt, alles Lappalien."

Marquardt studierte die Blätter. „Ach, die irre Heinrich. Den Fall hatte ich selber auf dem Tisch. Die war immer ein bisschen sonderbar, die Gute. Wohl auch ein bisschen matschig in der Birne. Fuhr immer mit dem Rad zu einer Werkstatt für behinderte Menschen, aber eigentlich völlig harmlos. Stimmt, die war plötzlich weg." Er hob den Blick. „Ist es nicht verrückt, wie

Menschen manchmal einfach so verschwinden und nie wieder auftauchen?"

„Dasselbe habe ich vorhin auch gedacht, Herr Marquardt. Lesen Sie weiter."

„Andrea Kahl. Moment, da war doch was. Wieso steht da ungelöst? Nee, nee, die hat sich abgesetzt, da bin ich sicher. Da hat sich irgendwann mal der Ex-Freund oder was gemeldet. Wieso trägt denn so was dann keiner hier nach, Mensch? Prüfen Sie das noch mal, ja?"

„Mach ich. Lesen Sie die dritte Seite."

Marquardt blätterte um und ließ beinahe den Zettel fallen. „Ach du Scheiße, die Greffin-Entführung." Er wurde bleich. „Dass mir das nicht gleich eingefallen ist."

„Das Alter passt von allen dreien am ehesten. Laut Hotte war die Frau, deren Überreste Karl Rabbatz aus der Erde geholt hat, zum Zeitpunkt des Todes ungefähr Anfang 30."

Marquardt stand auf und tigerte durch sein Büro. Er ließ seine Chefmaske fallen. Er atmete tief ein und aus und suchte Worte.

„Soll ich Sie lieber einen Moment allein lassen, Chef?"

„Nein, nein, bleib mal da." Er machte eine Pause, griff dann zur Kaffeekanne und füllte eine Tasse. Er nahm einen großen Schluck, das Zeug war eiskalt, ihm war es egal. „Ich habe lange gebraucht, um diesen Fall zu verdauen. Vielleicht der schlimmste Fall meiner Laufbahn. Über zwei Wochen ging das Drama damals. War in allen Medien. Ich hatte einen jungen Kollegen mit der Lösegeldübergabe betraut, und der hat es prompt vermasselt. Und ich hatte die Hosen an. Der Täter entkam damals mit dem Geld. Von der Frau fehlte jede Spur. Ich vergesse nie, wie ich dem Vater und dem Kind gegenübertreten musste. Der Vater hatte sich im Griff, er musste ja, aber das Kind. Diese großen unendlich traurigen Augen. Dieses kleine Kind und diese großen Augen. Danach habe ich mich vier Wochen lang beurlauben lassen."

„Hat es geholfen?"

„Nein." Er leerte die Tasse komplett und starrte ins Leere. Er ging zurück zu seinem Stuhl, ließ sich hineinfallen und starrte ziellos aus dem Fenster. „Aber man macht dann doch einfach weiter. So ist das im Leben, oder? Ob einer stirbt oder einer einen betrügt oder ob du pleitegehst, du machst einfach immer weiter, du rennst durch dieses Leben, suchst dir einen neuen Halt, und wenn es nur ein neuer Fall ist. Und wenn sie sehen, dass du trotz allem deinen Job machst, dass du ihn gut machst, dann darfst du eben weiter laufen. Also lief ich weiter. Zwei Jahre später kam Moritz ins Team, kurz darauf kamst du. 2007 war das. Und danach habt ihr euch den Kindermörder geschnappt. Klingt beschissen, oder? Das klingt so, als könnte das eine das andere gutmachen. Aber das kann es nicht. Wir haben das verbockt damals."

Gesa war etwas erschlagen von Marquardts Offenheit. Sie hatte ihn immer als ehrbaren Mann gekannt, der sein Herz auf der Zunge trug und mit klaren An- und Aussagen nie hinterm Berg hielt. Was ihn selbst betraf, so hielt er sich dagegen immer eher bedeckt. Es war, als hätte sie mit dieser dritten Seite gerade einen Schlüssel zu seinem Innersten umgedreht. Er war offen. Und er merkte es gerade selbst. Denn er schloss sich schnell wieder zu: „So, genug davon. Du glaubst also, die Überreste dort könnten die von Ilka Greffin sein."

„Oder von Jutta Heinrich. Wenn es Andrea Kahl schon nicht sein kann. Was anderes haben wir im Moment nicht, aber ich finde, das ist schon eine ganze Menge."

Marquardt war wieder ins Grübeln geraten. „Mein Gott, wenn das der Greffin-Fall ist. Die Medien sind damals schon über uns hergefallen. Wenn die das jetzt wieder aufrollen …"

„Und deswegen sagen wir auch nichts Konkretes. Wir sagen …"

Plötzlich schaute er sie streng an. „Gar nichts werden wir sagen. Bloß keine Angaben zum Alter. Die Leichenteile waren so verwest, dass es Tage dauern kann, bis wir da überhaupt was Genaues zu sagen können, das tischen wir denen auf, und mehr geben wir nicht raus."

Sie nickte. „Einverstanden."

Marquardt griff zum Hörer. „Wie lautet Hottes Durchwahl? 24, oder?"

„Hotte ist jetzt nicht im Büro. Er hat die Nacht durchgearbeitet und sich hingelegt."

Marquardt legte wieder auf. „Schön. Und Krause?"

„Im Stadtarchiv. Presseberichte von damals studieren. Und Todesanzeigen."

„Ist das jetzt noch nötig? Ruf ihn an, zieh ihn da ab. Er soll in unser Archiv fahren und schauen, ob wir irgendwas von den Frauen dort gebrauchen können. Wir müssen uns mit beiden befassen. Haare, Kleidungsstücke, was immer auch Spuren von DNA aufweisen könnte. Vielleicht können wir uns den Besuch bei den Familien ja sparen. Soweit ich weiß, wohnen die Heinrichs ja immer noch in dem alten Haus am Finkenborner Weg. Oben auf dem Hügel, wo du das Gefühl hast, jedes Haus sei eine Festung aus dem vorletzten Jahrhundert. So ein verwunschenes Schlösschen ist das."

„Und die Greffins?"

„Der Alte hat eine Villa im Klütviertel, wo wohl sonst? Was mit dem Schwiegersohn und der Enkelin ist, weiß ich nicht. Versucht es erst mal im Archiv."

Sie stand auf und ging zur Tür.

„Gesa?"

Sie drehte sich um. „Ja?"

„Gute Arbeit. Und der Inhalt dieser Unterhaltung gerade bleibt hier in diesem Raum."

„Welche Unterhaltung?"

Krause stand im Archiv und suchte. Ohne Erfolg. Er fand Akten, aber mehr nicht. Die beiden Frauen waren verschwunden, mit allem, was sie an sich hatten und bei sich trugen. Er zuckte emotionslos die Schultern und griff zum Handy. Er hatte sich inzwischen daran gewöhnt, Gesas Spielball zu sein. Eben hatte er noch im Zeitungsarchiv gesessen, dort hatte er sich kaum halbwegs zurechtgefunden, als er sie schon wieder am Hörer hatte. Sie hatte ihn grob gebrieft, er war losgefahren. Sie jagte ihn wie eine Billardkugel durch ihr Ermittlungsuniversum, seit Monaten war das so, und damals, in einer anderen Stadt, unter einem anderen Chef, war es nicht viel anders gewesen, und es machte Krause nicht viel aus. Er hatte noch zehn, vielleicht elf Jahre. Und er hielt es mit Kevin Spacey, wie er als Lester Burnham in American Beauty selig vor Glück in der Burgerbude steht und sagt: *„Das hier ist der perfekte Job für mich. Ich bin auf der Suche nach dem geringstmöglichen Maß an Verantwortung."*

Nicht, dass er seinen Job nicht gewissenhaft ausführte. Was sie ihm auftrug, erledigte er, und er machte es gut. Aber er erinnerte sich nicht, wann er das letzte Mal eine großartige eigene Idee zu einem Fall beigesteuert hatte.

Es klickte in der Leitung. „Gesa? Ja, ich. Joachim. Hier ist nichts Brauchbares."

„Was *krschscht* das?"

Die Verbindung war bescheiden, es rauschte fast nur durch den Hörer.

„Das heißt, dass hier nur Akten sind, aber keine Beweisstücke. Keine Haare, kein Stoff, kein Garnichts. Jedenfalls finde ich nichts."

„Das muss ja nichts be*krschscht*."

„Nein, wirklich. Wir werden die Leute aufsuchen müssen."

„Gut. Komm erst mal *krschscht* zurück. Ich habe einiges herausgefunden. Danach sehen wir *krschscht* weiter."

Er legte auf und grinste zufrieden.

Das geringstmögliche Maß an Verantwortung. Das bedeutete ja nicht, dass es immer langweilig werden musste. Sie würden sich die Ermittlungen sicher aufteilen. Und ein Besuch bei den seltsamen Heinrichs war vielleicht mal eine ganz nette Abwechslung. Jedenfalls besser, als in irgendwelchen Archiven herumzuwühlen und morgen war ja auch noch ein Tag.

Wuppertal

„Kaffee?" Moritz hielt Henning die weiß-blaue Meißner Kaffeekanne von Magdalene hin.

„Gerne."

Eine Herbstsonne hatte Beyenburg den Nachmittag über erfasst, sie saßen auf der Terrasse, die von der unteren Wohnung aus in den Garten führte.

Nils und Sam turnten gerade auf dem Trampolin herum, das Nils zu seinem fünften Geburtstag bekommen hatte.

Und natürlich schrie einer der Väter irgendwann „Nicht so wild ihr zwei!", und natürlich ignorierten die beiden das. Franz räumte derweil den Schuppen auf.

„Nächstes Jahr kommen die beiden in die Schule. Weißt du schon, welche ihr nehmt?", fragte Moritz. Doch Henning antwortete nicht. Er schaute den beiden Jungs beim Spielen zu und wirkte seltsam entrückt. Moritz studierte sein Gesicht eine ganze Zeit lang. Er erkannte in diesem Gesicht zum ersten Mal seit Beginn der Entführung keine Sorge. Die Schlaflosigkeit der letzten vier Tage schien wie aus seinen Augen gewischt. Er wirkte vital, so wie damals auf Schloss Burg. Der Ritter. Und dieses Bild der beiden ausgelassen spielenden Jungs, die nur den Moment im Blick hatten, kein Gestern und kein Morgen, schien ihn glücklich zu machen.

„Hast du was gesagt? Entschuldigung." Plötzlich schien er zu erwachen, wie aus einem Tagtraum. „Ach so, Schule. Ja, ich weiß noch nicht. Wir hatten eigentlich die Tage davon sprechen wollen, bevor Laura …“. Er brach ab und schaute Moritz hilflos an. „Was ist, wenn das morgen schiefgeht? Und überhaupt: Was ist, wenn sie … wenn sie …“ Und das Glück und das Lächeln und die Unbeschwertheit waren weg, sie verschwanden wieder hinter seinem Angstblick, mit dem er Moritz und seinen Kollegen seit Montag gegenübertrat.

„Ich bekomme diese Bilder nicht aus dem Kopf, verstehst du das?“

Moritz nickte.

„Diese Bilder. Und was sie mit ihr …“

„Papa, guck mal, ich springe viel höher als Nils!“, rief Sam plötzlich.

„Prima, Sam“, antwortete Henning, ohne dabei die Stimme zu heben.

„Stimmt doch gar nicht!“, beschwerte sich Nils. „Schau mal, Papa, ich komme viel höher als der Sam!“

Moritz schob die nächste Floskel rüber. „Super, Jungs!“

„… und was sie mit ihr gemacht haben. Dass sie sie schlagen, sie misshandeln, sie …“ er schloss die Augen und senkte den Kopf. Seine Hand zitterte. Moritz' Blick blieb an der Hand kleben. Ganz unwillkürlich. Da war es wieder: Diese Hand zitterte anders. Nicht so, wie Hände ängstlicher Menschen das normalerweise tun. Er hatte genug von diesen zitternden Händen gesehen. Er fragte sich, was an Henning Richters Hand anders war. Henning schaute auf.

„Ja?“

„Nichts“, sagte Moritz schnell. „Ich kann deine Gedanken nachvollziehen. In solchen Tagen denken die Angehörigen das alles durch. Immer wieder. Alle Eventualitäten, alle Szenen, alle Dinge, die sie sich ausmalen können, alle Ängste werden zu Filmen, und die Filme laufen immer wieder und wieder und wieder und …"

„Du hattest solche Fälle schon einige Male, oder?"

In diesem Moment fiel Moritz auf, dass er nicht über Fälle gesprochen hatte, sondern über sich selbst. „Das meinte ich nicht", sagte er. „Mir ging es auch so, nachdem meine Frau gestorben war."

Henning trank seinen Kaffee fast in einem Zug aus und schaute zu Moritz herüber. „Der Unfall."

„Ja, der Unfall. Immer und immer und immer wieder. Vor allem nachts. Und immer wenn ich denke, ich hätte alle Traumvarianten durch, kommt irgendwas Neues, völlig Krankes dazu."

Henning Richter nickte. „Hut ab, wie du das alles so hinkriegst."

Moritz überfiel ein kurzer, aber kalter Schauer. War das nicht sein Text? War es nicht Henning Richter, der das alles im Grunde ganz gut hinkriegte? Der die Nerven behielt? Aber der Schauer tat gut. Das letzte Mal hatte Gesa Markowski in Hameln so etwas zu ihm gesagt. Es schien ewig her zu sein. Sie hatten vor ein paar Wochen telefoniert. Er schickte ihr regelmäßig MMS, sie hatte darauf bestanden, auf dem Laufenden gehalten zu werden, wie sich Nils entwickelte. Vor zwei Tagen noch hatte er ihr ein Bild geschickt, das er am Nordseestrand von Nils gemacht hatte. Sie hatte gestern mit einem netten Einzeiler geantwortet. *„Süßes Foto. Passt gerade ganz gut: Bei uns wird auch gebuddelt. Nur dass dabei einer ne Leiche ausgegraben hat. Ich melde mich die Tage mal."*

Sie schwiegen eine Weile, während Nils und Sam auf der Wiese Fußball spielten, zwischendurch kurz an den Tisch kamen, um Limonade zu trinken, und anschließend weiterkickten. Nils stand im Tor, das aus zwei uralten Skistöcken bestand.

Moritz ließ die letzten Minuten Revue passieren. Er machte das häufig, immer wieder eigentlich, diese Selbstreflexion. Er hatte vor Jahren damit begonnen, hatte Verhöre, Dienstbesprechungen und irgendwann auch private Szenen immer wieder rekapituliert und sich hinterfragt: Was habe ich da jetzt eigentlich gesagt? Und: War das jetzt richtig? War das zielführend? War das gut?

Ja, war es. Er brauchte gar nicht lange darüber nachzudenken. Er hatte selbst nach Saskia Bergers klarer Ansage gestern nicht gezögert, zu dieser Verabredung zu stehen. Zumal die Jungs sich seit dem Morgen darauf freuten.

Jener Augenblick, gerade eben, als das Glück in Henning Richters Gesicht zurückgekehrt war und die Sorgen weggeblasen hatte, war es schon wert, dass sie hier gemeinsam saßen.

Nils und Sam ließen den Fußball liegen und rannten auf das Gartentor zu. „Wo wollt ihr denn hin?", fragte Henning.

„Lass mal, der Weg führt direkt in den Wald. Nils hat da hinten eine kleine Bude. Der kennt sich da aus. Geht nur!"

„Aber nicht zu weit, Sam, versprochen?"

„Ja, versprochen!"

Henning schaute seinem Sohn hinterher, sah, wie er hinter Bäumen verschwand, kurz auftauchte, dann wieder weg war.

„Wo sind sie jetzt?", fragte Henning mit sorgenvoller Miene.

„Nicht weit. Mach dir keine Sorgen."

Henning nickte bedächtig.

„Wie war deine Frau so?", begann Henning nach einem Augenblick der Stille. Sofort räusperte er sich. „Entschuldige, das geht mich doch gar nichts an."

Moritz musste lächeln. „Du bist interessanterweise seit langem der Erste, der fragt. Ja, wie war sie?" Er überlegte eine Zeitlang. „Wenn ich jetzt sage, sie war perfekt, dann klingt das wahrscheinlich irgendwie blöd, aber ..."

„Aber sie war es."

„Ja." Moritz hatte sie vor Augen. Ihr Gesicht. Ihr Haar. Ihr Lachen.

Henning entdeckte Sam, der im Wald kurz zu sehen war, wie er einen langen Ast trug. „Hier rüber, hier rüber", erklang die Stimme von Nils.

„Meine Frau ist es nicht." Eine Düsternis war in Hennings Blick getreten. Was hätte er auch sagen sollen, überlegte Moritz. Eine Frau, die einen über Monate hinweg mit so was wie Jörg Kruse betrügt, konnte wohl kaum perfekt sein.

„Aber du liebst sie."

Henning Richter schloss die Augen, senkte den Kopf und nickte. Er strich sich mit der Hand durchs Gesicht, um die Traurigkeit wegzuwischen, die ihn plötzlich gefangen hatte. Er machte es viermal. Und wieder dieses Zittern.

„Und du hältst es für die beste Idee, dass ich nicht dabei bin morgen?"

„Ist nicht meine Idee gewesen."

„Ich weiß. Nur weiß ich langsam nicht mehr, wie ich diese Warterei aushalten soll."

„Morgen ist es vorbei. Dein Schwiegervater wird das schon machen."

„Aber was machen die anderen?"

„Sie werden dir deine Frau wiedergeben. Und Sam seine Mutter", antwortete Moritz. Er wollte anfügen:

Und sie wird wohlbehalten und gesund sein, aber er wusste, dass er das nicht versprechen konnte, also schwieg er.

„Rufst du mich bitte sofort an, sobald alles vorbei ist?"

„Was denn sonst?"

„Und keine Sorge: Saskia Berger erfährt davon nichts. Natürlich auch nicht davon, dass wir hier gerade sitzen."

„Das kann ich dir auch nur raten." Er warf Henning einen Seitenblick zu, der mit einem Mal losprustete.

Als sie beide lauthals lachten, rannten ihre Söhne gerade zurück in den Garten. „Was lacht ihr denn so?", rief Nils.

„Ach nichts", gab Moritz zurück.

Sam blieb stehen und schaute in das lachende Gesicht seines Vaters. „Papa, du lachst ja."

„Ja, ich lache. Und?"

„Dann hat bestimmt gerade die Mama angerufen?"

Das Lachen in Henning Richters Gesicht starb so schnell, wie es gekommen war.

Hameln

Um Punkt 15.30 Uhr saß Marquardt mit dem Polizei-Pressesprecher an einem Tisch im Sitzungssaal.

Zur selben Zeit zog Krause die Handbremse des Golf Variant fest an und überquerte den verwunschenen Finkenborner Weg auf eine große Mauer zu. Die Zahl 1878 stand neben der Eingangstür. Es war nicht etwa die Hausnummer, sondern das Baujahr.

In diesem Augenblick stand Gesa Markowski vor einem Dreifamilienhaus in der Nähe des Bürgergartens und suchte vergeblich nach den Namen Becker und Greffin.

Marquardt erklärte inzwischen, was nicht zu erklären war. Jetzt noch nicht. Also log er Polt ins Gesicht, der mit seinem fetten Bauch ganz vorne saß. Und er log Anne „Irgendwas" an, er hatte den Nachnamen vergessen, jedenfalls arbeitete sie für das Hamelner Online-Magazin, er log auch die Radiomitarbeiterin an, die er schon ein paarmal gesehen hatte, deren Namen er sich aber auch nie merken konnte, und Kramer von der Dewezet, der Deister- und Weserzeitung. Kramer war der Einzige, von dem Marquardt wusste, dass er etwas Vernünftiges aus der Geschichte machen würde.

Ja, Sie hätten Überreste einer Leiche gefunden, nein, es gebe noch überhaupt keine konkreten Anhaltspunkte, wie alt die Knochen seien, und auch, ob es sich um einen Mann, eine Frau oder gar einen Jugendlichen handele, sei noch völlig offen. Und wie lange diese Leiche da oben im Boden gelegen hätte und überhaupt, man stehe erst ganz am Anfang.

„Was ist mit dem Boden?“, fragte Polt, und Speichelfäden standen zwischen seinen fetten Lippen.

„Was soll mit dem Boden sein?“, fragte Marquardt.

„Es gibt Gerüchte, er sei … nicht ganz astrein.“

Davon hatte dieser Sack also auch schon wieder was mitbekommen. Marquardt riss sich zusammen. „Ist uns nicht bekannt. So, das war es auch schon.“ Polt hatte noch zig Fragen, aber Marquardt stand einfach auf und ging. Polt würde ohnehin schreiben, was er wollte.

Krause hatte kaum die Klingel des Hauses aus dem Jahr 1878 gedrückt, da hörte er das tiefe Bellen eines Hundes. Dann eine keuchende Frauenstimme. „Rico! Ab!“ Dann ein Jaulen. Es klickte, eine Zauntür öffnete sich. Er trat durch einen steilen Vorgarten und stand vor der nächsten Tür, die zur Hälfte geöffnet war. Eine kleine dicke Frau mit kinnlangem grauem Haar und heller Brille stand dahinter und lugte vorsichtig hervor. „Ja, bitte?“

„Krause mein Name.“

„Ja?“

„Sind Sie Frau Heinrich?“

„Ja. Was wollen Sie?“

„Moment.“ Er pfriemelte seinen Ausweis heraus. „Kriminalpolizei. Haben Sie einen Augenblick Zeit?“

„Warten Sie, da muss ich erst mal meinen Mann fragen.“

Sie drehte sich weg, schloss die Tür und verschwand. Krause seufzte und wartete. Das geringstmögliche Maß an Verantwortung. Und die größtmögliche Menge an Freaks. Das konnte heiter werden.

Es klickte wieder.

„So, Sie können jetzt hereinkommen. Mein Mann ist überzeugt, dass wir Sie empfangen dürfen."

Krause konnte es nicht fassen, blieb aber höflich. „Oh, das freut mich."

„Mein Mann hat den Hund vorsichtshalber weggesperrt. Rico mag Fremde nicht so sehr." Erst jetzt wurde ihm ein dumpfes Gebelle bewusst, das aus dem Keller kommen musste.

Sie führte ihn durch einen riesenhaften gewölbeartigen Flur, der in ein mondänes Wohnzimmer mündete. Die Wände hingen voll von christlichen Symbolen und übergroßen Gemälden. Er fühlte sich eher wie in einer Kirche als in einem Wohnhaus.

Über eine Treppe, die in den Wohnraum führte, schritt ein Mann herunter. Er trug einen weißen Bart, der bis zur Brust reichte, und Hosen mit Hosenträgern, darunter ein weißes Hemd. Für einen kurzen Augenblick dachte Krause, Gott spaziere gerade vom Himmel herab. Aber mal abgesehen von den ganzen Bibelsymbolen hatte dieses Haus überhaupt nichts Göttliches an sich. Und er konnte kein einziges Bild erkennen, das ihre vor vielen Jahren verschwundene Tochter Jutta zeigte.

„Heinrich. Sehr angenehm." Ein fester Händedruck und ein Atem, als verfaule der Mann bereits von innen. „Sie kommen von der Polizei?" Das Gebelle im Keller wurde lauter. Verzweifelter.

„Ja. Krause ist mein Name."

„Setzen wir uns. Iris, bring Tee."

„Ja, Herr."

Iris Heinrich drehte sich wie ferngesteuert weg. Krause schaute ihr mit offenem Mund nach.

Herr Heinrich lächelte ihn aufmerksam an. „So, dann erzählen Sie mal. Was führt Sie zu uns? Hat Iris beim Einkaufen geklaut?"

Krause setzte sich. „Nein, nein, nichts dergleichen. Sie kennen vielleicht das Neubaugebiet im Bäckerwinkel? Die alte Landwirtschaftsfläche? Da, wo jetzt die neuen Häuser gebaut werden."

„Wir sind nicht so oft in der Stadt. Nur zum Einkaufen. Wissen Sie, wenn man so ein schönes Zuhause hat …" Heinrich breitete die Arme aus und schaute sich um.

„Ja, sicher. Ist auch nicht in der Stadt, sondern außerhalb. Na jedenfalls … gestern Morgen fanden dort Baggerarbeiten statt. Und dabei wurden Teile einer Frauenleiche ausgegraben." Herr Heinrich wurde blass, seine automatisierte Frau trat gerade mit dem Tee ein, ihr Mann hob die Hand zum Befehl, und sie stoppte mitten im Raum. Krause fuhr herum und betrachtete die Frau, die schweigend dastand. Sie wollte wohl etwas sagen, konnte aber nicht, also fuhr Krause fort. „Unsere Spezialisten haben nun herausgefunden, dass es sich um eine Frau handeln muss, die etwa sieben Jahre dort gelegen haben muss, und …"

„IRIS, GEH RAUS!!!!"

Heinrich war aufgesprungen wie ein Tier, seine Augen traten aus seinem Kopf hervor, sie schienen zu brennen. Und wie er sie anschrie. Krause erkannte nichts Menschliches in diesem Blick, es war nackter, kalter Hass, der aus den Augen und dem Mund dieses Mannes trat. Sie kehrte um und rannte in die Küche, ließ dabei fast ihr Tablett fallen, aber das Klirren und Scheppern erfolgte erst, als sie die Küchentür hinter sich verschlossen hatte.

Heinrich setzte sich wieder hin und verwandelte sich in nicht mal einer Sekunde zurück in einen Menschen. „Na, sie wird es schon wieder aufsammeln. Also: *… sieben Jahre dort gelegen haben muss, und …?"*

„Wie bitte?“ Krause trat der Schweiß auf die Stirn.

„Na, da waren Sie doch stehen geblieben, ehe meine schwachsinnige Frau hier einfach in unsere nette Unterhaltung hineingeplatzt ist, oder?“

„Ja, richtig.“ Krause räusperte und sammelte sich. „Und zum Todeszeitpunkt muss die Frau etwa Anfang bis Mitte dreißig gewesen sein. Wir haben also recherchiert, und da stießen wir darauf, dass Ihre Tochter in etwa zur selben Zeit ... verschwunden ist.“

„WAS? WAS? WAS?“

Das Tier war zurück. Es war wieder in Heinrich gefahren und hatte ihn aus seinem Stuhl gezerrt und ließ nun seine Augen wie zwei Feuerbälle lodern. Er stand so dicht über Krause gebeugt, dass diesem der lange graue Bart mitten ins Gesicht hing. Der faule Atem roch so widerlich, dass er fast würgen musste.

„WAS? WAAAAAAAS?“

„Herr Heinrich, bitte beruhigen Sie sich.“

„BERUHIGEN? BERUHIGEN?“

„Julius, bitte.“ Die Stimme von Heinrichs Frau. Sie hatte sich durch die Küchentür ins Wohngewölbe zurückgewagt. Er schaute auf und rannte ein paar Schritte durch das gigantische Wohnzimmer auf sie zu.

„UND DU? UND DU? MACH DASS DU RAUSKOMMST!“

Auf ihren spitzen Schrei folgte das Knallen der Küchentür, dann knallte eine weitere, und es war still. Nicht ganz. Der Kellerhund. Heinrich fiel es auch auf. Er drehte sich zu Krause um, war scheinbar wieder ein Mensch und hob entschuldigend den Arm. „Moment.“

Er stiefelte über die lange Treppe, die offenbar alle Etagen miteinander verband, nach unten. Ein Schloss wurde geöffnet, für einen kurzen Moment flammte das Bellen deutlicher auf, dann mündete es in ein Quieken, das wie ein Eissturm durch Krauses Blutbahnen fegte.

Heinrich stiefelte die Treppe wieder hoch. Er lächelte und setzte sich an den Tisch. „So. Jetzt haben wir zwei endlich mal Ruhe. Also: *dass Ihre Tochter in etwa zur selben Zeit ... verschwunden ist.*"

Krause merkte, dass seine Unterlippe bebte. Er war unfähig, auch nur ein Wort zu sagen. Heinrich fixierte ihn schweigend.

Krause hielt es nicht länger aus. „Ja. Ich muss dann mal los", sagte er und lächelte verlegen.

Heinrich lächelte nicht. Er hielt Krause mit seinem Blick gefangen. Als Krause sich langsam erhob, den Stuhl an den Tisch heranrückte und im Begriff war, sich umzudrehen, um so schnell wie möglich hier rauszukommen, packte Heinrich ihn am Arm: „Aber wir sind doch nicht gar nicht fertig. Wir haben doch nicht mal ... angefangen."

Krause schluckte. „Es ist nur so", stotterte er, „Sie machten so eben nicht den Eindruck, als wollten Sie ... also, als seien Sie jetzt für Auskünfte besonders gut aufgelegt. Ich kann ja noch mal wiederkommen."

„Sie werden niemals wiederkommen."

„Bitte was?"

„Ich will Sie hier nicht haben. Ich will hier niemanden haben. Es gibt keine Tochter. Es gab nie eine Tochter. Und was immer Sie da hinten aus der Erde geholt haben, was immer das auch ist, wie immer das auch aussieht ...", und das Tier kehrte in ihn zurück und ließ ihn aus dem Stuhl auffahren, und dieses Tier schien in Krause hineinzukriechen, als es ihm seinen toten Atem ins Gesicht schleuderte: „ES IST NICHT MEINE TOCHTER!!!"

Krause riss sich los, er merkte, wie ihm übel wurde, wie ihm die verdammten Ballen, die Ella vom Empfang heute Morgen spendiert hatte, komplett hochkamen, er rannte durch das Wohnzimmer, in den Riesenflur, zur Tür, bekam sie nicht auf, die Kotze lief schon in seinen Mund und gegen seine linke Hand, da endlich fand er den dritten Hebel, er drückte ihn auf und stürzte hinaus. Er übergab sich mitten auf den hübsch angelegten Kiesweg, dann rannte er zu seinem Golf, sprang hinein und raste davon.

Er schaltete die Freisprechanlage an.

Nach zweimal Klingeln ging sie ran.

„Gesa? Ich bin's."

„Na endlich. Was war denn los? Bist du weitergekommen bei den Heinrichs?"

„Nein. Nein, da kommen wir … da komme ich … da …"

„Mein Gott, Joachim. Was ist denn los? Hast du einen Geist gesehen?"

„Ehrlich gesagt: Ja."

„Komm mal schnell zurück. Ich hab was Interessantes herausgefunden. Marquardt hat die Pressekonferenz inzwischen auch über die Bühne gebracht. Wir besprechen uns in seinem Büro. Es sind sogar noch ein paar von Ellas Ballen da, gut oder? Joachim? Joachim!"

Doch während sie noch in den Hörer rief, lag sein Handy schon auf dem Beifahrersitz. Der Golf parkte mit laufendem Motor am Straßenrand. Krause stand daneben. Und kotzte.

Etwa zur gleichen Zeit, als Krause von Frau Heinrich hereingebeten wurde, überlegte Gesa, welche der drei Klingeln in dem Dreifamilienhaus in der Nähe des

Bürgergartens, auf denen weder Greffin noch Becker stand, sie nun drücken sollte. Sie probierte die oberste.

„Ja, bitte?" Eine freundliche Frauenstimme.

„Guten Tag, Markowski mein Name", antwortete sie. „Ich komme von der Kriminalpolizei. Keine Sorge, es geht nicht um Sie, ich suche nur jemanden, der hier wohl mal gewohnt hat."

Es klickte. Sie trat in ein helles, freundliches Treppenhaus. Eine Idylle. Auf einer Zwischenetage öffnete sich eine Tür, und eine junge Frau mit hübschem Gesicht und kurzem dunklem Haar erschien. Sie trug ein Baby auf dem Arm.

„Vielen Dank, dass Sie sich die Zeit nehmen."

„Kein Problem. Jetzt ist Frauke sowieso wach. Stimmt's, Frauke?"

Sie schaute Frauke an und hatte plötzlich einen verliebten Teenager vor Augen, der der süßen Kleinen, und das war sie wirklich, in geschätzten dreizehn Jahren ihren ersten Liebesbrief schreiben und schon bei der Anrede verzweifeln würde: *„Liebe Frauke … geliebte Frauke … An meine Frauke …"*

Manchmal hasste sie ihren Zynismus.

„Also, wie kann ich Ihnen denn helfen? Möchten Sie hereinkommen?", fragte die freundliche Mutter.

„Ja, danke, vielleicht können Sie mir helfen. Kennen Sie eine Julia Greffin? Oder einen Jonas Becker?"

„Ja, die kenne ich." Das Gesicht der Frau wurde ernst, im selben Moment, als sich das der überraschten Gesa aufhellte. „Kommen Sie", sagte die Frau, „ich habe mir grad Kaffee gemacht."

Während sich Krause in der alten Villa im Finkenborner Weg vom irren Herrn Heinrich anbrüllen ließ und feststellen musste, dass das geringstmögliche Maß an Verantwortung nicht immer das Maß aller Dinge sein musste, saß Gesa in der gemütlich eingerichteten Wohnung von Frau ... sie hatte es schon wieder vergessen ... auf der Couch und trank verdammt guten Kaffee. Und sie bekam Interessantes erzählt.

„Das hier war ihre Wohnung", begann die junge Mutter. „Mein Mann und ich haben sie vor etwa sieben Jahren gekauft. Sie ist schön groß, schön hell. Wir haben noch eine zweite Tochter, Lea, die besucht gerade eine Freundin."

„Das heißt, Ilka und Julia Greffin und Jonas Becker haben hier gewohnt?"

„Ja. Aber Ilka habe ich selbst nie getroffen. Und auch Jonas Becker nicht. Wir wurden erst auf die Wohnung aufmerksam, als ... sie beide schon weg waren."

„Beide? Guter Kaffee übrigens." Sie nahm noch einen Schluck. „Wieso beide?"

„Die Medien haben ja damals nur über die Entführung berichtet. Was danach passierte, wissen nur wenige. Eigentlich nur die, die schon lange hier im Haus wohnen. Kurz nach dieser Trauerfeier im Sommer 2006 muss Jonas Becker verschwunden sein."

„Was? Verschwunden? Und Julia?"

„Ich weiß das auch nur von den Erzählungen der Nachbarn. Er hat wohl eine Art Abschiedsbrief hinterlassen. Dass er hier nicht mehr bleiben könne, dass er sich schuldig fühle am Verschwinden seiner Frau. Es war auch nicht seine eigene Tochter."

Gesa machte sich Notizen. „Haben Sie denn Julia, die Tochter, damals gesehen?"

Die junge Frau überlegte. „Einmal kurz, ja. Der ganze Wohnungsverkauf und das alles lief damals nur über einen Makler. Aber nachdem wir eingezogen waren, fanden wir eine kleine Kiste mit Stofftieren im Keller. Wir fuhren damals zur Villa der Greffins, drüben im Klütviertel. Eine Haushälterin öffnete uns, ich gab ihr die Kiste, und hinter ihr konnte ich die Kleine kurz sehen. Sie huschte vorbei wie ein Geist. Darf ich Sie denn fragen, Frau ..."

„Markowski."

„ ... ist irgendetwas passiert? Mit Julia?"

Gesa zuckte die Schultern. „Eigentlich darf ich … ach, was soll's. Morgen steht es sowieso fett in der Zeitung und auf Facebook. Wir haben gestern Morgen Leichenteile einer Frau gefunden, drüben im Neubaugebiet Bäckerwinkel, gleich neben dem Kindergarten."

Die Frau schlug die Hand vor den Mund. Die kleine Frauke, die immer noch auf ihrem Arm saß, fand das amüsant und bedeutete ihrer Mutter, es doch noch einmal zu machen. „Meine Güte, das ist ja furchtbar." Sie machte eine Pause. „Ach so, und jetzt glauben Sie, die Knochen, das könnte Ilka sein … mein Gott. Diese Geschichte hat damals die ganze Stadt in Atem gehalten."

Und meinen Chef erst, dachte Gesa. „Sie glauben also, Julia könnte heute noch bei ihren Großeltern wohnen?", begann sie.

„Ich weiß es wirklich nicht", antwortete die Frau. „Sie müsste jetzt ungefähr vierzehn, fünfzehn sein. Aber wo sollte sie sonst sein, wenn nicht auf einem Internat, oder so was?"

Gesa leerte den Kaffee und stellte die Tasse ab. „Ich muss mich bei Ihnen wirklich bedanken, Frau …"

„Klauke."

Gesa schluckte. Richtig, das war der Name auf der Klingel gewesen. Sie konnte nicht anders: Sie musste Frauke anschauen und Mitleid bekommen. Dabei war Frau Klauke doch offensichtlich so eine vernünftige Person. Und als könne sie Gesas Gedanken lesen, sagte sie plötzlich: „Ich weiß, was Sie jetzt denken. Meine verstorbene Schwiegermutter hieß Frauke. Glauben Sie mir, meine Idee war das nicht. Aber ich hatte mich bei unserer Lea schon durchgesetzt."

Gesa lachte einfach los. Sie konnte das gar nicht steuern, aber sie prustete plötzlich geradezu. „Oh, entschuldigen Sie bitte, ich ..." Aber Frau Klauke lachte mit, und Frauke schloss sich mit begeistertem Giggeln an. „Ist schon gut, es ist ja auch irgendwie lustig."

„Wissen Sie, ich muss mich jeden Tag mit so vielen Irren herumschlagen, da ist es einfach mal nett, bei ganz normalen Leuten auf der Couch zu sitzen und leckeren Kaffee zu trinken. Und Sie haben mir wirklich geholfen."

Sie standen auf, und Frau Klauke brachte Gesa zur Tür. „Viel Erfolg bei Ihrer Suche."

„Vielen Dank, Frau Klauke. Und wenn Sie beim dritten Kind mal Hilfe bei der Namensfindung brauchen ... ich hab zwar keine eigenen, aber fünf Nichten."

Als Krause Marquardts Büro betrat, war er immer noch ein bisschen grün im Gesicht. Gesa war kurz vor ihm angekommen und stand neben Marquardt vor einer Wand, an die sie die ersten Fakten und Verbindungen gekritzelt hatten.

„Joachim, alles klar mit dir?", fragte Marquardt, als er sich zur Tür drehte.

„Hallo Kollege. Einen Ballen?", begrüßte ihn Gesa, schaute ihn dabei nicht einmal richtig an, sondern hielt ihm gleich den Teller mit den vier Überresten des Vormittags hin. Krause schaute zwanghaft in eine andere Richtung und nahm auf einem der Stühle an Marquardts kleiner Sitzecke Platz.

„Also ich weiß nicht, was Polt morgen schreibt, aber er wird es jedenfalls nicht von uns haben. Ich habe ihm so wenig erzählt, wie es nur ging. Aber er hat auch zum Thema Boden schon wieder irgendwas mitbekommen."

„Nee, oder?" Gesa fasste sich an die Stirn. „Das darf doch nicht wahr sein. Woher ...?"

„Wie gesagt, der hängt da ab, wo diese Baggeraffen auch abhängen. Und auf Facebook ist der natürlich den ganzen Tag und mit allen befreundet. Ist auch egal. Den Fall habe ich an die Kollegen weitergegeben, die sollen sich um den Biesen kümmern."

„Das heißt, ich muss den nicht mehr anrufen?", hakte Krause sicherheitshalber nach.

„Du warst doch bei ihm, und es kam nichts raus, oder wie war das?" Marquardt schaute ihn kritisch an. „Apropos *du warst bei ihm*: Wie war's denn bei den Heinrichs? Hast du was? Ein Haar, ein getragenes Kleidungsstück ... wieso sehe ich nichts?" Marquardt schaute Krause schief an.

Krause hatte absolut keine Ahnung, was er antworten sollte. Wie konnte er ihnen erzählen, dass er in das Haus eines Psychopathen geraten war, eines vollkommenen Irren und seiner ebenso irren Frau, und dass er sich, und das war das Schlimmste, vor Angst beinahe in die Hosen gemacht hätte? Andererseits: Nach diesem Auftritt des alten Heinrich würden sie diesen Fall womöglich noch einmal aufrollen müssen. Und bei Heinrich im Garten graben. Krause begann also anders: „Herr Marquardt, als Jutta Heinrich damals verschwand, wer hat da eigentlich die Gespräche mit den Eltern geführt?"

Marquardt überlegte kurz. „Keine Ahnung. Ich glaube, ein Kollege von mir, der ist aber nicht mehr hier. Ich weiß nur, die waren wohl recht zugeknöpft. Sprachen nicht viel."

„Gab es mal Überlegungen, dass vielleicht der Vater selbst … also … dass er seine Tochter …“

„Was? Nicht dass ich wüsste. Es gab keine Spur und es gab keinen Verdacht, soweit ich mich erinnere. Aber das Ganze ist zehn Jahre her. Wie kommst du darauf, Joachim?“

„Na ja, dieser Herr Heinrich ist etwas … aufbrausend. Und er hat geleugnet, jemals eine Tochter gehabt zu haben. Und dann hat er mich rausgeworfen.“ Das war die Kurzfassung. Die längere würde er irgendwann, wenn er pensioniert war, mal am Stammtisch erzählen, wenn sie bei einem Bierchen ihre ganz persönlichen Best ofs der unfassbarsten Ermittlungserlebnisse austauschten. Vielleicht würde er es auch einfach mit ins Grab nehmen.

„Keine Ahnung, ob wir den Alten mal irgendwie auf der Liste hatten. Also du hast gar nichts? Na wunderbar. Normalerweise müsste ich dich da jetzt direkt noch mal hinschicken.“

Gesa wurde rot im Gesicht. „Weißt du was, Joachim? Manchmal habe ich das Gefühl, du siehst das Ganze hier wie ein Beamter.“

„Ich bin Beamter.“

„Du weißt, wie ich das meine. So nach dem Motto: bloß wenig Verantwortung und so. Aber so kommen wir nicht wirklich weiter.“ Krause wünschte sich in den Burgerladen von Lester Burnham. Sofort. Er wollte eine weiße Schürze tragen und einfach nur ein paar Buletten auf den Rost legen.

„Du warst also erfolgreicher, ja?“, sagte er stattdessen und tat dabei so beleidigt wie möglich.

„Ich weiß jetzt immerhin, dass der Mann von Ilka Greffin, dieser Jonas Becker, nach der Trauerfeier seiner Frau abgehauen ist. Der hat sich offenbar aus dem

Staub gemacht und seine Stieftochter, die kleine Julia, bei den Großeltern geparkt. War ja praktisch, die hatten ja genug Knete. Und haben sie vermutlich immer noch."

Marquardt schaltete sich ein. „Klein-Julia ist mittlerweile ein Teenager und kann uns sicher ein bisschen was erzählen. Und deswegen fahrt ihr beide heute Abend noch dahin."

Krause zog eine Schnute. „Die Frau lag sieben Jahre oder wie lange da oben in der Erde. Wieso eigentlich jetzt diese Hektik? Morgen ist Sonntag. Und wir wissen nichtmal, ob es Ilka Greffin ist."

Marquardt fixierte Krause aus ernsten Augen. Gesa schwieg. Sie ahnte, was der Greffin-Fall damals mit ihm gemacht hatte.

„Das ist nicht irgendein Fall, Joachim", begann Marquardt. „Es ist ... dieser Fall, der ist ... also da muss ich mich doch jetzt wohl nicht für rechtfertigen, oder? Ihr macht das und Ende. Sonntag hin oder her."

Krause drehte sich um und erwiderte trotzig: „Na ja, meine Frau liegt ja eh im Krankenhaus. Was soll es."

Gesa schaute auf die Uhr. Kurz vor fünf. Sie wollte eigentlich um acht im Kino sein.

Aber das konnte sie wohl vergessen. Marquardt wollte wiedergutmachen, was nicht wiedergutzumachen ging. Und dafür würde er jetzt keine Sekunde mehr verstreichen lassen.

Wuppertal

Dann die Tür.

Schwere Schritte. Andere Schritte. Ein zweiter Mann. Größer. Schwerer.

Was bedeutet das jetzt?

Er kommt näher.

„Mhhmmh!"

Dann ein Schlag. Und Schwärze.

Dann Nebel. Ein lautes Rumpeln. Enge.

Schmerz.

Ein Kofferraum. Ein fahrendes Auto.

„Mhhmmh … mhhhmmmhh!"

Dann wieder Schwärze.

Die Herbstsonne hatte nur ein kurzes Gastspiel gegeben. Über Wuppertal ergoss sich ein kalter Regen, als Dieter Kotthaus einen hellen Jutebeutel auf den Tisch in Paul Bettermanns Büro stellte.

Es war fünf vor fünf, und Kotthaus stand der Schweiß auf der Stirn. Er hätte es niemals zugegeben, aber er war nervös.

„Wie geht es Ihnen, Herr Kotthaus?", fragte ihn Bettermann.

„Sehr gut, warum fragen Sie?"

„Sie machen das."

„Natürlich mache ich das, Herr Bettermann."

Sie hatten alles vorbereitet. Dieter Kotthaus war gebrieft. Ganz gleich, wann und wo das Ganze auch ablaufen sollte – er legte die Tasche ab und verschwand.

Mehr nicht. Die Teams standen fest, die Fahrzeuge und Motorräder bereit. Saskia Berger, die an den letzten beiden Tagen noch so auffallend wichtig auf Moritz gewirkt hatte, sah nun vergleichsweise klein aus. Sie lehnte an einer Wand, verschränkte die Arme und grübelte. Moritz lehnte an der Wand schräg gegenüber. Sie wechselten ein paar Blicke und schwiegen sich an. Bis sie das Schweigen brach: „Haben Sie mal zwei Minuten?"

Er nickte und folgte ihr auf den Flur.

„Auch wenn die letzten Tage nicht so toll waren. Wir müssen jetzt zusammen funktionieren." Ihre Worte klangen wichtiger, als sie es war.

„Ja, und?", entgegnete er.

„Wir haben doch keinen Stress, oder? Und meine Bitte bezüglich der Kommunikation mit Henning Richter hatte ihre Gründe. Das kam vor allem auch von Bettermann."

„Dachte ich mir."

„Er hat ohnehin schon Sorge, dass Sie das alles nicht unter einen Hut bekommen mit Ihrem Sohn und diesem Job hier. Wenn dann der Fall selbst auch noch so eine Nummer wird … er will sie schützen, glaube ich. Das würde er so nie sagen, dafür kenne ich ihn lange genug, aber … er hat Sorge, dass Sie das Ganze überfordern könnte nach allem, was Sie erlebt haben im letzten Jahr. Wieder verliert ein Kind seine Mutter, und dann kennen Sie auch noch den Vater. Ich glaube, er sorgt sich weniger um Henning Richter. Der Mann leidet zwar, das sieht jeder, aber er ist gefestigt. Bettermann sorgt sich um Sie. Er braucht Sie. Und ich brauche Sie auch."

Es klang ein bisschen pathetisch, aber er nahm es ihr ab.

Er reichte ihr die Hand und log ihr ins Gesicht, einfach, in dem er ihr eine Frage stellte: „Wie geht es Henning Richter? Haben Sie mit ihm gesprochen heute?"

„Wir haben heute Morgen telefoniert. Er wollte keinen Besuch der Psychologin, das hat mich etwas überrascht. Er fühlte sich nicht gut, rein körperlich. Aber wen wundert das? Und danke, dass Sie unsere ... meine ... Bitte akzeptieren und sich da nicht reinhängen."

Moritz zog bewusst die Augenbrauen hoch. „Na ja", antwortete er mit strenger Miene, „wenn ich ihn morgens im Kindergarten treffe, während er seinen Sohn hinbringt, dann sage ich zumindest Guten Morgen." Er setzte auch noch ein Grinsen auf. Es funktionierte.

„Sie wissen, was ich meine, Herr Brinker!" Sie legte ihm kurz die Hand auf die Schulter. „Und jetzt sehen wir zu, dass wir ihm seine Frau wiederbringen. Und Sam seine Mutter."

Ja, dachte er. Und du hast so viel Erfahrung mit diesen Dingen wie ein Erstklässler mit dem ABC. Und ich lüge dir hier einen vor, wie es mir gerade gefällt. Und dabei fühle ich mich nicht einmal schlecht.

Aber warum nicht?, fragte er sich. In seinem früheren Leben, in seinem früheren Job, hatte er nie jemanden belogen, weder seinen Chef Marquardt noch Gesa Markowski. Warum jetzt? Warum hielt er sich nicht an Saskia Bergers und Paul Bettermanns Regeln? Zumindest Saskia Berger hatte ihm nichts getan. Sie wollte ihren Job machen. Er glaubte ihr auch, dass sie ihn vor sich selbst schützen wollte. So viel Einfühlungsvermögen traute er ihr zu. Nicht aber Bettermann.

Er folgte Saskia Berger zurück in Bettermanns Büro.

Sie standen da und beobachteten den Sekundenzeiger der Wanduhr. Tick. Tick. Tick. Bis es so weit war. 17 Uhr.

Dieter Kotthaus schickte von einem Prepaid-Handy aus eine SMS an die angegebene Nummer.

Elfriede Kotthaus saß in ihrer großen Villa in Cronenberg zitternd neben dem Telefon und wartete, wartete, wartete.

Opa Franz saß mit seinem Enkel Nils im Keller und baute einen neuen Märklin-Bausatz auf.

Henning Richter winkte seinem Sohn, den er gerade bei einem Freund zum Spielen abgesetzt hatte.

Ansgar Ernst bekam eine SMS und griff zu seinem Handy.

Jörg Kruse saß in seiner Messi-Wohnung und starrte die Wand an. Er trug Jeans, eine Regenjacke und schwarze Springerstiefel. Neben ihm lag sein Motorradhelm.

Um 17.02 Uhr leuchtete das Display in der Hand von Dieter Kotthaus auf.

„18 Uhr, Landstraße L 302 in Wipperfürth, Ecke Agathaberger Straße. Sie legen den Beutel zehn Meter hinter die Bushaltestelle. Wenn Sie alles richtig machen, wird die Geisel eine Viertelstunde später dort auftauchen."

Paul Bettermann starrte ungläubig auf das Handy. „Was? Wipperfürth? Am Arsch der Welt? Was bedeutet das denn jetzt bitte?"

„Vielleicht, dass unser Entführer von ganz woanders kommt?", mutmaßte Saskia Berger.

„Es bedeutet vor allem, dass ich jetzt im Grunde die Kollegen in Oberberg anrufen muss, um sie zu informieren. Was heißt *im Grunde*? Ich muss." Bettermann griff sofort zum Hörer und erklärte den Kollegen das Allernötigste. Die Zeit reichte nicht mehr aus, um von

Wipperfürth aus allzu viel zu bewerkstelligen. Sie hatten noch 57 Minuten. Saskia Berger bemühte ihr Smartphone und ermittelte die Strecke. „Wenn wir das schaffen wollen, müssen wir jetzt los."

„Unser Täter weiß, dass wir das überhaupt nur so gerade eben schaffen können von hier aus. Also kennt er sich bestens in der Region aus", warf Tim Plöger ein, der auch mal etwas sagen wollte.

„Ja, Herr Plöger, das hilft uns jetzt auch wirklich ungemein", gab Paul Bettermann zurück. Dann wandte er sich an die anderen: „Also, können wir?"

Sie fuhren durch Wuppertal und Remscheid bis Hückeswagen, sie nahmen dieselbe Strecke, die auch Laura Richter am Tag ihres Verschwindens genommen haben musste.

An der großen Baustellenampel bei Hämmern hielt Kotthaus seinen Wagen an. Als die Ampel auf Grün umschlug, gab er Gas, durchfuhr schnell die Baustelle und beschleunigte seinen dunkelblauen VW Phaeton direkt hinter dem Ortsausgangsschild auf 90. Saskia Berger und Moritz Brinker folgten ihm zügig, ebenso die Motorradstreifen in Zivil.

Doch den Moment, in dem Dieter Kotthaus die Kontrolle über seinen Phaeton verlor, nahmen Saskia und Moritz zunächst gar nicht wahr. Denn es geschah im Herzen von Dieter Kotthaus, diesem großen, starken, weißhaarigen Mann, der manche Krise seines Unternehmens gemeistert und es zu dem gemacht hatte, was es heute war, der auch manche Krise in seiner Ehe überstanden hatte und immer noch zu seiner Elfriede hielt. Und er war auch überzeugt gewesen, das hier zu überstehen, das Geld abzuliefern und seine Tochter zu retten.

Aber sein Herz war nicht überzeugt davon.

Es streikte, und es streikte genau in jenem Moment, als er kurz hinter dem Örtchen Hämmern, auf der Landstraße nach Wipperfürth, da, wo man wieder so schön Gas geben kann, einen Traktor überholen wollte. Der Traktor, ein betagtes Modell, tuckerte wacker durch den Regen dahin, und Dieter Kotthaus holte aus den 300 Phaeton-PS für wenige Sekunden alles heraus.

Saskia Berger, die in einem silbergrauen Opel Insignia hinter ihm fuhr, gab ebenfalls Gas, doch als der Luxuswagen vor ihr plötzlich ins Schlingern geriet, dann seitlich abdriftete und zwischen zwei Bäumen auf die Wupper zuschoss, die hier, trotz des vielen Regens, mehr ein Bach denn ein Fluss war, erstarrte sie. „Oh mein Gott, oh mein Gott."

„Brems, brems!", schrie Moritz und vergaß das Siezen. Er schaute in den Rückspiegel. Die beiden Motorräder bremsten ebenfalls ab, die erfahrenen Polizisten darauf hatten ihre Maschinen auch auf der nassen Straße im Griff.

Der Phaeton schoss den Abhang hinunter, durchbrach Büsche und kleinere Bäume und krachte ins Wasser.

Saskia Berger hielt den Wagen an und sprang heraus, ebenso Moritz Brinker und Tim Plöger, der hinten saß, sie rutschten schreiend und rufend den Abhang hinunter.

Die gesamte Frontpartie des Wagens hing im Wasser, wie ein Keil war der Phaeton in die Wupper eingedrungen, der Kofferraum ragte hinten in die Höhe.

In dem Wagen saß ein Mann hinter dem Steuer, er war nicht mehr groß und nicht mehr stark, und sein graues Haar war blutverschmiert, ebenso der Airbag, der sich vor ihm aufgeblasen hatte. Der Mann starrte mit halb offenen Augen auf das, was von der Frontscheibe übrig geblieben war, und auf das Wasser, das rechts und links vorbeischwappte. Kotthaus zuckte und röchelte. Aber er lebte.

Moritz sprang ins Wasser und rannte auf die Fahrertür zu, er riss mit aller Kraft daran, sie bewegte sich ein Stück, er rief Tim Plöger herbei und schrie: „Los, zieh mal hier! Hilf mir mal!“

Sie schafften es, die Tür zu öffnen, und zogen den stöhnenden Dieter Kotthaus aus dem Wrack.

Oben hatten die beiden Zivilpolizisten bereits die gesamte Straße gesperrt, Minuten später trafen der Notarzt und die Kollegen der Verkehrspolizei ein.

Aber der Krankenwagen konnte lange nicht weg.

Er stand noch über eine halbe Stunde an der Stelle, wo der Phaeton von der Straße abgekommen und in die Wupper gerast war.

Sie kämpften um Dieter Kotthaus. Sie kämpften um sein Herz und um seine schweren inneren Verletzungen.

Aber er schaffte es nicht.

Gespräch zweier Männer

„Ja?"

„Und? Hat alles geklappt?"

„Hier ist keiner."

„Was? Es ist Viertel nach sechs."

„Ja, aber hier ist keiner."

„Verflucht."

„Und? Was mache ich jetzt?"

„Ich bringe sie jetzt erst mal wieder zurück in die Hütte. Warte bis halb sieben, dann kommst du hoch."

Während Dieter Kotthaus starb, holten Moritz und Saskia einen Jutebeutel und ein Prepaid-Handy aus dem Luxuswagen.

Moritz schaute sofort auf das Display.

Neue Nachricht, empfangen um 18.20 Uhr: „Zu spät."

Er hatte Henning Richter versprochen, anzurufen, sobald es vorbei wäre. Jetzt schien alles vorbei zu sein, alles auf einmal, und er konnte ihn nicht anrufen.

Sie saßen in Bettermanns Büro, Saskia Berger, Moritz Brinker und Bettermann selbst. Plöger hatte sich beim Öffnen der Fahrertür des Phaeton die Hand verstaucht und war gleich mit ins Krankenhaus gefahren. Sie hatten sich noch die geplante Übergabestelle vorgenommen, hatten das Gebiet gemeinsam mit den Oberberger Kollegen weiträumig untersucht, aber nichts weiter gefunden. Sie hatten unmittelbare Anwohner befragt, aber niemandem war etwas aufgefallen. So war das auf den Dörfern: Da kannte scheinbar jeder jeden, aber in Wahrheit konnte nebenan einer zehn Jahre lang eine Geisel im Keller einsperren, und kein Mensch bekam es mit. Eine Streife drehte jetzt, da es kurz nach neun war, immer noch ihre Runden in den kleinen Ortsteilen südöstlich von Wipperfürth, wo die Häuser immer weniger wurden und sich in hügeliger Landschaft Wiesen und Wälder erstreckten. Hier konnte alles und nichts sein.

Vor gut einer Stunde hatte Moritz seinem Sohn per Handy eine gute Nacht gewünscht, Nils hatte gefragt, wann sein Papa denn nach Hause komme, und sein Papa hatte nur antworten können: „Ich weiß es nicht."

Er fühlte sich unendlich schwer, Saskia Berger ging es nicht anders, und die Stille des Raumes schien sie zu Boden zu drücken.

Paul Bettermann beendete das Schweigen. „Auch wenn das jetzt schwer ist ..."

„Schwer ist gut, wirklich gut", fiel ihm Saskia ins Wort. „Wir haben gerade einen GAU erlebt, ist Ihnen das eigentlich klar?" Moritz schaute überrascht auf. So hatte er sie gegenüber Bettermann bisher nicht erlebt. Und sie war noch nicht fertig: „Sie waren ja nicht auf dieser Straße. Da stirbt der Mann vor unseren Augen, und eine halbe Stunde später schreiben uns die Entführer, dass es das jetzt war. Und wie wir die Medien aus der Nummer raushalten sollen, weiß ich jetzt auch nicht mehr. Zumindest wird morgen in allen Zeitungen und Online-Foren von Wuppertal bis Marienheide stehen, dass einer der größten bergischen Wurstfabrikanten seinen Wagen in die Wupper gesetzt hat und dabei draufgegangen ist."

Bettermann hob beschwichtigend den Arm. „Bleiben Sie ruhig, Frau Berger. Die Entführung können wir trotzdem unterm Deckel halten. Ich gebe eine Info an die Pressestelle, dass zu diesem Thema, egal, welche Nachfragen auch kommen, kein Wort nach draußen dringen darf. Sie haben recht: Andernfalls ist das Desaster komplett."

Aber Saskia Berger wollte sich nicht beruhigen. „Das ist es doch jetzt schon. Wie sollen wir das Frau Kotthaus beibringen? Und Henning Richter? Scheiße, ich mache mir solche Vorwürfe. Er hätte niemals selber fahren dürfen."

„Der Entführer wollte das so. Dass einer fährt", entgegnete Bettermann. „Alles andere wäre zu auffällig gewesen, meinen Sie nicht? Mein Gott, der Mann war siebzig, keine hundert. Er stand mitten im Leben."

Moritz stand auf und strich Saskia über die Schulter. „Es ist auch egal. Wir stehen wieder da, wo wir vor drei Tagen standen. Und wir müssen hoffen, dass der Entführer es nicht ernst gemeint hat mit der SMS."

„Wie soll er es denn sonst gemeint haben, Moritz?" Sie starrte ihn vom Stuhl heraus an. In ihren Augen schimmerten Tränen. „Entschuldigung, Herr ..."

„Moritz. Passt schon."

„Saskia", antwortete sie und konnte die Tränen nicht mehr aufhalten.

Bettermanns Telefon klingelte. Er schaute aufs Display. „Oh nein, das ist schon wieder Frau Kotthaus. Sie hat seit halb sieben schon dreimal angerufen. Sagt, ihr Mann gehe nicht ans Handy."

„Komisch, warum wohl nicht?", gab Saskia zurück und erschrak über ihre eigene keifende Stimme. „Vergessen Sie's, Herr Bettermann, ich bin ... durch für heute."

Bettermann nahm ab. „Ja, Frau Kotthaus. Leider haben wir keine guten Nachrichten. Haben Sie eine Möglichkeit, zu Ihrem Schwiegersohn zu fahren? Oder sich hinbringen zu lassen?"

„Was ist denn los?", krächzte es durch den Hörer, „ich will jetzt endlich wissen, was mit meiner Tochter ist. Und mit Dieter."

„Wir machen es anders. Frau Berger und Herr Brinker sind gleich auf dem Weg zu Ihnen." Er legte auf und wandte sich an beide. „Am besten fahren Sie mit ihr direkt zu Henning Richter. Dann ist es ein Abwasch."

Saskia schaute Bettermann kopfschüttelnd an. „Abwasch."

„Sie wissen, wie ich das meine."

„Ach ja? Dann kommen Sie doch einfach mit."

„Sie glauben nicht, Frau Berger, wie oft ich diese Auftritte schon hinter mich gebracht habe."

Elfriede Kotthaus brach an Henning Richters Esszimmertisch zusammen. Zuerst schrie sie. Dann schnappte sie nach Luft, ehe sie das Bewusstsein verlor. Minuten später kam sie wieder zu sich. Sie wimmerte leise, doch irgendwann fasste sie sich wieder. Sie saß auf der Couch und starrte ins Leere. Ehe sie das Entsetzen und die Trauer für den Rest des Abends schweigen ließen, kam ihr nur noch ein Satz über die schmalen Lippen: „Was ist mit meiner Tochter?"

„Wir wissen es nicht."

Es war der Moment, als Henning Richter, der die ganze Zeit versucht hatte, Haltung zu bewahren, auf den Balkon rannte und einen verzweifelten Schrei in die Nacht hinausstieß. Sein Schreien ging in ein Grunzen über, er raufte sich die Haare, fingerte dann eine

Zigarette aus der Tasche. All das beobachtete Moritz von drinnen. Wie Henning Richter schemenhaft vor der halb geöffneten Terrassentür hin und her tigerte. Wie er die Zigarette anzündete. Wie er sich kurz umsah. Wie er Moritz erkannte. Und wie sein Arm wieder so seltsam zitterte.

Er schaute Saskia einen Augenblick lang an. „Geh raus zu ihm", sagte sie schließlich. „Ich setze mich hier zu Frau Kotthaus."

„Ich kann nicht mehr, Moritz." Henning Becker stand auf der Terrasse und sprach ganz ruhig. Auch das Zittern war verschwunden. Er stand im Nieselregen und wartete darauf zu erwachen, aber der Albtraum ging weiter. „Sie ist tot, oder? Seien wir ehrlich: Sie ist tot."

„Das wissen wir nicht."

„Was wissen wir denn? Dass sich mein Schwiegervater geopfert hat für … nichts? Mein Gott, hätte ich das doch bloß selbst gemacht. Ich hätte das niemals zulassen dürfen." Er trat wütend gegen die Balustrade. „Wie konnte ich nur? Wie konnte ich das nur zulassen, verdammte Scheiße? Was wird jetzt aus Elfriede? Hast du gesehen, wie sie da sitzt? Wie ein Schatten."

Moritz warf einen Blick ins Wohnzimmer. Elfriede Kotthaus saß erstarrt auf der Couch. Saskia Berger legte ihr gerade die Hand auf die Schulter, aber sie schob sie beiseite. Hilflos schaute sich Saskia um, stand auf und brachte Elfriede Kotthaus ein frisches Glas mit Wasser.

„Elfriede bleibt heute Nacht hier. So lasse ich sie nicht nach Hause. Sie nimmt das Gästezimmer. Und morgen sehen wir weiter."

Aber Elfriede Kotthaus wollte nicht bleiben. Sie wollte zurück in ihre Villa in Cronenberg. „Hier habe ich meinen Mann das letzte Mal gesehen. Für mich ist er noch hier", sagte sie, als Saskia Berger und Moritz Brinker sie vor ihrer Haustür absetzten.

Saskia stieg wieder ein, schlug die Fahrertür zu, ließ sich auf den Sitz fallen und brach in Tränen aus. Sie versuchte gar nicht erst, das Weinen irgendwie aufzuhalten. Sie ließ sich zur Seite kippen, er fing sie auf, sie fiel in seine Arme. „Ich hab's versaut! Ich hab's so versaut!"

„Das stimmt nicht", sagte er und hielt sie fest. „Du hast alles richtig gemacht."

Aber ich nicht, dachte er. Ich habe dir ins Gesicht gelogen. Ich habe mich nicht an deine Regeln gehalten, weil ich unbedingt will, dass Henning Richter mein Freund ist. Er biss sich auf die Lippe und schob den Gedanken beiseite.

Sie fing sich wieder, setzte sich auf und rieb sich nervös die Augen. „Tut mir leid."

„Muss es nicht."

„Was wird denn jetzt?"

Er hatte keine Antwort. Er starrte aus dem Fenster in die Nacht über Cronenberg, jetzt, da es kurz nach elf an diesem Samstagabend war, und hatte plötzlich die Worte Daniel Schiebers vor Augen, des Kriminalpsychologen, den Bettermann nicht ausstehen konnte, aber wen konnte Paul Bettermann schon leiden? Der oder die Täter hielten sich komplett anonym. Kein Zeichen einer Beziehungstat oder einer Rachenummer. Sie gingen geradezu kühl strategisch vor. Es ging ihnen um das Geld. Und um nichts sonst, davon war er überzeugt.

„Sie werden sich wieder melden."

„Glaubst du? Nach dieser SMS? Wenn du mich fragst, fischen wir Laura Richter morgen aus der Wupper."

Moritz schüttelte den Kopf. Das glaube ich nicht. „Das war vielleicht eine Trotzreaktion mit dieser Nachricht, aber …", und er hatte es jetzt klar vor Augen, „sie werden sich melden. Das ist nicht das Ende."

Alles Nebel. Dann ein Erwachen.

Die Matratze.

Sie ist wieder in der Hütte.

Was hat sie in dem Auto gemacht? Eine Übergabe. Gescheitert, denn sie ist wieder hier.

Schmerz. Kopf, Nacken, alles.

Sie hustet. Der Mund ist verbunden.

Sie öffnet die Augen. Dunkelheit.

Die Augenbinde. Wieder gefesselt, wieder die Kette.

„Mmhhhh!"

Der große Mann hat sie rausgeholt und wieder zurückgebracht.

Etwas muss schiefgelaufen sein.

Dann die Tür. Die schweren Schritte.

Dann das Öffnen einer Flasche. Ein Messer, das Brot schneidet.

Er gibt ihr ein großes Stück in die Hand, nimmt ihr den Knebel ab.

„Bitte … bitte, lassen Sie mich zu meinem Kind … bitte, ich …"

Sie isst, viel zu schnell, fast kommt es ihr hoch.

Er reicht ihr eine Flasche Wasser.

Dann wieder der Knebel. Auch die Augenbinde bleibt.

Die Tür.

Dann Stille.

Und ihr Weinen in der Dunkelheit.

Sie wird hier drin sterben.

Sie weiß es.

Hameln

Als Gesa und Krause im Klütviertel aus dem Passat ausgestiegen waren, standen sie zuerst vor einer hohen Mauer mit einem beeindruckenden dunkelbraunen Metalltor. Gesa spähte hindurch und erkannte zunächst nur einen langen Weg, rechts und links Wiesen und Bäume und am Ende, in gefühlten dreihundert Metern Entfernung, eine alte Villa. Sie drückte den Klingelknopf.

„Ja, bitte, hier bei Greffin?" Das monoton-freundliche Stimmchen einer Haushälterin.

„Guten Tag, Markowski mein Name, neben mir …", da erkannte sie die Kamera, die oben an der Mauer angebracht war und sie beide im Fokus hatte. Sie schaute nach oben: „Ach so, ja. Also, Markowski und Krause, Kriminalpolizei. Wir suchen Gerd und Julia Greffin."

„Moment bitte." Es klickte.

Ein Gärtner kam plötzlich ins Bild, schaute neugierig zum Tor und verschwand wieder.

Erneut das Klicken. „Guten Tag, hier spricht Gerd Greffin. Was wollen Sie bitte?" Die tiefe Stimme des Mannes, der in Hameln mit ganz wenig angefangen hatte und jetzt, da es so viel geworden war, nicht mehr aufhören konnte. Gesa stellte sich und Krause vor. „Und was wollen Sie jetzt von mir und meiner Enkelin?"

„Können wir das drin besprechen? Wir brauchen nicht lange."

„Geht nicht. Ich muss heute Abend noch nach Hannover."

„Es geht uns ja auch mehr um Julia."

„Nein, nein, worum es auch immer geht, da möchte ich schon dabei sein. Moment."

Es klickte.

Krause wurde kalt. Schon wieder so ein Klicken, schon wieder so ein riesenhaftes Haus. Er rechnete mit dem Schlimmsten und bemühte sich, nicht nervös zu wirken.

„Alles klar, Joachim? Bleib mal locker, wir sind hier nicht bei den Heinrichs." Sie kicherte.

Gesa hatte etwas anderes erwartet. Alte Möbel, viele Brauntöne, Uraltgemälde, womit man eben so rechnet, wenn man eine herrschaftliche Villa von außen betrachtet. Die Inneneinrichtung glich eher der einer nagelneuen Penthouse-Wohnung.

Sie saßen an einem Esstisch, der so mondän und zugleich stylish wirkte, als entstamme er dem Meetingroom einer Werbeagentur. Die Haushälterin mit der monoton-freundlichen Stimme brachte Kaffee, Tee und Gebäck, das selbstgebacken aussah.

Gerd Greffin, ein hochgewachsener, gut aussehender Mann um die sechzig, der Gesa ein bisschen an Mister Big aus „Sex and the City" erinnerte, nur mit mehr Grau in den Haaren, hatte sie freundlich-bestimmt begrüßt und blickte sich jetzt, ebenso wie Gesa und Krause, im Esszimmer um. „Meine Frau ist Innenarchitektin. Sie hat sich hier ausgetobt."

„Gefällt mir", antwortete Gesa. Krause dagegen nickte nur stumm. Er beruhigte sich allmählich.

„Ich hätte Sie gerne in mein Büro gebeten, aber da liegen noch so viele Unterlagen herum, die ich bis heute Abend packen muss … na ja."

„Ist denn Ihre Enkelin auch da?", fragte Krause.

„Ja, sie ist in ihrem Zimmer. Montag steht eine Klausur an, sie ist längst fit, aber sie ist so unfassbar ehrgeizig, dass sie immer noch einmal alles durchgeht. Das hat sie von ihrer Mutter. Aber sagen Sie bitte: Julia hat doch nicht … also, sie hat doch keinen Blödsinn gemacht, oder?"

„Nein, nein", begann Gesa. „Es ist so, Herr Greffin, Sie kennen doch das große Neubaugebiet im Bäckerwinkel."

„Oberhalb des Kindergartens? Richtig, da bauen sie jetzt. Ich frage mich ja, woher der alte Biesen dafür die Erlaubnis hat."

Gesa und Krause blickten sich für den Bruchteil einer Sekunde verstohlen an.

„Aber nicht mein Thema", fuhr Greffin fort. „Ich kann Ihnen nur sagen, die Industrie ist das ehrlichere Business. Meistens jedenfalls."

Gesa nahm einen Schluck Kaffee, Krause biss in ein Plätzchen und krümelte den halben Tisch voll. Gesa fuhrt fort. „Jedenfalls, gestern Morgen hat dort ein Baggerfahrer die Leichenteile einer Frau zutage gefördert. Sie muss etwa sieben bis acht Jahre dort oben in der Erde gelegen haben."

Alle Souveränität entglitt aus Gerd Greffins Gesicht. Die Kaffeetasse in seiner Hand begann leicht zu zittern, er stellte sie mit Mühe auf die Untertasse, der Kaffee lief rechts und links heraus. Er wandte sich an seine Haushälterin. „Frau Schmitter, bringen Sie mir bitte eine Serviette?" Gerd Greffin war blass geworden. „Ilka …"

„Das wissen wir noch nicht", begann Gesa. „Die Kollegen sind bei der DNA-Analyse, die meisten Knochen, vor allem der Schädel, sind noch recht gut erhalten. Es gibt mehrere Frauen, die etwa in dem Zeitraum hier in der Region verschwunden sind. Auf Ihre Tochter trifft das geschätzte Alter zum Todeszeitpunkt am ehesten zu, daher sind wir gleich zu Ihnen gefahren. Wir benötigen etwas, das wir zum DNA-Abgleich nutzen können. Vielleicht ein getragenes Kleidungsstück, eine Haarsträhne."

Gerd Greffin nickte. Er hatte jedes Wort verstanden, aber er schaute sich dabei selber zu. Er saß neben sich und beobachtete das Ganze wie ein stummer Teilhaber. Ihm fiel nichts ein, was er entgegnen sollte. Die Haushälterin brachte eine Serviette. „Alles in Ordnung, Herr Greffin?"

„Was? Ja, ja, alles in Ordnung, danke Frau Schmitter." Greffin sammelte sich nur langsam. Gesa und Krause ließen ihm Zeit, Krause krümelte einfach noch ein bisschen herum. „Wir haben eine große Kiste, sie steht in Julias Zimmer, ich glaube, sie hat sie seit Jahren nicht mehr aufgemacht. Oder vielleicht schaut sie auch jeden Tag rein, mein Gott, sie ist ein Teenager, na jedenfalls, da ist auch einiges von Ilkas persönlichen Dingen drin, das weiß ich." Er machte eine Pause, schloss kurz die Augen, und als er sie öffnete, waren sie feucht. Er biss sich in die Faust. „Mein Gott, mein Gott, mein Gott!"

„Noch wischen wir nischts Konkretesch", begann Krause, der es wahrhaftig fertigbrachte, mit vollem Mund zu sprechen, „wir schtehen noch gansch am Anfang."

Gesa versuchte ihn mit einem Seitenblick spontan in Brand zu stecken. Sie wandte sich wieder an Greffin. „Ich habe heute mit einer Frau Klauke gesprochen. Sie wohnt mittlerweile in der schönen Stadtwohnung, die Ihre Tochter einst hatte. Sie berichtete mir, dass Julias Vater …"

„Stiefvater." Greffins Miene hatte sich verändert. Wo eben noch Hilflosigkeit gestanden hatte, herrschte jetzt kalter Zorn. „Stiefvater, nicht Vater. Ja, er ist weg. Er hatte seine eigene Auffassung davon, wie man mit dem Tod seiner Frau umzugehen hat."

Gesa spürte, was für einen wunden Punkt sie bei Greffin getroffen hatte. Und sie ärgerte sich plötzlich, dass Marquardt sie beide hierhin geschickt hatte. Sie hoffte, Krause würde einfach nur weiter auf seinen Keksen herumkauen und die Klappe halten.

„Er ist also einfach so gegangen? Aber dann hat er sich doch sicher von unterwegs gemeldet."

„Ob Sie das jetzt glauben oder nicht, ich glaube es ja selbst nicht, aber, nein, er hat sich niemals mehr gemeldet. Er hat sich auch nicht verabschiedet. Er hat fünf Jahre mit meiner Tochter und meiner Enkelin zusammengelebt, und dann hinterlässt er zwei Seiten mit einem schrecklich theatralischen Geschreibsel. Und verpisst sich." Greffin spürte, dass er dabei war, die Beherrschung zu verlieren. „Entschuldigung, aber ..."

„Schon gut. Sie verstehen sicher, dass wir den Brief gerne einmal sehen möchten."

„Natürlich. Ich hole ihn gleich."

„Und ein Foto ist wichtig."

Greffin lachte bitter. „In der Wohnung standen mehrere Fotoalben. Die hatte er dagelassen. Wir haben sie mit zu uns genommen, wegen Julia. Eines Tages, vielleicht ein halbes Jahr, nachdem er gegangen war, kam ich in ihr Zimmer, und da saß sie. Vor ihr die Alben. Sie hatte ihn aus jedem Foto geschnitten, auf dem er zu sehen gewesen war. Neben ihr lag ein kleiner Haufen Fotoköpfe. Es war gruselig." Er schwieg einen Moment, dann streckte er sich, als wolle er das Bild abschütteln. „Aber es gibt natürlich noch Fotos von ihm.

Ich habe welche in derselben Schublade. Ich habe sie extra aufgehoben, damit ich ihn wiedererkenne, falls ich ihm jemals wieder über den Weg laufe."

Gesa dachte einen Moment lang nach. „Was mir nicht klar ist: Ein Mensch hat doch ein Konto, Versicherungen, Handyvertrag, was weiß ich alles. Konnten Sie denn irgendwas über ihn herausfinden?"

„Natürlich habe ich die ganze Wohnung durchforstet, nachdem er gegangen war. Aber alle Unterlagen, die ihn persönlich betrafen, hatte er mitgenommen. Ich habe versucht, bei seiner Bank etwas herauszubekommen, aber das war unmöglich. Obwohl ich selbst wahrscheinlich deren größter Kunde in der Stadt bin. Die Wohnung hatte ich ja damals für meine Tochter gekauft, hier hatte er also keinerlei Verpflichtungen. Wir behielten die Wohnung noch eine ganze Zeit, aber außer Werbung kam danach keine relevante Post mehr für ihn an. Er hatte das alles offenbar verdammt gut vorbereitet. Ich glaube nicht, dass er morgens aufgewacht ist und gedacht hat: Och, jetzt verlasse ich aber mal meine kleine Stieftochter und breche hier alle Zelte ab."

„Wo war Julia, als er verschwand?"

„Er hatte sie das Wochenende über zu uns gebracht. Angeblich, weil er so viel zu tun hatte im Büro. Als wir sie zurückbrachten, war die Wohnungstür nur angelehnt. Auf dem Tisch lag der Brief. Julia fand ihn, sie konnte damals schon lesen. Sie las die ersten Zeilen und begann zu weinen. Ich vergesse dieses Gesicht niemals. Den Brief habe ich in meinem Schreibtisch. Sollte ich Jonas jemals wiedersehen, stopfe ich ihm damit das Maul." Greffin schaute gedankenverloren zu einem Schwarzweiß-Porträt auf einem Keilrahmen, das seitlich von ihnen an der Wand hing.

„Ist sie das? Ilka?"

„Das war etwa ein halbes Jahr vor ihrem Tod.“

„Wie würden Sie denn Ihr Verhältnis zu Jonas Becker beschreiben? Vor dem Tod Ihrer Tochter?“

Greffin zögerte. Gesa hatte den Eindruck, dass er die Antwort gerade genau abwog. So offen er eben noch war, so verschlossen wirkte er jetzt.

„Sagen wir es so: Wir hatten nicht die engste Beziehung. Wissen Sie, es gibt Menschen, die kann man auf Anhieb gut leiden. Julia hat seit ein paar Monaten einen Freund, das ist so einer. Ich kenne die Eltern aus dem Golfclub, die sind schwer in Ordnung, der Junge ist es auch, mit dem kann man sich über Gott und die Welt unterhalten, und fast bedaure ich es, dass sie ihn jetzt schon kennengelernt hat. Denn seien wir ehrlich, welche Teenagerliebe ... na jedenfalls ... dann gibt es eben Menschen, die mag man erst nicht sonderlich, dann aber gewöhnt man sich an sie, irgendwann versteht man einander sogar ganz gut. Und dann gibt es solche wie Jonas Becker. Nicht, dass ich ihn nie leiden konnte, aber ... ich mochte ihn nie. Aber ich akzeptierte ihn. Ich hätte Ilka nie geraten, ihn abzuweisen oder so was. Aber ich war auch froh, dass sie nie geplant hatten zu heiraten, wenn ich ehrlich bin.“

„Können Sie begründen, warum Sie ihn nicht mochten?“

Greffin überlegte. „Ich weiß es nicht. Er hatte so was ... Falsches? Er wirkte nicht authentisch. Ich weiß, dass Ilka ihn geliebt hat, auch Julia kam mit ihm sehr gut zurecht, aber immer, wenn ich sie zusammen erlebt habe, wenn ich ihn erlebt habe, war da so eine seltsame Distanz. Zu den Dingen, zu unserer Familie im Allgemeinen.“

„Was machte er beruflich?“

„Er arbeitete als Werbetexter. Das konnte er richtig gut, keine Frage. Ein kreativer Kopf. Aber irgendwie auch … kalt."

„War er selbstständig oder hier in der Stadt angestellt?"

„Selbstständig. Er hatte eine kleine Textagentur, aber die lief wohl recht gut. Er arbeitete häufig mit einem Designer und Grafiker zusammen, sie hatten verschiedene Kunden hier in der Region, zum Teil wohl auch außerhalb."

„Wissen Sie, wie der Grafiker hieß?"

„Mannhaupt. Mannhaupt Creation. Gibt es immer noch, die setzen auch für uns zum Teil Projekte um. Ich habe damals direkt mit Wolf Mannhaupt gesprochen. Er war genauso vor den Kopf gestoßen wie ich. Jonas hat es geschafft, uns alle vor den Kopf zu stoßen."

Jetzt nahm auch Gesa einen Keks. Er war definitiv selbst gebacken. „Lecker."

„Find ich auch." Ach ja, Krause war ja auch noch da.

„Unsere Frau Schmitter ist ein Backgenie", lächelte Greffin angestrengt.

Gesa nahm das Gespräch wieder auf. „Haben Sie irgendeine Ahnung, wo Jonas Becker hin ist? Irgendeine Idee?"

Greffin schüttelte den Kopf. „Nein. Und er hat uns auch nicht den kleinsten Anhaltspunkt gegeben, wo wir hätten suchen sollen. Nachdem Ilka für tot erklärt worden war und Jonas verschwunden, war für uns nur eins wichtig: dass es Julia so gut geht wie möglich. Meine Frau hat das damals unglaublich gut gemacht. Wir sind beide noch nicht sehr alt, das war sicher ein Vorteil. Ich bin viel unterwegs, die Firma läuft ja nach wie vor sehr gut, und meine Frau reduzierte damals ihre Stelle. Sie ist nicht Ilkas Mutter, sondern meine zweite Frau. Umso höher ist ihr das anzurechnen. Außerdem ist da ja noch Frau Schmitter. Also, ich glaube ... nein, ich weiß, es geht Julia gut. Sie ist ein stilles, kluges, hübsches Mädchen. Dem man verdammt wehgetan hat."

„Darf ich nach Ihrer ersten Frau fragen?"

„Dürfen Sie. Sie starb vor fünfzehn Jahren an Krebs. Katrin, meine jetzige Frau, habe ich vor knapp zehn Jahren kennengelernt. Sie kann keine eigenen Kinder bekommen. Julia war für sie ... ein Segen. Und umgekehrt war es genauso."

Gesa war beeindruckt von diesem Mann und seinen offenen Worten, während Krause nach wie vor kaum eine Miene verzog. Sie war zufrieden mit dem, was sie erfahren hatte. Und Greffin war noch nicht ganz fertig. Sein Blick verfinsterte sich, in ihm arbeitete es, er beugte sich jetzt vor, stützte die Ellbogen auf den Tisch, und er schaute Gesa und Krause ernst an. „Wissen Sie, ich denke heute nicht mehr oft daran, weil ich es am liebsten ausblenden möchte. Man lebt weiter. Es geht uns gut, Julia geht es gut. Aber wenn ich dran denke, meistens beim Joggen oder wenn ich wieder in irgendeinem Flieger sitze, wenn ich also eigentlich *Zeit* habe, wissen Sie, was mir dann sofort in den Kopf schießt? Was sofort da ist, ob ich es will oder nicht? Dass nicht nur Jonas nie wieder aufgetaucht ist. Sondern auch das Lösegeld nicht. Die 500.000. Dass beide weg sind." Gesa blieb der nächste Keksbissen beinahe im Hals stecken. „Ja, Frau Markowski, ich weiß, das klingt verrückt, und es hat auch nie jemand in diese Richtung ermittelt, und zwischen der Entführung und ihrer Trauerfeier lag ja auch fast ein Jahr. Aber: Denken Sie da doch einfach mal drüber nach."

Gesa machte es schon jetzt. Es war, als hätte Greffin gerade einen Knoten gelöst. Sie fröstelte, zugleich nickte sie zustimmend. „Das werde ich, Herr Greffin. Darauf können Sie sich verlassen." Sie spülte mit Kaffee nach. „Erst mal vielen Dank. Wir wollen Sie auch nicht länger aufhalten, Sie müssen Ihren Zug kriegen. Aber wäre es denn möglich, dass wir jetzt einen Blick in diese Kiste …"

Gerd Greffin stand auf. „Sicher. Nur, wissen Sie, Julias Klausur ist wichtig. Ich weiß nicht, ob es so gut ist, wenn …"

„Das verstehe ich. Aber wir wollen hier natürlich schnell weiterkommen", unterbrach ihn Gesa.

„Wann wird es in den Zeitungen und im Internet stehen?", fragte Greffin.

„Morgen. Aber nichts Konkretes, wir versuchen, das so gut wie möglich unter dem Deckel zu halten. Aber wer weiß, vielleicht steht jetzt auch schon etwas über den Leichenfund irgendwo auf Facebook."

„Verdammt." Gerd Greffin atmete tief durch. „Gut, dann gehe ich mal hoch und ..."

„Ich glaube, da isch schie schon." Krause hatte sich den letzten Keks in den Mund gesteckt und zeigte zur Tür.

Ein junges Mädchen mit schmalem Gesicht stand plötzlich im Esszimmer. Julia. Sie hatte eine helle Haut, auf der sich einige Pubertätspickelchen gebildet hatten. Ihre blonden Haare waren zu einem Zopf gebunden, sie trug ein helles Shirt und Leggins, in der Hand hielt sie ein Schulbuch. Aus kleinen Augen, die in den letzten zwei Stunden nichts als Zahlen und Formeln gesehen hatten, schaute sie zum Tisch herüber.

„Oh, Entschuldigung."

„Nein, alles gut, Julia. Komm rein." Er winkte sie zu sich.

„Ich möchte nicht stören, es ist nur so, Opa, du musst doch in einer Stunde zum Bahnhof, und ich krieg diese eine Formel nicht in meinen Kopf. Es dauert auch nur zehn Minuten."

In diesem Moment holte Gerd Greffin sein Handy aus der Jacketttasche. Er wählte, und ein paar Sekunden später sagte er: „Hallo? Ja, hier Greffin. Ich werde den Zug heute nicht mehr nehmen. Ja, ich werde doch erst morgen kommen. Es ist egal, wenn das mehr kostet. Das Meeting beginnt um elf, ich nehme dann den Zug um neun und bin um halb elf im Hotel ... was? Mein lieber Herr Krüger, ich selbst habe dieses Meeting anberaumt, und wenn ich dann zwei Minuten später komme, wird mich dafür niemand umbringen, oder? Also schön."

Er legte auf und starrte in die Runde. Julia kam näher und lächelte verlegen.

„Also wegen der einen Formel hättest du ja jetzt nicht ..."

Doch er ließ sie nicht ausreden. „Es geht nicht um deine Formel, Julia. Und du wirst auch Montag deine Klausur nicht schreiben."

„Was?"

„Du wirst sie nachschreiben, ich melde dich für Montag krank."

Julias müde Augen wurden plötzlich größer. Sie erblasste. „Was ist denn passiert?"

Er ging zu ihr hin, nahm ihre Hände in seine, dann zog er sie an sich und streichelte ihr über das Haar. „Sie haben deine Mutter gefunden."

Als Gesa und Krause zu Hotte in die Rechtsmedizin fuhren, sprachen sie zunächst nicht viel. Gesa hatte nur das Bild von Julia vor Augen. Wie sie ohnmächtig geworden war, kaum dass Gerd Greffin den Satz ausgesprochen hatte. Kurz darauf war sie zu sich gekommen und hatte gewirkt, als hätte sie jemand auf Autopilot geschaltet. Gesa hatte ihr von dem Fund berichtet und sogleich auch den unfassbaren Satz Greffins relativiert. Noch wüssten sie doch gar nichts Konkretes. Sie fragte sich auch jetzt wieder, was ihn geritten hatte, ihr das so zu sagen. Er konnte es ja nicht einmal wissen. Oder doch? Julia hatte die Kommissare in ihr Zimmer geführt, es war kein buntes Teenager-Zimmer, sondern recht schlicht, weiße Wände, dunkler Boden, wenig Firlefanz. Ihr war sofort das einzige Poster aufgefallen, das in einem Rahmen an der Wand neben dem Bett hing, eine Fotografie von Nick Cave. Sie hatte sich gewundert, dass ein Mädchen ihres Alters Nick Cave hörte, und deshalb vorsichtig ein Gespräch versucht.

„Nick Cave. Klasse, höre ich auch manchmal." Was auch stimmte. „Kennst du sein neues Album?"

Julia hatte den Kopf geschüttelt und ihnen schweigend die Kiste gezeigt. In einer Mappe waren Schmuck, ein paar Accessoires, eine kleine Haarsträhne, ein Halstuch und einige andere Dinge aufbewahrt. Sogar ein Weisheitszahn. Gesa hatte ein Stück der Strähne mitgenommen und sich dabei schrecklich gefühlt. Als sie sich von den Greffins verabschiedet hatten und durch den Garten zurück zum Auto gelaufen waren, hatte sich Gesa noch einmal umgedreht. Julia hatte am Fenster gestanden und, als sie Gesas Blick bemerkte, eine Hand zum Gruß erhoben.

Sie verwarf die Erinnerung an das winkende Mädchen und dachte noch einmal über Greffins unfassbaren Satz nach.

„Er weiß es. Er spürt es", sagte sie zur Frontscheibe.

„Wer spürt was?"

„Ach, Krause, friss du nur schön Kekse."
„Bitte?"
„Ist doch wahr, Joachim. Du hast dich da drin aufgeführt wie ein Trottel. Was ist eigentlich los mit dir?"
„Nicht mein Tag heute. Das mit den Heinrichs war irgendwie zu viel, glaube ich."
Kopfschüttelnd bog Gesa auf die Klütstraße und fuhr Richtung Innenstadt zurück. „Findest du das denn nicht seltsam, wie überzeugt Greffin ist, dass es seine Tochter sein muss, die der arme Karl da oben ausgebuddelt hat? Apropos: Ruf bitte mal in der Klinik an, wie es dem geht. Dann kannst du da vielleicht morgen hin. Obwohl ich mir da nicht wirklich viel von verspreche."
Krause legte den Kopf schief. „Meinst du, Greffin selbst hat was mit dem Tod seiner Tochter zu tun? Das glaube ich nicht. Ich halte den für einen ehrbaren und guten Mann."
„Meine Güte, so viele Wörter am Stück hast du ja heute noch nicht einmal von dir gegeben. Aber du hast sicher recht. Warum sollte er seine Tochter entführen lassen und Lösegeld aus seiner eigenen Firma abziehen? Quatsch. Da ist seine Vermutung schon viel interessanter, dass sowohl Jonas Becker als auch das Lösegeld nie wieder aufgetaucht sind."
Sie erreichten die Rechtsmedizin, und Gesa hielt den Passat direkt neben Hottes schwarzem Porsche Cayenne an. „Pathologe müsste man sein", sinnierte Krause, als er ausstieg und sich bemühte, die Passattüre weit genug von der linken Seite des Cayenne wegzuhalten.
„Ach, bleib du mal bei deinem Golf. Was meinst du, wie oft Hotte die Kiste schon in die Werkstatt bringen musste."

„Ja, aber in der Zeit dazwischen, wenn das Ding funktioniert, geht dem jedes Mal einer ab."

Gesa musste lachen, obwohl sie das eigentlich gar nicht wollte. Sie schaute ihren Kollegen an, diesen gutmütigen und eigentlich auch immer zuverlässigen Trottel, und hatte plötzlich Mitleid. „Wir haben dir keinen Gefallen mit dem Besuch bei den Heinrichs getan, oder?"

Er seufzte. „Sprechen wir einfach nicht mehr drüber, ja?" Er wusste, dass das, was da heute in dem verwunschenen Schlösschen am Finkenborner Weg geschehen war, genug Stoff für die ersten fünf Kapitel eines gruseligen Psychokrimis geliefert hatte, aber dass er es niemandem erzählen konnte. Jedenfalls jetzt noch nicht.

Gesa hatte Feierabend gemacht, ihr Diensthandy aber angelassen und den Abschiedsbrief von Jonas Becker mit nach Hause genommen, den Gerd Greffin ihr noch mitgegeben hatte. Jede der beiden Seiten war in eine einzelne Klarsichtfolie verpackt. Sie saß zu Hause in dem alten Ohrensessel, den sie von ihrem Vater geerbt hatte, und las den Brief. Kurz vorher hatte sie noch übers iPad ein bisschen auf Mannhaupts Homepage gestöbert, nett gemacht war sie, es war auch ein Porträt von ihm zu sehen. Dürfte ein ganz angenehmes Gespräch werden morgen, wenn sie ihn denn erreichte. Sie wusste, dass sie heute Glück gehabt hatten. Es war vergleichsweise schnell gegangen. Julia hätte genauso gut auf einer Klassenfahrt sein können und Greffin im Ausland. Nur Krause wäre es wohl lieber gewesen, wenn er den alten Heinrich nie angetroffen hätte.

Aber der machte wohl niemals Urlaub.

„Lieber kleiner Spatz,

es schmerzt mich, dir diese Zeilen schreiben zu müssen. Aber ich habe keine andere Wahl. Das letzte Jahr war für uns beide nicht sehr einfach, und ich bin stolz, wie du mit dem Verlust deiner Mama umgehst. Du kannst dir nicht vorstellen, wie sehr sie auch mir jeden Tag fehlt. Vielleicht merkt man es mir im Alltag nicht so an, aber ich vermisse sie unendlich. Am schlimmsten finde ich es, dass wir sie nie mehr sehen konnten. Dass sie einfach so weg ist und wir uns nicht einmal verabschieden konnten.

Ich habe lange überlegt in den letzten Wochen. Ich musste leider immer sehr viel arbeiten, auch an den Wochenenden, deswegen warst du oft bei Oma und Opa …"

Es klang ehrlich und authentisch. Andererseits: Wenn Becker ein Textprofi war, dürfte dieser Brief auch dann ein Leichtes für ihn gewesen sein, wenn er das nicht so meinte. Sie las die nächsten Zeilen, in denen er noch ein paarmal zum Ausdruck brachte, wie schwer ihm das alles falle, wie oft er traurig sei, und wie ihn die Arbeit belaste. Es war im Grunde konsequent aufgebaut: Er führte Gründe an, die dem Mädchen klar machen sollten, dass er einfach kein guter Vater für sie sei. Immer wieder beschrieb er die Großherzigkeit der Großeltern, und wie wichtig sie für ihr Leben seien. Auf sein eigenes Verhältnis zu Gerd Greffin ging er mit keinem Wort ein.

Sie nahm die zweite Seite zur Hand und gelangte bald zum letzten Absatz.

„Und deshalb muss ich jetzt auf eine Reise gehen. Ich weiß noch nicht genau, wo sie mich hinführt. Aber ich weiß, dass es für mich und vor allem für dich das Richtige und das

Beste ist. Oma und Opa werden sich um dich kümmern. Ich habe dich sehr lieb, kleiner Spatz. Mist, ich muss heulen, bitte verzeih. Ich wünsche dir alles Glück, das es auf der ganzen Welt gibt.

Dein Jonas-Papa."

Sie legte den Brief zur Seite und betrachtete eines der Fotos, die Gerd Greffin ihr gegeben hatte. Eines, ein Porträt, zeigte einen freundlichen, gut aussehenden Mann mit kurz geschnittenem, blondem Haar. Er war vielleicht dreißig und trug eine Nickelbrille. Ein Jedermannsgesicht.

Sie würde die Bilder mitnehmen, ebenso den Brief, und ihn zuerst Marquardt vorlesen und dann den Kollegen der Spurensicherung geben. Sie würden ihn auf Fingerabdrücke untersuchen, ein Schriftenexperte würde jeden einzelnen Buchstaben interpretieren, vom Papier bis zur Tinte würden sie jede Faser dieses Briefes analysieren. Was auch immer das bringen mochte. Sie selbst war unsicher, was sie davon halten sollte. Er wirkte authentisch.

Bis gestern Abend hatte Jonas Becker in dieser Geschichte überhaupt keine Rolle gespielt. Jetzt drehte sich fast alles um ihn. Er kam ihr vor wie ein Phantom, das plötzlich aufgetaucht war, gerade weil es weg war. Verrückt. Und vielleicht hatte all das auch überhaupt nichts zu bedeuten.

Sie lehnte sich zurück und schloss für einen Moment die Augen.

Sie überlegte, noch ein bisschen zu lesen. Keine Abschiedsbriefe, keine Akten, einfach mal wieder was anderes. Sie steckte mittendrin im Bader Meinhof Komplex, Stefans Austs Mammutwerk, auf Seite 450, aber sie kam nur langsam voran und las nun schon seit einem halben Jahr an dieser Schwarte. Zugleich ließ dieses Buch sie nie los. Sie konnte nicht fassen, was, wenn man genügend Intelligenz und kriminelle Energie mitbrachte, in diesem sicheren Deutschland alles möglich gewesen war. Mal eben hier ein paar Pässe fälschen, mal eben da ein paar Waffen besorgen, mal eben untertauchen und dann über Jahre unentdeckt bleiben. Das Ganze schien auch heute nicht viel schwieriger zu sein. Ihr fiel die NSU ein, die über fast zehn Jahre aus dem Untergrund heraus hatte morden können. Und obwohl offensichtlichste Indizien zutage getreten waren, hatte niemand sie aufgehalten.

Sie klappte das Buch zu und ließ den Tag in Gedanken Revue passieren. Immer wieder kam sie an einem Punkt heraus. Jonas Becker war verschwunden. Und das Geld. Jonas und das Geld. Das Geld und Jonas. Er war gegangen, von jetzt auf gleich. Aber wer hätte nach einem Jahr schon einen Zusammenhang hergestellt? Anscheinend hatte sich niemand mit diesem Hinweis bei der Polizei gemeldet, sonst hätte Marquardt etwas davon gewusst. Und für Gerd Greffin waren weder die 500.000 von allzu großer Bedeutung noch sein Schwiegersohn. Trotzdem hatte sich der Gedanke eines Zusammenhangs in ihm irgendwann manifestiert. Er hatte sich an ihn geheftet wie eine Zecke.

Wenn es aber einen Zusammenhang gab, warum hatte Becker ein Jahr verstreichen lassen? Um seinen Abschied in aller Ruhe vorzubereiten? Um eben jeglichen Verdacht von sich abzulenken? Hatte er noch ein Jahr lang den trauernden Mann und Stiefvater gespielt, um dann von jetzt auf gleich zu verschwinden? Als er so weit war? Es war denkbar. Nein, es war mehr. Es war eine Möglichkeit. Wenn jemand verschwinden wollte und es clever genug anstellte, dann konnte er verschwinden.

Ihr Diensthandy klingelte. Sie nahm es vom Tisch.

„Hotte", teilte ihr das Display mit.

„Hi, Hotte. Und?"

„Treffer."

Sie rief zuerst Marquardt an, der wie fast jeden Tag noch im Büro saß und auch nicht vor neun Uhr abends gehen würde. Marquardt war ein Workaholic. Er nahm nach dem ersten Klingeln ab.

„Und?"

„Es ist Ilka Greffin."

„Kein Zweifel?"

„Hotte hat es selbst übernommen."

„Verflucht." Er machte eine kurze Pause. „Okay, wir treffen uns morgen um acht bei mir und besprechen das weitere Vorgehen. Kannst du mir schon was mitgeben bis morgen?"

Sie berichtete ihm von Gerd Greffins Gedankenspielen. Das Geld und Jonas Becker. Jonas Becker und das Geld.

„Meine Fresse, das ist eine Option", sagte Marquardt schließlich. „Daran hat damals überhaupt kein Mensch gedacht." Sie spürte an seinem Ton, dass er sich wieder selber Vorwürfe machte. So wie heute Morgen.

„Falsch, Herr Marquardt. Da konnte doch keiner dran denken." Sie sagte das, obwohl sie sich da gar nicht sicher war, und fuhr einfach fort. „Bis heute Mittag wussten wir nicht einmal, dass Jonas Becker überhaupt weg ist. Niemand hat hier irgendeinen Zusammenhang vermutet. Vielleicht gibt es ja auch keinen. Ich habe eben den Brief gelesen. Ich weiß nicht, ob er echt ist oder einfach nur gut gemacht."

„Interpretierst du da nicht zu viel hinein?"

„Vielleicht, Herr Marquardt. Weil wir sonst nichts haben. Ich weiß es doch auch nicht."

„Hatte er berufliche Kontakte hier in der Region? Er muss doch … er kann doch nicht einfach so weg sein."

„Ich habe den Namen einer Agentur, mit der er zusammengearbeitet hat. Ich rufe da morgen einfach mal an."

„Und Krause?"

„Der ist ein Krümelmonster."

„Bitte?"

„Nichts." Sie musste grinsen. „Er hat am Abend noch mit der Klinik gesprochen. Sie sind sicher, dass Karl Rabbatz morgen gegen Mittag vernehmungsfähig sein dürfte. Da wird zwar nicht viel bei rumkommen, aber nach der Nummer im Heinrich-Haus ist ein Krankenhaus-Besuch vielleicht nicht das Schlechteste für Krause. Und er kann dann auch gleich seine Frau besuchen. Die liegt da seit zwei Tagen, weil sie sich eine Sehne in der Hand durchgesäbelt hat."

„Ich hätte ihn nicht zu dem Heinrich-Haus schicken sollen", sagte Marquardt leise. „Wie dem auch sei ... wir sehen uns morgen. Ich mach noch ein bisschen."

„Ich weiß." Und sie wusste auch, dass sie den Sonntag durchmachen würden. Denn nun, da Marquardt wusste, dass es sich um den Greffin-Fall handelte, hatte er keine Ruhe mehr. Also ließ er ihr und Krause auch keine mehr.

Sie legte auf und lächelte in den leeren Raum hinein. Sie überlegte kurz, ob sie Anna anrufen sollte. Anna war auch Single, nur anders. Sie war dreimal geschieden, während Gesa es nicht einmal bis zu einer Hochzeit geschafft hatte. Sie telefonierten ein paar Mal die

Woche, gingen zusammen zum Fitness, manchmal auch joggen, und wenn der Job sie nicht auffraß, dann feierte sie mit Anna auch ab und an mal. Sie dosierte diese Partyabende, denn wenn Anna einen Makel hatte, dann war es ihr grundsätzlich komplett falscher Musikgeschmack.

Sie legte die neue CD von Nick Cave ein. Ehe sie Moritz kannte, hatte sie fast nur Deutschrock gehört, das mochte sie immer noch, aber er hatte sie infiziert mit den Caves und Cashs und Cohens und Waits und Lanegans dieser Welt, und sie hatte ihren abendlichen Soundtrack über die Jahre komplett umgebaut. Sie musste lächeln, als sie daran dachte, wie oft er auch versucht hatte, sie von seinem ganzen Symphonic-Metal-Kram zu überzeugen, bei dem immer irgendwelche schrillen Sopranistinnen zu Gitarrengeschrammel und theatralischem Geigengedudel herumkreischten.

Sie setzte sich in den Sessel, dachte an Krauses Keksspektakel von vorhin und vermisste Moritz. Dabei hatten sie sich die Tage noch geschrieben. Vielleicht auch gerade deswegen.

Sie wollte ihn jetzt einfach vermissen, und das gelang ihr auch ganz gut. Da hockte er jetzt mehr als 200 Kilometer weit weg im Bergischen Land, hatte für den Rundordner arbeiten wollen und war doch wieder auf der Jagd.

Sie wollte wieder zu ihrem Buch greifen, da durchzuckte es sie. Es fühlte sich an wie ein kalter Eisstrahl, der, wie in einer Spritze aufgezogen, durchs Rückenmark injiziert wird und sich dann sternförmig durch den ganzen Körper ausbreitet, bis alles einmal kurz vibriert. Eine eisige Implosion, die alles erzittern lässt.

In Wirklichkeit war der Eisstrahl nicht in ihren Rücken eingedrungen, sondern hatte seinen Ursprung in ihrem Kopf. Dort war gerade ein Gedanke geboren worden. Was hatte Marquardt heute so beiläufig erzählt? Moritz war wieder auf der Jagd. Was noch? Eine Entführung. Was noch? Die Mutter eines Kindes wird vermisst. Zurück bleiben ein Vater und sein Sohn.

Eine Entführung.

Ein Vater.

Ein Kind. Wieder ein Kind.

Und Jonas Becker.

Der weg ist.

Sie schloss die Augen und schüttelte so heftig den Kopf, als wolle sie den Gedanken aus ihrem Gehirn schleudern. Doch er blieb. Er zeckte sich fest. So wie sich der Gedanke im Kopf von Gerd Greffin festgezeckt hatte.

„Mein Gott, Gesa“, sagte sie zu sich selbst, „du siehst Gespenster.“

Nick Cave war fast am Ende des ersten Songs angelangt: We No Who U R. Noch einmal sang er mit dieser Stimme aus purer schwarzer Magie, die sie immer und überall wiedererkennen würde, den Refrain.

„We know who you are
We know where you live
And we know there's no need to forgive … again.“

Wuppertal

Henning Richter klappte das Buch zu. Es war schon nach neun. Eichstrich, das Eichhorn, das schon zu Beginn der Geschichte seine Mutter verliert, hatte am Ende das Glück gefunden. Sam hatte es den zweiten Abend in Folge hören wollen. Er hatte darauf bestanden. Das Buch hatte viele Seiten, und Sam hatte auch heute durchgehalten bis zum Ende, obwohl er den ganzen Samstagnachmittag bei einem Freund verbracht hatte.

Henning stellte das Buch ins Regal und kehrte zurück zum Bett.

„Wann besuchen wir wieder Nils, Papa? Oder kann er mal zu uns kommen?"

„Du magst Nils sehr, stimmt's?"

„Ja, er ist mein bester Freund. Das hat er mir auch schon gesagt, dass ich sein bester Freund bin. Mit ihm spiele ich viel lieber als mit dem doofen Lukas. Heute hat seine Mama wieder so geschimpft."

Henning lächelte seinen Sohn an. Er hatte ihm nicht erzählt, dass sein Großvater vor nicht einmal drei Stunden gestorben war. Beim Versuch, Sam seine Mutter wiederzubringen. Und er würde es ihm auch erst einmal nicht erzählen.

„Und? Hat Mama jetzt mal geschrieben, wann sie mit ihrer Arbeit fertig ist? Sie hat noch nie übers Wochenende gearbeitet, das machst du doch nur." Henning atmete tief ein und aus. Wieder die Lügen. Er wusste, dass irgendwann die Zeit der Wahrheiten anbrechen würde.

„Ich denke, sie kommt diese Woche wieder. Aber wann, das konnte sie mir nicht sagen."

Sam nickte. In seinen Augen standen plötzlich Tränen. „Die Mama von Eichstrich kommt nie mehr wieder, oder? Die ist tot." Sam fing an zu schluchzen, und Henning spürte einen Stich tief in seinem Innern. Der Schmerz breitete sich vom Herzen her in seinem ganzen Körper aus. Es war der Schmerz seines Sohnes, den er in diesem Moment teilte. Er drückte ihn an sich, wie um den Schmerz zu betäuben.

„Weißt du was?", sagte Henning nach einem Moment der Stille und schaute Sam in die Augen. „Wir machen morgen einen Ausflug. Es ist Sonntag. Wir fahren nach Köln. Wir gehen erst ins Schokoladenmuseum und essen da ganz viel Schokolade, dann gehen wir ins Kino und dann ... gucken wir mal."

„Au ja, Papa! Du bist der Beste."

„Nein, du."

„Nein, du!"

Henning musste laut lachen. „Wir sind beide die Besten. Und jetzt wird geschlafen."

„Papa?"

„Ja?"

„Ich finde es total doof, dass die Mama jetzt so viel arbeitet und noch nicht mal telefonieren kann. Aber ich finde es toll, dass du so viel Zeit hast."

Ihm fiel keine Antwort ein, deshalb nickte er zaghaft, drehte sich um und löschte das Licht.

Wuppertal

„We know who you are
We know, where you live
And we know there's no need to forgive … again."

Er hatte den letzten Refrain nicht mehr mitbekommen. Wieder einmal war er im Papasessel im Papazimmer eingeschlafen. Er schlief unruhig und träumte von Gesa Markowski. Wie sie mit irgendeinem neuen Partner im Weserbergland unterwegs war und auf Mördersuche ging. In der nächsten Szene war der Neue plötzlich verschwunden und er selber saß mit ihr in einer Kneipe bei einem Kaffee, die Sonne schien, und sie saßen in Lügde, diesem niedlichen kleinen Städtchen, das keine halbe Stunde von Hameln entfernt lag. Sie unterhielten sich über irgendwas, aber er konnte sie nicht verstehen, denn alles war leise gedreht. Plötzlich hob sie die Hand und zeigte zur Straße hin. Der Ton war plötzlich wieder an, und sie rief: „Da, da, kennst du den?" Ein Mann fuhr auf einem Fahrrad vorbei und winkte den beiden zu, und Moritz schaute dem Mann nach und sagte: „Ja, natürlich, das ist doch der ..."

„Paaaapaaaa! Paaapaaaa!"

Er kam zu sich, sprang auf und lief ins Kinderzimmer.

„Papa, ich bin nass."

„Och nee. Trotz Panty?"

„Ja, bin ich. Alles nass, auch das Laken."

Er nahm Nils auf den Arm, stellte ihn vors Bett, zog ihn aus, zog dann das Bett ab, warf alles in eine Ecke.

„Papa, bist du böse?"

„Nein", murmelte er, „nur todmüde."

„Ich hab Mama gesehen."

Er stand am Schrank und suchte eine frische Panty. „Was sagst du?"

„Nicht in echt. Im Traum. Im Urlaub, da wo wir mit Oma und Opa waren. In den Bergen. Sie hat gelacht und gewunken. Ich glaube, es geht ihr gut."

Er nickte und führte Nils ins Bad. Er stellte sich ans Waschbecken und zeigte zum Klo. „Da, bitte Pipi machen."

„Ich muss aber gar nicht."

Moritz fuhr herum und machte einen Satz nach vorn. Der Zorn raste von seinem großen Zeh aus durch den ganzen Körper bis direkt hinter die Augen. Und er verlor die Kontrolle. „Du pinkelst jetzt! Das Bett vollpissen kannst du ja auch, dann wirst du ja wohl noch das Klo treffen, oder?"

Es war einer dieser Sätze, die schon nach dem zweiten Wort in die falsche Richtung gehen, aber sie lassen sich nicht aufhalten, sie sprudeln wie eine vergiftete Quelle aus einem hervor und überschwemmen alles andere. Nils weinte nicht, er wimmerte. Wie ein angeschossenes kleines Reh kauerte er da, und sein verzerrtes Gesicht sagte, dass er gar nicht weinen wollte, aber er musste. Und dass er gerne Pipi machen wollte, aber nicht konnte. Und dass er nicht verstand, was er denn da eben falsch gemacht hatte. Doch er sagte nichts, er hatte keinen Mut für Worte, während sein Vater so furchtbar groß vor ihm stand. Moritz schloss die Augen, rieb sich das Gesicht und taumelte zurück zum Waschbecken.

„Es tut mir leid. Du kannst nichts dafür."

Er ging zum Klo, nahm Nils auf den Arm und drückte ihn an sich. Nils kuschelte sich sofort an die Brust seines Vaters, der ihn eben noch so angeschrien hatte. Moritz hätte nicht sagen können, wann es das letzte Mal derart mit ihm durchgegangen war.

Sie lagen nebeneinander im Schlafzimmerbett und starrten die Dunkelheit an. Am liebsten hätte er seinem Sohn von diesem heutigen Tag erzählt. Und von den Tagen davor. Er wollte ihm erzählen, dass er Sams Mama heute hatte wiederbringen wollen und dass dann alles so schrecklich schiefgelaufen sei. Aber natürlich schwieg er.

„Was ist morgen für ein Tag, Papa?"

„Sonntag."

„Kein Kindergarten?"

„Kein Kindergarten."

„Können wir dann Sam anrufen, dass er zum Spielen kommt? Der Papa von Sam kann ja dann mitkommen und ihr könnt euch unterhalten."

Moritz seufzte. „Wie wäre es denn mal mit Mia oder Niklas? Oder nur mit uns beiden?"

„Musst du denn morgen nicht arbeiten?"

Doch, er würde sicher arbeiten müssen. Zumindest ein paar Stunden. Oder auch nicht. Wahrscheinlich hing das auch davon ab, ob sie noch einmal Post bekämen.

„Sam ist aber doch mein bester Freund", begann Nils, und seine Stimme wurde schon wieder schläfrig.

„Ich weiß", nickte Moritz.

„Aber unsere Mama war eine Liebere als seine", begann Nils, und seine Stimme klang plötzlich wieder wacher.

Moritz stutzte. Er beugte sich zu Nils herüber. „Wieso?"

„Weil sie ihn doch immer haut."

„Wer sagt das?"

„Na, Sam. Er hat mir sogar einen blauen Fleck gezeigt an seinem Bauch und einen an seinem Rücken. Da hat sie ihn auch gehauen. Und dann ist sie wegen ihrer Arbeit weggefahren. Er hat gesagt, er vermisst seine Mama, und er will, dass sie endlich wieder von der Arbeit nach Hause kommt. Aber er hat auch Angst, dass sie ihn wieder haut."

Moritz spürte, wie sein Herz schneller zu klopfen begann.

„Und das hat er dir alles erzählt, ja? Hat er das im Kindergarten auch jemandem gesagt?"

„Weiß ich doch nicht. Musst du mal Alexandra fragen. Aber ich hab ihm auch von meiner Mama erzählt. Und dass sie nicht mehr wiederkommt. Aber Sams Mama kommt doch wieder, oder? Du wirst sie ihm wiederbringen, oder, Papa?" Nils schaute ihn jetzt mit großen Augen an.

Moritz hielt dem Blick nicht stand. Er drehte den Kopf und starrte an die Decke.

„Ja. Sicher."

Hameln

Als sie sich am Sonntagmorgen in Marquardts Büro trafen, wirkte Krause deutlich aufgeräumter.

„Wie geht es deiner Frau?“, fragte Gesa ihn.

„Sie kommt heute Abend nach Hause. Ich besuche erst Rabbatz und dann hole ich sie ab. Ist ja ein Abwasch.“

Marquardt starrte wortlos auf die Wand, die inzwischen einige Notizen mehr erhalten hatte. Eine Verbindung hatte er noch gestern Abend gezogen. Zwischen dem Namen Jonas Becker und dem Wort Lösegeld befand sich jetzt ein Pfeil mit Spitzen an beiden Enden.

Gesa sah Marquardt beim Denken zu. „Glauben Sie das wirklich?“

„Du hast mich doch darauf gebracht, Gesa.“

„Ja, und Greffin hat mich darauf gebracht.“

Krause betrachtete Marquardts Aufzeichnungen und zog ein Fazit, das Gesa zuerst völlig banal, dann aber umso nachvollziehbarer erschien. „Es gibt hierfür keinen einzigen Beweis, bisher jedenfalls nicht. Aber nachdem Greffin das gestern ausgesprochen hatte, hat es dich nicht mehr losgelassen, Gesa. Und es lässt Sie auch nicht mehr los, Herr Marquardt.“

„Und?“, fragte Marquardt.

„Und was haben wir denn sonst?“, entgegnete Krause.

„Das ist es ja: nichts.“

„Also müssen wir Jonas Becker finden.“

Marquardt nickte und rollte auf seinem Stuhl zurück an seinen Schreibtisch. Er wandte sich an Gesa. „Okay, du fährst zuerst zu diesem Grafikheini und versuchst, dort irgendetwas über Beckers Verschwinden herauszufinden. Und sieh zu, dass du dich so schnell wie möglich noch einmal mit Julia Greffin triffst. Und zwar allein."

„Das wird nicht leicht."

„Das ist dein Job." Der Satz traf sie wie ein Stich. Marquardts Augen funkelten, und sie begriff, dass er in Jonas Becker einen Schlüssel sah. Dass er beinahe ein Verlustgefühl zu spüren schien, weil dieser Schlüssel fehlte, denn er war scheinbar spurlos verschwunden. Marquardt wandte sich jetzt an Krause.

„Du durchforstest heute Vormittag alles, was du bekommen kannst, Joachim, Sonntag hin oder her. Ruf unseren Mann vom Einwohneramt an, durchforste das Netz. Facebook, Xing. Gib alle möglichen Varianten ein, die Jonas Becker und Textagentur, Werbetexter, was auch immer verbinden. Geh auch unsere eigenen Datenbanken nach dem Namen durch."

„Sie glauben, er hat seinen Namen behalten über die Jahre? Ich meine, wenn er es wirklich ernst gemeint hat mit dem Verschwinden."

„Herrgott, Joachim. Willst du unter ‚Heiliger Petrus' suchen? Also los."

Wolf Mannhaupt war ein klassischer Kreativer, der auch sonntags am Schreibtisch saß. Mittelgroß, Dreitagebart, Designerbrille, und sein gesamtes Büro hätte jeder Apple-Werbeveranstaltung alle Ehre gemacht. Er hatte natürlich eine Jura-Kaffeemaschine, und die machte natürlich einen exzellenten Latte Macchiato.

Gesa erzählte ihm das Nötigste.

„Wir waren schon ein echt gutes Team", begann Mannhaupt. „Wir tickten ganz ähnlich, zumindest beruflich." Gesa lächelte und dachte an Moritz. Mannhaupt fuhr fort.

„Privat hatten wir nicht so viel miteinander zu tun, ab und an mal ein Bier, wenn wir eine gelungene Kundenpräsentation oder so was feiern wollten. Es war oft so: Wenn er einen guten Slogan oder einen starken Text hatte, konnte ich damit grafisch gut arbeiten, und umgekehrt war es genauso: Legte ich ihm ein Layout hin, hatte er meist noch gute Anregungen und fand immer den richtigen Text. Ja, und dann, wir hatten gerade ein Projekt abgeschlossen und wollten uns eigentlich zusammensetzen, um eine neue Kundenakquise zu beginnen ... war er weg."

„Hat er sich verabschiedet?"

„Nein. Es war eigentlich unbegreiflich." Mannhaupt schaute aus dem Fenster und schüttelte gedankenverloren den Kopf. „Ich konnte ihn überhaupt nicht mehr erreichen. Auf seiner Handynummer erreichte ich nur die Mailbox, Monate später versuchte ich es noch einmal, einfach so, da hatte ich jemand ganz anderes dran. Meine Mails an ihn kamen nicht an. Ich hörte mich bei Kunden um, sprach natürlich auch mit Herrn Greffin. Doch Jonas hatte es offenbar geschafft, alle an der Nase herumzuführen. Am allermeisten seine Stieftochter."

Gesa leerte das Latte-Macchiato-Glas und leckte sich den Schaum von den Lippen. „Sie hatten doch gemeinsame Kontakte zu Kunden auch außerhalb der Region. Fällt Ihnen irgendjemand ein, zu dem er heute noch Kontakt haben könnte?"

Wolf Mannhaupt schüttelte den Kopf. „Das ist eine so schnelllebige Branche. Selbst ich habe in den vergangen acht Jahren dreimal das Büro gewechselt, weil sich unsere Anforderungen immer wieder geändert haben. Ich weiß, dass er gelernter Redakteur ist. Er hat in Hannover volontiert. Er könnte heute alles Mögliche machen. Vielleicht arbeitet er wieder als Redakteur, vielleicht als Texter, vielleicht schreibt er Bücher. Vielleicht lebt er auch längst nicht mehr in Deutschland. Haben Sie daran schon gedacht?"

Hatte sie. Aber sie hatte den Gedanken zunächst weggeschoben. Sie klammerte sich erst einmal an den Gedanken, dass Jonas Becker noch irgendwo in Deutschland war.

Sie traf sich mit Marquardt und Krause zum Currywurstessen in der Innenstadt.

Auch Krause war nicht untätig gewesen. Er war nicht für alles zu gebrauchen, aber das akribische Durchforsten aller möglichen Quellen lag ihm. Er hatte seine Drähte genutzt, um auch am Sonntag einen Amtskollegen zu erreichen, Datenbanken gecheckt, soziale Netzwerke durchforstet. Er hatte nach Bildern gegoogelt, zwei hatte er gefunden, es waren Porträts aus dem Jahr 2005, die jenen glichen, die sie auch von Greffin bekommen hatten.

„Es gibt auf Facebook fünf Jonas Becker, auf Xing zwei, von denen wiederum beide auch auf Facebook sind. Sie leben im Süddeutschen und sind Anfang fünfzig. Zwei andere sind im Teenageralter. Und der fünfte ist ein todkrankes Kind aus Berlin, dem die Eltern ein Facebook-Profil eingerichtet haben, weil sie hoffen, auf diesem Wege eine Spenderniere zu bekommen."

„Oh Mann, scheische." Marquardt stopfte sich noch mehr Currywurst in seinen ohnehin schon vollen Mund.

„In unseren Datenbanken findet sich nichts, außer dem einen Eintrag zum offenen Entführungsfall, den du auch schon hattest, Gesa. Ich habe alle Kombinationen eingegeben, die mir eingefallen sind, Jahreszahlen von heute, Berufe, die etwas mit Texten zu tun haben. Ich habe ihn danach auch im Verzeichnis lieferbarer Bücher gesucht. Nichts."

„Was ist mit dem Typ vom Einwohnermeldeamt?", fragte Marquardt. „Hast du den denn überhaupt gekriegt? Ist immerhin Sonntag."

„War nicht so schwierig. Das Beste ist: Da wird er immer noch geführt. Er hat sich nie abgemeldet."

Gesa schüttelte den Kopf. „Er wird auch kaum noch hier in der Region sein. Geschweige denn in der Stadt", sagte Marquardt und stopfte sich den letzten Happen Currywurst rein. „Klappt das eigentlich mit Julia? Denk dran, dass du sie auch zur Zeit der Entführung befragst. Wie sich Becker damals verhalten hat, vor allem ihr gegenüber, das interessiert mich ... Mann, ich könnt noch eine vertragen. Murat? Machste mir noch eine? Danke!"

Gesa verdrehte die Augen. „Sie sind ein Phosphatjunkie, Herr Marquardt. Jedenfalls: Wir haben uns für halb vier im Bürgergarten verabredet. Ich hielt das für besser als in dem großen Haus. Und das Wetter ist noch schön."

„Ich fahr dann mal ins Krankenhaus", schaltete sich Krause dazu, und er machte dabei ein Gesicht, als wolle er jetzt sofort bemitleidet werden.

„Keine Sorge, Joachim, soweit ich weiß, lässt sich der alte Heinrich nur zu Hause behandeln. Den triffst du da also schon mal nicht."

Krause warf ihm einen Blick zu, den selbst Marquardt, der sonst nicht so zimperlich war, verstand. „War doch nur ..."

„Ja war es, Herr Marquardt. Nur überhaupt nicht lustig. Murat? Ich zahl schon mal."

Krause beeilte sich rauszukommen, und auch Gesa, der die erste Hälfte Currywurst schon fast wieder hochkam, obwohl sie die zweite noch nicht einmal angerührt hatte, packte ihre Tasche und ihre Jacke. Murat stellte Marquardt gerade die zweite Portion hin, da stand Gesa bereits.

„Schon schatt? Ischt du dasch nisch mehr?", fragte er, nachdem er sich schon wieder vier Stücke auf einmal in den Mund geschoben hatte.

„Hauen Sie rein. Wir sehen uns heute Abend."

Was sie Marquardt nicht berichtet hatte, war, dass Julia Greffin ihrem Großvater offenbar von dem geplanten Treffen erzählt hatte. Denn Gerd Greffin hatte sie am späten Vormittag angerufen.

„Greffin hier. Haben Sie zwei Minuten?" Schon an seinem Tonfall hatte sie gehört, dass es mehr als zwei Minuten werden würden.

„Natürlich, Herr Greffin, was kann ich für Sie tun?"

„Wir haben unsere Karten ausgetauscht, damit ich Sie immer anrufen kann, oder Sie mich, wenn einem von uns etwas Wichtiges einfällt. Jetzt frage ich Sie: Was fällt Ihnen ein? Wieso wollen Sie sich mit Julia treffen? Was wollen Sie von ihr wissen? Werden Sie sie zu Jonas befragen? Warum?"

„Herr Greffin, ich verstehe Ihre Sorge, aber Ihre Enkelin ist die einzige Person, die wir kennen, die eine wirklich enge Beziehung zu Jonas Becker hatte. Sie ist … wichtig für uns."

„Mir ist klar, dass Sie diesen Fall jetzt wieder aufrollen müssen. Und ich kann mir auch ungefähr denken, was da jetzt alles auf uns zukommt. Aber ich kann hier eigentlich bis Anfang der Woche nicht weg. Also?"

„Wenn ich ehrlich bin, haben Sie uns erst darauf gebracht, Herr Greffin. Als Sie sagten, es mache Sie stutzig, dass zuerst das Lösegeld verschwunden ist und dann Jonas Becker. Ob er mit dem Geld überhaupt irgendetwas zu tun hat ... ich habe keine Ahnung, und es klingt für mich im Moment auch unfassbar, aber sein unerklärliches Verschwinden ist gerade das Einzige, was wir haben. Dem gehen wir nach. Und Julia kann uns dabei helfen." Sie hörte zuerst Greffins Atem, der einem Schnauben glich, kurz darauf fand er wieder Worte.

„Haben Sie eigentlich auch nur den Hauch einer Ahnung davon, wie viel Zeit, wie viel Energie wir investiert haben, um sie von alldem zu befreien? Sie verliert mit sechs ihre Mutter, mit sieben haut ihr Stiefvater ab. Jetzt gräbt so ein Baggerfahrer ihre Mutter wieder aus. Wie soll sie das verkraften? Sie geht seit damals ununterbrochen zur Jugendtherapeutin. Und die Frau macht einen wirklich guten Job. Julia wäre niemals da, wo sie heute ist. Ich kann das nicht erlauben, Frau Markowski."

Gesa verstand Greffin. Natürlich hatte er recht. Aber sie musste weiterkommen. Früher oder später würde sie mit Julia sprechen müssen. Was war besser? Warten, bis die ganze Stadt davon sprach und die Netzwerke voll waren? Oder es jetzt tun?

Sie versuchte es noch einmal. „Wenn ich irgendein Thema nicht ansprechen soll, dann ..."

„Sie sollen gar nicht mit ihr sprechen!" Sie merkte, dass er zögerte. Sich sammelte. „Also gut. Hören Sie, ich habe einen wirklich guten Eindruck von Ihnen. Glauben Sie mir, ich erkenne schnell, ob einer ein

Arsch ist oder brauchbar, und Sie sind brauchbar. Ich habe mit meiner Frau gesprochen, die kann leider nicht bei dem Gespräch dabei sein. Wenn Sie sich allein mit Julia treffen, dann gelten Regeln, und die mache ich. Verstehen wir uns?"

„In Ordnung. Legen Sie los."

„Sie treffen sich im Bürgergarten, das ist schon mal nicht verkehrt. Julia liebt den Teich und die schönen Bäume dort. Fragen Sie sie nach Jonas, wenn sich das nicht vermeiden lässt. Fragen Sie allgemeine Dinge. Wie er war, wie er sich benahm. Fragen Sie sie, wie sie ihn erlebt hat. Aber fragen Sie nicht, niemals, nach den drei Ereignissen."

„Sie meinen die Entführung, das Verschwinden, und …"

„Die Trauerfeier", ergänzte Greffin. „Julia ist eine Traumapatientin. Sie hatte Angstzustände, bis vor ein paar Jahren noch, und schlimme Flashbacks. Jetzt kommt sie damit klar, sehr gut sogar. Weil wir diese Erlebnisse, diese Ereignisse, mit ihr aufgearbeitet haben. Deshalb ist es wichtig, dass …"

„Ich habe verstanden. Soll vielleicht die Therapeutin mit zu dem Termin kommen?"

„Bloß nicht. Außerdem macht wenigstens sie sonntags frei. Wenn sie davon erfährt, zerreißt sie mich in der Luft. Ich verstehe, dass Sie mit ihr sprechen wollen und dass es jetzt sein muss. Ich vertraue Ihnen. Und wenn Sie diese Regeln beachten, wird mit Julia nichts passieren. Kann ich mich darauf verlassen?"

„Ja."

Er verabschiedete sich nicht mehr. Ihre Antwort war für ihn gleichsam ein Abschiedsgruß. Sie legte auf und fluchte leise vor sich hin. Sie verstand ihn, natürlich. Sie hatte nicht viele solcher Fälle gehabt, aber sie wusste, wie sensibel man mit traumatisierten Kindern und Jugendlichen umzugehen hatte. Sie fragte sich unwillkürlich, ob Jonas Becker wohl traumatisiert gewesen war, als er von der Entführung erfahren hatte. Und sich nur wenig später bei einer Trauerfeier wiederfand.

Julia war pünktlich. Gesa hatte das nicht unbedingt erwartet, sie wäre nicht einmal überrascht gewesen, wenn das Mädchen gar nicht erschienen wäre.

Sie trafen sich am vorderen Eingang des Bürgergartens. Viele Spaziergänger schlenderten über die gepflegten Wege, einige saßen auf den Bänken und genossen die Sonnenstrahlen des Oktobers.

Julia sah blass aus, noch blasser, als bei ihrem ersten Treffen in der Villa Gerd Greffins. Sie trug einen schwarzen Mantel, der ihre blonden Haare und das fahle Gesicht fast weiß erschienen ließ.

Schweigend gingen sie einige Schritte.

„Ich hätte nicht gedacht, dass ein Mädchen wie du Nick Cave hört“, begann Gesa.

Julia lächelte zaghaft. „Ich war irgendwann mal bei einer Freundin zum Lernen. Die Mutter war auch da und las. Im Hintergrund hörte ich dann diese Stimme. Ich kannte bis dahin nur das Duett mit Kylie Minogue, aber das kennt ja jeder.“

„Ich weiß, was du meinst. Mich hat ein Kollege irgendwann darauf gebracht. Es gibt 15 Alben von Nick Cave, wusstest du das?“

Sie nickte. „Ich hab fast alle in iTunes. Nur das neue noch nicht. Haben Sie das? Ist es gut?“

Gesa öffnete ihren Mantel und griff in die Innentasche. Es war aufgesetzt und inszeniert, aber es funktionierte. „Meinst du das?“

Sie hielt dem Mädchen die CD hin. „Eine CD. Oldschool."

„Falsch. Oldschool wäre eine Platte."

„Wer hört denn noch Platten?" Sie betrachtete das Cover. Links Nick Cave, wie er mit dem rechten Arm auf ein weißes Licht zeigt. Rechts die wunderschöne, nackte Frau, deren Gesicht von braunem Haar bedeckt ist. Beide stehen in einem großen weißen Raum, doch zwischen ihnen liegt eine ganze Welt.

„Sie gehört dir."

Julia steckte die CD in ihre Manteltasche.

„Und als Dankeschön soll ich Ihnen jetzt erzählen, was für ein Arsch mein Stiefvater war?" Gesa zuckte zusammen. Julia hatte bei diesem Satz nicht einmal aufgeschaut. Sie hatte es einfach so dahingesagt, gekleidet in Worte voller Kälte. Gesa antwortete nicht und wartete ab, wie lange Julia die Stille ertrug. Sie holte die CD wieder aus der Tasche, drehte sie um, las die Titel der einzelnen Songs.

„Beim ersten hat er die Vokale weggelassen. Warum?"

„Nicht alle Vokale, nur ein paar. Keine Ahnung, wieso."

„Sind ja nur neun Songs drauf."

„Ja, ein paar sehr lange sind dabei. Und alle toll. Aber relativ ruhig."

„Ist mir auch lieber." Sie blieb stehen und schaute Gesa direkt in die Augen. „Vielen Dank für die CD. Aber ich kann Ihnen nicht helfen."

Gesa nickte. „Du musst nicht über ihn sprechen."

„Wenn ich das nicht wollte, wäre ich nicht gekommen. Nur … ich war damals sechs, jetzt bin ich fast 15. Ich denke eigentlich jeden Tag an meine Mutter, aber nur selten an Jonas."

„Hast du ihn eigentlich Papa genannt oder Jonas?“

Sie setzten ihren Weg fort. Die Sonne stand schon tief am Himmel.

„Mal so, mal so. Oft auch Jonas-Papa.“

Richtig, dachte Gesa. So hatte er auch den Brief unterschrieben. Jonas-Papa. „Und du warst sein Spatz?“

„Woher …? Ach, der Brief. Haben Sie ihn noch?“

„Wir lassen ihn gerade untersuchen.“

Sie kamen an den Teich. „Kommen Sie, die Sonne steht noch genau zehn Minuten auf dieser Bank da. Ist es nicht schön, wie sie die Bäume immer schneiden? Wie große Pylone.“ Sie setzten sich und schauten eine Zeitlang auf den Teich. „Hat Jonas jemals etwas darüber gesagt, dass er gerne weggehen würde? Hat er von einer Stadt gesprochen, die ihm gefällt, oder von einem Land?“

Julia schüttelte den Kopf. „Wir waren ein paarmal in Holland, als ich noch klein war, dann, kurz bevor meine Mutter entführt wurde, in Griechenland. Wir haben halt Urlaub gemacht. Sonst war da nichts. Er hat sich nie über so was geäußert.“

„Du weißt, dass wir diesen ganzen Fall jetzt wieder aufrollen müssen. Wirst du morgen in die Schule gehen?“

„Nein. Ich gehe frühestens Mitte der Woche wieder. Mein Großvater wird das regeln. Ich weiß schon, was da jetzt alles kommen wird“, sie lachte schief und wirkte dabei unendlich hilflos, „ich habe 280 Facebook-Freunde. Wahrscheinlich stehen da bald die ersten Kommentare. Ich hab seit heute Morgen nicht mehr reingeschaut.“

„Solltest du auch nicht.“

Zwei alte Frauen humpelten ihres Weges, ein kleiner Junge lief protestierend hinter seiner Mutter her.

Die Sonne sank tiefer und schickte die letzten Strahlen des Tages auf die kleine Holzbank. Gleich würde es kühl werden. Doch vorher begann Julia zu reden. „Ich weiß wirklich nicht mehr viel, Frau Markowski. Aber was ich noch weiß, ist, dass er für mich mein Papa war. Er kam zu uns, da war ich zwei Jahre alt. Meine Mutter war von meinem richtigen Vater ziemlich verarscht worden. Ein Italiener, der in seiner Heimat eine zweite Familie hatte und uns irgendwann verließ. Aber das habe ich gar nicht mitbekommen. Meine Mutter und er verstanden sich wohl nie besonders. Mit Jonas war das, glaube ich, anders. Jedenfalls, was ich als Kind so mitbekommen habe. Sie stritten sich kaum, aber er hatte damals schon immer viel gearbeitet. Doch wenn er Zeit hatte, haben wir viel unternommen. Er war nie ... böse oder sonst etwas. Im Gegenteil. Er war manchmal eher ..." sie machte eine Pause, „das klingt jetzt vielleicht bescheuert, aber er wirkte manchmal ein bisschen gleichgültig. So, als sei ihm manches egal."

Gesa stutzte. „Manches? Oder du und deine Mutter?"

„Ach, ich weiß es nicht. Er war nie sehr emotional, nie sehr nah. Gekuschelt oder so habe ich meistens mit meiner Mutter, sie war ja auch viel häufiger für mich da als er. Er war zwar auch da, aber ... anders. Ich kann das gar nicht richtig beschreiben."

Die Sonne verschwand. „Gehen wir noch ein Stück?"

„Aber ich müsste dann auch gleich weg. Mein Freund kommt heute Abend noch."

„Ich kann dich fahren."

Vom Bürgergarten aus waren es nur ein paar Minuten bis zur Villa der Greffins. Sie hatte sich an seine Regeln gehalten. Alles war gut verlaufen. Aber sie hatte auch noch nichts Konkretes erreicht. Jonas Becker war also ein netter Stiefpapa gewesen, so wie Hunderttausende andere auch. Aber wie war er zu ihr in den Tagen der Entführung? Während des Begräbnisses? Gab es irgendetwas in seinem Verhalten, das nicht gestimmt hatte? Und wie hätte eine Sechsjährige das merken können?

Gesa gestand es sich ein: Sie hatte, was dieses Gespräch betraf, kaum etwas Brauchbares. Weiter herumstochern durfte sie aber auch nicht, sie hatte es Greffin versprochen.

„Sie fragen ja gar nichts mehr", sagte Julia plötzlich in die Stille hinein.

„Du hast doch schon viel erzählt. Das war schon eine ganze Menge fürs Erste."

„Ach ja? Und was machen Sie jetzt damit?"

Gesa zuckte die Schultern. „Das weiß ich noch gar nicht. Wir werden ihn wohl suchen."

Julia nickte. Sie wirkte plötzlich klein, so, als sei sie ein Stück in den Beifahrersitz hineingeschrumpft. Sie erreichten die große Villa. Julia schnallte sich ab und blieb noch einen Moment sitzen. Sie zögerte, und Gesa bemerkte, dass sie viel Mut zusammennehmen musste.

„Meine Mutter …", begann sie, und Gesa biss sich auf die Lippen. Das hatte Greffin in seinem Regelwerk nicht verkündet: Was, wenn sie das Thema anschnitt? Wusste sie dann, was sie tat?

„Ja?", entgegnete Gesa voller Vorsicht.

„Es wurden Knochen gefunden …"

„So ist es."

„Und ihr Kopf."

„Richtig."

„Kann ich ihn sehen?“

„Was?“

Julia lächelte, und dieses Lächeln steckte so voller Weisheit, dass nun Gesa zu schrumpfen begann. „Ich weiß, dass mein Großvater Sie gebrieft hat, Frau Markowski. Er hat mich auch gebrieft.“

Sie fühlte sich entsetzlich ertappt. Ihr Gesicht begann von einem Moment auf den nächsten zu kochen. „Er ist schon ein besonderer Mann“, sagte Julia und lächelte.

„Oh ja, das ist er.“

„Ich weiß, was ich tue und was ich sage. Es ist okay. Und ich habe ihm auch gesagt, dass ich Sie das fragen werde. Morgen treffe ich mich mit meiner Therapeutin, sie weiß Bescheid, was geschehen ist. Nur von unserem Treffen hier weiß sie nichts, das haben wir allein entschieden, mein Großvater und ich.“ Gesa konnte nur noch zuhören. Ihre eigenen Worte waren irgendwo versteckt, und sie schienen meilenweit entfernt zu sein. „Ich konnte mich damals nicht einmal von meiner Mutter verabschieden. Ich … brauche einfach etwas … ich muss das irgendwie auf die Reihe kriegen … ich will sie sehen. Können Sie das verstehen?“

Gesa nickte und starrte dabei zuerst durch die Scheibe, dann hinüber zu Julia.

„Ja, das kann ich.“

Julia nickte. „Danke schön. Ich muss jetzt. Und danke noch mal für die CD.“

„Nein, ich danke dir.“ Sie reichte Julia die Hand. „Dein Großvater ist ein großartiger Mann, soweit ich das nach so kurzer Zeit beurteilen kann. Und du bist eine großartige junge Frau.“

Julia lächelte und öffnete die Tür.

„Ach so, Julia ... wenn du sie gleich einlegst, die Oldschool-CD, dann lösche das Licht und schließe die Augen."

Julia drehte sich noch einmal um. „Also genau so, wie bei den anderen 14 Alben auch."

„Genau so."

Gesa schaute Julia Greffin noch einen Augenblick lang nach und fuhr los.

Schon am nächsten Tag würde sie sie wiedersehen. Aber das ahnte sie jetzt noch nicht.

Wuppertal

Moritz Brinker wusste, dass ihm die Ruhe eigentlich gut tat, die der Sonntagmorgen ihm und Nils bescherte. Aber gleichzeitig machte sie ihn nervös. Sie spielten seit drei Stunden Lego, aber er stand immer wieder auf, starrte auf sein Handy, studierte auf dem Notebook die lokalen Nachrichtenportale. Er wartete, ohne genau zu wissen, worauf.

Sie berichteten groß über den Unfall, auch der Name Kotthaus war bald in aller Munde. Im Facebook-Profil des Wurstunternehmens kondolierten Menschen, die ihn gekannt hatten, und auch ganz viele andere, denen allenfalls sein Name geläufig war, aber mehr auch nicht. Hauptsache, man schrieb irgendwas mehr oder weniger Belangloses hinein.

Zur Entführung tauchte kein Wort auf. Jedenfalls fand er nichts, also schien Bettermanns interne Nachrichtensperre funktioniert zu haben. Ihm fiel ein Nachruf in der Wuppertaler Zeitung auf: „… hinterlässt eine Frau und eine Tochter.“ Seine erste Assoziation darauf war nicht, ob denn diese Tochter noch lebe, sondern dass sie ihr Kind schlug.

Nils' Worte ließen ihn nicht mehr los. Nils war kein Geschichtenerzähler, der sich so etwas ausdachte, und er hatte heute Morgen noch dreimal nachgefragt. Er war sicher: Nils sagte die Wahrheit, und Sam hatte auch ihm die Wahrheit gesagt. Er fragte sich nur, was er mit dieser Information anfangen sollte. Spielte sie irgendeine Rolle? Jetzt war

Laura Richter das Opfer, was immer sie mit ihrem Sohn auch machte.

Es hatte wohl wenig Sinn, Elfriede Kotthaus darauf anzusprechen, gerade jetzt, nach dem, was passiert war.

Aber er musste Henning damit konfrontieren. Sie hatten, wenn überhaupt, dann nur kurz über ihre Beziehung gesprochen, über die Affäre. Er hatte nur gesagt, sie sei nicht sehr geduldig. Aber wenn sie ihren Sohn grün und blau schlug, musste er das mitbekommen haben. Und wenn Nils doch zumindest ein bisschen übertrieb? Typisch kleiner Fünfjähriger, der mit sprechenden Schwämmen im Fernsehen und blauen Monstern in Büchern aufwuchs?

Er verspürte immer wieder den Impuls, Henning anzurufen. Aber er gab ihm nicht nach.

Wuppertal

Gespräch zweier Männer

„Jetzt sag nicht, du hast ein schlechtes Gewissen."

„Nein, aber ... ich habe gestern Abend noch die Bilder gesehen im Internet. Der Wagen war Schrott. Und du meinst, der Unfall war der Grund, warum es nicht geklappt hat?"

„Was denn sonst? Und deswegen müssen wir es morgen wieder versuchen. Wir werden einen zweiten Brief abgeben. Aber mit Nachdruck."

„Was heißt mit Nachdruck?"

„Überlege ich mir noch. Du hast alles richtig gemacht, mach dir keinen Kopf. Niemand hat dich mit ihr gesehen, keiner hat was mitbekommen, sonst säßen wir jetzt nicht mehr hier. Es ist immer noch alles wie bisher."

„Und wir nehmen denselben Ort?"

„Was bleibt uns übrig? Die Hütte liegt in der Nähe. Alles andere verursacht uns nur noch mehr Aufwand. Sie haben bisher dort nichts weiter gefunden, und das werden sie auch nicht. Was schaust du so kritisch?"

„Ich weiß nicht, wie lange sie noch durchhält. Sie wirkte heute sehr fertig. Bitte ... das muss jetzt wirklich zu Ende gehen. Sonst ..."

„Sonst was? Sonst WAS?"

„Schon gut."

„Denk dran, wer hier der ist, der sagt was getan wird und wer der andere ist. Du bist der andere, und zwar so lange, bis diese Nummer durch ist. Und dann kannst du von mir

aus hingehen, wo der Pfeffer wächst. Den einen Tag wird sie schon noch schaffen. Mach dir übrigens um morgen keinen Kopf. Ich werde morgen früh hinfahren. Und auch alles andere regeln."

„Und morgen Abend wird es vorbei sein?"

„Das schwöre ich dir."

Dann die Tür.

Schwere Schritte. Der Große.

Inzwischen erkennt sie ihn daran.

Plötzlich steht er vor ihr.

Schmerz. Er zerrt sie an den Haaren auf einen Stuhl.

„Mmhhhhhh!"

Dann seine Hand. Wie sie ihren Arm packt. Ihn auf den Tisch knallt. Alles brennt. Wieder seine Hand.

Sie spürt, wie sie zittert. Dann ein schreckliches Reißen. Dann ein Schnitt. Und in ihrem linken kleinen Finger explodiert es. Die Explosion löst eine Schockwelle aus, die einmal durch ihren Körper fährt. Sie schreit, wie sie noch niemals geschrien hat, greift mit der anderen Hand nach dem Ringfinger, fühlt Blut … und … dass etwas fehlt. Er hat ihr die Fingerkuppe abgeschnitten. Sie spürt noch, wie sie zur Seite fällt.

Dann der Schmerz. Sie kommt zu sich und will nach dem Finger tasten. Sie spürt die Handschelle um ihre linke Hand. Trotzdem schafft sie es, mit der einen Hand den Finger zu berühren. Er ist dick verbunden. Und er pocht. Dann erst spürt sie, dass etwas fehlt. Die Augenbinde ist weg. Sie öffnet vorsichtig die Augen. Unter ihr die Matratze. Der Holzboden. Der Eimer. Der Tisch und der Stuhl. Auf dem Tisch die Augenbinde. Verbarrikadierte Fenster, durch die nur schmale Fetzen von Sonnenlicht herein gelangen. Rechts ein kleiner Schrank, auf dem Wasser und ein Stück Brot stehen.

Sie schaut an sich herab. Ihre Beine sind zusammengebunden. Die linke Hand in der Handschelle, die Handschelle an einer Kette, die Kette an einer Wand. Sie betrachtet die

Kette, die Verschlüsse und weiß, dass sie die nie aufkriegen wird. Die Kette ist genau so lang, dass sie sich bewegen kann. Sie reicht sogar bis zum Eimer.

Sie zieht die Oberschenkel an, dreht sich, lässt sich zur Seite fallen, stützt sich auf einen Ellbogen, richtet sich irgendwie auf, stolpert, schlägt auf ihr Gesicht. Schmerz.

Jetzt hievt sie sich in die Hocke, stützt sich am Tisch ab. Steht. Humpelt vorsichtig zum Regal. Greift sich die Wasserflasche. Trinkt. Stellt die Flasche ab. Sie entdeckt neben der Flasche Schmerztabletten. Muss bitter lächeln. Nimmt drei auf einmal. Trinkt. Humpelt zurück zur Matratze.

Lässt sich fallen. Kann die Tränen nicht aufhalten.

Sie hat versucht, die Tage zu zählen. Und die Nächte.

Es sind sechs oder ... doch zehn? Oder mehr? Sie weiß es nicht.

Sie schaut zu dem Eimer hinüber. Wie oft hat sie da jetzt schon reingepinkelt? Wenigstens hat dieses Arschloch ihn zwischendurch auch mal leer gemacht.

Sie spürt, wie die Gedanken wieder wie Krieger durch ihr Gehirn strömen. Sie will nicht mehr denken. Sie hat tagelang hier gelegen, gesessen, getrunken, gepinkelt, gedacht. Immer dasselbe. Immer sind es dieselben tausend Möglichkeiten.

Aber keine Antwort.

Und kein Ende.

Nur der Schmerz.

Wuppertal

Nach der Morgenkonferenz war Moritz kurz zum Bäcker gegangen. Er hatte das Frühstück wieder einmal sausen lassen, damit Nils um sieben in der Kita sein konnte. Um kurz nach halb zehn klingelte sein Handy. Hennings Nummer leuchtete auf.

Moritz nahm ab. „Hallo Henning."

„Hier liegt ein Päckchen. Mit Blut dran."

„Was?"

„Ich weiß, ich sollte dich nicht anrufen, sondern Frau Berger, aber … aber da klebt Blut dran, Moritz. Und ein Umschlag."

Eine Stunde später lag das Päckchen auf dem Konferenztisch im Präsidium. Daneben, in einer Zipp-Tüte, steckte der Brief.

Ein Kollege der Spurensicherung öffnete vorsichtig das Päckchen, indem er die beiden zugeklebten Laschen durchtrennte. Als er die Laschen hochklappte, entfuhr Saskia Berger ein Schrei. Moritz Brinker drehte sich weg. Und Henning Richter stieß ein Grunzen aus, schlug die Hand vors Gesicht, wankte zur Tür und stürmte dann über den Flur ins Bad.

In der Schachtel lag die Kuppe eines weiblichen Ringfingers.

Der Ring sah genauso aus wie der am Ringfinger von Henning Richter. Nur kleiner.

Der Brief selbst, der in dem Umschlag steckte, wies dagegen auch diesmal keine Spuren auf. Aber er enthielt eine neue Botschaft: *„Heute Abend um 18 Uhr. Derselbe Ort. Dieselbe Summe. Es kommt eine Person. Dies ist Ihre zweite und letzte Chance."*

Als Henning Richter wieder durch die Tür trat, war jede Farbe aus seinem Gesicht gewichen.

Er setzte sich und las den Brief. Starrte Moritz und Saskia an. Strich sich viermal durch die langen Haare. Wieder das Zittern. „Diesmal mache ich es selber. Komme, was wolle."

Sie gaben den Finger sofort weiter zur DNA-Analyse. Kurze Zeit später gab es gar keine Zweifel mehr, dass der Finger in der Schachtel Laura Richter gehörte.

Saskia Berger legte die Uhrzeit fest: Sie würden sich für 16 Uhr am Nachmittag mit Henning Richter im Präsidium treffen. Moritz begleitete ihn über den Flur. Henning schaute ins Nichts. „Ich habe Angst, Moritz."

„Ich weiß. Aber diesmal fährt kein Auto eine Böschung runter. Diesmal wird es klappen."

„Dieser Finger … mein Gott … wer weiß, was die sonst noch …"

„Nichts. Nichts haben die."

Saskia Berger bog um die Ecke und lief von hinten auf die beiden zu, doch Moritz bemerkte sie nicht.

„Was mache ich mit Sam?", fragte Henning.

„Franz kann ihn mit abholen. Ich sage ihm Bescheid. Okay?"

Henning nickte und legte Moritz die Hand auf die Schulter. „Danke."

Erst als Henning Richter im Fahrstuhl verschwand, nahm Moritz Saskia wahr, die schweigend hinter ihm gestanden hatte. Er drehte sich abrupt um. „Hoffentlich schafft er das", sagte er zu ihr.

„Hoffentlich schaffst du das", entgegnete sie.

„Bitte was?"

„Hatten wir nicht eine Absprache? Er hat sich von dir verabschiedet wie von einem Freund. Nicht wie … von einem Kommissar, der an seinem Fall arbeitet."

Moritz schüttelte etwas zu auffallend den Kopf. „Das bildest du dir ein."

„Nein, das glaube ich nicht. Wie lange kennt ihr euch noch mal?"

„Was? Nicht lange … seit ein paar Wochen oder so ... aber das tut doch gar nichts …"

„Geht mich ja auch eigentlich nichts an", unterbrach sie ihn. „Nein, es geht mich doch was an, weil ich das Ganze hier leite und weil wir eine Vereinbarung haben. Und wie ihr euch gegenseitig anschaut, oder so wie eben ... verabschiedet … du kannst mich für bescheuert halten, aber … das sieht so aus, als kennst du Henning Richter schon seit Ewigkeiten. Und er dich."

Wieder hatte er schemenhaft einen jungen Mann vor Augen. Groß, schlank, etwas schlaksig, kurze Haare. Aber kein Gesicht, kein Name. Er antwortete nicht, weil er wusste, es gab keine richtige Antwort. Aber sie erwartete auch keine.

„Moritz, ich weiß, dass du dich nicht dran gehalten hast. Ich weiß, ihr telefoniert, eure Jungs gehen in denselben Kindergarten, ihr habt euch mindestens einmal letzte Woche getroffen. Ich weiß es einfach, und woher, das tut nichts zur Sache."

„Doch, tut es."

„Nein, tut es nicht. Und auch Bettermann weiß darüber Bescheid. Richter hat eine Frau verloren, du hast eine Frau verloren. Ich weiß nicht, wer sich da an wen klammert, und vielleicht ist es für Henning Richter jetzt auch gut, jemanden wie dich zu haben. Aber, verdammt noch mal, es ist schon eine Menge schiefgelaufen."

„Niemand kann etwas dafür, dass Dieter Kotthaus beim Überholen eines Traktors einen Herzinfarkt bekommt. Und wir tappen so sehr im Dunkeln, dass wir ja fast auf die Entführer angewiesen sind."

„Das weiß ich auch!" Sie war lauter geworden, als sie es beabsichtigt hatte. Sie stemmte die Hände in die Hüften und atmete tief ein und aus. „Aber was ist, wenn wir ... und wenn Henning Richter ..."

„Wenn Henning Richter - was?"

Sie seufzte und richtete sich dann gerader auf, so als wolle sie sich selbst ein wenig größer machen. Wichtiger. „Die Kollegen haben alle Nachbarn im Umkreis von zehn Häusern rund um die Wohnung der Richters befragt. Niemand hat etwas Auffälliges gesehen, und das dreimal nicht. Jemand gibt zwei Briefe und ein Päckchen ab. Er muss zumindest zu Fuß oder auf dem Fahrrad oder wie auch immer zu diesem Haus gelangen. Gut, er kann es nachts gemacht haben oder ganz früh morgens. Die Richters bekommen keine Tageszeitung. Also kommt außer dem Postboten, und der ist erst nachmittags da, keiner zu denen, um etwas abzugeben."

Er spürte wieder, wie ihm Hitze in den Kopf stieg. Sein Unterkiefer begann zu zittern. Er drehte sich um und rannte in Paul Bettermanns Büro, stieß die Tür so fest auf, dass sie rechts gegen die Wand stieß, und blieb vor Bettermanns Schreibtisch stehen. Bettermann schien auch gerade erst vom Konferenzraum zurück zu sein. Er stand neben dem Schreibtisch und fuhr erschrocken herum. „Herr Brinker, was?"

„Wie lange geht das schon so, Herr Bettermann?"

„Was meinen Sie?"

Doch in diesem Moment erschien Saskia Berger hinter ihm und schüttelte in die Richtung von Bettermann den Kopf. Bettermann schloss die Augen und atmete tief aus.

„Herr Brinker, was sagt Ihnen der Satz: *Wir haben nichts, wir müssen in alle Richtungen denken?*"

„Und alle Richtungen heißt bei Ihnen, dass Henning Richter … was genau getan haben soll?"

„Nichts. Aber wir sind in einer Situation, in der wir nach einer Woche immer noch so sehr am Anfang stehen, dass wir keine Wahl haben. Also haben wir auch das Unmögliche in Betracht gezogen. Und dass Henning Richter seine eigene Frau entführt haben könnte … es ist ja nicht so, dass es so etwas nicht schon gegeben hätte."

Moritz hatte das Gefühl, dass er gleich vornüber kippte. „Was? Sie glauben …?"

„Ich glaube gar nichts, Herr Brinker. Ich eruiere Möglichkeiten, die Sie ganz offensichtlich bislang nicht eruiert haben. Sie haben lieber mit ihm abends Wein getrunken oder den einzigen freien Nachmittag verbracht, den Sie in den vergangenen Wochen hatten, damit Ihre Söhne zusammen spielen können. Wir wissen es, Herr Brinker, fragen Sie nicht, warum. Und ich hatte Ihnen gesagt, dass ich es nicht für die beste Idee halte, dass Sie überhaupt in diesem Fall ermitteln."

Moritz ließ sich auf den Stuhl fallen. Ihm fiel nichts ein, was er hätte antworten können. Sie hatten ihn bloßgestellt. Er selbst hatte sich bloßgestellt. Er dachte an seine Instinkte. Sie hatten doch immer funktioniert.

„Ich kenne Henning Richter …", begann er.

„Nein. Er kennt Sie."

„Was soll das jetzt wieder heißen?"

Bettermann schüttelte den Kopf. „Ach nichts. Heute Morgen, als er anrief, er habe ein Päckchen im Briefkasten … ich meine ... gestern war es noch nicht da.

Also muss es ihm in der Nacht gebracht worden sein. Wir hatten aber einen Wagen in Sichtweite zu seinem Eingang postiert."

„Sie hatten was? Seit wann lassen Sie ihn beobachten?"

„Tut nichts zur Sache. Immer wieder mal. Die Kollegen haben niemanden auf das Haus zulaufen oder davon weggehen sehen – außer Richter selber."

„Haben Sie ihn daraufhin vernommen?"

„Nein, wir wollen heute erst mal die Übergabe abwarten. Immerhin macht er die ja selber. Noch mal, Herr Brinker: Wir verdächtigen niemanden konkret. Auch diesen Juwelierfritzen und seine Mischpoke in Barmen haben wir unter Beobachtung, schon aus noch ganz anderen Gründen."

„Und Jörg Kruse? Haben Sie da auch einen aufgestellt, um ihm beim Schlafen zuzuschauen, weil Sie mir nicht glauben?"

Bettermann zog die Stirn kraus. „Wer? Ach, der Messi, der morgens kaum aus dem Bett kommt? Da waren Sie doch selbst und sagten, der Mann sei ein Wrack."

„Ist er auch. Ich mein ja nur …", Moritz zögerte, er wusste, er sollte diesen Satz herunterschlucken, aber seine Wut war stärker, „wenn Sie ohnehin schon meine Arbeit infrage stellen."

Bettermann hob abwehrend die Hände. „Tue ich nicht. Ich warne Sie nur."

Bettermann nickte Saskia Berger zu, die die ganze Zeit schweigend in der Tür gestanden hatte. Sie nickte zurück und verließ Bettermanns Büro.

Moritz ließ Bettermanns letzte Worte noch einmal Revue passieren. „Sie tun was? Mich warnen?"

„Ich hatte eigentlich vor, Sie von dem Fall abzuziehen. Frau Berger will Sie aber im Team behalten. Doch bis dieser Fall hier durch ist, egal ob heute schon oder in einer Woche erst: Sie halten sich von Henning Richter fern. Und, Entschuldigung: Ihre Kinder können im Kindergarten spielen. Das ist doch wohl alles ein Witz."

Moritz stand schweigend auf. Bettermann ebenfalls. Dann sagte er: „Sie sehen schlecht aus, Herr Brinker. Gehen Sie raus, schnappen Sie frische Luft. Und dann sehen wir zu, dass wir diese Geschichte irgendwie zu Ende bringen."

Moritz taumelte über den Flur Richtung Fahrstuhl. Seine Gedanken schwirrten in seinem Kopf wie ein Schwarm Fliegen, es war alles ein großes Summen.

Es war jetzt kurz nach elf. Um 15 Uhr würden sie sich treffen, um die Übergabe vorzubereiten, eine Stunde später sollte Henning Richter dazukommen.

Er setzte sich ins Auto. Volbeat krachten aus den Boxen, Outlaw Gentleman and shady ladies. Wer war hier der Outlaw? Und wer war der Gentleman? Die Gitarrenriffs ergossen sich wie eine Welle über ihn. Er startete den Wagen und fuhr die B 7 entlang. Ihm fiel auf, dass er plötzlich Zeit hatte. Bettermann und Saskia Berger hatten nichts weiter geplant, jedenfalls nicht mit ihm. Was parallel alles ohne ihn lief, davon hatten sie ihm ja gerade eine Kostprobe gegeben. Und so drehte er die Musik noch lauter und ließ sich im Morgenverkehr über die B 7 treiben. Einfach so, ohne nachzudenken. Er erreichte Elberfeld, fuhr am Sparkassenturm vorbei, ließ das Luisenviertel rechts liegen, fuhr weiter auf die Straße Richtung Vohwinkel. Der Himmel riss ein wenig auf, und er bog links unter der Schwebebahnhaltestelle ab zum Zoo. Warum, wusste er selber nicht. Er machte einfach.

Eine halbe Stunde später stand er vor dem Löwengehege. Außer ihm waren zu dieser Zeit nur ein paar Schulklassen und eine Handvoll Rentner im Zoo. Er war schon ein paarmal mit Nils hier gewesen, und Nils, der für sein Alter ziemlich gut zu Fuß war, wollte immer gleich hoch zu den Tigern und Löwen.

Moritz schaute den Raubtieren dabei zu, wie sie durch die Weite des Geheges streiften, scheinbar ziellos, aber in Wirklichkeit hatte jede ihrer Bewegungen einen Sinn. Weil die Instinkte ihnen diesen Sinn gaben.

Moritz stand wie erstarrt auf der Aussichtsplattform und dachte an Bettermann und die Nummer mit seinen Instinkten. Er dachte auch an Henning Richter und die Nummer mit dem Päckchen. Und schüttelte den Kopf. Total banal erschien ihm das. Wahrscheinlich hatten sich die Kollegen vom Observierungsteam genauso dämlich angestellt wie bei dem Tschetschenen in Elberfeld und die halbe Nacht verschlafen.

Schlafen.

Die halbe Nacht.

Den ganzen Tag.

Schlafen.

Er drehte sich um und lief den Berg hinunter zum Ausgang.

„Das war ja ein kurzer Besuch", rief ihm die Dame an der Kasse noch nach, doch er hörte sie nicht mehr.

Als er das weiße Haus in der Reinshagener Straße 106 in Remscheid erreichte, drückte er fünfmal nacheinander die Klingel mit dem Namen Kruse. Er wusste, es war vermutlich völlig absurd, aber was hatte Bettermann vorhin noch gesagt? „Wir müssen in alle Richtungen denken." Und Kruse war eine Richtung. In welcher Weise auch immer. Auch, wenn er das

Haus kaum noch verließ. Denn sein Auto stand vor der Tür.

Als niemand öffnete, ging er die anderen Namen durch. Siebert. Natürlich. Er seufzte und drückte die Klingel.

„Ja, wer is'n da?" Die Stimme von Ingrid van Bergen.

„Brinker, der Kommissar. Von letzter Woche. Sie erinnern sich?"

„Ah, na kommense ma rauf."

Er wunderte sich über die plötzliche Offenheit und drückte die surrende Tür auf.

Frau Siebert empfing ihn ohne Zigarette im Mund. Und ohne Kind auf dem Arm. „Schscht, aber bitte leise, sie ist gerade eingeschlafen. Hat die halbe Nacht gezaubert, das kleine Luder. Sie wollen zum Kruse, oder?"

„Ja, wahrscheinlich schläft der noch, richtig?"

„Nee, der is schon weg."

Moritz schaute überrascht auf die verschlossene Wohnungstür. „Wirklich? Also arbeitet er wieder? Letzte Woche hatte das aber nicht den Anschein, als ob er überhaupt … und dann müsste er ja mit dem Bus …"

Sie unterbrach ihn. „Mit dem Bus? Nee. Der hat doch ein Motorrad im Hof stehen. So ne schwarz-blaue Crosskiste. Dat Auto hat der seit Wochen nich mehr benutzt. Aber mit seiner Karre war er … ja, seit Sie hier waren, war dat eigentlich so, da war er jeden Tach mal für ein paar Stunden weg."

Moritz spürte, wie sein Herz schneller klopfte.

Verfluchter Instinkt. Wo war der letzte Woche geblieben?

„Und dann war er … einkaufen?", fragte er Frau Siebert.

Die schüttelte den Kopf. „Ich glaub nich. Der ging ohne wat und der kam ohne wat. Moment …"

„Bitte denken Sie jetzt genau nach, Frau Siebert. Es ist wirklich wichtig."

„Ja, tu ich doch … also zweimal hatte der ziemlich versaute Schuhe an. Als wenn er damit durch n Wald oder durch Schlamm gelaufen wäre. Dat halbe Treppenhaus hat der uns hier versaut, und ratense mal, wer dat dann schrubben durfte. Der fährt bestimmt immer zu den Nutten im Eschbachtal, wennse mich fragen. Die stehen doch da mitten in der Matsche."

Moritz nickte, aber den letzten Satz hatte er schon gar nicht mehr wahrgenommen.

„Danke, Frau Siebert."

„Hat der also doch Dreck am Stecken, wa. Und nich nur am Schuh!" Sie lachte laut. Aus dem Hintergrund drang gequältes Kindergeschrei zur Tür. „Ach Scheiße, jetz is dat Blag doch wieder wach." Frau Siebert ließ die Tür ins Schloss krachen.

Moritz setzte sich auf die Treppe und legte die Hände in den Schoß. Natürlich konnte das alles Mögliche bedeuten. Aber es konnte eben auch genau das bedeuten, weswegen er hier war. Vor allem hieß es, dass Jörg Kruse ihn an der Nase herumgeführt hatte. Er hatte Theater gespielt. Wahrscheinlich war er ein Messi, ein Fertiger, ein Verlorener. Aber keiner, der so kaputt ist, dass er nicht mehr aus dem Bett kommt. Sondern immer noch so agil, dass er munter durch die Weltgeschichte rast. „Und die Frau entführt, die ihn verlassen hat." Er sagte es halblaut in den Flur hinein.

Vielleicht war es Rache. Vielleicht Verzweiflung. Vielleicht auch Geldgier. Denn Jörg Kruse wusste mit Sicherheit, wer Dieter Kotthaus war und dass es bei ihm auch ordentlich was zu holen gab. Er war Kartograph, also kannte er sich im Bergischen bestens aus. Er kannte wahrscheinlich auch einige der Kunden von Laura Richter, selbst die im Oberbergischen. Moritz schüttelte den Kopf und schob diese Gedanken wieder ein Stück zur Seite.

Es konnte so sein. Und das reichte ihm.

Dann ein Bellen.

Wirklich?

Sie kommt zu sich. Alles schmerzt. Der Finger stößt Schmerzwellen aus, die alles überrollen.

Wieder ein Bellen. Näher jetzt.

Sie rafft sich auf. Schafft es irgendwie, sich hinzusetzen.

Noch einmal das Bellen. Ein helles Bellen.

Dann eine Stimme von draußen. Weit weg. Männlich. „Buddy? Buddy, wo bist du denn? Buddy!"

„Mhmhhh!"

Sie stampft mit den Füßen auf den Holzboden, es klingt dumpf und leise, sie trägt nur Strümpfe.

Das Bellen kommt näher. Die Stimme auch. „Buddy! Was machst du denn an der Hütte da?"

Jetzt bellt es direkt vor der Tür.

Schnelle Schritte auf dem Waldboden.

„Hallo? Ist da jemand?" Die Stimme eines älteren Mannes.

„Mmhhhmm"

Dann ein Klopfen.

„Hallo! Ist … ist da jemand drin?" Wieder das Bellen. „Ja, aus jetzt! Ruhig, Buddy! Hallo?"

„Mhmh!! Mhmh! Mhmm." Sie spürt, wie ihr Hals schmerzt, doch sie schreit weiter. Schritte um das Haus herum. Dann ein Rütteln. An der Tür. Er versucht hereinzukommen.

Er rüttelt heftiger. „Verflucht. Wer ist da drin?"

„Mhmhmh!!!!

„Ich höre Sie! Ich höre Sie! Wer immer Sie sind, ich rufe jetzt die Polizei. Die holen Sie da raus. Sie sind in einer Hütte im Wald, in der Nähe von Wipperfürth. Das ist ziemlich weit außerhalb. Es wird ein bisschen dauern, bis ... ja, hallo? Ist da die Polizei? Der Empfang ist schlecht, ich gehe ein Stück, warten Sie. Ja, mein Name ist Winter, und ich habe hier gerade ..."

„Mhmhh!!!!!!!"

Moritz griff zu seinem Handy und wollte gerade Bettermann anrufen, als er sah, dass Saskia Berger es in den letzten fünf Minuten dreimal probiert hatte. Ihm fiel ein, dass er es im Zoo auf lautlos gestellt hatte, um einen Moment lang nachdenken zu können, und auf dem Weg nach Remscheid hatte er es nicht mehr angerührt. Er hörte die Mailbox ab: „Moritz, wo bist du denn? Ruf bitte schnell zurück. Die Kollegen aus Wipperfürth haben sich gerade gemeldet. Ein Spaziergänger hat aus einer Waldhütte die Schreie einer Frau gehört. Er wollte sie befreien, kommt aber nicht in die Hütte rein. Eine Streife ist unterwegs, aber das ist wohl mitten im Wald, die werden also einen Moment brauchen."

Er rief zurück. Sie nahm sofort ab. „Berger."

„Hier ist Moritz."

„Na endlich. Hast du meine Nachricht abgehört?"

„Ja, habe ich. Wo ist der Mann mit dem Hund jetzt? Ich ... habe auch einen Verdacht, wer dahintersteckt. Es könnte Kruse sein."

„Was? Kruse? Wie kommst du darauf? Bist du da jetzt gerade? Wieso bist du da?"

„Eine Ahnung? Ich weiß es nicht. Jedenfalls ist der nicht so bettlägerig, wie ich dachte. Seine Nachbarin hat ihn in der letzten Woche fast täglich aus dem Haus gehen und mit seinem Motorrad wegfahren sehen. Und ein paarmal kam er mit völlig verschlammten Schuhen zurück."

„Scheiße. Unser Zeuge muss sofort von der Hütte weg ... ich lasse ihn gleich zurückrufen."

Moritz schaute auf die Uhr. „Also ich kann in einer Dreiviertelstunde da sein. Ich brauche aber hier eine Zivilstreife, die mich ablöst und Kruse abfangen kann, falls er es doch nicht ist oder falls er ..."

„... nicht alleine ist", ergänzte sie. „Regel das am besten gleich über Bettermann. Wir sehen uns dann dort." Es tutete im Handy. Jemand anders rief an.

„Bist du noch da, Moritz?"

„Ja, es ruft noch jemand an. Also dann bis gleich."

Es klickte in der Leitung.

Moritz Brinker schaute aufs Display. Ein Anruf in Abwesenheit – Henning Richter. Er steckte das Handy weg, wählte Bettermanns Nummer, berichtete ihm kurz das Wichtigste, wieder tutete es. Wieder Henning Richter. Er wollte das Handy gerade weglegen, als es ein drittes Mal klingelte.

Er schloss die Augen und nahm ab. „Henning, wie geht es dir?"

Henning sprach mit einer lauten, aufgeregten Stimme, die Moritz fremd war. „Ist alles in Ordnung bei euch? Ich hätte dich gar nicht angerufen, aber ..."

Und Moritz hatte Fragen auf den Lippen: Warum machst du es dann? Und woher wissen Saskia Berger und Paul Bettermann von Dingen, die sie eigentlich nichts angehen sollten? Aber er schwieg, denn jetzt hatte er andere Sorgen.

„Man erreicht niemanden", rief Henning in den Hörer. „Bei Frau Berger ist ständig besetzt, zurückgerufen hat sie auch nicht."

Ihm fiel keine Antwort ein.

„Moritz? Hallo? Hast du Empfang?"

„Ja, aber es ist jetzt schlecht", er zögerte, „wir sind hier gerade an einer anderen Sache dran ..."

„Ach so. Geht mich ja auch nichts an, aber: Solltet ihr nicht alles auf unsere Sache fokussieren? Ich habe noch ein paar Fragen wegen heute Nachmittag."

„Ich kann jetzt nicht, Henning, tut mir leid."

„Aber ich wollte doch nur ..."

„Nein. Geht jetzt nicht. Wir melden uns."

Er wartete die Zivilstreife nicht mehr ab, sondern fuhr einfach los.

Während Moritz das Gaspedal durchtrat, saß Henning Richter allein in seiner Wohnung und warf verzweifelt das Handy in die Ecke. Er spürte, wie ihm die Tränen kamen.

Gespräch zweier Männer

„Wo bist du jetzt?"

„Hab die Karre gerade abgestellt. Bin in zwei Minuten an der Hütte. Wieso?"

„Hol sie da raus."

„Was?"

„Mach, was ich dir sage. Hol sie da raus."

„Mit dem Motorrad? Wie soll das gehen ... ach du Scheiße."

„Was ist?"

„Da läuft ein Mann mit nem Hund um die Hütte herum."

„Bitte was? Wie kann einer diese Hütte finden?"

„Was weiß denn ich? Vielleicht der Hund. Sieht aus wie ein Münsterländer. Die jagen doch weiß ich wie weit. Ich glaube, der Kerl telefoniert. Warte. Jetzt nimmt er den Hund

an die Leine und rennt vom Haus weg. Verdammt, der kommt ja fast auf mich zu."

„Dann stimmt es doch. Ich wusste es."

„Was wusstest du?"

„Geht dich nichts an. Und jetzt versteck dich."

„Was glaubst du, was ich gerade mache?"

„Der hat wahrscheinlich die Bullen gerufen, und jetzt soll er sie in den Wald führen. Oder … ist dir irgendwer gefolgt?"

„Mir? Quatsch, hier ist weit und breit kein Mensch."

„Das sagst du. Hör zu: Hinter der Hütte führt ein Pfad ins Tal hinunter. Ganz am Ende steht ein verlassenes Bauernhaus, da kannst du eine Zeitlang bleiben. Wir müssen die Hütte aufgeben."

„Ich soll sie quer durch den Wald tragen?"

„Jetzt lass diese Scheißfragerei und mach. Die werden sich erst mal auf die Hütte konzentrieren. Bis sie an dem Haus sind, habe ich euch da abgeholt. Und jetzt gib Gas."

Es klickte. Und Jörg Kruse wartete darauf, dass der Spaziergänger verschwand und er losrennen konnte.

Im selben Moment klappte der Juwelier Ansgar Ernst in Wuppertal-Barmen sein Klapphandy zu. Der Albaner, der vor ihm saß, grinste ihn mit breitem Gesicht an.

„Noch mal Schwein gehabt, was?"

Ansgar warf ihm einen düsteren Blick zu. „Das wird sich zeigen. Ich sag ja, wenn man nicht alles selber macht."

Der Albaner schaute aus dem Fenster. „Ist dir das aufgefallen? Der Typ da draußen läuft jetzt schon zum dritten Mal hin und her. Macht mich langsam nervös."

„Und gestern auch schon und vorgestern auch. Deswegen geht die Nummer ja auch ganz woanders ab. Sieht aber nicht so aus wie ein Bulle, eher wie ein Privatdetektiv. Wie Zecken, diese Leute."

„Und wen schickst du jetzt rüber?"

„Mal gucken. Ich hab da hinten noch einen Mittelsmann, der ist schnell und gründlich."

Saskia Berger und Tim Plöger rasten mit Blaulicht über die Autobahn. Sie hatten noch eine halbe Stunde Fahrt vor sich. Genauso wie Moritz Brinker, der gerade durchs Eschbachtal fuhr.

Die Wipperfürther Verkehrskommissare Ottmar Walter und Peter Schmitz erreichten im selben Moment jene Stelle, an der eigentlich in vier Stunden eine Geldübergabe stattfinden sollte, was sie aber natürlich gar nicht wussten, weil sie ohnehin kaum begriffen, wie ihnen gerade geschah. Nur, dass sie auf ein schwarz-blaues Cross-Motorrad achten sollten. Sie waren noch gut zehn Minuten von der Hütte entfernt, die Kurt Winter, der Mann mit dem Münsterländer, schon gar nicht mehr sah, weil er sich auf dringenden Rat einer Kommissarin davon entfernt hatte und nun am Beginn des Waldwegs ausharrte.

Jörg Kruse öffnete die Tür. Sie hörte ihn und grunzte Unverständliches.

Dann die Tür. Und schnelle Schritte. Der Kleinere der beiden. Näherkommend. Motorradkleidung.

Die Augenbinde lag auf dem Tisch. Er nahm sie und band sie ihr um. Der dicke Verband an ihrer Hand war komplett vollgesogen mit Blut. Er stellte sich ihren

Schrei vor in dem Moment, als der Finger abgetrennt wurde. Wenigstens das hatte er nicht selber machen müssen. Aber er sah es natürlich ein: Es hatte keine andere Wahl gegeben. Und er war froh, dass er die Information mit dem Finger erst bekommen hatte, als es schon geschehen war. Alles andere hätte er noch schwerer ertragen können.

Er betrachtete sie einen Augenblick lang und dachte: *Nicht mehr lang. Es ist nicht mehr lang. Dann haben wir uns wieder. Dann habe ich dich wieder.*

Dann seine Hand.

Und er schlug zu.

Dann Schmerz. Und Schwärze.

Jörg Kruse löste die Kette, warf Laura Richter über seine Schulter und rannte aus der Hütte. Er blickte in alle Richtungen, entdeckte niemanden. Er lief um das alte Haus herum, dahinter begann der Abhang, der Pfad war kaum zu erkennen. Gut so. Er rannte den Berg hinunter. Nach einigen Hundert Metern tauchte das alte Bauernhaus auf, von dem er gesprochen hatte, und drum herum nur Wiesen und Felder. Er zwängte sich über einen Stacheldraht, hoffte, dass ihn niemand gesehen hatte und versteckte sich mit ihr in einer Scheune, die an einen Kiesweg grenzte. Sie atmete schwer.

Er saß kaum, da klingelte sein Handy. Er nahm ab. „Ja. Ich bin in der Scheune."

„Gut, ich werde in zwanzig Minuten da sein."

„Geht es nicht schneller? Sie werden alles absuchen."

„Nein, geht es nicht. Und den Hof erkennt von da oben erst mal niemand. Bis dahin bin ich längst bei dir."

„Gut, ich warte."

„Hast du die Waffe dabei?"

„Natürlich. Warum?"

„Nur zur Sicherheit."

Zuerst kam der Wipperfürther Streifenwagen am Waldrand an, als sie Kurt Winter und seinen Hund entdecken. Er stieg samt Hund ins Auto, sie fuhren noch ein Stück durch den Wald, soweit es eben ging. Als der Weg zu schmal wurde, stiegen die beiden Beamten aus. „Wo ist es?", fragte Walter.

„Ein Stück müssen wir noch laufen", antwortete Winter und zeigte Richtung Dickicht.

„Wer stellt sich am Arsch der Welt so ein Häuschen hin?", motzte Walter.

„Wer sperrt da eine Frau ein?", fragte Winter zurück.

Sein Münsterländer Buddy begann zu bellen. „Machen Sie bloß den Hund nicht los", warnte ihn Walter.

Winter streichelte Buddy den Kopf. „Dieser Hund hat die Hütte überhaupt erst gefunden."

„Trotzdem."

Als sie die Hütte im Dickicht der Bäume entdeckten, sahen sie sofort, dass die Tür offen stand. Sie stürmten hinein und hielten den Atem an. Es roch nach Urin, nach Fäkalien, nach Erbrochenem, nach Blut, alles auf einmal. An beiden Fenstern und an einigen Stellen auf dem Boden liefen Fliegen auf und ab.

Sie entdeckten die Matratze, den Tisch, den Stuhl, eine halbvolle Flasche Wasser, ein Stück Brot. Kurt

Winter wankte rückwärts aus der Hütte, in der Laura Richter eine Woche lang gefangen war, und übergab sich. Ottmar Walter holte sein Handy hervor. „Hallo? Frau Berger? Ja, wir sind an der Hütte. Sie ist leer."

„Was?"

„Sie ist leer. Aber die können nicht weit sein."

In diesem Moment traf Ottmar Walter eine Entscheidung. Nachdem Kurt Winter wieder halbwegs beieinander war, ging der Polizist auf ihn zu. „Sie haben recht, Herr Winter. Mit dem Hund, meine ich."

„Was meinen Sie?"

„Wenn er die Hütte gefunden hat, dann findet er vielleicht auch den Täter. Er kann doch nur ein paar Minuten Vorsprung haben. Entgegengekommen ist er uns nicht, also muss er sich in den Wald geflüchtet haben. Bis die Kripo hier ist, wird es noch einen Moment dauern."

Kurt Winter zögerte nicht. „Gut, aber ich gehe mit."

„Nein, zu gefährlich. Lässt er sich auch von anderen führen?"

Winter nickte. „Er ist ganz pflegeleicht. Sein Name ist Buddy."

„Vielleicht bringt er uns ja Glück. Buddy, komm du mal mit mir."

Und Buddy lief einmal durch die Hütte, nahm Witterung auf, rannte heraus und bellte laut. Walter nahm den Hund an die Leine und ließ sich von ihm führen.

Den Abhang hinunter.

Durchs Dickicht.

Über eine Weide. Auf einen verlassenen Hof zu.

Doch Buddy bellte einmal zu viel.

Jörg Kruse, dessen Herzklopfen gerade dabei war, ein normaleres Tempo anzuschlagen, schreckte auf. Er hatte sich mit Laura Richter zwischen feuchten alten Heuresten unter einem zerbrochenen Fenster versteckt und starrte durch die Scheibe nach draußen. Ein Polizist tauchte zwischen den Bäumen auf. An der Leine ein Hund, der ihn direkt auf das Haus zuzog. Er wusste: Wenn der Mann den Hund losließe, wäre alles vorbei. Er holte die Waffe aus seinem Rucksack, den er die ganze Zeit auf dem Rücken trug, und schraubte den Schalldämpfer darauf.

Der Hund bellte noch einmal.

Kruses Hand zitterte. Er legte die Pistole in den kleinen Spalt des Fensters, wo ein Stück Scheibe fehlte.

Die Hand zitterte stärker. Er stützte sie mit der anderen ab.

Er sah, wie der Polizist stehen blieb und innehielt.

Wie er einen Moment lang zur Scheune schaute.

Wie der Hund am Halsband zog.

Wie der Polizist zum Karabinerhaken der Leine griff, als wolle er sie lösen.

Kruse drückte ab.

Der Hund jaulte auf und krümmte sich. Er drückte wieder ab. Der Polizist fasste sich ans linke Bein. Kruse drückte ein drittes Mal ab. Der Polizist wurde nach hinten geworfen und fiel leblos aufs Gras.

Ottmar Walter hatte nie seine Dienstwaffe benutzen müssen.

Er sollte in einem Jahr frühpensioniert werden.

Und dann wollte er endlich reisen mit seiner Frau.

Raus aus diesem oberbergischen Nest.

Laura Richter zuckte bei jedem der Schüsse, aber sie kam nicht zu sich.

Als es vorbei war, ließ sich Kruse hinter der Scheibe zu Boden sinken.

Sein Herz schien zu explodieren, sein Schlagen war ein einziger Krawall in seiner Brust, der Atem überschlug sich, und er quiekte, ohne dass er es kontrollieren konnte. Er zog Laura Richter zu sich, drückte sie, aber sie gab nur entrückt grunzende Laute von sich, und er strich ihr durchs Haar, küsste ihre Stirn und weinte.

Minuten später rollte ein Wagen heran. Kruse schlich zur Tür und spähte hinaus.

„Endlich."

Aber der Fahrer, der Handschuhe an den Händen trug, starrte nur am Haus vorbei auf die Weide, wo er schemenhaft einen Mann und einen Hund erkannte.

„Hast du die Pistole also doch gebraucht."

Kruse nickte.

Der Fahrer ging ein paar Schritte auf die Weide zu und schaute genauer hin. „Ist das da hinten ein Polizist?"

„Ja, ist es."

Er wandte sich an Kruse. „Du hast einen Polizisten erschossen."

„Was sollte ich denn machen?"

Der Fahrer schwieg und starrte wieder in die Ferne. Er holte sein Handy hervor. Keine Anrufe. Er starrte Kruse an. „Wie geht es ihr?"

„Wie es ihr eben geht."

Der Fahrer nickte.

„Und jetzt?", fragte Kruse.

„Und jetzt? Sollten wir zusehen, dass wir hier wegkommen, bevor noch mehr wildgewordene Hunde und Polizisten über die Wiese kommen. Komm, tragen wir sie zusammen, du hast sie weit genug geschleppt."

In der Scheune lag Laura Richter und murrte unverständliche Laute. Neben sie hatte Kruse die Pistole gelegt. Er kniete sich hin und griff danach.

„Warte", mahnte ihn der Fahrer, „die Waffe müssen wir sowieso loswerden. Ich hab da meine Leute für."

Kruse hielt inne. „Ach, wirklich?"

„Je eher du sie los bist, desto besser für dich."

Kruse reichte ihm die Pistole. Der Fahrer betrachtete sie einen Augenblick, während Kruse gerade dabei war, Laura Richter an den Schultern hochzuziehen. Sie stand schon fast.

„Was ist jetzt?", fragte Kruse.

Es waren seine letzten Worte. Der Fahrer zielte zuerst auf die Brust von Laura Richter, die sofort in Jörg Kruses Armen zusammensackte, und noch ehe Kruse den Schock überhaupt realisieren konnte, hatte der Fahrer ihn von hinten gepackt, er war mehr als einen Kopf größer und kräftiger als Kruse, der plötzlich wie ein hilfloser kleiner Junge wirkte. Der Fahrer drückte Kruse so lange die Luft ab, bis dieser ohnmächtig zu Boden glitt. Er setzte ihn neben die tote Laura Richter, legte ihm die Pistole in die Hand, führte die Hand an den Unterkiefer, wich ein Stück zurück und drückte ab. Blut und Hirnreste spritzten an die Wand hinter Kruse, der leblos zu Boden sank. Die Pistole fiel dabei genauso, wie sie fallen sollte. Sie rutschte ein kleines Stück aus Kruses Hand ins feuchte Heu.

Der Fahrer stand auf und betrachtete die beiden Toten einen Moment lang prüfend. Dann beschloss er, dass es gut war.

Er trat rückwärts aus der Scheune heraus und warf draußen noch einmal einen Blick über Wiesen und Felder. Niemand zu sehen. Gut.

Er atmete tief durch.

Das war es.

Es hatte zu regnen angefangen, und der Waldboden verwandelte sich in tiefe Matsche. Während die Kollegen der Spurensicherung an der Hütte beschäftigt waren, stand Moritz Brinker einige Meter davon entfernt und schaute der gesamten Szenerie schweigend zu. In ihrer weißen Schutzkleidung erinnerten ihn die Kollegen immer wieder an Außerirdische, auch noch nach all den Jahren.

Die DNA-Analyse würde ergeben, dass Laura Richter eine Woche lang in dieser Hütte war. Sie entdeckten die Fußspuren, die Jörg Kruse hinterlassen hatte.

Sie suchten das gesamte Gebiet drum herum ab. Ein ganzes Stück von der Hütte entfernt fanden sie Jörg Kruses schwarz-blaues Motorrad.

Der Regen tropfte durch die Bäume in Moritz Brinkers Gesicht, seine Schuhe standen im dichten Laub. Er blickte hinüber zu Saskia Berger und Tim Plöger, die sich intensiv mit dem zweiten Streifenpolizisten unterhielten. Ein Stück neben der Hütte stand ein Mann, er schaute etwas verzweifelt in die Richtung, in der vor vielleicht zwanzig Minuten ein Polizist mit seinem Hund verschwunden war.

Aber all das nahm Moritz I nur halb wahr.

Moritz II war neben ihn getreten, genau in dem Augenblick, als er das erste Mal vor der offenen Tür der Hütte gestanden hatte.

Die letzte Stunde lief wie ein Film vor seinen Augen ab.

Das Gespräch mit Frau Siebert.

Der Anruf von Saskia Berger.

Eine Frau wurde gefunden.

Die Anrufe von Henning Richter. Einmal, zweimal, dreimal.

Und wie kurz angebunden er selbst gewesen war. Weil er nichts sagen durfte, es nicht konnte, und einfach nicht in der Lage gewesen war, sich das nicht anmerken zu lassen.

Hatte Jörg Kruse einfach unverschämtes Glück gehabt und war gerade noch rechtzeitig hier gewesen? Um dann auch genau zu wissen, was er zu tun hatte?

Oder hat etwa …

Und wenn, habe ich dann …

Und immer wieder Kruse, Kruse, Kruse. Dem er vor einer Woche in seiner verdammten Messiwohnung gegenübergestanden hatte.

Er wusste plötzlich überhaupt nichts mehr. Er dachte an Henning Richter. Und er dachte an Sam, den kleinen Sam, der für all das hier überhaupt nichts konnte und der seine Mutter, ob sie ihn nun verdrosch oder nicht, schon längst wieder in die Arme hätte schließen können, wenn er vor einer Woche nicht an das geglaubt hätte, was er da gesehen hatte.

Kruse hatte sich vor ihm praktisch unsichtbar gemacht.

Das war das Perfide daran.

„Moritz? Moritz! Kommst du mal bitte?"

Saskias Stimme. Er schreckte auf wie aus einem kurzen Schlaf.

Moritz lief hinüber zu seinen Kollegen. Saskia Berger hielt eine Hand auf ihr Handy. „Ich habe Henning Richter dran. Er hat es schon ein paarmal probiert." Er winkte sie zu sich. Sie reichte das Handy an Plöger weiter und kam auf ihn zu.

Moritz spürte, wie Wut in ihm aufstieg. Wut auf sich selber. Wut auf … Wut, die ein Ventil brauchte. Saskia

Bergers Handy war eins. „Was ist das Problem?", schnauzte er sie an. „Die Kommunikation läuft doch über dich – erinnerst du dich?"

Sie schaute ihn unsicher an. „Ich weiß. Aber ich weiß gerade nicht, was ich ihm sagen soll, es tut mir leid. In ein paar Stunden ist die Geldübergabe. Wenn es denn jetzt überhaupt noch eine gibt. Ich weiß gerade irgendwie nicht weiter."

Moritz blickte sie plötzlich fest an. Er hatte ein Bild vor Augen. „Natürlich gibt es die. Solange wir nichts anderes hören, gehen wir davon aus. Wir fahren zurück nach Wuppertal und planen alles durch. Gibt es halt ein bisschen Fahrerei heute. Außerdem müssen wir in die Wohnung von Jörg Kruse rein."

„Ja, aber was sagen wir Herrn Richter jetzt dazu?", begann Saskia.

„Gar nichts. Wir sagen ihm gar nichts."

Sie schluckte. „Du hast recht. Oh Mann, wie soll er das verkraften? Die Sache ist ja offensichtlich, oder? Es war Kruse. Wir haben sein Motorrad, wir wissen, wo er sie versteckt hatte. Alles andere ist jetzt erst einmal zweitrangig, außer, dass wir ihn finden müssen."

Sie ging zurück zu Plöger und nahm ihr Handy in die Hand. „Ja, Herr Richter? Wir treffen uns etwas eher, gegen 14 Uhr im Präsidium."

„Krscht, ja, kein Problem, krscht."

„Was? Ich verstehe Sie sehr schlecht."

„Krscht, Supermarkt an der Krscht-Kasse. 14 Uhr, kein Problem."

„Gut, in Ordnung. Bis dahin." Sie legte auf.

„Hilfe! Hilfe!", rief plötzlich jemand. Sie drehten sich beide um. Es war Kurt Winter. Er stiefelte weinend den Abhang hinauf. „Bitte helfen Sie mir!" Winter rannte orientierungslos von einem zum anderen.

Schließlich hielt Peter Schmitz, der Verkehrspolizist, ihn fest. „Was ist denn los?"

Kurt Winter schnappte nach Luft. „Da … da hinten … da unten … mein Hund … mein Buddy ... und Ihr Kollege! Mein Gott, mein Gott!"

Kurt Winter war irgendwann einfach selbst den Abhang hinuntermarschiert und den Spuren gefolgt. Er hatte es nicht mehr ausgehalten. Er war weitergegangen, weiter, immer weiter. Bis ihm fast das Herz stehen geblieben war.

So fanden sie auch den verlassenen Bauernhof.

Und Jörg Kruse. Und Laura Richter. Und neben ihm eine Waffe.

Und alles war so klar.

Diesmal war es Saskia Berger, die ihrerseits bei Henning Richter anrief. „Hallo, Herr Richter?"

„Ach, Frau Berger, das ging ja schnell."

„Sind Sie noch unterwegs?"

„Gleich zu Hause. Muss ich auch, sonst schmilzt mir das Eis für meinen Sohn."

„Wenn Sie da sind, dann warten Sie bitte auf uns. Wir kommen gleich zu Ihnen."

Keine Antwort.

„Herr Richter? Sind sei noch dran?"

Sie spürte, wie er in den Hörer atmete. „Ja ... was ... was ist denn?"

Sie hatte ihre Stimme nicht unter Kontrolle, und sie merkte es. Er merkte es auch. Sie schloss die Augen und atmete tief durch.

„Wir sind gleich da."

In Barmen klingelte ein Telefon. Ansgar Ernst nahm ab.

„Es ist geregelt. Aber mit der Kohle müssen wir eine andere Lösung finden. Das wird heute nichts mehr."

Ansgar Ernst schaute nicht überrascht aus. „Das lässt sich jetzt nicht mehr ändern. Danke für die Hilfe. Ich melde mich."

Er legte auf und starrte versteinert aus dem Fenster hinaus in die Fußgängerzone.

Immer noch stiefelte dort derselbe Mann auf und ab.

Moritz Brinker lief den Weg vom verlassenen Hof bis zu seinem Wagen allein. Er hätte sich auch von den Kollegen der Spurensicherung oder einem der anderen im Auto zur Straße hochbringen lassen können, aber er brauchte jetzt diese Viertelstunde, diesen Wald, diesen Regen, dieses *Bergische*.

Er hatte versagt. Sie hatten alle versagt. Nein, vor allem er selber. Er hatte sich von Kruse ein Schauspiel vorführen lassen, eine perfekt einstudierte Show. Die so gut, so verflucht gut war, dass ihn seine Instinkte im Stich gelassen hatten. Er hatte keinen Pfifferling um diesen armen Irren gegeben.

Was auch immer seine Motive waren, ob es das Geld gewesen war, von dem er nach der Affäre mit Sicherheit wusste, oder ob es sie selbst gewesen war, spielte für Moritz in diesen Augenblicken keine Rolle.

Er hatte nur Henning Richter und Sam vor Augen.

Sams fragende Augen. Sams weinende Augen. Hennings unendliche Hilflosigkeit. All das, was er selbst durchgemacht hatte.

Er blieb auf einer Anhöhe stehen und schaute von dort hinunter ins Tal. Schemenhaft erkannte er die Männer in Weiß, die den zweiten Tatort in diesem doch eigentlich so schönen Landstrich untersuchten. Er erinnerte sich an einen Film, den er vor kurzem gesehen hatte, Antichrist von Lars von Trier. Ein Paar verliert sein Kind. Es zieht sich in ein Waldhaus zurück, wo der Mann seine Frau therapieren will. Es endet mit der Hölle auf Erden. Der Film war hier in der Gegend gedreht worden, das hatte er im Abspann gelesen.

Aber diese Hölle hier war echt.

Er stiefelte weiter durch den morastigen Waldboden, seine Schuhe waren als solche längst nicht mehr zu erkennen, die Hose bis zu den Oberschenkeln voll mit Dreck. Immer wieder dieses Bild. Henning Richter am Bett seines Kindes.

Und eine fehlt.

Als er an der Hütte vorbeikam, wo ihre Spezialisten nach wie vor mit der Spurensicherung beschäftigt waren, die in eine lange Aufarbeitung münden, zu Gesprächen führen und mit aufwändigen Analysen fortgeführt würde, stellte er sich Vater und Sohn bei der Beerdigung vor. Und er stellte sich Elfriede Kotthaus vor, die innerhalb weniger Tage ihren Mann und ihre Tochter verloren hatte. Sie würde nie wieder glücklich werden. Sie würde als reiche gebrochene alte Frau enden.

Er hatte noch keine Ahnung, was der Tod Laura Richters mit ihm selbst machen würde.

Er hatte Sam seine Mutter wiederbringen wollen.

Jetzt konnte er es nicht mehr.

Aber er konnte da sein. Für Henning. Für Sam. Da sein, einfach als ...

„Moritz? Können wir jetzt?"

Er hatte gar nicht gemerkt, dass er schon wieder die Straße erreicht hatte. Saskia Berger stand am Auto, ihre nassen Haare hingen ihr wirr im Gesicht, und das, was sie in der letzten Stunde hier gesehen, hier erlebt hatte, war in ihren Augen zu lesen.

Eine Dreiviertelstunde später klingelte sie an Henning Richters Tür. Im Auto hatte sie Moritz gefragt, ob er sich das antun könne und dass sie ihn doch eigentlich mit aufs Präsidium schicken müsse. Zugleich aber brauchte sie ihn jetzt, hier, wenngleich sie das nicht zugeben würde. Denn das Überbringen schrecklicher Nachrichten war ohnehin schon immer schlimm, in diesem Fall aber war sie nicht sicher, wie sie selbst das verpacken sollte. Er hatte sofort genickt. Natürlich, er begleite sie.

Henning Richter öffnete die Tür. In der rechten Hand hielt er ein Geschirrtuch und rieb wie automatisiert über einen Teller, den er in der linken hielt, während er sie abwechselnd anstarrte.

Sie sagten nichts, und er verstand es sofort.

Er wandte den Blick ab und schüttelte still den Kopf. Drehte sich um, stellte den Teller auf eine Anrichte im Flur, ließ das Tuch fallen, wankte durch die Wohnung. Sie folgten ihm, er nahm sie gar nicht wahr, wankte stattdessen weiter Richtung Balkontür, öffnete sie langsam, schlich auf die Terrasse, stellte sich in den strömenden Regen und schrie. Er schrie den Regen an und die Wolken und das Leben und den Tod.

Saskia wollte ihm folgen, doch Moritz hielt sie zurück und ging seinerseits zu ihm auf die Terrasse.

Sie schwiegen einen Moment, und ohne zur Seite zu blicken, fragte Henning Richter mit tonloser Stimme: „Habt ihr ihn?"

„Ja."

„Wer ist es? Kenne ich ihn?"

„Ja."

Henning Richter nickte schweigend.

„Wer?"

„Kruse."

Er drehte sich um und starrte Moritz aus Augen an, die vom nassen langen Haar fast komplett bedeckt waren. Sein Atmen war ein rasseln, und Moritz spürte, wie ihn schauderte.

Doch Richter nickte nur noch einmal und drehte sich wieder zur Seite, strich sich viermal die Haare nach hinten, wobei wieder seine Hand so seltsam zitterte, und starrte über die anderen Häuser in Beyenburg hinweg ins Nichts.

Moritz trat dicht neben ihn. „Aber er ist tot, Henning."

„Also habt ihr ihn ..."

„Nein. Er hatte sie in einer Hütte gefangen. Jemand hat sie offenbar entdeckt, und er konnte in letzter Minute fliehen. Doch ein Polizist verfolgte ihn. Er hat ihn erschossen. Dann sie. Dann sich. Jedenfalls sieht alles danach aus. Die Kollegen sind jetzt noch vor Ort."

Eine Weile schwiegen sie beide, während Saskia Berger an der Terrassentür stand und hilflos zu den Männern im Regen hinübersah.

„Wie sage ich das meinem Kind? Er weiß ja noch nicht mal, dass sein Großvater tot ist", sagte Henning Richter nach einer gefühlten Ewigkeit.

Moritz überlegte. Er hatte diese Frage erwartet, und er hatte schon vorher nach einer Antwort gesucht. Aber keine gefunden. So wie er auch jetzt keine fand.

„Ich weiß es nicht, Henning, ich weiß es nicht."

Henning drehte sich zu ihm, und plötzlich fiel er. Er kippte nach vorne, dieser große, kräftige Mann, dieser Ritter, und er fiel Moritz in die Arme, und Moritz hielt ihn. Saskia wollte zu ihm kommen, Moritz sah sie, aber er schüttelte den Kopf, und so blieb sie stehen. Henning Richter klammerte sich an ihn, umfasste ihn, sodass Moritz fast ins Wanken geriet, aber Henning ließ nicht locker. Erst nach ein paar Augenblicken fing er sich.

Moritz schaute ihn an. „Du musst sie nicht identifizieren, wenn du das nicht kannst. Wir wissen es."

„Aber ich will sie sehen", sagte Henning Richter mit starrem Blick. „Und ihn."

„In Ordnung", antwortete Moritz. „Ich begleite dich. Und wenn du willst, bleibe ich danach hier. Den Nachmittag über. Wir lassen die Jungs zusammen spielen. Und reden. Oder schweigen."

Henning Richter nickte.

Moritz blickte sich zu Saskia um, die nur verlegen lächelte, weil sie froh war, dass sie es nicht selber hatte machen müssen, und es war ihr in diesem Moment egal, ob Moritz hier blieb und wie oft er womöglich in den letzten acht oder neun Tagen immer wieder hier gewesen war. Dass er Jörg Kruse nicht hatte beschatten lassen, war ein Fehler gewesen, das wussten sie beide, und das würden sie aufarbeiten müssen, später, frühestens aber ab dem nächsten Tag. Warum auch immer Moritz Brinker im Fall Kruse versagt hatte, warum ihn diesmal seine Instinkte, von denen sie so fasziniert war, verlassen hatten, hatte für sie nichts mit diesen beiden Männern zu tun.

Irgendwann gingen die beiden Männer, durchnässt bis auf die Knochen, wieder hinein, sie wechselten ein paar Worte mit Saskia Berger, und als Richter ihr für die Mühen und die Ermittlungsarbeit dankte, wurde ihr der Hals eng.

Am frühen Nachmittag fuhr Moritz gemeinsam mit Henning in die Gerichtsmedizin, und er bestand darauf, beide zu sehen. Laura. Und Kruse. Henning verzog dabei keine Miene.

Später holten sie ihre Kinder gemeinsam ab. Sie sprachen kein Wort über irgendetwas mit Alexandra Klein, und Moritz war beeindruckt davon, wie sehr sich Henning Richter zusammenriss, als ihm sein Sohn in die Arme lief und wie jeden Nachmittag fragte: „Ist Mama wieder da?"

„Nein", antwortete er, „nein, noch nicht", und er nahm Sam hoch, drückte ihn an sich und drehte sich mit ihm, bis Sam anfing zu lachen. Nils, der längst neben seinem Vater stand, streckte die Arme nach oben und rief: „Papa, ich will auch!"

Und so drehten sich zwei Väter im Flur des Kindergartens mit ihren Söhnen im Kreis, und die Söhne lachten und jubelten, weil sie vom Leben noch so wunderbar wenig wussten, und immer wieder, wenn Moritz in Hennings Gesicht schauen konnte, erkannte er darin diese Fratze, die ein Lächeln versuchte, aber schreien wollte.

Er ließ Nils herunter. „Was hältst du davon: Spielenachmittag bei Sam!"

„Au ja!", juchzten die beiden Jungs.

Moritz rief zu Hause bei Franz an, er erzählte ihm nur das Nötigste, er würde die Tragödie früh genug erfahren. Erst einmal musste er nur eins wissen: Heute müsste er sich nicht kümmern. Heute würde Moritz seinen Sohn selber ins Bett bringen.

Vierter Teil
Eine neue Wahrheit

Wuppertal

Es war kurz nach vier, als Nils und Sam beschlossen, im großen Wohnzimmer der Wohnung an der Steinhauser Straße einen Turm aus Legoduplosteinen zu bauen. Dieter Kotthaus hatte seinen einzigen Enkel so verwöhnt, wie das Großeltern, die nicht gerade auf jeden Cent achten müssen, für gewöhnlich tun, und so standen nicht nur in Sams Zimmer im ersten Stock der großen Penthousewohnung, sondern auch im Wohnzimmer große Kisten mit den bunten Steinen herum.

Jeder kippte eine große Kiste aus, und mit einem scheinbar ewig andauernden Klack-klack-klack-klack-klack breiteten sich Hunderte von Steinen im Wohnzimmer aus.

Henning und Moritz saßen am Tisch, schauten den Jungs zu und kommentierten ihr permanentes „Sieh mal!" und „Guck mal Papa!" und „Schau doch, was ich gebaut habe!" mit den üblichen Super-Toll-Prima-Antworten.

Sie tranken Kaffee und sprachen nicht viel. Wenn, dann so leise es ging. Sie hätten die Jungs in Sams Zimmer schicken können, aber sie brauchten das: diese Unbeschwertheit ihrer Kinder. Sie sogen sie auf.

Irgendwann begann Moritz, von Julie zu erzählen. Und Henning erzählte von Laura.

Und die Minuten vergingen.

Es war kurz nach vier, als Ansgar Ernst in seinem Juweliergeschäft in Barmen die Geldkassette schloss und sie in den Schrank zurückstellte. „Also, gute Arbeit, gutes Geld. Hier, dein Anteil ...", und er zählte ab: „Vier, fünf, sechs, sieben, achttausend. Schön, mit dir Geschäfte zu machen."

Der Tschetschene holte ein Päckchen aus der Jackentasche und reichte es dem Juwelier. „Freut mich auch."

„Und? Wohnst du noch im schönen Elberfeld? Das mit der Wohnung in der Paradestraße war schon knapp genug letzte Woche. Und heute? Noch knapper, die Nummer. Hätte nicht viel gefehlt, und ich hätte das selber erledigt. Und ohne unseren gemeinsamen Kumpel hättest du's verkackt, sei ehrlich. Was heißt, du hättest: Bei der Aktion ist ja nicht mal was rausgesprungen. Und da wäre richtig Kohle drin gewesen."

„Dafür bei der anderen. Alles ist gut, Ansgar. Ich wohne jetzt im schönen Barmen. Da sind die Wege so wunderbar kurz."

„Mir wär's aber lieber, du würdest dich nach dieser Aktion hier wieder verpissen. Manchmal sind es die langen Wege, die besser funktionieren."

Der Tschetschene nickte und verließ das Geschäft.

Der Albaner, der die ganze Zeit danebengestanden hatte, schaute ihm nach. „Und, was machst du jetzt mit der ganzen Kohle?"

„Was ich damit mache? Erst mal Schulden bezahlen. Ich hab keine Lust, dass mir wieder so ne Tussi von der Inkassofirma hier auf der Matte steht. Wobei: Die vom Kotthaus ist ja offenbar noch gut weg, die ist doch immer noch entführt, oder? Auf die Idee hätten wir mal kommen sollen. Wenigstens müssen die von dem scheiß Inkassoladen dann demnächst ne andere schicken, wenn die nicht wieder auftaucht. Vielleicht hat die weniger Haare auf den Zähnen."

Ansgar Ernst schaute versonnen nach draußen. Eine späte Oktobersonne flutete den Werth.

„Wo ist eigentlich unser Späher, der hier jeden Tag vorbeiläuft?"

Der Albaner trat neben ihn und beobachtete die Fußgänger.

„Meine Sache", sagte er mit tiefer, ruhiger Stimme. Und lächelte.

Und die Minuten vergingen.

Es war kurz vor halb fünf, als Gesa Markowski in Hameln in ihrem Büro saß und eine MMS an Moritz Brinker schickte. Das Bild darin zeigte einen großgewachsenen Mann mit breiten Schultern und kurzem dunkelblondem Haar. Sein Gesicht wirkte freundlich, fast jungenhaft. Auf der Nase trug er eine Nickelbrille mit Metallrahmen und wirkte damit fast ein bisschen spießig. Unter dem Bild stand ein kurzer Text: „Hi Kollege. Vielleicht mache ich hier gerade völligen Blödsinn, aber: Sagt dir der Mann auf dem Bild vielleicht irgendwas? Wir fahnden nach ihm. Alter Mordfall von anno tuck."

Es war halb fünf, als Moritz Brinkers Handy auf dem großen Glastisch der Richters einmal surrte. Moritz nippte an seinem Kaffee, stellte die Tasse hin, griff zum Handy und öffnete die MMS.

Er betrachtete das Bild.

Er schaute in Henning Richters Gesicht.

Auf das Bild. In das Gesicht.

Auf das Bild. In das Gesicht.

Von Jonas Becker.

Eine Sekunde später verschwand der Boden unter ihm. Der Stuhl, auf dem er saß, stürzte in ein tiefes schwarzes Loch, so dunkel, dass Moritz für einen Augenblick nichts mehr sah und spürte, dann erkannte er plötzlich helle Blitze, sie rasten an ihm vorbei, er spürte sein Herz, das drauf und dran war, ihm aus der Brust zu springen. Er öffnete die Augen und merkte jetzt erst, dass sie offensichtlich kurz geschlossen gewesen waren, als Nächstes erkannte er schemenhaft einen Mann, Henning, nein Jonas, nein Henning, nein Jonas, und dieser Mann beugte sich über ihn, hielt ihn fest und reichte ihm ein Glas Wasser. Er sprach mit ihm: „Moritz, alles klar? Moritz! Hier, trink erst mal einen Schluck." Er nahm das Wasser, trank es, schaute sich um: Die Wohnung, die immer noch spielenden Jungs, deren Duploturm schon fast einen Meter hoch war, und Henning oder Jonas oder Henning, der vor ihm stand. „Du warst für einen Moment wie weggetreten. Hast du ein Gespenst gesehen?"

„Wo ... ist ...?"

„Dein Handy? Da, auf dem Boden liegt es. Kannst froh sein, wenn es nicht kaputt ist. Warte, ich hebe es auf."

Und ehe Moritz irgendetwas sagen konnte, ehe er auch nur einen einzelnen Laut herausbekam, hatte sich Henning oder Jonas oder Henning zu dem Handy hinabgebeugt und hob es auf.

Er gab es ihm.

„Hier."

„Danke."

„Alles klar?"

Wortlos setzte er sich wieder neben Moritz, trank seinen Kaffee und schaute zu den beiden Jungs.

Moritz spürte seinen Herzschlag. Noch immer bekam er seinen schnellen Atem kaum in den Griff. Er schaute zur Balkontür. „Ich weiß auch nicht ... so was hatte ich ... lange nicht. Muss der Stress machen. War eigentlich nur ... eine MMS aus dem Präsidium. Da ist in einem anderen Fall was total schiefgelaufen ..."

„Schon wieder?"

Ehe er sich mit dieser Antwort und vor allem mit ihrem Tonfall befassen konnte, nahm Moritz das Handy hoch und betrachtete wieder das Bild, dann schaute er zu den Jungs und schließlich zur Balkontür. „Wenn du mich kurz ..."

„Natürlich, geh nur raus. Wenigstens ist es jetzt trocken."

Moritz ging auf den Balkon. Er stellte sich so, dass er die Jungs sehen konnte und das Bein von Henning oder Jonas oder Henning. Der Duploturm wuchs und wuchs. Er wählte Gesas Nummer. Sie nahm sofort ab.

„Hi, Gesa, hier ist Moritz."

„Moritz, das ging ja schnell. Und, sagt dir das Bild was? Ich dachte, ich schick es dir einfach mal, und ..."

„Jonas Becker."

„Du kennst den Mann? Mein Gott, woher ...?"

„Wohnte früher bei mir im Ort. Groß, kräftig, deutlich älter als wir. Immer Blödsinn im Kopf. Er hatte ... ein Nervenleiden im Arm ... er hatte ... verdammte Scheiße noch eins ... wir waren ... zusammen im Ferienlager. Er war Betreuer dort. Wir waren ... wir sind ... das ist fast zwanzig Jahre her ..."

„Moritz, warum zittert deine Stimme so?"

Das Bein von Henning Richter war verschwunden.

„Warum hast du mir dieses Bild geschickt, Gesa?"

„Er spielt eine Rolle in einem alten Fall, den wir hier in den letzten Tagen neu aufgerollt haben. Ein Baggerfahrer hat eine acht Jahre alte Frauenleiche ausgegraben. Eine Entführung. Der Täter entkam damals mit dem Lösegeld. Und Jonas Becker ..."

Moritz spürte, wie sein Atem immer lauter wurde. Wie ihm die Knie weich wurden. Wie alles wegbrach.

„... Moritz, bist du noch dran?"

„... ja ..."

„... Jonas Becker war ..."

„... der Mann. Er war ihr Mann, stimmt's?"

„Woher ... ja, er war ihr Lebensgefährte. Und ein Jahr nach der Tat, die Leiche wurde nie gefunden, verschwand er spurlos. Er hat eine Stieftochter. Ihr Großvater, also, der Vater dieser toten Frau, ist vermögend. Er hat damals das Lösegeld ..."

„Mein Gott, mein Gott." Moritz war in die Knie gegangen. Er hatte es nicht verhindern können. Er kniete auf dem Balkon, und das Bein von Henning Richter, der Jonas Becker war, tauchte wieder auf, und die Jungs bauten weiter an ihrem Turm, und Moritz hievte sich langsam wieder noch und lehnte sich an das Geländer und sammelte Kraft, denn er hatte jetzt zu funktionieren. Also sagte er: „Ich bin bei ihm."

„Du bist ... was?"

„Ich bin bei ihm. Wir haben heute einen Entführungsfall aufgeklärt. Oder auch nicht, verdammte Scheiße. Seine Frau wurde entführt. Es wurde Lösegeld erpresst. Sein Schwiegervater wollte zahlen ..."

„Das kann nicht wahr sein ..."

„Aber die Frau ist tot ... jemand hat das Versteck entdeckt ... und den Entführer ... der ist auch tot ... eigentlich ist der Fall völlig klar ... außer ..."

„Außer Jonas Becker hatte diesmal einen Komplizen." Er hörte, wie auch Gesa immer unruhiger in den Hörer atmete.

„Moritz, so einen Zufall kann es nicht geben, das wissen wir beide. Vielleicht haben wir hier gerade auch mehr Glück als Verstand, aber ... er hat es offenbar wieder getan. Was machen wir denn jetzt?"

„Ich weiß es nicht."

„Und wieso bist du überhaupt bei ihm?"

„Wir haben seine tote Frau heute gefunden ... und bis eben dachten wir noch ... dachte ich noch ... und ... oh, Scheiße, ein Teil von mir denkt immer noch ..."

„... dass er der arme Witwer ist."

„Er hat einen kleinen Sohn, weißt du?"

„Oh nein."

„Doch, er hat einen Sohn und der ist auch da und mein Sohn ist auch da und die beiden spielen gerade und ..."

„Moment. Eure Kinder spielen gerade. Bei ihm in der Wohnung. Seid ihr ... befreundet oder was?"

„Er wohnt bei mir in der Nähe. Sie gehen in denselben Kindergarten ... oh Mann, das kann doch alles überhaupt gar nicht wahr sein ..."

„Nein, kann es nicht. Aber das ist es offensichtlich. Das Leben ist so, Moritz. Genau so. Und deswegen komme ich jetzt rüber. Und ich bringe seine Stieftochter mit."

„Was?" Aber er begriff, dass dies das einzig Richtige war. Und dass Gesas Instinkte funktionierten, während seine völlig versagt hatten.

„Wenn du ihn irgendwie ... kannst du ihn festhalten ... festnehmen ... ich weiß, die Kinder, aber ... kannst du?"

Moritz schaute nach drinnen. Die Kinder spielten. Der Fuß hielt still. Dann bewegte er sich. Becker stand auf. Kam auf die Balkontür zu.

„Scheiße, er kommt auf den Balkon, wo ich gerade stehe."

„Versuch es. Wir sind in gut zwei Stunden da. Ich telefoniere mit deinen Kollegen in Wuppertal und fordere Verstärkung an ... meine Scheiße ... du schaffst das, ok? Versprich es mir. Und was immer du machst, sag ihm kein Wort von der Tochter ... sag ihm am besten ... gar nichts ..."

„Er ist schon an der Tür. Ich muss jetzt ..."

„Mein Gott, Moritz."

„Beeil dich."

Er legte auf.

Jonas Becker öffnete langsam die Tür. In diesem Moment fing Sam hinter ihm an zu weinen. Der Turm war eingestürzt. Becker drehte sich um und wich von der Tür zurück. Moritz ging auf sie zu. Trat ein. Becker trug eine Strickjacke. Die hatte eben noch auf dem Stuhl gehangen. Er hielt eine Hand in einer Tasche. Die Hand hielt etwas. Er ging rückwärts zu seinem Sohn, nahm ihn kurz ihn den Arm, tröstete ihn. „Ach, Sam. Dann baut ihr ihn eben wieder auf." Er lächelte Moritz freundlich an, setzte sich wieder an den Tisch. Und sagte leise: „Bitte, Moritz, setz dich doch auch."

Während Nils und Sam ihre Duplo-Burg wieder aufbauten, nahm Moritz auf dem Stuhl Platz, der noch vor wenigen Minuten ins Bodenlose gestürzt war, und legte das Handy auf den Tisch. Jonas Becker setzte sich ihm gegenüber und lächelte immer noch.

„Und? Von wem hast du das Foto?"

Moritz schloss die Augen, sein Kopf wollte aufs Kinn sinken, er konnte es so eben verhindern. Er wusste, es machte keinen Sinn, jetzt eine Frage wie „Welches Foto?" zu stellen. Jonas Becker hatte die halbe Sekunde des Aufhebens genutzt, um aufs Handy zu schauen. Nun wusste er: Etwas war passiert, das so tiefgreifend war, dass alles andere keine Rolle mehr spielte. Etwas war zusammengebrochen, auseinandergefallen, wie ein verbranntes Gerippe, das einmal ein Haus gewesen war. Er hatte sich vielleicht vorbereitet, während Moritz draußen gewesen war. Die Hand lag immer noch in seiner Tasche. Es durchzuckte ihn, einmal, und noch einmal. Er öffnete die Augen und schaute den Jungs beim Spielen zu, die von all dem nichts mitbekommen hatten. Er blickte wieder zu Jonas Becker hinüber und hatte das Gesicht des Teenagers vor Augen. Und den zitternden Arm. Dieser verfluchte Arm.

Aber was hatte Jonas Becker mitbekommen? Er ahnte etwas, das reichte. Aber selbst wenn Jonas Becker vor acht Jahren seine eigene Frau entführt und ermordet hatte und das Gleiche jetzt durchziehen wollte, ehe ein neugierig schnüffelnder Münsterländer in den Wipperfürther Wäldern unterwegs gewesen war, so würde er sich und seinen Sohn niemals in Gefahr bringen. Moritz hatte sich von Kruse täuschen lassen, und von Jonas Becker und von wer weiß was noch, aber er war sicher: Diese innige Liebe zwischen Becker und seinem Sohn, diese Nähe, sie waren echt. Becker wusste, dass Moritz seine Dienstwaffe zumindest bei sich hatte. Wenn sie auch jetzt im Flur hing. Er würde es weder Sam noch Nils antun, vor ihren Augen auch nur irgendetwas zu riskieren. Vielleicht schickte er sie gleich auch einfach hoch.

Wie Jonas Becker als Jugendlicher war, warum Moritz ihn nicht wiedererkannt hatte, war jetzt zweitrangig, und was Becker in jenen Jahren in Hameln getrieben hatte, als Moritz noch in Hannover zur Polizeischule ging, konnte er jetzt nicht herausfinden. Jetzt musste er diese Situation auf die Reihe kriegen.

„Ich habe dich was gefragt“, begann Jonas Becker.

„Ich weiß“, antwortete Moritz. Er rüttelte ein-, zweimal am Stuhl und setzte sich aufrecht hin. Er fühlte sich jetzt etwas sicherer. Er wusste, dass er funktionieren musste. Was immer es mit Jonas Becker auf sich hatte, was immer die Kollegen vorhatten, er musste jetzt Zeit gewinnen. Und Vertrauen zu sich selbst.

Moritz ignorierte die Frage, schaute weiter den beiden Kindern zu und feuerte sie an. „Kommt schon, bis heute Abend muss das aber was werden hier! Damit wir auch ein tolles Bild machen können und es morgen der Alexandra zeigen. Meinst du nicht auch ... Jonas?"

Jonas Becker zuckte zusammen. Die Farbe wich aus seinem Gesicht.

„Häh?", schrie Sam vom Duplo-Schlachtfeld aus, „aber mein Papa heißt doch Henning mit Vornamen! Jonas ist doch der Praktikant aus dem Kindergarten."

„Ach, stimmt ja", Moritz hob entschuldigend die Hand und schaute zum anderen Ende des Tisches hinüber.

Jonas Becker lächelte verkrampft und rückte gleichzeitig etwas näher an Moritz heran. Die Hand blieb in der Jackentasche. Die Tasche, so schien es, zielte auf Moritz' Bauch.

„Also ermittelt ihr gegen mich", begann Jonas Becker mit tiefer, leiser Stimme. Sie klang nun anders als noch vorhin.

Ja, dachte Moritz. Seit zwei Minuten ermitteln wir gegen dich.

„Und woher ...?"

Aber Moritz unterbrach ihn: „Spielt doch keine Rolle, oder?"

Jonas Becker nickte schweigend.

Moritz fuhr fort: „Das Einzige, was eine Rolle spielt, ist, dass du nicht Henning Richter, sondern Jonas Becker bist. Und dass jemand das herausgefunden und mich darüber informiert hat."

Jonas Becker nickte. Nach einer Weile der Stille sagte er: „Ja, weil du selbst einen alten Bekannten, der früher immer mal Blödsinn mit euch Kindern gemacht hat, damals, vor zwanzig Jahren, und mit dem du sogar im Ferienlager warst, nicht mehr wiedererkannt hast."

Moritz grinste bitter. „Und wann hast du mich wiedererkannt?"

„Sofort. Aber du hast dich auch nicht großartig verändert. Du musstest nicht."

Moritz hatte einfach kein Bild des neunzehn Jahre alten Jonas Becker mehr vor Augen gehabt. Bis gerade eben. Auf dem Foto von Gesa war er vielleicht um die dreißig, aber er schaute darauf genauso aus wie damals, nur markanter. Der Mann, der jetzt neben ihm saß, schien damit nichts mehr zu tun zu haben. Nur seine Augen und die Nase. Gesas MMS hatte nicht nur das Foto, sondern auch eine Erinnerung zurückgebracht: Er brachte das Zittern im Arm mit diesem Foto in Verbindung. Direkt und unmittelbar. „Der Freund hat sich verändert", antwortete Moritz langsam. „Er geht anders. Er redet anders. Er trägt die Haare lang, dunkler, er hat einen dichten Bart, keine Brille mehr und ..."

„Und von Jörg Kruse hast du dich ja auch schon so richtig schön verarschen lassen, stimmt's?"

„Papa, so was sagt man aber nicht!", protestierte Sam, der mit Nils beim Turmbau inzwischen wieder bei einem halben Meter angekommen war, diesmal aber mit einem stabileren Fundament.

Alle Nähe zwischen beiden war verschwunden. Der Mann, der neben Moritz Brinker saß, war ein anderer als jener, der ihm vor ein paar Stunden draußen auf der Terrasse in die Arme gefallen war. Er hatte sich verwandelt, vielleicht merkte er das nicht einmal. Aber

Moritz wurde bewusst, dass Gesa die richtige Entscheidung getroffen hatte.

Jonas beobachtete die beiden Jungs und fing mit monotoner Stimme an zu sprechen. „Hast du eigentlich schon mal drüber nachgedacht, ob das vielleicht doch nicht das Richtige ist für dich mit diesem Job? Saskia Berger hat mir letzte Woche noch am Telefon erzählt, du seiest genau der Richtige für den Fall, und dass deine Instinkte wirklich beeindruckend wären ... davon merke ich nicht viel. Und was hast du eigentlich jetzt von deiner neuen Information? Glaubst du denn, ich entführe meine eigene Frau, oder was? Und spanne dann ausgerechnet den irren Kruse ein? Irgendwas in der Richtung glaubst du doch jetzt gerade."

Moritz zögerte. Er begriff, dass Jonas Becker zu wenig wusste, um jetzt wirklich aktiv zu werden. Er wusste nur, dass sie seine wahre Identität kannten. Nicht warum und vor allem nicht: dass sie in Hameln offenbar die verweste Leiche seiner ersten Frau ausgegraben hatten. Und dass sie mit seiner Stieftochter, wenn sie es denn war, gerade auf dem Weg hierher waren. Dass sein erstes Leben in Hameln aus dem Boden irgendeines Baugebietes an die Oberfläche gekrochen war und jetzt über ihn kam. Wenn Jonas Becker seine eigene Frau entführt und seinen Schwiegervater erpresst hatte, zum zweiten Mal womöglich, stellte sich aber in der Tat die Frage, warum ausgerechnet Jörg Kruse etwas damit zu tun hatte.

Er beschloss, es eine Zeitlang auszusitzen. Wenn Gesa die Kollegen in Wuppertal informiert hatte, wären die spätestens in einer halben Stunde mit einem kompletten Einsatzteam da. Bis dahin musste er hier der Regisseur sein. Und Jonas Becker durfte gerne den Schauspieler geben.

„Was ich glaube, nein, was ich weiß, ist, dass du nicht Henning Richter bist. Du hast schon einmal gelebt, wie es scheint, und jetzt lebst du seit Jahren das Leben eines anderen. Warum?“

Jonas sah Sam dabei zu, wie er vier Steine auf einmal auf den Turm setzen wollte. „Sam, nicht so viele, gleich stürzt er wieder ...“ In diesem Momente kippte das bunte Gebilde, mittlerweile fast so hoch wie die beiden Jungs, erneut zur Seite und stürzte zu Boden, wo es in seine Einzelteile zerfiel. „Nein“, schrie Nils und schubste Sam, der gegen den Schrank stolperte und aufschrie.

Moritz sprang auf, lief zu den Kindern, doch Jonas blieb sitzen. Sein Sohn weinte und schrie, rieb sich den Kopf und schaute ratlos zu seinem Vater hinüber. „Komm, Sam, es wird schon wieder. Vertragt euch einfach.“ Moritz nahm Sam auf den Arm, strich dem Jungen über den Kopf, während sein Vater schweigend auf dem Stuhl saß. Die Hand in der Tasche. Moritz hatte den Jungen gerade wieder beruhigt und wollte Nils erklären, dass das da gerade nicht die feine Art gewesen war, als sein Handy vibrierte.

Jonas sprang auf und nahm es in die Hand. „Saskia Berger ist dran. Was die wohl will.“

„Gib mir bitte das Telefon.“

Aber Jonas grinste nur. „Das ist ungefähr so, als wenn du mich bitten würdest, von einer Brücke zu springen, Moritz.“

Er drückte den Anruf weg. Es klingelte sofort wieder. „Mann, bist du gefragt heute. Jetzt ist es eine Gesa.“ Er drückte auch diesen Anruf weg und wechselte auf den Nachrichten-Button.

„Komm, setz dich wieder.“

Moritz ging mit versteinerter Miene zurück zum Tisch, die Jungs spielten miteinander, als wäre nichts geschehen. Er schaute Jonas dabei zu, wie er das Handy studierte. Als Jonas Becker anfing zu lesen, spürte Moritz, wie alles in ihm gefror. „Hi Kollege. Vielleicht mache ich hier gerade völligen Blödsinn, aber: Sagt dir der Mann auf dem Bild vielleicht irgendwas? Wir fahnden nach ihm. Alter Mordfall von anno tuck."

Er legte das Handy wieder auf den Tisch. Sein Gesicht war jetzt dort, wo es nicht vom Bart und den Haaren bedeckt war, weiß wie Schnee, und seine großen dunklen Augen wirkten wie zwei schwarze Höhlen.

Moritz spürte, wie seine Hände zitterten.

Es entglitt ihm.

Wieder surrte das Handy. Wieder Saskia. Wieder drückte Jonas es weg.

Moritz schaute auf die alte Standuhr an der Wand. Es musste ein Erbstück sein. Kurz nach halb sechs. Draußen dunkelte es bereits. Er beschloss herauszufinden, wie weit Jonas Becker gehen würde. Moritz stand auf. „So, Nils, ich glaube, wir müssen jetzt langsam nach Hause. Kommst du, ziehst du dir die Jacke an?"

Wie erwartet protestierte Nils. „Och, nee, Papa, noch zehn Minuten!"

„Nein, Nils, wir müssen jetzt wirklich los, morgen früh ist wieder Kindergarten, und ..."

Jonas erhob sich langsam von seinem Stuhl und wandte sich an Nils. „Sag mal, Nils ... was hältst du denn davon, wenn du heute hier übernachtest? Bei Sam im Zimmer? Ihr passt doch locker beide in das große Bett. Dann können dein Papa und ich uns noch ein bisschen unterhalten und ihr schlaft dann irgendwann ein."

Nils machte einen Luftsprung. „Au ja! Papa, geht das? Bitte! Und dann weckst du mich, wenn du abends fährst oder ich bleibe einfach bis morgen hier, okay?"

Moritz nickte langsam. Jonas würde sie nicht gehen lassen. Aber er würde auch die Kinder nicht in Gefahr bringen. Moritz ging trotzdem noch einen Schritt weiter. Er lief auf seinen Sohn zu und nahm ihn an die Hand.

„Nein, Nils, wir gehen jetzt und gut."

Jonas sprang auf. „Ach, Nils, keine Sorge", begann er, drehte sich dann zu Moritz und schaute ihm aus schwarzen Augen ins Gesicht, „der Papa macht nur Blödsinn. Natürlich darfst du hierbleiben. Und dein Papa setzt sich jetzt auch mal wieder an den Tisch und macht es sich gemütlich."

„Nein, macht er nicht." Moritz nahm Nils auf den Arm, der wild um sich strampelte und schrie. „Nein, Papa! Immer machen wir das so, wie du willst! Sam ist mein Freund und er hat auch keine Mama!"

Sam ließ den Stein fallen und starrte Moritz und Nils an. Als er schrie, hatte er Tränen in den Augen: „Doch, habe ich, die muss nur arbeiten!"

Jonas ließ den Blick nicht von Moritz und seinem strampelnden Kind, als er sich mit ernster Stimme an Sam wandte. „Sam, geh in dein Zimmer bitte! Lass den Nils erst mal mit seinem Papa in Ruhe streiten, ich hole dich gleich wieder runter."

„Nein!" Sam stemmte die Hände in die Hüften.

„Jetzt geh!", schrie Jonas, und für einen Moment, den Sam so noch nie erlebt hatte, blickte er seinen Sohn mit all dem Bösen an, das in ihm steckte, dieses Böse, das Sam niemals zuvor zu spüren bekommen hatte, weil er es stets von ihm fernhielt, doch jetzt brach es aus ihm heraus, und das nur, um Sam zu schützen, und das Kind schrumpfte in sich zusammen, zitterte und rannte die Treppe hinauf.

Nils saß noch immer auf dem Arm seines Vaters, doch Jonas' Schrei hatte auch ihn verstummen lassen.

„Ich muss mal Pipi", sagte er schließlich nach einem Moment der Stille, und Moritz merkte, wie seine Brust bereits warm und feucht wurde. Er ließ seinen Sohn herunter.

Er rief noch: „Dann geh schnell!"

Er sah noch, wie sein Sohn Richtung Flur lief.

Er nahm noch aus dem Augenwinkel wahr, wie Jonas Beckers Hand aus der Tasche herausfuhr und dass sie etwas festhielt. Und dass sich diese Hand mit dem Etwas zu einem Schlag erhob.

Dann kam Schwärze über ihn.

„Hier ist die Geschichte von Willo und mir zu Ende. Ich muss los. Brandolf und ich wollen Drachen steigen lassen. Der Wind weht genau richtig, und der Himmel ist monsterblau." Jonas klappte das Buch zu. „So, Freunde, und jetzt wird geschlafen."

„Henning?"

„Ja?"

„Das Buch mit dem blauen Monster haben wir auch!", rief Nils und zog sich die kleine Decke bis zur Brust, die Jonas für ihn aus dem Schrank geholt hatte. Er blickte zögerlich Richtung Treppenhaus. „Und meinem Papa geht es auch wirklich gut?"

„Natürlich. Er schläft jetzt auf der Couch. Ihm ist vorhin einfach nur schlecht geworden, als du gerade auf dem Klo warst. Mir passiert das auch schon mal. Weißt du, wir Papas müssen ziemlich viel arbeiten und uns um euch kümmern, das ist schön, aber oft auch anstrengend, und manchmal wird einem dann schlecht und man muss sich ausruhen."

„Und wann kommt eigentlich Sams Mama zurück?"

Jonas lächelte bitter und blickte zu Sam, dem die Augen schon schwer wurden. „Bald. Versprochen."

Er gab Sam einen Kuss auf die Stirn und hielt Nils die Hand hin. „Gib fünf! Und nicht wieder in die Hose machen. Wir haben keine Pantie für dich."

Nils schlug ein. „Versprochen."

„Ach, und Jungs: Vielleicht schauen Nils' Papa und ich noch einen gruseligen Film für große Leute. Wenn ihr also müsst, dann geht bitte oben auf die Toilette und ruft, wenn ihr runterkommen wollt, dann machen wir kurz aus, damit ihr euch auch nicht gruselt, ja?"

„Okay", riefen die Jungs wie mit einer Stimme.

Jonas trat durch die Tür in den Flur.

„Henning?" Jonas reagierte nicht. „Henning!"

„Äh ... ja, Nils?"

„Weißt du, was meine Mama im Himmel jetzt macht?"

„Nein. Was macht sie denn?"

„Sie macht meinen Papa wieder gesund."

Langsam stieg Jonas die Stufen hinunter. Durch das Wohnzimmerfenster und die Balkontür konnte er die Blaulichter entdecken. Sie waren da. Er ging zur Stereoanlage hinüber, drückte auf Play und sang leise mit: *„The tree don't care, what the little bird sings ...“* Er setzte sich in den großen schwarzen Ledersessel und schaute Moritz dabei zu, wie er langsam zu sich kam.

Eine Melodie. Zuerst nahm Moritz eine Melodie war. Eine Stimme. Nick Cave. Dann spürte er den Schmerz an seinem Kopf. Dann den Knebel in seinem Mund. Dann das Klebeband an seinen Handgelenken. Dann, schemenhaft, das Blaulicht.

Er lag auf der Couch.

„Mhmmhh!"

„Versprich mir, dass du nicht schreist", antwortete Jonas. Moritz nickte.

Jonas nahm ihm den Knebel ab.

„Wo sind die Kinder?", flüsterte Moritz angestrengt.

„Im Bett. Ich habe ihnen vorgelesen, Sam fielen schon beim letzten Satz die Augen fast zu. Nils ist sicher noch wach, aber nicht mehr lange."

Moritz versuchte sich zu strecken. Jonas hatte ihn so gefesselt, dass er die Arme über dem Kopf an die Lehne geklebt hatte. „Hat ... hat Nils das alles hier etwa ..."

„Keine Sorge, dein Sohn hat gar nichts. Er hat nur einen schlafenden Papa gesehen, dem plötzlich schlecht geworden ist. Gefesselt habe ich dich erst fürs Vorlesen. Reine Vorsicht."

„Was wird das hier?"

„Was das hier wird? Der letzte Ausweg wird das. Das ist mir völlig klar. Ich habe keine Ahnung, wer in diesem verfluchten Hameln an der falschen Stelle herumgebaggert hat, aber wie ich gerade in der Online-Ausgabe der Dewezet lesen durfte, hat es jemand. Und jetzt sitzen wir beide in der Scheiße. Hätte deine Kollegin dir diese MMS nicht geschickt, nicht heute und hier, dann hätten wir jetzt dieses Problem nicht. Jetzt haben wir es. Also habe ich deinem Chef, der da draußen steht und mich vorhin angerufen hat, als du gerade geschlafen hast, erklärt, dass wir beide und Sam gleich durch den Hinterausgang in meinen Wagen steigen und eine kleine Spritztour in die Nacht machen. Der Junge hat einen festen Schlaf, der wird davon nichts mitkriegen. Nils lasse ich hier, keine Sorge. Sie werden die Million vor die Tür stellen und uns eine halbe Stunde Vorsprung geben, weil ich dich sonst erschieße. Sie werden keinen Hubschrauber einsetzen, weil ich dich sonst erschieße. Bei allem, was nicht so läuft, wie Herr Bettermann und ich das soeben besprochen haben, erschieße ich dich, mein Freund. Das würde mir nicht leichtfallen, aber da oben schläft jemand, für den ich da sein muss."

„Das ist Wahnsinn."

„Ich weiß. Und es ist meine einzige Chance."

Moritz spürte, wie sein Atem sich beschleunigte. Er spürte die Angst, die in ihm aufstieg. Er durfte sich keine Angst erlauben, aber dafür war es längst zu spät. „Das ganze Haus ist umstellt. Sie werden dich kriegen. Und dann hat dein Sohn endgültig keine Familie mehr. Dann bist du gar nicht mehr da. Willst du das?"

„Wenn ich in den Knast gehe, hat er auch keine mehr."

Moritz starrte an die Decke. Moritz II schlüpfte aus ihm heraus und schaute ihm zu. Er setzte sich neben ihn auf die Couch und betrachtete ihn gleichgültig. „Du hast es verkackt, Junge", sagte Moritz II plötzlich, „du hast es komplett verkackt. Du bist für diesen Job nicht mehr geeignet, ist dir das eigentlich klar? Sobald es wirklich ernst wurde, hast du alles, aber auch alles ..."

„Halt dein Maul!", schrie Moritz die Decke an.

„Ich habe doch gar nichts gesagt", antwortete Jonas mit gleichgültiger Tonlage. Nick Cave wiederholte den Refrain. *„We know you are, we know where you live ..."*, und Jonas sang leise mit.

Moritz hatte plötzlich Fragen. Er wusste, wie müßig sie waren, aber sie tauchten auf, alle auf einmal.

„Wieso das Ganze? Warum damals und warum heute?"

„Mit viel Geld kommt man eine Zeitlang hin, weißt du."

„Das ist alles? Das Geld?“

„Damals war es so.“ Jonas blickte zu Boden. „Damals ging es mir nur um das Geld, ja. Aber heute geht es auch um Sam. Er ist mein Kind. In dem Moment, als er auf die Welt kam, wurde alles anders. Ich habe ihn geliebt von der ersten Sekunde an. Alles, was vorher war, hat mich nicht interessiert. Aber du weißt nicht, wie sie zu ihm war. Wie sie ... von Anfang an zu ihm war. Wie sie ihn angeschrien hat. Und ...“

„So wie du vorhin?“

„Nein. Und ob du das glaubst oder nicht, das gerade eben war das erste Mal überhaupt. Sie aber hat ihn fast jeden Tag zur Schnecke gemacht, wenn ihr irgendetwas nicht an ihm gepasst hat. Und sie hat ihn geschlagen. Sie knallt ihm ein paar, weil er vor dem Schlafengehen den Pullover nicht schnell genug auszieht.“ Jonas blickte auf. Seine Augen schimmerten. „Kannst du dir das vorstellen?“ Er schwieg einen Augenblick und starrte aus dem Fenster, in dem sich das Blaulicht spiegelte. „Sie war kein guter Mensch.“

Moritz drehte sich auf die Seite und starrte Jonas an. „Und da engagierst du ausgerechnet ihren Liebhaber, damit er sie entführt.“

„Du meinst Kruse? Du hast ihn doch kennengelernt. Kruse war praktisch. Er war noch immer so besessen von Laura, dass er alles getan hätte, um sie wiederzubekommen. Alles, was er dafür tun musste, war, ein bisschen Theater zu spielen. Nachdem sie mit ihm Schluss gemacht und er dann diese Stalkernummer abgezogen hatte, habe ich noch einige Zeit verstreichen lassen. Dann rief ich ihn an. Er ist ein bisschen so wie ... ja, wie Sams ferngesteuertes Auto. Du musst nur einen Hebel betätigen. Natürlich war das ein Risiko. Und gleichzeitig war Kruse meine Versicherung. Er konnte für mich alle Schuld auf sich vereinen." Jonas ließ den Blick nicht von der Fensterscheibe. Er lächelte, doch Moritz erkannte im Spiegelbild des Fensters eine tiefe Bitterkeit. Das böse Genie hatte zu hoch gepokert. Jetzt saß es in der Falle und musste zur Verzweiflungstat greifen. Aber das sah Jonas Becker nicht. Er sah nur sich selbst. „Dass ihr auf Kruse stoßen würdet, war mir klar. Ihm natürlich nicht. Es war quasi ... einkalkuliert." Plötzlich drehte er sich um und funkelte Moritz mit einem Lächeln auf den Lippen an, in dem nun keine Bitterkeit mehr, sondern Bosheit steckte. „Und dass dann mein neuer bester Freund den Fall übernimmt, war natürlich das Tüpfelchen auf dem i. Schade, ich hätte mich gern würdevoller von dir verabschiedet, in ein paar Monaten vielleicht erst. Mit Wein, einem guten Essen. Aber deine Kollegin muss ja unbedingt Bilder in der Gegend herumschicken."

Moritz spürte, wie ihm kalt wurde. Es schien, als ströme diese Kälte direkt von Jonas Becker aus, der nun langsam auf ihn zukam.

„Warst du je selber in dieser Hütte? Hast du gesehen, wie sie dort hausen musste? Oder hat Kruse die ganze Scheißarbeit für dich gemacht?"

„Ein paarmal war ich da. Einmal, um alles vorzubereiten. Und dann, um ihr den Finger abzuschneiden. Das wollte ich dem armen Kruse nicht zumuten. Mir hat es, offen gesagt, nicht viel ausgemacht."

Moritz spürte, wie sich in ihm alles zusammenzog. „Du hasst deine Frau."

Jonas Becker schüttelte den Kopf. „Nein. Ich liebe meinen Sohn."

Moritz nickte langsam. „Ach ja, richtig. Und lässt es zu, dass Kruse die Mutter deines Kindes umbringt, nachdem für euch alles danebengegangen ist. Einen

Finger abschneiden, das mutest du Kruse nicht zu, aber deiner Frau eine Kugel in die Brust zu jagen, das hat er dann doch fertiggebracht."

Jonas stand auf und ging auf Moritz zu. Er kniete sich vor ihn und strich sich mit der Hand durch die Haare. Der Arm zitterte wie jedes Mal. Doch sein Blick verharrte ganz ruhig. So ruhig wie seine Stimme, als er sagte: „Nein, Moritz, das hat er nicht fertiggebracht. Aber ich." Noch ehe Moritz vor Entsetzen die Augen aufreißen konnte, durchschnitt das Klingeln des Telefons die Stille.

„Entschuldige mich kurz. Das wird dein Chef mit dem Geld sein."

Während Jonas Becker zum Telefon schritt, das auf dem Glasesstisch lag, erkannte Moritz Schatten. Einen Schatten an der Haustür, einen auf der Terrasse. Sie hatten das ganze Haus umstellt.

Die alte Standuhr an der Wand schlug sieben Mal.

Jonas Becker nahm ab.

Im selben Moment erwachte Sam. Aus irgendeinem Grund schlief er an diesem Abend nicht so fest wie sonst. Seine Blase drückte, er hatte zu viel Saft getrunken. Sam blickte zu Nils hinüber, dem ein Kuscheltier aus der Hand gefallen war. Er legte es zurück in die Hand seines Freundes und krabbelte vorsichtig aus dem Bett.

Jonas Becker meldete sich, als er die Nummer im Display sah: „Hallo, Herr Bettermann."

Oben öffnete Sam langsam die Tür und schlich auf den Flur.

Jonas Becker horchte, doch die Stimme am anderen Ende der Leitung blieb still.

„Hallo? Herr Bettermann? Hören Sie mich? Wo bleibt mein Geld?"

Sam schlurfte über den Flur ins Bad. Plötzlich hörte er die Stimme seines Vaters und machte kehrt. Sie klang anders. Sie klang, als hätte sein Vater Angst.

„Hallo!", hörte er seinen Vater rufen. „Der Spaß ist jetzt vorbei. Das Geld ist in fünf Minuten hier, sonst ..."

„Papa?" Sam betrat die Treppe und machte sich auf den Weg nach unten.

Jonas Becker fuhr herum und erkannte einen kleinen Schatten im Treppenhaus.

„Was? Sam? Ich hab euch doch ..." Aber das Telefon war jetzt wichtiger. „Herr Bettermann, ich meine es ernst. Ich warte nicht länger, und dann werde ich Moritz Brinker ..."

Im Telefon erklang eine Stimme. Aber es war nicht die Stimme des Hauptkommissars Bettermann. Sondern die eines knapp fünfzehnjährigen Mädchens. „Hallo Jonas-Papa."

Jonas Becker erstarrte. Er hatte das Gefühl, dass das ganze Haus ins Wanken geriet. Alles verschob sich, die Wände krümmten sich und stürzten auf ihn zu, nur er stand ganz still.

„Wer ...? Wer ...?"

„Bitte gib auf, Jonas-Papa. Bitte."

„Julia ..."

Sam stieg die Stufen hinunter. Als er die siebte erreicht hatte, sah er Moritz Brinker, den Vater seines besten Freundes Nils, gefesselt auf der Couch liegen. Und er starrte in die großen angstvollen Augen des Mannes. Und er schrie: „Papa! Papa, was ist denn mit dem Papa von Nils passiert? Der ist ja angebunden!"

Er machte einen weiteren Schritt nach unten, aber Moritz schrie zurück: „Nein, Sam! Lauf hoch, lauf die verdammte Treppe wieder hoch, du hast hier nichts verloren, lauf hoch!"

Doch Sam sah seinen Vater, der mit einem Telefon am Ohr durch das Esszimmer wankte. „Papa!", rief er, und er wollte zu seinem Vater rennen, in seinen Arm, so wie sonst immer, wenn er auf einmal Angst bekam, und so machte er einen falschen Schritt, er verlor das Gleichgewicht, und er stürzte vornüber.

„Nein! Nein!", schrie Moritz, und er zerrte an dem Klebeband, das nicht ein bisschen nachgab.

„Julia ... wieso?", stammelte Jonas, in jenem Moment, als er zusah, wie sein Kind schreiend stürzte. Sams Schreie drangen durch den Hörer bis zu Julia nach draußen.

„Jonas-Papa, was ... was passiert da ... Jonas-Papa ... Jonas ... Papa ... was ...?", schrie Julia Greffin verzweifelt zurück, und sie drückte die Hand ihres Großvaters Gerd Greffin so fest, dass der einen stechenden Schmerz spürte, während er draußen, in der Steinhauser Straße, gemeinsam mit Gesa Markowski und einem Sondereinsatzkommando stand und wie erstarrt auf das große dunkelbraune Haus mit der roten Tür starrte. Genauso wie die Anwohner drum herum, die angewiesen worden waren, in ihren Wohnungen und Häusern zu bleiben, und sich nun hinter den Fenstern versammelten und wechselweise die Polizeiwagen fixierten, welche die Straße komplett verstopften, und das Haus, in dem gerade was auch immer geschah.

Jonas ließ das Telefon fallen und sprang zur Treppe, und Sam fiel und fiel und Jonas streckte die Arme aus, er spürte, wie er das Gleichgewicht verlor, wie er alles verlor, weil nur noch seine Instinkte funktionieren, die eines Vaters, dessen Kind, das er mehr liebte als alles andere, mit dem er weg wollte, einfach nur weg und in ein neues Leben, in dem es nichts Böses mehr gab, in dem es auch sein Böses nicht mehr gab, kopfüber die Treppe hinunterfiel. Genau in jenem Moment, da er ihn fing, ihn festhielt, ihn rettete, ehe der Junge mit dem Kopf auf den Fliesen aufschlagen konnte, klirrte die Scheibe seiner Balkontür so fürchterlich, dass es den ganzen Raum erfüllte, und drei Männer stürmten herein, und sie schrien irgendetwas, doch Jonas Becker konnte nicht mehr reagieren, er konnte nicht mehr in seine Tasche fassen, weil er mit beiden Händen seinen kleinen Sohn Sam festhielt, während Moritz Brinker hilflos starrend und steif vor Entsetzen auf der Couch lag, und einer der Männer packte Jonas Becker am Kragen und zog ihn von dem wimmernden kleinen Jungen weg, der die Arme verzweifelt nach seinem Vater ausstreckte. Doch ein fremder Mann, den Sam noch nie gesehen hatte, nahm ihn hoch, und der Junge schrie, Tränen liefen über sein Gesicht, und er streckte die Arme nach seinem Vater aus, doch der Fremde brachte ihn weg, nach draußen, in ein Meer aus blauen Lichtern, und der Junge schrie immer lauter.

Nur Nils Brinker lag oben im Bett seines Freundes. Er schrie nicht, denn er hatte einen festen Schlaf.

Während Jonas Richter von einem Sondereinsatzkommando abgeführt und sein Vater, Hauptkommissar Moritz Brinker, von seinen Fesseln befreit wurde, drehte sich Nils auf die Seite. Er klammerte sich an das Stofftier und träumte davon, wie er vor zwei Wochen, am letzten warmen Tag im Oktober, im Wuppertaler Zoo die Löwen beobachtet hatte.

In seinem Traum war nicht nur sein Papa dabei. Auch seine Mama.

Epilog

Einige Tage später nahmen Julia und ihre Großeltern gemeinsam Abschied von Ilka. Es hatte Gesa nur einen Anruf bei Hotte gekostet. Sie standen in der Pathologie an einer Bahre, auf der das lag, was von Ilka Greffin noch übrig war. Julia kniete nieder und streichelte den Kopf ihrer Mutter. Ihre Hand strich sanft über den Knochen, in der Höhe der Stirn gab sie dem Kopf einen Kuss. Gerd Greffin konnte nur schauen. Er schaffte es nicht, sie anzufassen. Er schlich ein paarmal um den Tisch herum, so als wolle er jedes einzelne Teil, das dort drauflag, genau betrachten und für immer abspeichern. Tränen liefen über sein Gesicht, er hatte seit fast sieben Jahren nicht mehr geweint. Seit dem Tag, als sie einen leeren Sarg in die Erde gelassen hatten. Jenem Tag, an dem Jonas Becker nur schweigend dagestanden hatte.

Sie blieben lange an dem kalten, silbernen Tisch stehen, Hotte ließ sie allein und gab ihnen genau die Zeit, die sie brauchten, eine Zeit, die man ihnen bis dahin nie gegeben hatte.

Ilka Greffin wurde Anfang November noch einmal beerdigt. Genau siebeneinhalb Jahre, nachdem sie formal begraben worden war, und eine gute Woche, nachdem Karl Rabbatz sie unfreiwillig exhumiert hatte.

Julia und Gerd Greffin hatten die kleine Trauerfeier gemeinsam organisiert. Sie schafften es, im kleinsten Kreis Abschied zu nehmen, ehe die Geschichte öffentlich werden konnte. In Würde.

Auch Gesa Markowski gehörte zu diesem kleinen Kreis dazu. In der Kapelle neben dem Friedhof spielten sie das Lied, das Ilka Greffin in den drei Urlauben in Holland immer gehört hatte, weil es zur See gehört wie nichts sonst, es war „Biskaya" von James Last, und die wenigen, die überhaupt dabei waren, summten leise mit.

Julia und Gerd Greffin begleiteten Gesa anschließend zu ihrem Passat.

„Wenn ich etwas für Sie tun kann, Frau Markowski, wenn Sie noch bei irgendwas meine ... unsere Hilfe brauchen ..."

Sie unterbrach ihn. „Nein, ich habe Ihnen zu danken, Herr Greffin. Sie haben viel auf sich nehmen müssen in diesen Tagen."

Er drückte ihr fest die Hand. „Wir hören voneinander." Dann sagte er, an Julia gewandt: „Ich gehe schon mal, du hattest da ja noch was zu besprechen, richtig?" Sie lächelte ihren Großvater an.

Gesa stutzte. „Okay, was möchtest du denn besprechen?"

Julia öffnete ihre Umhängetasche und zog einen weißen Umschlag hervor. „Wissen Sie schon, was Sie am 15. Dezember machen? Abends."

Gesa konsultierte ihr Smartphone. „Ist ein Donnerstag. Bis jetzt habe ich da nichts vor, wieso?"

„Dann haben Sie jetzt was vor." Sie öffnete den Umschlag. „Hier, ziehen Sie. Aber nur eine, die andere ist für mich."

Sie zog die hellblaue Eintrittskarte heraus und las. *„Nick Cave and the Bad Seeds live, Rattenfängerhalle, Hameln."*

Gesa spürte, wie sie eine Gänsehaut bekam. „Das ... wow ... äh ..."

„Und sagen Sie jetzt bloß nicht so einen Scheiß wie *Das kann ich nicht annehmen.*"

Sie drückte das Mädchen fest an sich. „Danke, Julia."

„Ich habe noch eine dritte, die schicke ich Ihrem Kollegen. Herrn Brinker."

Gesa nickte, zugleich verdunkelte sich ihr Blick. Sie hatten nach alldem bisher kaum eine Gelegenheit gehabt, sich in Ruhe zu unterhalten. Sie hatte nur Dinge mitbekommen, die über ihn erzählt wurden. Über seine Zukunft im Bergischen. Dinge, die ... sie jetzt nicht im Kopf haben wollte.

„Ja", antwortete sie und setzte ein Lächeln auf, „ich glaube, da wird er sich freuen."

Nachdem das Sondereinsatzkommando zuerst Moritz Brinker und kurz darauf den schlafenden Nils aus dem Haus eines dreifachen Mörders befreit hatte, die Entführungskommission Laura aufgelöst worden und das Verhalten Moritz Brinkers in diesem Fall zur weiteren Bearbeitung und Beratung ein paar Ebenen weiter höher gewandert war, bat ihn Paul Bettermann am Freitag in sein Büro.

Moritz nahm Platz.

Das Foto auf Bettermanns Schreibtisch war nicht wieder aufgetaucht. An seiner Stelle stand eine Tasse Kaffee. Sie war schwarz mit dem Wappen von Hannover 96 darauf. In ihr dampfte ein perfekter Milchkaffee.

„Bitte, es ist Ihrer. Und die Tasse auch", nickte Bettermann ihm zu.

Moritz nahm die Tasse, trank und fragte ihn einfach: „Wo ist eigentlich das Bild von Ihren Kindern?"

„Weg. Meine Frau hat jemanden kennengelernt. Er wohnt in Süddeutschland. Sie zieht zu ihm und nimmt die Kinder mit." Bettermann drehte sich auf seinem Stuhl und starrte aus dem Fenster. „Ich bin eben ... kein

Vater, Herr Brinker." Er drehte sich wieder zurück und schaute Moritz aus ernsten Augen an. „Aber Sie sind es. Mehr als alles andere." Er machte eine Pause, so, als müsse er sich sammeln, als fielen ihm die nächsten Worte nicht leicht. „Ihre Marke geben Sie vorne ab, die Dienstpistole bei mir. Wir beurlauben Sie für zunächst vier Wochen. Nutzen Sie diese Zeit. Für sich. Für Ihren Sohn. Und vor allem dafür, sich zu überlegen, was Sie sind. Und was Sie wollen."

Moritz spürte zwei Gefühle gleichzeitig in sich. Er spürte kalte Enttäuschung und Bitterkeit, obwohl er seit Tagen genau damit rechnete. Zugleich spürte er das warme Gefühl einer Befreiung.

Er stand auf, reichte Bettermann die Hand, legte seine Dienstwaffe auf den Tisch und ging.

Er hätte sich noch von Saskia Berger und Tim Plöger verabschieden können. Und von den Assistenten. Und von ...

Aber er hatte keine Lust.

Als er hinaus auf die B 7 trat, kroch zögerlich eine Herbstsonne durch die Herbstwolken hindurch. Der düstere November stand diesem Bergischen Land erst noch bevor.

Schon als er im Auto saß, war ihm klar, dass er davon nicht viel sehen würde.

Zu Hause sagte er Magdalene und Franz nichts. Die letzten Tage waren für die beiden ohnehin schlimm genug gewesen. Ihr Schwiegersohn und ihr Enkel waren das Gesprächstema Nummer eins in Beyenburg. Und natürlich Jonas Becker. Sie hatten seit Montag kaum eine ruhige Minute gehabt.

Moritz zog sich um, joggte den Berg hinunter und bog ab nach Alt-Beyenburg. Er dachte an Jonas Becker, der für ihn noch immer Henning Richter war. Der seine Instinkte irgendwie *ausgeschaltet* hatte. Er würde all das aufarbeiten müssen. Für sich. Für Nils. Für Julie, die ihn immer noch in seinen Träumen besuchte. Vielleicht war es gar nicht verkehrt, wenn auch er sich in Therapie begab.

Er erreichte den Staudamm und gestand es sich ein: Ich brauche Hilfe. Aber erst mal muss ich weg.

„Wir machen eine Reise, Nils", sagte er einige Stunden später, als er seinen Sohn aus dem Kindergarten abholte.

„Au ja, Papa! Kommen Oma und Opa mit? Und musst du gar nicht arbeiten?"

„Zweimal nein", antwortete Moritz. „Die Oma muss sich jetzt erst mal zu Hause noch erholen. Die ist ja gerade erst entlassen worden aus dem Krankenhaus. Aber ich glaube, dass der Opa sie schon wieder fit macht. Und arbeiten muss ich erst mal auch nicht."

„Kann denn Sam mitkommen?"

Moritz schloss für eine Sekunde die Augen. Sam. Dessen Welt innerhalb einer Woche unter ihm und um ihn herum ins Nichts gestürzt war. Er war vorübergehend bei Pflegeeltern untergebracht, die die Familie gut kannten. Elfriede Kotthaus, seine Oma, war nach einem Zusammenbruch in eine Nervenklinik eingeliefert worden. Niemand konnte sagen, wann es ihr wieder besser ginge.

„Papa? Ich hab dich was gefragt."

Er öffnete die Augen wieder. „Nein, Nils, leider nicht. Wir fahren zu zweit." Er hatte seinem Sohn nichts mehr über den Fall erzählt, weder über Laura Richter, noch über Henning Richter, der Jonas Becker war.

Als sie zu Hause aus dem Wagen stiegen, stellte sich Nils vor seinen Vater und stemmte die Hände in die

Hüften. „Ich hab's, Papa. Ich möchte gerne mal mit einem Schiff fahren."

Moritz machte große Augen. „Mit einem Schiff?"

„Ja. Aber da, wo es warm ist. Wo es nicht regnet." Moritz nickte. Sie gingen ins Haus.

Nachdem er Nils ins Bett gebracht und ihm zwei Bücher vorgelesen hatte, trat er aus dem Kinderzimmer in den Flur.

Blieb stehen. Wartete.

„Papa?"

„Ja?"

„Ich frage jetzt nicht mehr, was Mama gerade macht."

„Aha. Wieso nicht?"

„Ich glaube, dass sie im Himmel sowieso alles mitkriegt und immer dabei ist. Auch wenn wir aufs Schiff gehen."

Moritz lächelte still.

„Papa?"

„Ja, Nils. Ja, ich glaube, du hast recht. Genau so ist es. Ich liebe dich. Und schlaf gut."

„Schlaf gut, Papa."

Zwei Stunden später hatte Moritz für sich und Nils eine Kreuzfahrt gebucht. Zehn Tage, eine Route über die Kanarischen Inseln.

Als Moritz am Abend ins Papazimmer eintrat, schaute er sich kurz um. Sein Blick fiel auf den Sessel, auf das Fenster, auf seinen iPod. Und auf die alte Stereoanlage, die aber immerhin schon CDs spielte. Er schloss sie an. Daneben lag eine Nightwish-CD. Oceanborn. Er legte sie ein und drückte die Zufallswiedergabe. Sie begann mit dem letzten Song. „Sleeping Sun". Er musste lächeln. Julie war nicht gerade ein

Nightwish-Fan gewesen, aber diesen Song hatte sie geliebt.

Sein Blick fiel auf die Kisten mit ihren Sachen.

Fast ein halbes Jahr standen sie jetzt herum.

Es war Zeit, sie auszupacken.

Danke an

Sandra für all die Tritte in den Hintern und das fleißige Buchen meiner Schreibhotels. Und fürs Lesen. Und für die Ideen. Und für alles andere.

Bastian dafür, dass ich mir so manchen Papa-Kind-Dialog in diesem Buch gar nicht erst ausdenken musste.

Felix Horn für viele wichtige Hinweise und ein neues Wort für meinen Wortschatz: Vermiutot!

Meinen Verleger Carsten Holzendorff für die Gelegenheit, meinen ersten Krimi im Verlag CW Niemeyer veröffentlichen zu dürfen.

Ich schreibe immer zu Musik. Der Soundtrack, der mich beim Schreiben dieses Buches begleitet hat, stammt von:

Johnny Cash
Nick Cave & the Bad Seeds
Edenbridge
Eklipse
Epica
Evanescence
The Gathering
Nightwish
Sirenia
Soulsavers
Sully Erna
Tarja
Unheilig
Volbeat
Within Temptation
Xandria

Überfall am helllichten Tag in der Wuppertaler Innenstadt auf einen Juwelier: Die Täter schießen sich den Fluchtweg frei und können entkommen. Maja Klausen möchte ihren Freund Ulbricht in Wuppertal überraschen. Doch aus dem Besuch wird eine Hetzjagd quer durch das Bergische, denn die Täter hinterlassen, wo immer sie auftauchen, eine Spur der Verwüstung. Wird dies der letzte Fall von Kommissar Ulbricht?

Andreas Schmidt. BlutGrab
400 Seiten. Paperback. ISBN 978-3-8271-9550-0
E-Book 978-3-8271-9635-4 (Pdf)
978-3-8271-9835-8 (Epub)

Ein grausamer Mord erschüttert Betzdorf. In den Ruinen des verfallenen Lokschuppens wird die verstümmelte Leiche eines Geschäftsmannes gefunden. Ein heikler Fall für die junge Kommissarin Nina Moretti. Schnell wird klar, dass der Tote, der scheinbar ein Doppelleben führte, nicht nur Freunde in der Kleinstadt hatte. Führt die Spur ins Kölner Rotlichtmilieu? Oder sind doch nur Hass und Eifersucht im Spiel?

Micha Krämer. Tod im Lokschuppen
288 Seiten. Paperback. ISBN 978-3-8271-9522-7
E-Book 978-3-8271-9642-2 (Pdf)
978-3-8271-9842-6 (Epub)

Nina Morettis zweiter Fall

Der scheinbar natürliche Tod eines Betzdorfer Rentners wirft Fragen auf. Was hat die tote Krähe an der Volierentür im Garten des Mannes zu bedeuten? Ist es doch Mord? Nur Stunden später verschwindet ein Freund des Toten aus einem Altenheim. Eine Entführung? Welches dunkle Geheimnis hüteten die beiden alten Männer?

Micha Krämer. Krähenblut
304 Seiten. Paperback. ISBN 978-3-8271-9521-0
E-Book 978-3-8271-9641-5 (Pdf)
978-3-8271-9841-9 (Epub)

www.niemeyer-buch.de

Eine Frau hängt am Pranger der Petzer Kirche. Ihr wurde die Kehle durchgeschnitten, aber es findet sich kein Blut. Es zeigt den Kommissaren Wolf Hetzer und Peter Kruse, dass sie es mit einem brutalen Mörder zu tun haben. Dass eine Frau gleichzeitg Drohbotschaften erhält, erfahren sie zu spät. Aber wer kann wissen, ob es sich um denselben Täter handelt oder jemand die Gelegenheit nutzt, sich einen unliebsamen Menschen vom Hals zu schaffen.

Nané Lénard. SchattenTod
320 Seiten. Paperback. ISBN 978-3-8271-9415-2
E-Book 978-3-8271-9618-7 (Pdf)
978-3-8271-9818-1 (Epub)

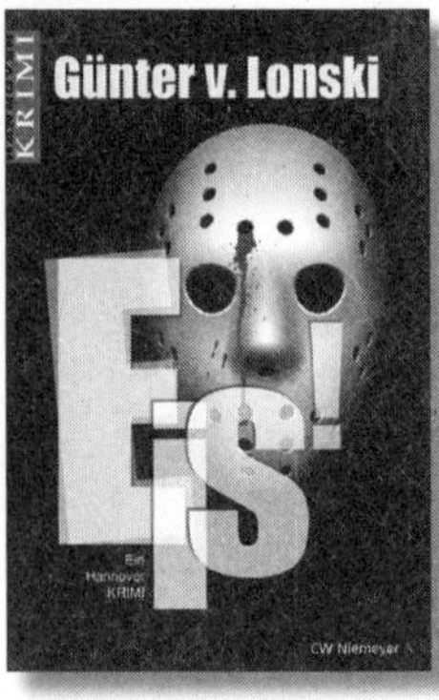

Eine Schießerei am Steintor. Fast zeitgleich ein Überfall mit Geiselnahme am Raschplatz. Kommissarin Kalenberger muss hin, gerät in die Schusslinie und wird arbeitsunfähig. Da verschwindet Pia, die beste Freundin ihrer Tochter. Pia wollte nach Hannover und hat angeblich den Mann ihres Lebens kennengelernt. Der Mann wird brutal ermordet. Kalenberger ermittelt nur widerwillig. Doch dabei gerät sie immer tiefer in die Loverboy-Szene. Sie bringt sich in tödliche Gefahr.

Günter v. Lonski. Eis
296 Seiten. Paperback. ISBN 978-3-8271-9455-8
E-Book 978-3-8271-9620-0 (Pdf)
978-3-8271-9820-4 (Epub)

Ein bankrotter Flughafen, einst als amerikanische Air Base genutzt, gerät immer wieder in die Schlagzeilen: Warum hat die Landesregierung der Betreibergesellschaft den Flughafen für einen symbolischen Euro abgekauft? Verseuchtes Trinkwasser und eine rätselhafte Mordserie rufen Bernd Kaltenbach, den unkonventionellen Reporter des „Rhein Mosel Express", auf den Plan. Seine erste Spur führt nach Koblenz. Plötzlich ist Kaltenbach tiefer in den Fall involviert, als es ihm selber lieb ist.

Andreas Schmidt. HahnBlues
320 Seiten. Paperback. ISBN 978-3-8271-9481-7
E-Book 978-3-8271-9628-6 (Pdf)
978-3-8271-9828-0 (Epub)

Weitere Spannung pur ...

www.niemeyer-buch.de